往事如大海沉沙无影无踪

揭秘似田野炊烟一书一味

武汉谍战

孙志卫 著

上

The
Espionage
War in
WuHan

重庆出版集团 重庆出版社

图书在版编目（CIP）数据

武汉谍战 / 孙志卫著. — 重庆：重庆出版社，2016.6
（2022.7重印）
ISBN 978-7-229-11100-7

Ⅰ. ①武… Ⅱ. ①孙… Ⅲ. ①长篇历史小说－中国－当代
Ⅳ. ① I247.5

中国版本图书馆 CIP 数据核字（2016）第 066412 号

武汉谍战
WUHAN DIEZHAN
孙志卫　著

责任编辑：周北川
责任校对：杨　婧
装帧设计：江岑子
封面设计：今亮新声

重庆出版集团　出版
重庆出版社

重庆市南岸区南滨路 162 号 1 幢　邮政编码：400061　http://www.cqph.com
重庆豪森印务有限公司印刷
重庆出版集团图书发行有限公司发行
E—MAIL:fxchu@cqph.com　邮购电话：023—61520646
全国新华书店经销

开本：720 mm×1 000 mm　1/16　印张：39.5　字数：670 千
2016 年 6 月第 1 版　2022 年 7 月第 1 版第 2 次印刷
ISBN 978-7-229-11100-7
定价：80.00 元（上、下）

如有印装质量问题，请向本集团图书发行有限公司调换：023—61520678

版权所有　侵权必究

代序——《武汉谍战》读后感

卢 纲

  我朋友的朋友孙志卫的小说《武汉谍战》即将出版，托朋友请我作序。我一听连忙推辞，我的朋友不高兴了，说了句非你莫属！我知道这位朋友是靠谱的人，为了朋友高兴，我只好勉为其难。

  说到我对武汉抗战、谍战方面的了解，缘于我对武汉抗战的关注。去年是纪念中国抗战胜利70周年的大年份，我写了篇《武汉抗战新论》，并在湖北广播电视台为我量身定制的新媒体栏目《卢家故事》中开了一个名为《倾城之战》的武汉抗战故事系列，还在众多媒体采访中提到过汉口日特机关和武昌长春观日本海军潜伏特务大西初雄的往事。特别是这几年，我在湖北省政协连续提出《湖北省图旧馆建立武汉抗战纪念馆》的提案，在海内外掀起波澜。我曾经在《武汉抗战新论》中写过武汉抗战的伟大历史意义和重大现实意义。当得知有人为武汉抗战写书，我当然乐观其成，并义不容辞地愿意为他摇旗呐喊。

  从我对武汉抗战历史的了解程度来看，这部小说应该算是一部纪实类的长篇小说，内容基本上忠于史实，同时为广大读者打开了一扇穿越历史的窗口，将场景切换到当年波澜壮阔的武汉抗战的全过程。将武汉抗战时期，除了国共合作的军事战场以外的第二条战线——地下暗战的历史活现于今天的广大读者眼前。

  当我甫一开始阅读《武汉谍战》书稿时，便马上被小说的故事情节深深吸

武汉谍战

引住，难以释卷。那些有血有肉的中华儿女，可歌可泣的英雄壮举，惊心动魄的故事叙述，起伏跌宕的情节编织，无不让读者深深着迷。作者兼有小说家的文笔和史学家的严谨，客观上填补了武汉谍战历史的一段空白。一号男主角李国盛，原名李人伊，他有着留日、留苏资历和特科专业背景，是有着坚定信仰的老一代共产党人，接受党的秘密派遣，打入军统内部长期潜伏，并且因为上线牺牲而失联，长期背负着叛徒的骂名，内心饱受着常人难以体会的煎熬和折磨！尽管如此，他始终坚贞不渝，为党的主义和民族的利益，在极其险恶的环境里，依靠勇气和智慧，给日寇以致命的打击。最后在抗战胜利即将来临、他梦寐以求的组织关系即将恢复之际，他没有倒在腥风血雨的对日斗争中，却倒在戴笠精心策划的谋杀罪恶枪口下！传奇的经历、辉煌的战绩、悲剧式的结局，令人感叹，让人唏嘘！他在戴笠心中的分量和潜在威胁，从而更加反衬出他对于我党的重要价值，他的牺牲毫无疑问是我党地下工作一个无可挽回的重大损失。

　　李国盛的经历和精神给人带来的震撼，是该小说成功的一个标志。小说没有像惯常的类似小说和电视剧中给男一号穿插一些错综复杂的爱情纠葛做调剂，而只是在王家瑞和向小雨的秘密爱情中，给背景增添了一抹亮色，应该不算闲笔。至于对军统特工在抗战中的英勇表现的描写，也基本忠于历史事实，让人更觉真实可信。而小说在紧张刺激的谍战中穿插着一些武汉人文景观方面的描述，也是该作品颇为有趣的一个特点。

　　很久没有看过这么"抓人"的小说了，我不是小说评论家，我只是从一个读者的角度认为，这是一本有真实感和可读性的好小说，是一本有故事性和传奇性的上乘之作，读后收获颇丰，感触良多。总之，这是一本值得让你花时间去读的好书！

于武汉江湖居
2016年4月28日

　　按：卢纲先生系湖北省作家协会会员，湖北省文史研究会理事，湖北省政协委员，在武汉抗战史研究方面颇有造诣，著有《武汉抗战新论》。

目 录

第一章 危机 ··· 1

武汉会战进入最激烈的阶段。向中国方面提供过日军"武汉作战"计划的戴笠王牌间谍"云和"受到日军调查,面临暴露的危机。戴笠紧急觐见蒋委员长,将他制订的一份旨在帮助"云和"摆脱危机的秘密应急计划呈交给蒋委员长,请求委员长授权他查阅军令部第二厅所有打入日伪内部情报员档案。蒋委员长批准了戴笠的要求。

第二章 布网 ··· 9

武汉会战失败的结局不可避免,国共两党都开始为武汉沦陷做准备。军统局决定组建秘密情报网军统武汉区,在沦陷后的武汉展开敌后情报工作。李国盛临危受命担任军统武汉区区长,领导这个庞大的秘密情报网。中共长江局也组建了秘密情报机关武汉特委,王家瑞受命担任武汉特委书记。

第三章 三浦诊所 ··· 17

潜伏在第五战区的日军间谍吴应天来到日军潜伏在汉口的情报机关三浦诊所,与日谍三浦太郎医生接头。吴应天将收集到的中国间谍"云和"是谁的情报交给三浦。三浦向吴应天转达总部指示,要求吴应天收集"云和"的更多情报,帮助日军查出"云和"是谁。

第四章 诱饵 ··· 22

吴应天回到第五战区司令部后,很快便获得"云和"身份的重要情报并利用密信将情报传回总部。日军华中派遣军司令部内部调查组根据吴应天的情报,不久将重点嫌疑对象锁定在三名日军军官身上。

第五章 黄雀行动 ··· 30

李国盛根据戴笠的命令率领特别行动小组到南京执行"黄雀行动"计划的第一

1

步。他们奉命秘密监视、监听华中派遣军司令部三名日军军官，其中一人是李国盛在日本陆军士官学校的同学冈本矢一。他们根据命令，绑架了日军军官石原光夫。

第六章　秘密 ········· 43

冈本矢一和夏文远是朋友。他们在天津时，冈本矢一发现夏文远是一名情报员，但不知道其为哪方面工作。石原光夫失踪后，日军上海宪兵队发现其在上海的朋友吴化卿也突然失踪，因此搜查了吴的房间，结果发现一部电台。华中派遣军司令部调查组因此认定石原光夫就是那名中国间谍，准备结案。

第七章　破绽 ········· 53

李国盛小组给石原光夫拍了照片，然后派人将照片送回武汉交给戴笠。戴笠将照片刊登在武汉的报纸上，宣称石原光夫是中国方面成功营救出来的中国情报员。华中派遣军情报课长岩田正隆和汉口宪兵队长五十岚翠发现戴笠黄雀行动露出的破绽，再次将怀疑对象指向冈本矢一和另一名重点嫌疑人身上。

第八章　武汉特委 ········· 62

王家瑞与武汉特委其他成员以及报务员接上头。让他感到吃惊的是，报务员向小雨是一位年轻漂亮的女教师。

第九章　武汉沦陷 ········· 68

经过近五个月的激战，中国军队最终未能抵挡住日军的进攻。日军于1938年10月25日上午向汉口北郊的国军岱家山阵地发起进攻，国军进行象征性的抵抗后，于黄昏撤出武汉。日军于当晚进入汉口市区，武汉沦陷。

第十章　烽火燎原 ········· 76

王家瑞根据上级指示，将收集到的武汉周边地区抗日游击队情报发回总部，给新四军收编这些游击队提供帮助。

第十一章　金蝉脱壳 ········· 83

日军终于发现冈本矢一和夏文远才是他们要找的中国间谍。正当岩田正隆和五十岚翠准备逮捕冈本矢一和夏文远的时候，突然被告知夏文远是负有最高使命的日军间谍，冈本矢一只是奉命向夏文远提供情报。上级命令他们立刻终止对冈本矢一和夏文远的调查。

第十二章　梁湖大队…………………………………………89

梁湖大队根据王家瑞提供的情报，伏击了日军运输车队。日军汉口宪兵队长五十岚翠和特高课长伍岛茂知道，随着这次在武昌近郊对日军运输队的袭击，表面上的平静已经被打破，接下来就是你死我活的较量。

第十三章　落难飞行员………………………………………96

两架空袭武汉日军军火库的中国空军轰炸机被日军击落，飞行员跳伞逃生，分别降落在梁子湖和黄陂。国共双方展开合作，李国盛和王家瑞分别派出特工人员赶往梁子湖和黄陂寻找、营救飞行员。

第十四章　梁子湖……………………………………………105

军统武汉区武昌组组长赵云清奉命带领方仁先和胡永春前往梁子湖地区，在当地军统人员的配合下，暗中寻找、救援飞行员。武汉特委王家瑞也派出行动组组长秦晋南前往梁子湖区，在梁湖大队的协助下寻找飞行员。

第十五章　制裁汉奸…………………………………………111

狙击手邝亦峡在江汉关码头街对面的一座房子里，执行狙杀汉奸维持会长计国桢的任务。正当他瞄准计国桢准备开枪时，突然冲出一人用冲锋枪向计国桢开枪扫射。计国桢中弹倒下。邝亦峡情急之下救出刺杀者小文，并带他一起逃走。

第十六章　暗寻飞行员………………………………………120

赵云清小组驾船找遍梁子湖，没有发现飞行员踪影，只好上岸到大徐村五婶家落脚。除夕那天，赵云清小组终于找到三名落难飞行员。除夕夜，他们在五婶家吃了年饭，准备第二天清晨出发，护送飞行员前往第九战区司令部所在地长沙。

武汉谍战

第十七章　营救飞行员 ···128

　　日军密探黄顺带领日军到大徐村抓捕飞行员。出门查看情况的运生发现日军，立刻朝日军开枪。赵云清听到枪声后马上带领飞行员乘船逃进梁子湖。五婶为掩护赵云清和飞行员逃走，被日军杀害。赵云清和飞行员在梁子湖南岸上岸，可上岸后不久便被日军包围。正当他们陷入绝境的时候，运生带领王粟的梁湖大队赶到。

第十八章　打入军统 ···142

　　李国盛的真实身份是中共秘密情报员，可他的单线联系人牺牲了，从此他和组织失去联系。戴笠为了甄别隐藏在第五战区的日军间谍，不惜将军统武汉区刺杀汉奸计国桢的情报泄露出去。日军利用这一情报实施反制计谋，派特工小文当街枪击计国桢。狙击手邝亦峡和司机小应因救援小文而暴露。

第十九章　故友重逢 ···153

　　冈本矢一是李国盛在日本士官学校读书时发展的日籍中共党员，现在汉口华中派遣军司令部任职。李国盛不知道冈本矢一现在是组织的秘密情报员，但他还是决定去找冈本矢一。

　　由于一系列行动的失败，五十岚翠被华中派遣军司令部撤职，汉口宪兵队长的职务由美座时成大佐接任。

第二十章　偷运药品 ···164

　　王家瑞对向小雨产生了微妙的感情。武汉特委联络组组长姚明春搞到一批新四军急需的药品。他巧妙地将药品藏在板车里勇闯日军关卡，安全将药品送往黄陂李集交给游击队。在黄陂横店的八方旅社里，姚明春小组成员张景午和钟有田被军统武汉区副区长宋岳认出。

第二十一章　暗中调查 ···172

　　宋岳回到武汉后，将发现姚明春小组的事报告给李国盛。李国盛一方面警告宋岳不要再追查此事，以免破坏国共合作；另一方面却利用这个线索独自暗中查明王家瑞整个组织系统。他希望必要时利用王家瑞的组织帮助自己恢复党的情报员身份。

第二十二章　日军间谍 …………………………………… **177**
　　第五战区情报处王处长将日军间谍重大嫌疑对象锁定在四名军官身上。可对这四名嫌疑人的秘密跟踪和调查却并没有发现任何破绽。夏文远为了方便冈本矢一给自己提供情报，派人将一部电台交给冈本矢一，让冈本矢一以后用电台将情报发给他。冈本矢一将电台的呼叫频率和通讯密码交给了组织。

第二十三章　隐患 ………………………………………… **184**
　　赵云清小组完成救援飞行员的任务后回到武汉。李国盛得知黄顺逃到武昌给日本人当差，感到黄顺是个潜在的威胁，便让方仁先通知赵云清、胡永春二人当心被黄顺认出，同时下达了对黄顺的追杀令。

第二十四章　军列情报 …………………………………… **188**
　　军统武汉区副区长唐新到江岸头道酒馆和潜伏在汉口江岸车站调度室的军统特工郭子贤接头，郭子贤将收集到的日军军列编组情报交给唐新。李国盛让报务员将此情报立刻发给重庆军统总部。戴笠命令李国盛破坏日军铁路运输线，配合随枣会战。

第二十五章　随枣会战 …………………………………… **192**
　　随枣会战打响，日军势如破竹。第五战区司令部所在地樊城门户大开，司令部决定向老河口转移。先遣小组长、情报处王处长带领吴应天等四名军官开车出发，不小心迷路，结果被日军特战队俘虏。在日军枪毙吴应天等四名军官的紧急关头，吴应天被迫用日语告诉日军他是日军情报员。正当日军犹豫之际，赶来的国军打死了日本兵，救出吴应天等军官。

第二十六章　告密 ………………………………………… **200**
　　胡永春路过文昌门路口的茶馆时，被在茶馆里喝茶的黄顺认出。黄顺将此情报报告给日军宪兵队。日军宪兵队和特高课开始监视胡永春和他家的杂货店。两个星期过去，日军特工没有发现有人和胡永春接头，只好秘密逮捕了胡永春。

武汉谍战

第二十七章　爱恋 ·· 206

向小雨告诉王家瑞自己悲惨的身世，王家瑞听后对向小雨更加爱怜。他终于向向小雨表达了自己对她的爱慕之情，向小雨一直等着这一刻，两颗相互倾慕的心碰撞在一起，马上坠入爱河。

第二十八章　酷刑 ·· 212

日军宪兵队对胡永春用尽各种酷刑，逼迫胡永春招供，胡永春一一挺过。赵云清小组成员小何奉命去接头。他来到胡永春家的杂货店，发现情况异常，立刻离开杂货店。他发现自己被日军特工跟踪，便巧妙地利用复杂的巷子摆脱日军特工，回到照相馆给赵云清报信。

第二十九章　紧急撤离 ·· 218

赵云清判断胡永春被捕，因此立刻紧急行动起来，通知所有武昌组成员马上撤离，并向总部报告。日军宪兵队功亏一篑，于是逮捕了胡永春的父母，准备用他的父母来要挟他。

第三十章　招供 ·· 223

汉口宪兵队当着胡永春的面对他的父母施刑，年迈的父母发出撕心裂肺的惨叫。如果不阻止日军继续用刑，他的父母会被折磨至死。无奈，胡永春只能屈服，向日军宪兵队招供。可日军宪兵队按照胡永春招供的名单去抓人时，全都扑了空。

第三十一章　张开渔网 ·· 227

日军安排在江岸车站调度室的特工发现郭子贤的破绽。顺着这条线索，日军宪兵队终于发现玛领事街上的亨达眼镜店是情报中转站，因此派人严密监视亨达眼镜店。

先遣小组迷路和被俘是戴笠和王处长为了甄别日特设下的一个苦肉计，终于迫使吴应天自我暴露。

第三十二章　视死如归 ·· 234

组织上对王家瑞和向小雨不经组织同意就发展恋爱关系表示反对，回电严厉批评了王家瑞，要求他们斩断情丝。王家瑞陷入痛苦之中。

韦裕国到亨达眼镜店取情报，被监视的日特识破。眼镜店老板发现日特跟踪韦裕国，立刻追过去向日特开枪，眼镜店老板和韦裕国被日军打死。

第三十三章　惩办告密者 ··· 243

赵云清、方仁先和华相成奉命惩办黄顺。三人在武昌品江茶楼厕所里将黄顺用细钢丝绳勒死，并向与日本人合作的汉奸发出警告。

赵云清按照李国盛的指示，开始重建武昌组。

第三十四章　王家河惨案 ··· 252

日军在围剿国军游击队时，杀害黄陂县王家河附近平民百姓四百八十余人，制造了惨绝人寰的王家河惨案。

第三十五章　W基地 ·· 258

第一次长沙会战打响，戴笠命令李国盛袭击日军武汉王家墩机场。李国盛派出的突击队还没进入机场就被日军发现，行动失败。李国盛经过深思熟虑，灵感闪现，制订了一个非常巧妙的行动计划，准备配合空军从空中打击王家墩机场。

第三十六章　侦测电台 ·· 265

日军宪兵队配备了无线电侦测车，给所有抵抗组织的秘密电台造成威胁，向小雨的电台被日军侦测到，处于危险中。

王家瑞不敢将组织反对他们恋爱的消息告诉向小雨，怕她伤心。

姚明春得知自己的父母在王家河惨案中被日军杀害，发誓向日军报仇。

第三十七章　空袭王家墩机场 ··· 272

"W基地，听到请回，吱——"

李国盛利用一组无线电台干扰日军飞机和机场塔台的无线电通讯，成功地让中国空军轰炸机冒充日军飞机飞临汉口对王家墩机场实施轰炸。

武汉谍战

第三十八章　发出警报 ·· 281

　　李国盛给王家瑞的情报组长周秉炎警长打电话,故意显得很无知,借此不露痕迹地提醒周秉炎日军有了无线电侦测车,向王家瑞发出警报。

　　王家瑞也发现可疑的汽车停在向小雨家的巷子口,感到危险正在向他们逼近。

第三十九章　汪伪特工 ·· 289

　　在汪伪政府与日军中国派遣军空前合作的形势推动下,汪伪76号特工总部武汉区于1940年4月在汉口成立。

　　随着斗争形势的不断恶化,组织上经过慎重考虑,同意王家瑞和向小雨确立恋爱关系,并批准他们结婚。

第四十章　复仇 ·· 298

　　姚明春用刀割下制造王家河惨案的日军少佐门协的头,为死去的亲人和乡亲们报仇。

第四十一章　巧炸军列 ·· 307

　　李国盛化装成日军军官,与宋岳、铁路破坏队队长徐宽等人控制住广水火车站一列南行火车和车站南面的扳道岔,将此火车导向北行轨道,成功地让日军的北行军列与此列车猛烈相撞。

第一章 危 机

一

1938年9月初的武汉，虽然已经过了立秋，但中午以后仍然闷热难受，这就是武汉人说的秋老虎。对于武汉本地人来说，武汉的夏天有火炉之称，都已经习以为常，短暂的秋老虎就不算什么了。然而，对于军统局实际负责人戴笠副局长来说，秋老虎还是让他燥热不安。不过，更让他烦躁不安的，是他刚刚接到的一封密电。

武昌彭刘杨路军统局总部，通讯科今天下午一点钟收到一封密电。根据该密电的呼叫频率，通讯科长感觉到很不寻常。因为戴局长（其实，如果按照正式任命，戴笠一直是军统局副局长。军统局局长一直是由蒋介石侍从室第一处主任或军委办公室主任兼任，分别是贺耀祖、林蔚、钱大均等。戴笠一直到死，都是实际负责军统的副局长。不过，人们习惯叫他戴局长。）告诉过他，这个频率每天固定的联络时间是晚上11点，除非有紧急情况发生。按照戴局长的指示，通讯科专门安排了一部电台每天24小时固定在这个频率值班，等候对方的呼叫。每次收到对方发来的密电后，通讯科都会直接交给戴局长，由他亲自译电，因为只有他才有该密电的密码。

今天，通讯科长更是不敢怠慢，他立刻亲自将这份密电送到局长办公室，

武汉谍战

交给戴笠签收。

　　通讯科长离开后，戴笠立刻打开办公室墙角边的保险柜，取出密码本，开始译电。

　　自从今年5月成立国民政府军事委员会调查统计局——简称军统局以来，通讯科已经收到好几份这样的密电。但这些密电属于最高机密，内容只有戴局长知道。由此可见，发送这些密电的情报员对军统局以至中国军队有多么重要。这个情报员由戴笠亲自掌握，他只与戴笠单线联系，军统局除了戴笠之外，没有其他人知道哪怕是一点点关于这名情报员的情况。

　　译完电文后，戴笠将密码本放回保险柜锁好，然后坐下来仔细阅读电文。

　　　　由潜伏在我方内部的日军情报人员向日军华中派遣军证实，他们的武汉作战计划确实泄露给了中国方面。目前华中派遣军正在全力展开调查。我亦在嫌疑人名单中，处境危险。我将停止一切情报活动，等待危机过去。如果遇到紧急情况，我要求在不通知总部的情况下，自行撤离。
　　　　盼速定夺。

　　　　　　　　　　　　　　　　　　　　　　　　　　　云和

　　戴笠看完电文，从抽屉里拿出一个打火机，将电文纸稿点燃，烧成灰烬。

　　戴笠开始思考如何处理这个危机。

　　"云和"是戴笠手中的王牌间谍，蒋委员长也非常重视"云和"。说实话，像"云和"这样潜伏在日军内部，能够轻而易举获得日军重要情报的谍报员，军统局目前还真的很少。因此，于公于私，戴笠都要尽全力保护他的这个王牌间谍。看得出来，这份密电让戴笠感到焦虑不安。

　　他拿起电话，"请给我接军事委员会办公室。"听到接通后，他马上说："军事委员会办公室吗？我是军统局戴笠，请贺主任讲话。"

　　"喂，我是贺耀祖。"

　　"贺主任，我有重要情报需要马上向你报告，并转呈委员长。"

　　"好的，你马上过来，我等你。"贺主任回答。

　　蒋委员长8月15日下令武汉的所有国民政府机构全部撤到重庆，但军事委员会一直留在武汉指挥作战。贺耀祖将军是军事委员会办公室主任，同时兼任军统局局长，是戴笠的直接上级。军事委员会办公室的大部分人员都随蒋委员长留在武汉，临时办公地点设在武昌珞珈山边的一幢3层的中式建筑内。

第一章 危 机

在去军事委员会的路上，戴笠坐在他的别克车后座上闭目养神。他看起来没有像刚才那么不安。

出来之前，戴笠从保险柜里拿出一份文件放进他的公文包。这份文件是他6月份制订的一个危机应对计划。这个计划的目的是一旦情报员"云和"遇到危机时，帮助"云和"安全渡过。

但这个计划涉及到的一些内容必须得到校长的批准，才能够实施。这个计划的一些细节还需要补充和完善。此外，为了保密，戴笠不能让其他人知道这个计划的内容，包括贺耀祖。

二

6月初，军统局刚刚成立不久，戴笠就收到代号"云和"的军统高级间谍提供的一份日军重要情报。这份情报透露日军大本营对于武汉作战的指导方针。

"云和"传回的情报不是很多，但每次传回的情报都非常重要，所以深得戴笠的器重。

这次传回的情报显示，日军将展开武汉作战，由华北派遣军第二军从北面，第十一军沿长江两岸，从两个方向进攻武汉。日军计划在1938年年底前，完成对武汉的占领。戴笠当时将此情报直接转呈给中华民国军事委员会。

军事委员会非常重视这个情报。在其他情报来源从侧面证实这个情报的可靠性之后，军事委员会认为这是一个扭转战局的绝好机会。

军事委员会认为，即使目前国军的训练和装备与日军差距很大，但是，如果国军根据日军的作战计划，作出针对性的部署，就能够取得先机。那么，赢得武汉会战的胜利并非不可能。

因此，军事委员会在蒋委员长的亲自督导下，制订了一个雄心勃勃的武汉会战作战计划：

1.北面，炸开黄河，利用黄河泛滥区阻挡、延缓日军第二军第10师团、第13师团和第16师团的进攻2个月，为第五战区各部于大别山北麓、东麓和南麓布防赢得时间。

2.沿长江进攻的日军第十一军，将以其一部沿长江北岸向武汉发起进攻。而其主力，则集结在九江及鄱阳湖西面，沿长江南岸向武汉推进。国民军事委员会判断，由于长江北岸到大别山南麓之间的正面非常狭窄，估计沿此线路进攻的日军只有一个师团。军事委员会决定，待沿长江北岸进攻的日军部队前出至黄梅一线，其战线拉长后，集中第五战区有力兵团，伺机向其侧背发起反击，切断其后援，围歼该敌于黄梅、广济一线。

3.组建以陈诚为司令官的第九战区，下辖薛岳第一兵团以及张发奎的第二兵团，分别在南昌—九江铁路一线（南浔线）和瑞昌—修水一线阻击日军主力沿长江南岸的进攻。

4.在第五战区全力围歼长江北岸日军的同时，第九战区各部必须尽力缠住南岸日军主力，使其不能有效增援北岸日军。

5.第五战区在歼灭北岸日军后，立刻进迫安庆，威胁日军第十一军长江运输补给线，影响其在九江的作战。

6.此时，在九江作战的日军整个战线必定发生动摇。第九战区各部乘日军动摇之际，倾其全力发动反击，击溃日军江南主力，从而扭转整个抗战局势。

7.集中海空军全部力量，配合陆军作战。

七月中旬，"云和"再次发回更为详细的日军作战计划，包括日军第十一军的兵力配备和进攻线路。

与军事委员会的判断相当一致，沿长江北岸进攻的果然只有日军第6师团，而长江南岸则集中了日军第十一军主力第101师团、第106师团、波田支队以及后来加入的第27师团和第9师团。

战局的发展与军事委员会预想的完全一致——日军第6师团孤军深入。7月26日，军事委员会向第五战区代司令白崇禧（第五战区司令官李宗仁由于生牙病到武汉就医，由白崇禧暂时代理其职）下达了出击命令。

> 第五战区以3至5个师的兵力，向潜山阵地迂回攻击，一举击破之，进迫安庆。

白崇禧接到军事委员会的命令后，立刻命令第4兵团（右翼兵团）司令李品仙上将以部分兵力出击，其余大部主力防守大别山各隘口，以防日军窜入。第4兵团司令李品仙于7月29日向第26集团军司令徐源泉将军下达了作战命令：

> 以一部确保西北各隘口，主力由现地向西南击敌侧背，截断潜太、怀

（安庆）太间敌之后方交通线。

8月中旬，白崇禧在第五战区司令部所在地，大别山南麓的浠水县召集所辖各部高级将领出席军事会议，部署第五战区的作战任务。

在会上，白崇禧下达了本战区作战命令：

> 以第4兵团总司令李品仙上将指挥右翼兵团，以大别山南麓为根据地，利用长江北岸丘陵湖沼之有利地形，在广济（武穴）以东至浠水一带占领纵深阵地，拒止北岸日军西进。
>
> 以第21集团军总司令廖磊上将指挥中央兵团，固守大别山东麓各要隘阻敌窜入，并于太湖、潜山西北山地，相机南下侧击西进之敌。
>
> 以第3兵团总司令孙连仲上将指挥左翼兵团，依托大别山，在大别山北麓与淮河之间，利用地障，拒止该路之敌西进。

由此作战命令，能够看到第五战区谨慎有余，而进取心不足。

根据第五战区的命令，李品仙第4兵团第26集团军，以及廖磊中央兵团第21集团军各一部，先后对潜山—太湖—宿松一线日军第6师团后方运输线展开反击，并一度收复太湖、宿松，取得了局部战果。

由于第五战区过于谨慎，反击的决心不坚定，将大部分兵力用于防守各隘口，对军事委员会7月26日的命令"向潜山阵地迂回攻击，一举击破之，进迫安庆"贯彻不力，以至反击的力度不够，没能切断日军第6师团与外界的联系，未能将其全歼于黄梅广济一线，失去战机。

三

戴笠来到贺耀祖的办公室后，立刻向贺耀祖报告密电内容。当然，他没有透露情报员"云和"的任何背景资料，这一点贺耀祖能够理解。

贺耀祖是个聪明人，他知道蒋委员长真正的意图是要戴笠负责军统局，只是由于戴笠的资历尚浅，蒋委员长担心戴笠让人妒忌，才安排他挂名兼任军统局局长。因此，贺耀祖从不过问军统局的工作。戴笠向贺耀祖汇报此事，是对贺耀祖的尊重；更重要的是，贺耀祖能够安排戴笠尽快晋见委员长。

贺耀祖明白戴笠此行的目的。

武汉谍战

"戴兄，我现在就去请示委员长，看看他什么时候可以见你。你在这里等我回来。"说完，贺耀祖离开办公室。

没过多久贺耀祖就回来了。

他对戴笠说："快，委员长现在就要见你。"说完，他带着戴笠去委员长办公室。

蒋委员长办公室门外值班的秘书看到贺耀祖和戴笠到了，便站起身来对他们说："委员长正在等你们。"说完，他走到蒋委员长办公室门前，敲了敲门。

"进来！"里面传来浓重的江浙口音。

秘书推开门，向委员长报告："报告委员长，贺主任和戴局长到了。"

"请他们进来吧。"

贺耀祖和戴笠正步走进办公室，并向蒋委员长敬礼："报告委员长！"

贺耀祖和戴笠进去后，秘书从门外将办公室的门关上。

这间办公室不大。正对着门的是一张办公桌，办公桌后面的墙上是两扇关着的百叶窗，办公桌的右边摆着一个长沙发，长沙发前面是一个茶几，茶几的两端各有一个单人沙发。

蒋介石从他的办公桌后面站起身来，指着沙发对贺耀祖和戴笠说：

"坐吧。"说着，他走到沙发边，在一张单人沙发上坐下。

看到贺耀祖和戴笠还站着，委员长挥手说："坐下，坐下来谈。"

贺耀祖和戴笠这才走过去坐在长沙发上。

蒋介石看起来有些疲惫。可能是为当前的战局担忧，因此没有休息好。

"雨农，耀祖已经告诉我大概的情况，你的担心我理解。毕竟，自对日开战以来，情报工作显得越来越重要。你的那个情报员提供的日军武汉作战计划太重要了！你要保护好这个情报员，关键时候会有用的。"

停顿了一下，委员长接着说："今年5月，军委会将原来的各个特务机构整合，重新组建军统和中统，就是为了加强对日本人的情报工作。"

这时，秘书敲门后送进来三杯茶。他将茶杯放在茶几上，转身出去了。

委员长端起茶杯，揭开茶杯盖，品了一口，称赞道："好茶！这是上好的毛尖，湖北特产，你们尝一尝。"

贺耀祖和戴笠也端起茶品了品，确实是好茶。办公室里慢慢地溢满了茶的清香。

"情报工作太重要了！一定要加强！本次武汉会战，就是因为掌握了日军的作战计划，让我们取得了一些主动，这是以前没有过的。"委员长接着说，

第一章 危 机

"当初决定炸开黄河堤岸,是下了很大决心的,并且承担着巨大的民怨。第五战区太谨慎了,如果出击的部队再多一些,进攻的力度再加强一些,围歼日军第6师团以及进迫安庆的作战意图,是很有可能达成的。这样的机会自开战以来,只有这么一次!因为这一次我们完全掌握了日军的作战部署。可惜了!这样的情报非常难得。黄泛区为第五战区赢得了全歼日军第6师团的机会和时间,可他们没有把握住这个机会。太可惜了!"

戴笠和贺耀祖都知道整个战局的发展,他们俩都明白委员长说的是对的。他们俩一个是主管军事情报的头目,另一个是军事委员会办公室主任,军事委员会给各战区的作战命令以及要达成的作战目的,他们是最清楚不过的了。现在,江北大别山一线的第五战区不仅彻底失去了歼灭日军第6师团,进而进迫安庆,威胁第十一军补给线的机会,而且必须同时应付大别山南麓和北麓日军的进攻。战局开始向着对中国军队越来越不利的方向发展。河南百姓因为黄河破堤而承受的痛苦,没能换来中国军队想要的胜利。戴笠和贺耀祖也感到惋惜,但他们俩都没有说话,只是听着。

"不说这个了,还是为以后的事情做打算吧。"委员长话锋一转,"雨农,你有什么具体的计划,保护你的情报来源?"

"校长,学生有一个初步的计划,但是……"戴笠犹豫起来,他看了看委员长,又看了看贺耀祖。

蒋委员长和贺耀祖都明白了戴笠的意思。

贺耀祖立刻面带窘态地说:"委员长,我想我应该回避一下。"说着,他站起来准备出去。

戴笠面色略显尴尬地看着委员长。

"好吧,耀祖,你先回避一下。在外面等着,我还有事情和你谈。"蒋委员长试图化解二人的尴尬。

贺耀祖出去之后,委员长对戴笠说:"你说吧。"

"校长,学生已经有了一个初步计划,但还缺乏关键的一环。"戴笠尽量说得明了一些,"因为这关键的一环是基于我的一个判断,为了证实我的判断是否正确,我需要调阅军令部第二厅潜伏在沦陷区的高级情报人员档案。如果证实我的判断正确,我的计划就完善了。执行此计划,我的情报员就可以安然渡过危机,继续为我们提供情报。如果不能证实我的判断,或者证实我的判断是错误的,我就只能制订一个保守计划,让我的情报员在危险出现前撤离。不过,就算情报员能够安全撤离,我们也失去了这个情报来源,从这一点上来

武汉谍战

看,其实就是失败。所以,请校长批准学生调阅军令部第二厅的高级情报人员档案。"

说到这里,戴笠从公文包里面拿出一份文件,递给委员长,"这就是学生6月份制订的计划,请校长过目。"

蒋委员长花了几分钟看完这份计划,觉得很满意,"嗯,很好。原来你早有准备,未雨绸缪,很好!就差这关键的一环。"

接着,蒋委员长签发了手令,

军令部:
　　兹授权军统局副局长戴笠调阅任何军令部潜伏在沦陷区之我方情报人员档案,盼予以协助。
　　此谕!

中华民国军事委员会委员长
蒋中正

有了蒋委员长手令,戴笠就可以在任何时候调阅他需要的军令部情报人员档案。

第二章 布　网

一

汉口日租界中街9号（注：现汉口长春街57号），是一座日式4层楼房。这座楼房原来是日商大石洋行办公楼。抗战爆发后，国民政府强行收回日租界，这间洋行也收归国民政府所有。国民政府将此洋房拨给中共作为八路军驻武汉办事处。中共长江局机关也秘密设在八路军驻武汉办事处内，但对外是不公开的。

中共长江局秘书长李天驰主管情报工作，直接受长江局副书记周恩来的领导。早年在上海，李天驰就是周恩来领导的中央特科成员。他现在的工作就是负责在各地建立和发展中共的秘密情报组织，收集各方面的情报，供中共中央军委会决策时参考。

李天驰的办公室在2楼，此时他正坐在办公桌前，看着一份武汉特别工作委员会潜伏人员名单。

自从江西中央红军第5次反围剿失败，被迫开始长征后，留在南方各省的中共党组织都遭受国民党政府不同程度的破坏。1937年国共第二次合作，中共在南方各省的党组织又逐步开始恢复和重新建立起来。只一年时间，各地党组织就有了很大的发展。

与此同时，中共在南方各省残留的武装也于1937年年底整编成国民革命军

武汉谍战

新四军。叶挺被国民政府军事委员会任命为新四军军长，但国共双方商定，新四军仍然归中共领导和指挥。

现在中共长江局已经建立了一个比较完善的情报系统，它的情报人员遍布江南各省，有些人已经渗透到日伪和国民政府的要害部门。

李天驰将武汉特委名单放进保险箱锁好。

根据周恩来的指示，在武汉沦陷前，安排中共潜伏人员组成武汉特别工作委员会——简称武汉特委，负责沦陷后武汉地区的对敌情报工作，为长期抗战做准备。

武汉特委直接由长江局领导，李天驰此前已经做了充分的准备工作。潜伏人员名单早就定下来，所有成员都有公开身份做掩护，他们的真实身份从来没有暴露过。

武汉特委的潜伏人员分成三个小组，分别是情报组、联络组和行动组。每个组由组长负责，领导全组人员。三个小组的组长直接受武汉特委负责人领导。武汉特委负责人由长江局直接任命。

李天驰现在正等着武汉特委负责人。他要给这个负责人布置任务，并交给这个负责人无线电通讯密码本和与各小组接头的联络暗号，以及全体潜伏人员名单。

李天驰考虑到，八路军办事处是一个公开的办事机构，每天来办事处拜访的各界人士很多，进出办事处的人不会引起别人注意，因此在这里与武汉特委负责人见面是最安全的。

李天驰看了看表，约定的时间快到了。

这时，走廊传来脚步声。接着有人敲了敲李天驰办公室的门。

"报告！"

"进来！"

门被推开了，一个办事处的警卫人员在门口给李天驰行军礼后报告，"首长，有一个自称王老板的人，说你的收音机修好了，给你送过来。"

"哦，对。请他进来吧。"

警卫转身出去了。

不一会儿，警卫带着一个人来到李天驰的办公室。这个人左手提着一个装着收音机的纸箱，右手提着一个黑色的手提包，站在门口。

"首长，这就是电器行的王老板。"警卫向李天驰介绍。

"啊，王老板，你进来吧，收音机修好了？"李天驰招呼王老板进来，然

第二章 布 网

后对这个警卫说,"好了,你去忙你的吧。"

警卫出去后随手将门关上。

王老板看上去二十五六岁,中等个子,身材偏瘦。他的眼睛细长,笑起来就眯成一条缝。他是那种相貌普通,在人群中一点都不起眼的人。

王老板身穿一件白色丝绸衬衣和一件浅蓝色的咔叽布裤子,脚上穿着一双黑色的皮鞋。

"李长官,收音机修好了,你试试。"

王老板一边将收音机从纸箱里拿出来放在办公桌上,一边对李天驰挤眉弄眼、半开玩笑地说:"这种联络方式很自然,不会引起人家注意。"

"嗯,当初送这台收音机给你修,就是为了方便今天的联络,有远见吧?"

"那是,不然怎么你是领导呢?"

"别贫嘴了,坐吧。"

王老板带着浓重的湖北口音,他在李天驰办公桌对面的椅子上坐下。

李天驰给收音机插上电源,调到一个广播电台,并将音量开大一些。

"我们抓紧点时间,你不能耽搁太久。"说完,李天驰走过去打开保险柜,从里面拿出几份文件和一个密码本。

他将密码本递给王老板,"这是新的密码本,用来和总部联系。旧的通讯密码作为备用密码。"

王老板接过来看了看,放进手提包里面。

"密码只能由你一个人掌握,编码、译码都由你亲自做,这样最安全。报务员只负责收发报,不需要了解收发报的内容。"

"明白!"

"所有的潜伏人员分成三个小组,分别是情报组、交通组和行动组。这是你与各小组长以及报务员第一次接头时的接头暗号、接头时间和地点,你必须单独和他们四个人接头。接上头之后,由你和三个组长组成武汉特委,你担任特委书记,三个组长担任委员。这三个组之间目前还没有任何联系,彼此也不知道其他人的存在。在今后的工作中,三个组长免不了相互见面,但是各组之间不能有联系,这是情报工作的原则和纪律,你们必须严格遵守。"李天驰边说边将几页写着字的信纸递给王老板,"这上面还有总部交通员和你接头的联络暗号,以及长江局在武汉郊区联络站的地址和联络暗号,以备急需之用。你带回去,牢记后就马上销毁。"

武汉谍战

"是！"王老板回答。

王老板从头到尾看了一遍这几页纸上的联络人，联络地址和联络暗号，然后对李天驰说："我记住了。需要我复述一遍吗？"

李天驰笑着摇摇头，"我知道你有过目不忘的本领。不过，你可以将这份联络人名单带回去，接头之后再销毁。"

"是！"王老板将这几页信纸放进他的手提包。

"你们的任务主要是收集日军的情报，配合游击队打击日军后方。并从侧面支持正规军对日军作战。涉及到具体的任务时，我会通过电台通知你。"李天驰进一步说明，然后问王老板，"都清楚了吗？"

"清楚了。"王老板回答。

二

王老板名叫王家瑞，湖北黄安(现红安）人，民国二年（1913年）出生在大别山地区一个叫做刘家河的小山村。

王家瑞祖上世代务农。其父王成发18岁那年娶了邻村傅家的三姑娘进王家。王傅氏给王家育有四男一女，王家瑞家中排行老幺。

王家瑞出生不久，母亲就请本地有名的算命先生给王家瑞算了一个命。算命先生说这孩子天庭饱满，骨骼清奇，头顶七彩，脚踩祥云，属大富大贵之命，将来一定做大官。王家瑞父母听了自然很高兴。

王家瑞自幼在同龄孩子中就显得特别聪明、机灵。同村乡亲都说这个孩子将来一定有出息。因此，他父母一心想让这个幺儿子读书，指望着这个孩子将来能够有出息，光宗耀祖，改变整个家庭的命运。无奈家境贫寒，一直无力送他去学堂读书。

直到王家瑞的几个兄长慢慢长大，成为壮劳力，可以和父亲一起劳作，加上母亲勤俭持家，全家人省吃俭用，家境宽裕了一些后，父母才送王家瑞去读私塾，那时他已经八岁了。

三年之后，私塾先生和王家瑞的父亲商量，要求其父送王家瑞到县城读高级小学，免得耽误了孩子的前程。王家瑞的父母也正有这个意思，因此咬牙送王家瑞去县城读高级小学。

在县城就读高小时，王家瑞接触到一些新思想和新文化，对三民主义和共产主义有了一些了解。特别是他的国文老师，常常在课堂上向学生灌输共产主

第二章 布 网

义的思想。

从那时起，王家瑞就开始接受共产主义思想的启蒙教育。不过，他对政治并不热心，只能算是有进步倾向的青少年。

1927年11月，共产党领导黄安、麻城两地的农民，发动黄麻暴动，并且攻占了黄安县城。

王家瑞的一个表哥，名叫张子芳，也参加了这次暴动，而且还是农民自卫军的一个分队长。

起义军占领黄安县城后，张子芳到王家瑞住的地方找王家瑞。

因为暴动，学校停课，所以王家瑞正好在家。

张子芳给王家瑞带来好多吃的东西，都是在县城缴获的。王家瑞见有这么多好吃的，非常高兴。

张子芳兴致勃勃地告诉表弟自己参加农民自卫军的经历以及这次暴动的经过。末了，他余兴未消地劝王家瑞加入农民自卫军。

王家瑞以自己年纪小，还要读书为由委婉拒绝了。

表哥觉得王家瑞说的有道理，便没有再劝表弟，毕竟表弟年纪还小。

临离开前，张子芳要求表弟帮农民自卫军写一些革命标语什么的，王家瑞答应了。

王家瑞随表哥到农民军的住地，按他们的要求，写了一些标语。这算是王家瑞第一次做革命工作，虽然是被动的。

12月，国民革命军（政府军）第十二军教导师奉命围剿黄安农民自卫军。这些农民自卫军是既没有受过正规训练，又没有战斗经验的乌合之众，哪里是正规军的对手。无奈之下，农民自卫军只能退出黄安县城。

第二年年初，王家瑞考进位于汉口球场路的省立汉口中学，离开黄安到汉口读书。

从那时起，一直到1929年的秋天，王家瑞再没有见过表哥张子芳。他只是在寒暑假回黄安老家的时候，偶尔听到父亲和兄长谈起张子芳。他们说张子芳一直在鄂豫皖根据地红十一军当差，经常在他们村附近一带活动，而且有两次还到过他们家，都是穿的便衣。

有一天，表哥张子芳到汉口找王家瑞，请王家瑞帮他买电子管和药品。

王家瑞虽然有些害怕，但还是给表哥办齐他需要的电子管和药品。

后来，王家瑞在张子芳的引导下正式参加革命，成为鄂豫皖红军在汉口的地下党员。

武汉谍战

中学还没毕业，上级便安排王家瑞秘密进入鄂豫皖根据地接受情报工作训练。

训练他的教官是从苏联回来的情报工作专家。通过三个月的强化训练，王家瑞掌握了基本的特工技能，包括密写、摩尔斯码和收发报、拍照及冲洗相片、跟踪及反跟踪、化装及欺骗、各种枪支和爆炸物的使用。

完成特工训练后，王家瑞奉命返回汉口。他在汉中街（注：现在的胜利街一元路至张自忠路一段）南段靠近一元路的地方开了一个杂货店做掩护，建立秘密联络站，从此开始他的情报生涯。这时他只有十九岁。他直接受鄂豫皖根据地特务科领导，不隶属湖北和武汉党组织。因此，他的真实身份只有几个人知道。

三

武昌彭刘杨路军统总部。戴笠的办公室。

戴笠正在听取军统武汉区区长李国盛、副区长唐新和宋岳三人汇报军统武汉区潜伏工作的具体实施情况。武汉区是军统局特别成立的一个地下情报组织，专门负责武汉沦陷后的情报工作。

按照戴局长的指示，李国盛组建了军统局武汉区，下设汉口组、武昌组、汉阳组、武昌郊区组、直属小组、法租界特别组和行动队。军统武汉区规模庞大，其成员多达三百人，仅次于沦陷后的上海军统组织。

"遵照局长的指示，除法租界特别组由你亲自布置外，其他小组已经全部布置完毕。所有人员全部进入潜伏状态待命，所有的器材和装备已经分发下去或者妥善保存。"李国盛汇报说，"武汉区机关设在法租界吕钦使街（注：现洞庭街一元路至车站路段）的立兴洋行大楼里面。公开的机构名称是'恒泰商行'，出于安全考虑，电台设在汉正街。"

听完李国盛的汇报，戴笠觉得很满意：

"很好。你们要掌握好所有小组，发挥他们的最大潜力，在敌后打击日军。你们的主要任务是收集日军的各种情报，破坏日军的军事设施和运输线，袭击日本军人和惩办汉奸。"

"明白！"李国盛、唐新和宋岳同时回答。

除了军统武汉区作为沦陷后武汉地区的主要潜伏组织之外，戴笠在武汉还有其他的潜伏小组以及直接与戴笠本人单线联系的潜伏人员。汉口直属组就是直接受军统总部指挥的潜伏组，是和武汉区并列存在的一个独立潜伏小组。汉口直属组组长由张履鳌担任，并且配备了电台和报务员。

第二章 布 网

李国盛，唐新，宋岳三人从戴局长办公室出来后，乘戴局长安排的汽车到江边的汉阳门轮渡码头，然后登上过江轮渡。

十几分钟后，轮渡到达长江对岸的汉口江汉关码头，停靠在码头的趸船边。

江汉关码头是汉口最繁忙的轮渡码头，用来停靠往返于武昌与汉口之间的轮渡。码头的出入口位于沿江的河街（注：现汉口沿江大道）上，几乎正对着江汉关大楼。长长的水泥台阶从码头的出入口拾级而下，通向江边的趸船。

李国盛三人从轮渡上下来，沿着阶梯爬上码头，走出码头出入口。

司机韦裕国的汽车正停在码头外的马路上等着李国盛。

李国盛三人坐上韦裕国的汽车，很快就回到吕钦使街的立兴洋行大楼，军统武汉区的秘密机关总部。

立兴洋行是一个四层的暗红色法式建筑。建筑的两端是向外突出的圆弧形，有点像欧式城堡的塔楼，建筑的中间是正门，门的左右两边是两个大理石圆柱子，支撑着拱形门廊。这是一座具有欧洲古典风格的现代建筑。进了门厅之后，中间是通向二楼的木质楼梯。门厅左右两边各有一条走廊，走廊两边是房间。

军统局武汉区机关在二楼。

正对着二楼楼梯口的墙上挂着一个牌子，上面写着："恒泰商行"。

二楼左右各有一条走廊，左边是军统武汉区机关办公室，右边是宿舍。

李国盛回到他的办公室，开始考虑如何在武汉沦陷之后开展情报工作。

四

李国盛原名李人伊，是湖北武昌金口镇人，出身于书香门第。其父李化龙，早年在湖北武昌勺庭书院从教，善于吟诗作赋，是武汉比较有名的教育界人士。

李人伊在他父亲的教导下，从小就受到良好的教育。幼年时他读了三年私塾，后来进入湖北勺庭书院读书。受新文化新思想的影响，不久转到董必武等人于1920年创办的武汉中学就读，深受董必武、陈潭秋等人共产主义思想的影响，成为进步学生。后来，他考上南京高等师范学校。1922年在南京高等师范学校就读期间加入中国共产党，是中共早期党员。他于1925年考入日本士官学校第十八期学习。

武汉谍战

在日本期间，李人伊和其他党员成立了中共大阪支部，并在中国留日学生中广泛宣传进步思想，吸收进步学生加入中国共产党。1927年回国后娶了进步女学生张菲菲为妻。他随后加入国民革命军第四军叶剑英的军官教导团任党委委员，并随军官教导团南下广州参加了广州起义。起义失败后，李人伊带着张菲菲随叶剑英一起离开广州，辗转上海等地。在组织的安排下，李人伊和叶剑英被派往苏联。到苏联后，李人伊于1928年进入莫斯科中山大学特别班学习，同学中有叶剑英、夏博等很多后来的中共领导人。1930年夏天李人伊回国，被组织派往湘鄂西革命根据地，担任湘鄂西军委委员，成为湘鄂西根据地的主要领导人之一。

1931年3月，李人伊的莫斯科中山大学同学夏博被组织派往湘鄂西根据地任湘鄂西特委书记兼任红二军团政委。

到达湘鄂西根据地不久，夏博就开始肃反工作。李人伊也成了肃反对象，被打成"改组派"。不过，夏博念其是莫斯科中山大学特别班同学，没有杀他，只是将其开除党籍和红军军籍，逐出根据地。

被共产党开除的李人伊回到武汉。由于在夏博的肃反中受到打击，他已经心灰意冷。

时值李人伊在苏联留学时的学长，蒋介石侍从室秘书邓文仪正跟随兼任鄂豫皖三省剿匪总司令的蒋介石在武汉指挥对鄂豫皖红军根据地的围剿。邓文仪听说李人伊被共产党红军开除，正在武汉赋闲，觉得人才难得，便请李人伊加入他兼任科长的南昌行营调查科。李人伊接受了他的邀请，担任南昌行营调查科的高级情报人员。从此，李人伊开始了他的特务生涯，并改名李国盛。

国民党军事委员会成立南昌行营的目的，就是为了围剿日益发展壮大的中共江西苏区。李国盛在南昌行营调查科担任军事股股长。1934年10月，江西红军反围剿失败，被迫撤出江西根据地后，南昌行营调查科的使命也随之结束而被撤销。调查科人员大部分被戴笠合并到他的特务处。从那时起，李国盛就一直在戴笠手下工作。

李国盛开始时在特务处担任书记长。后来他自己请求外派，担任军统北平区区长。抗战爆发后他被任命为晋绥察区区长。现在又是临危受命，担任军统武汉区区长，领导武汉地区的敌后情报工作。

第三章　三浦诊所

一

位于玛领事街（注：现汉口车站路大智门车站至中山大道一段）法租界外面的三浦诊所，是日本人三浦太郎医生开的一家诊所。来诊所看病的主要是火车站的铁路工人、附近的居民以及在汉口的日本人。三浦诊所于1931年开张，到现在已经有七年了。

三浦诊所只有三浦太郎一个医生。三浦太郎看上去30多岁，五短身材，长着一张白白净净的四方脸和两片薄薄的嘴唇。他戴着一副金丝边眼镜，脸上总是带着笑容。他能说一口流利的中国话，使他深受中国人的欢迎。

三浦太郎医生待人和蔼，他的医德一直以来都受到病人的称赞。有时候病人钱不够，他也照样给病人看病、发药，然后记个账。

三浦诊所除了三浦医生外，还有一个女助理，名叫原田美香，也是日本人。

原田美香是两年前来到三浦诊所的。三浦诊所原来的助理两年前回日本嫁人，因此原田美香通过汉口的日本朋友介绍，给三浦太郎医生当了助理。

原田小姐看起来20多岁。她有一张漂亮的瓜子脸，身材苗条，皮肤白皙，文静中透出几分娇媚，颇有些姿色。加上她正值青春年华，充满青春的魅力，让她成为男人喜欢的女人。她待人和气，说话轻言细语。除了日语，她还可以

武汉谍战

说一口流利的中国话。总之，她是一个让人喜爱的姑娘。

三浦诊所不大，进门是一个候诊厅，候诊厅左边有两排木制长椅，大概可以坐十来个人，是病人等待就诊时的座位。候诊厅里面，正对着大门的是一个登记台，原田美香小姐就坐在登记台里面，为病人登记、发药、收费。原田小姐的左手边靠墙放着一个存放药品和病人病历的白色柜子。柜子的上半部有两扇玻璃门，用来存放药品；柜子的下半部有几个用来存放病人病历的大抽屉。当然，有些病人愿意自己保存病历，这个不强求。

原田小姐背后的墙上有一个带滑动梭门的小窗口，三浦医生和原田小姐可以通过这个小窗口说话，或者传递病历和处方。小窗口左边大约两三米的地方是一扇门，门上有一个牌子，牌子上写着"诊断室"三个字。三浦医生就在诊断室里面给病人看病。

现在是早上10点多。今天的病人不多，总共只有三个病人坐在长椅上候诊。

这时，诊断室的门打开了，一个病人从里面走出来，走到长椅边坐下，等着原田小姐给他发药。

原田小姐后面的小窗口从里面打开了，三浦医生将刚才那个病人的病历和处方递给原田小姐，同时接过原田小姐递给他的下一个病人的病历，并对原田小姐说了一句，"下一个。"然后关上小窗口。

"吴应天。"原田小姐叫道。

"在！"一个男人从坐着的长椅上站起来。

"吴先生，医生在等你，请！"

吴应天冲着原田小姐点点头，然后走到诊断室门口推门进去，并将门关上。

诊断室里面有一张办公桌，三浦医生正坐在办公桌后面。见吴应天走进来，三浦指着办公桌边的一张椅子，微笑着对他说：

"请坐。"

吴应天冲着三浦医生笑了笑，然后坐下。

显然吴应天不是第一次来这里看病，因为他的病历存放在这个诊所里。

三浦医生将吴应天的病历打开，然后低声对吴应天说：

"今天来找我，一定有重要情报，对吗？总部那边又来电了，催促我们尽快查出泄露第十一军作战计划的人。你这边有什么进展吗？"

"有一点进展。我从侧面了解到，这个人是军令部第二厅的间谍。这个间谍直接由第五战区领导。可以肯定，这个人是常驻上海的。这个人通过我们内部的人搞到情报后，直接发给第五战区司令部。不过，目前第五战区除了司令

第三章 三浦诊所

李宗仁和代司令白崇禧之外，恐怕没有其他人知道这个人的真实身份。根据我所了解的情况，就连第五战区情报处长这样高级别的情报官员，对这个人的身份也是一无所知。所以一时很难查出这个人是谁。"吴应天回答。

"这个间谍是常驻上海的？这是一个重要线索。根据总部的分析，我们内部提供情报给这个间谍的人，应该是在南京华中派遣军司令部或者第十一军司令部。因此，提供情报的人必须先将情报从南京送到上海，然后才由上海的间谍通过电台发出，对吗？"

"是的，如果总部的分析是正确的话。"

"如果这个间谍直接由第五战区司令官李宗仁领导，那么他一定和李宗仁、白崇禧有过交往。他很可能是李宗仁和白崇禧亲自发展的特工，对吗？"三浦进一步分析。

"是的，否则不能解释为什么只有第五战区李宗仁和白崇禧知道他的身份。"

"非常好，这两点都是很重要的线索。我会马上将这个情报发回总部。辛苦了，吴先生。"

"为天皇效忠！应该的。"

"请继续收集这个间谍更多的情报，而且要快，总部那边已经来电催了几次。拜托了，吴先生！"

"我会尽力的，三浦先生！"

"大日本皇军很快就要占领武汉，总部那边要我们做好准备。下一步的具体工作安排还没有定下来，不过你的工作肯定是继续潜伏下去。到目前为止，你潜伏得很成功，一点都没有受到他们怀疑。对吗？"

"是的，到目前为止，他们没有任何理由怀疑我。"

三浦医生给吴应天写了病历，开了药，然后对他说："好了，你可以走了。"

吴应天从诊断室出来，坐回到候诊长椅上，等着原田小姐给他发药。不一会儿，原田小姐叫到吴应天的名字。吴应天起身走到原田小姐的桌前，交了费，拿了药后，就离开了诊所。

吴应天的公开身份是第五战区司令部作战处的上校参谋。吴应天看上去30多岁，中等身材，尖脸，前额比较高。他的两条眉毛又长又浓，眼睛不大，但看起来有神。他的鼻梁不高，鼻子下面是两片薄嘴唇。他的外表让人一看就知道是那种很精明的人。

武汉谍战

二

吴应天这次是利用出差的机会到武汉的。他顺便将情报传给三浦太郎。

以前，吴应天在南京参谋本部任职时，是通过无线电台和日军情报部门联系的。后来他奉派到第五战区任职，由于随部队行动，他不能随身携带电台，因此他只能通过收音机收听无线电广播节目的密语广播，接受总部的指示。他获取的情报，也是按照总部通过无线电广播发给他的密语指示，送到指定的地点，然后由总部的交通员取回情报并送回总部，整个情报传递过程非常不方便，而且需要花比较长的时间。和三浦太郎接上头之后，由于他经常往返于司令部和武汉之间，他可以将情报直接交给三浦医生。因此这一段时间，他的情报传送顺畅了一些，而且更安全。

现在已经是九月底，武汉会战的局势已经明朗。目前的战局发展已经明显的对日军有利，日军占领武汉是不可避免的。中国政府和军队已经在做武汉沦陷撤退的准备工作。第五战区司令部也将从大别山区撤退，只是目前还没有明确要撤退到哪里。

第五战区司令部将会撤退到哪里呢？吴应天问自己。不论撤退到哪里，以后短时间内第五战区司令部的驻地很难固定下来。他需要有一个人充当他和三浦太郎之间的交通员，不然他很容易和总部失去联系，到时候就算有情报也很难送出来。他相信总部或者三浦会安排好此事，自己不必为此担心。

吴应天目前的首要任务就是查出日军内部的中国间谍。既然总部动用像他这样重要的情报员去调查潜伏在日军内部的中国间谍，说明这个间谍的危害相当大。

他明白这个任务很艰巨。最棘手的是，只有少数几个人知道这个间谍的真实身份。

除了李宗仁和白崇禧，还有其他人知道这个间谍的真实身份吗？吴应天思考着下一步的行动。

吴应天本来打算第二天就返回设在浠水的第五战区司令部。可他当天接到司令部命令，要他留在武汉配合第五战区武汉办事处的工作，为撤出武汉做准备。因此，他只好继续留在武汉。

直到四天后，吴应天才接到司令部命令，让他第二天返回第五战区司令部。

第三章　三浦诊所

接到司令部命令后，吴应天又去见了三浦太郎医生一次。他和三浦医生确定了他们之间今后的联络方式。

他们的联络方式有两种。

第一种方式，吴应天通过无线电广播节目接受总部指令，并将情报用密写信件寄到一个由三浦掌握的死信箱。

第二种方式，一旦吴应天的驻地固定下来，三浦会马上派交通员携带电台去他的驻地附近活动，配合他的行动。

第二天，吴应天出发返回司令部。

第四章　诱　饵

一

日本华中派遣军司令部第三会议室。

"据可靠情报透露，这个间谍隶属于中国军令部第二厅，是第五战区司令官李宗仁的高级情报员。目前，只有李宗仁和有限的几个高级军官知道他的真实身份。可以肯定的是，这个间谍常驻上海。另外，情报还显示，这个间谍通过华中派遣军内部的某一个人获得情报，这就是说，情报必须先送到上海，然后才由这个间谍发给中国第五战区司令部。"

内部调查组组长岩田正隆中佐正在向华中派遣军畑俊六司令官和河边正三参谋长报告目前掌握的情报。

参加会议的共有六个人。

畑俊六司令官坐在会议桌的主位。他的右手边依次是河边正三参谋长和陆军参谋部情报二部的伍岛茂少佐，左手边是华中派遣军情报课长岩田正隆中佐、华中派遣军宪兵队长五十岚翠中佐和第十一军情报课长山下内二少佐。

除畑俊六司令官和河边正三参谋长外，其余四人都是内部调查组成员。

"情报必须先送到上海，这是一个重要线索。根据你们的判断，情报是通过什么方式送到上海的？"河边参谋长问。

第四章 诱 饵

"首先，可以排除通过无线电发送。"岩田正隆很肯定地回答。

众人都点头表示同意，这是显而易见的。如果情报是通过无线电发送到上海的，当然也可以直接发送给第五战区，而不需要从上海转发。

"因此，要么是通过信件，要么是由人送到上海。"岩田接着分析，"如果情报是通过信件传送的话，我们的调查工作无疑是大海捞针。但是，通过信件传送这么重要的情报，会有很大的风险。因此，我更倾向于情报是由人送到上海的。"

"有道理！"畑俊六司令官表示赞同。

"如果情报是由某个人送去上海的话，我们判断这个人一定是提供情报给中国间谍的内奸。因为，如果中国情报机关安排专门的交通员将情报送去上海的话，那么，中国情报机关为什么不给这个交通员配备一部电台呢？这样岂不更加安全、快捷？这显然不合理。"岩田用眼光征询了一下大家的看法，大家点头表示赞同他的分析。"根据以上分析，我们相信，这个内奸在工作中既能了解作战计划的详细内容，又能经常因公务往返于南京和上海。我们的调查结果显示，从5月到6月底这段时间内，华中派遣军司令部和第十一军司令部共有9个人从南京去过上海。"说完，岩田拿出另外一份名单，交给畑俊六司令官。

司令官看完之后，将这份名单递给河边参谋长，然后对大家说："你们能够拿出这份重点嫌疑名单，说明你们做了很多深入细致的调查工作。请你们对这份名单上的所有人进行彻底调查。不过，这份名单都是建立在假设的前提下，如果假设的前提不成立，调查方向将完全错误，调查工作将会进入死胡同。我看我们需要更多的线索，才能进行更准确的调查。"

"是的，司令官！我们已经要求我方情报人员去找到这个间谍的详细资料。同时，我们会对这份名单上的人进行彻底调查。"岩田中佐回答。

这时，有人敲了敲会议室的门，畑俊六司令官应道："请进。"

一个作战参谋走进来，将一份电报递给畑俊六司令官："报告司令官，前线急电！"

畑俊六司令官接过电报看了看，然后递给河边参谋长。

畑俊六司令官转过头对作战参谋说："你先去吧，我和参谋长马上到作战室。"

作战参谋离开后，畑俊六司令官对大家说："各位，请你们加紧调查，尽快找出内奸和上海的中国间谍。如果需要上海方面配合，请提出来，我会以华中派遣军司令部的名义，要求他们协助。调查工作的进展，必须随时向我和

武汉谍战

参谋长报告。大本营参谋部情报二部那边由伍岛君负责联络和协调工作。其他需要我和参谋长协调的，请各位直接找我和参谋长。现在我和参谋长有事要处理，你们继续吧。"

"是！司令官阁下。"剩下的四个人起立目送司令官和参谋长离开。

司令官和参谋长离开后，会议室剩下的四个人继续开会。

"司令官和参谋长肯定是去处理106师团的危机了。106师团现在被中国军队包围在德安张古山、万家岭一带，陷于苦战，情况十分危急。第十一军第27师团和第101师团正从东西两路驰援第106师团。就目前的情况看，106师团很难避免遭受重创。"第十一军情报课长山下内二少佐不无担忧地说。

"战争中，牺牲在所难免。不过，第二军的进展相当令人鼓舞。第二军的第10师团今天已经占领了信阳南面的柳林镇车站，切断了平汉铁路。他们将和第3师团从南北两个方向夹击信阳。一旦占领信阳，武汉的北大门就打开了，攻占武汉指日可待。"岩田中佐缓和了一下会议室的气氛，"继续开会吧。"

二

浠水县位于湖北东部，地处大别山南麓。浠水县城在武汉以东，距离武汉大约130公里。

浠水县城不大，只有一条主要的南北向街道，叫正街。正街的路面是青石板铺成的，由于长年失修，已经有些凸凹不平。这是浠水县城最热闹的街道，街道的两边是一些店铺，有米店、肉铺、中药铺、杂货店、餐馆等。

已经是下午4点多了，街上的行人熙熙攘攘，不时听到店家和小贩的叫卖声。

吴应天开着一辆英制吉普车，沿着正街向南行，司令部安排给他的两个卫兵坐在汽车后座。到了正街的南端，向右拐便是学堂路，这里有一所废弃的小学。学校院子的大门正好临街，大门口有两个士兵在站岗，第五战区司令部就设在这里。

看到吴应天的车开过来，站岗的士兵立刻向他敬礼。吴应天的吉普车开进司令部大院后停在一栋青砖瓦平房前。

从汉口到浠水县城，一路上路面很差，虽然只有130公里的路程，除去中午吃饭的时间，吴应天开了将近6个小时的车，才回到浠水县城的第五战区司令部。

这间废弃的学校由三栋青砖瓦平房和临街的院墙组成。临街的院墙中间是学校的大门。大门里面是一个操场。正对着大门的那栋平房原来是用作教室

第四章 诱 饵

的,现在是司令部的办公室。大门左手边的平房原来是教师宿舍,现在改成司令部的军官宿舍。大门右边的平房原来是学校的礼堂和饭堂,现在是司令部的饭堂。

吴应天跳下车,拍打掉满身的尘土。他朝两名卫兵挥了挥手,然后提着公文包走进一间办公室。这间办公室的门上挂着一个木牌,木牌上写着"作战处"三个字。

作战处的办公室原来是一间教室,由于常年废置,门窗已经破败。办公室里面摆着一些旧桌子,当作办公桌。这些旧桌子大小不一、高矮不齐,很明显是从民间临时征用来的。

吴应天进门后,一边和同事们相互打招呼,一边朝他的上司作战处刘处长走过去,刘处长的桌子在最里面。

"报告处长,我回来了。"吴应天向处长敬礼。

"喔,这么快呀,没在武汉多呆几天,好好地放松一下?"刘处长边说边示意吴应天坐下。

"战局紧张,属下不敢多留。这是回函,处长。"吴应天从公文包里面拿出一个公文袋,递给刘处长。

刘处长接过印有"军令部"几个红字的公文袋,打开后看了看里面的文件,然后叫一名年轻军官将文件送去存档。

"怎么样,军令部那边有什么消息吗?"刘处长问。

"你得让我歇歇呀处长,我开了6个小时的车,累得不行了。"吴应天向刘处长求饶。

"对,对,你看我急的,都是战局不利给闹的。"刘处长冲着吴应天抱歉地笑了笑,"这样吧,你先去洗洗,然后休息一下,晚饭的时候我们再聊。"

吴应天回到他的军官宿舍。

所谓军官宿舍,其实就是在原来的教师宿舍里面摆上几张床,比士兵的通铺好一点。

吴应天脱掉军服和内衣,只剩下裤衩。他拿起脸盆、毛巾和肥皂,来到军官宿舍旁的蓄水池边,开始洗澡。

洗完澡之后,吴应天回到宿舍,换上一身干净衣服,感觉身体舒坦多了。

吴应天躺在床上,想着怎样才能搞到那个间谍的更多情报。

晚饭时间快到了,吴应天回到作战处。

见刘处长还在忙,吴应天就坐在自己的办公桌前,一边和同事闲聊,一边

武汉谍战

等处长忙完后一起去饭堂吃饭。

几分钟后，刘处长从办公桌前站起来，走到吴应天身边。

"走吧，去吃饭。"

吴应天和刘处长来到司令部的饭堂。

这个饭堂就是原来学校的礼堂，也兼做饭堂，里面摆着十几排长桌和长凳。饭堂的四面墙上挂着煤油灯，横梁上还挂着两盏煤油汽灯。这两盏汽灯是司令部搬进学校以后才挂上的。

饭堂和伙房之间有一扇很宽的门，门里面摆了两张桌子，桌子上放着盛饭和菜的盆子。吃饭的人都在门口排队打饭。

吴应天一边排队，一边和刘处长说话。他的眼睛不时地扫视一下饭堂里面的人。他看到通讯处陈处长和七八个各处室的军官坐在一起，边吃饭边聊天。

打好饭之后，吴应天和刘处长来到陈处长他们一伙人边上的空位子坐下，加入他们的聊天。

"听说委员长对我们第五战区作战不力很不满。"参谋处的文科长故作神秘地说。

"委员长说我们第五战区作战不力？为什么？"刘处长感兴趣地问。

"委员长主要是怪我们第五战区过于谨慎，没有利用有利时机对长江北岸日军第六师团展开全力反击，并将其全歼。"文科长回答。

"是啊，如果反击的部队再多一些，全歼日军第6师团是有可能的。"刘处长表示赞同。

"听说委员长得到情报，完全掌握了日军第十一军的作战计划。他知道沿长江北岸大别山南麓进攻的只有日军第十一军的一个第6师团。所以他下令炸开黄河花园口，让泛滥的洪水阻挡长江北岸日军第二军主力的推进。这样，江北日军第6师团就失去第二军的支援。等日军第6师团孤军深入后，由我们第五战区主力全力出击将其围歼。这样可以一举扭转战局。"文科长越说越来劲，"蒋委员长觉得很可惜。正是因为得到这么准确的情报，他才不惜冒犯民怨炸开花园口，为全歼第6师团、彻底改变战局创造条件。"

"是的，我也听说蒋委员长得到日军的详细作战计划。"通讯处陈处长附和道。

"真的太可惜了。"刘处长觉得遗憾没有能够全歼日军第6师团。

"陈处长也听说了这件事，那就说明这不是谣传。"文科长接着说，"这么重要的情报，是谁提供的？应该是军统吧！确实令人佩服！"

第四章 诱 饵

"不是军统提供的。"陈处长用狡黠的眼神看了看大家,脸上带着几分神秘和得意。

"不是军统?那就是中统!"吴应天故意激了陈处长一下。

"也不是中统。"陈处长更得意了。

"别卖关子了,说来听听。"刘处长催促道。

陈处长抬头看了看大家,然后带着几分得意的神情说道:

"是我们的战区情报员提供的情报。"

"我们的战区情报员?别开玩笑了,陈处长。我从来没听说过我们战区有这么厉害的情报员。"刘处长根本不相信。

"是真的。这个情报员用电台和我们战区保持联系。他每次发回的情报都由我直接交给李长官。"陈处长申辩说。

"这么说你看过电文?"吴应天赶紧问。

"我看到的是密码电文,看不懂内容。收到密码电文后,每次都交给李长官,由他亲自译电。"

"李长官亲自译电!保密级别这么高?"参谋处张处长说,"你看不懂电文,怎么知道是战区情报员发回的情报,猜的吧?"

"我们每次收到这个情报员发来的电报,都按照李长官的命令直接交给李长官,由他亲自译电。回电也是由李长官亲自编好密码电文后,再由我们通讯处发出。所以,我明白这个情报员的身份是最高机密,我无权知道。"陈处长解释说:"直到有一次,我去李长官办公室送电文,无意中听到李长官和白崇禧代总司令的谈话,才明白那个神秘的情报员是我们战区的。李长官和白长官说话时并没有回避我,可能他们认为我是半途进来的,不可能听明白他们谈话的内容。这是李长官9月份回到司令部之后的事情。"

"仅仅凭半途听到的谈话,就能判断他们说的就是这个情报员?"刘处长问了吴应天想问的问题。

"当时,白长官对李长官说,我们的战区情报员来电报告,给他提供情报的日本人9月初在上海和他见了最后一面。这个日本人告诉他以后暂时不能和他见面,因为日军华中派遣军内部查得很紧。"陈处长复述了当时白长官对李长官说的话。

"喔,原来是这样。仅凭这几句话,也不能说明他们谈论的战区情报员,就是给蒋委员长提供日军作战计划的那个情报员!"吴应天想得到更多的线索,又激了陈处长一下。

武汉谍战

"仅凭白长官的这几句话，当然不能断定。不过，李长官接下来说的话，就可以肯定他们说的这个战区情报员就是给蒋委员长提供日军武汉作战计划的情报员。"陈处长胸有成竹，故意停顿一下，得意地看着大家。

"别卖关子了，快说吧！"文科长等不及了。

"好吧。"陈处长接着说，"我听到李长官说，委员长对这个情报员评价很高，说这个情报员提供的日军武汉作战计划，对军令部制订相应的对日作战部署，争取战局主动，起到关键性的作用。李长官还感慨地说，作为一个在日本机关工作的中国人，能够在华中派遣军司令部招募到日本军人为我们提供情报，实在是太难得了。"说到这里，陈处长带着几分得意的眼神看着周围的人，"我听到的就是这些。够了吧？"

"够了，够了！李长官说的话，足以证明这个情报员就是给蒋委员长提供日军武汉作战计划的情报员。"

大家都赞同陈处长的判断。

"真的是第五战区的情报员啊！"刘处长终于相信了，语气中带着几分钦佩。不过，他的话锋一转，带着几分遗憾说："我们第五战区确实没有能够实现军事委员会的作战意图，在日军第6师团孤军深入的时候，集中有力兵团将其全歼。现在被洪水阻挡的日军第二军主力已经恢复沿大别山北麓一线的进攻，不仅缓解了大别山南麓日军第6师团的压力，而且进展迅速。昨天，日军第二军已经占领了信阳南面的柳林镇车站，切断了平汉铁路。现在信阳岌岌可危。一旦信阳失守，武汉也将不保。"

"看来司令部命令我这几天留在武汉，就是为第五战区接下来的撤退做准备。"吴应天像是恍然大悟一样。

"是的，一旦信阳失守，我们肯定会撤退，不然第五战区各部将会陷入日军的包围。"刘处长说得很肯定，显然他已经知道第五战区下一步的行动部署。

吃完饭回到宿舍，吴应天还在想着刚才在饭堂的谈话。没想到陈处长透露出这个间谍的这么多消息。

吴应天开始在脑子里整理刚才从陈处长的话里获得的情报。日军内部向中国间谍提供情报的是华中派遣军司令部的人。中国间谍在上海的某个日本机关工作。提供情报的人9月初到过上海并和中国间谍见过面，他可能是正在被调查的嫌疑人之一。

第四章　诱　饵

　　今天获得的这些线索非常重要，对总部的调查工作肯定会有帮助。嫌疑人范围将会大大缩小。想到这里，他心里笑了。

　　吴应天必须尽快将今天获得的情报送出去。这一次他只能用密信传递情报。因为他和三浦之间的交通员还没有出现。

第五章　黄雀行动

一

岩田正隆收到武汉情报站三浦太郎发回的情报。这份情报就是吴应天不久前获得的有关中国间谍的线索。

根据这份情报，岩田的内部调查组没有花多少时间查证，就将目标锁定在三个人身上。第一个是冈本矢一少佐，作战部第二课课长；第二个是石原光夫少佐，参谋部高级参谋；第三个是松本贤二中佐，经理部的庶务课长。这三个人都在原来的重点嫌疑人名单上。

岩田正隆拿起桌上的电话，要通接线员，"请接畑俊六司令官办公室。"

接线员接通畑俊六司令官办公室的电话。

"畑俊六司令官办公室，你是哪里？"

"我是情报课长岩田，我有重要情报需要马上向司令官报告。"

"请稍等。"

过了一会儿，电话那头说：

"司令官可以马上见你。"

"谢谢！"

岩田中佐挂断电话，拿起桌上的文件夹，去见畑俊六司令官。

第五章　黄雀行动

岩田中佐来到由畑俊六司令官办公室，秘书立刻向畑俊六通报：

"报告司令官，岩田中佐到。"

"请他进来。"

岩田走向畑俊六司令官办公桌，向司令官敬礼。

秘书转身出去，并将门关上。

畑俊六司令官坐在办公桌前，对岩田说：

"有什么重要情报向我报告吗？"

"是的，司令官阁下！根据最新情报，我们最终锁定三名重点嫌疑人。这是派遣军武汉情报站发回的情报，以及锁定的嫌疑人名单。"岩田中佐将电文和名单递给畑俊六司令官。

畑俊六司令官看了看电文和名单，脸上露出微笑。他抬起头对岩田中佐说："非常好，辛苦你了。需要我为你做什么吗？"

"是的，司令官！我们内部调查小组希望立刻逮捕这三个人，以免生变。"

"为什么这么急呢？目前还没有充分的证据，你逮捕这三个人之后，他们会承认吗？"

"宪兵队五十岚队长建议由宪兵队审讯这三个人，一定会叫他们开口。"

"可是有三名嫌疑人，其中两个显然是无辜的。"畑俊六司令官不愿意他的手下让宪兵队审讯，他知道宪兵队的手段。

"我也很犹豫，毕竟他们只是嫌疑人。正如你所说的，其中两人是无辜的。但是，我要求逮捕他们，是担心那个给中国间谍提供情报的人跑掉。"

"就算他跑掉，我的目的也达到了。这个人以后再也不能将我们的情报提供给中国间谍了，不是吗？"

"是的，司令官阁下。可是，如果我们能通过这个人抓到中国间谍，不是很好吗？"

"能抓到中国间谍当然好。我看先不要抓这三个人，等有了确凿证据之后再抓不迟。我不喜欢宪兵队的严刑逼供，尤其不喜欢他们这样对待自己的同胞。"

"是！司令官阁下！"

从畑俊六办公室出来后，岩田直接来到伍岛茂少佐的办公室。他要将畑俊六司令官的意见转达给伍岛茂。

伍岛茂见岩田进来，赶忙起身迎接。

关上门后，两人在靠墙的沙发上坐下。

"我刚才去请示过畑俊六司令官,他不同意逮捕这三个人。"

"其实我也不主张现在就逮捕他们,因为我们没有证据。派遣军情报部武汉情报站发回的情报,最多只能说是线索,连间接证据都不算,更不要说直接证据。"伍岛坚持自己的观点。

昨天,在内部调查组会议上讨论是否逮捕刚刚锁定的三个重大嫌疑人时,伍岛茂就表示反对。岩田正隆、五十岚翠和山下内二倾向于立刻逮捕。

"我明白你和司令官的意思。除非动刑,否则他们是不会招供的。"岩田表示理解。

"就算动刑,我们要找的人也不一定招供。说不定另外两个无辜的人被屈打成招呢。"

"嗯,有道理。"岩田中佐想了一下,"我看我们马上找五十岚翠中佐和山下内二少佐开个会,安排一下对这三个人的监视和监听工作。同时,我们要对他们的住所进行秘密搜查,希望能找到一些证据。还有,我们应该请上海方面协助调查,弄清楚这三个嫌疑人在上海接触过哪些在日本机关工作的中国人。其中有一个人肯定是中国间谍。我可以肯定,这个中国间谍一定能说日语。希望能从上海方面找到突破口。"

"好主意!我这就给他们俩打电话。"伍岛茂同意。

二

李国盛和叶风及江绵鸿到达南京后,今天已经是第四天。

他们三人化装成商人,从武汉出发,绕道经由长沙、南昌、杭州、上海最后到达南京。

到达南京后,李国盛和他的两个助手以公司老板代表的身份,来到茂源商行。他们到茂源商行的目的是代表老板检查账目,茂源商行陈经理之前已经接到老板的电话通知。

南京沦陷前,公司老板曾明玉全家迁去汉口,留下陈经理帮他打理南京的商行。这个商行从事棉花和食用油料贸易,是一个比较大的商行,公司员工有30多人。

按照老板的吩咐,陈经理安排李国盛和他的助手住在老板位于水佐岗的洋房里。自从曾明玉迁去汉口之后,洋房一直空着。另外陈经理安排一辆车给李国盛使用,这是一辆黑色道奇车。

第五章　黄雀行动

本来陈经理打算给李国盛安排一个司机，但李国盛的助手叶风很喜欢开车，自告奋勇地担任李国盛的司机，因此陈经理就没有安排司机给他们。

查账的事由江绵鸿负责，他每天去公司查账。

李国盛和叶风很少去公司，两人每天开着车到处闲逛。他们给陈经理的印象是游手好闲之辈。

这样的老板代表，陈经理自然是求之不得。所以他也不去打搅李国盛，希望让他玩得开心。

李国盛这次的任务是率领特别行动组执行戴笠的一项秘密计划。特别行动组其他成员已经分头到达南京。

特别行动组的成员是由戴笠亲自挑选的，他们是行动处的袁旭和黄一平，电讯处的甘可荃，情报处的陶大正，总务处的叶风和江绵鸿。他们全都是军统的骨干。先遣小组成员有一个共同点，就是会说日语，并且对南京城很熟悉。按戴笠的指令，他们分头潜回南京，然后在指定的地点汇合。

根据任务的需要，特别行动组在日军华中派遣军司令部大门对面不远处和司令部军官宿舍边上各租了一间二层楼的房子。从这两间房子可以分别监视进出华中派遣军司令部和军官宿舍的人。房子租下来后，他们的下一步行动，就是安装电话监听装置。

甘可荃通过电话公司查到军官宿舍门厅的电话号码。

他拨通了这部电话。

"哪里？"军官宿舍门口值班的士兵接听电话，讲的是日语。

"我是电话局的，要确认一下线路。你们这栋楼总共有六部电话，对吗？"甘可荃用熟练的日语说道。

"不是六部，是五部。每层楼都有一部电话，放在走道上，给军官共用。加上我正在用的这一部值班电话，总共五部。"值班士兵回答。

"这就对了。我们发现某一部电话的线路出了问题，现在马上派人去检修，半个小时就到你们那里。"甘可荃说。

"好的。请你的人带上证件。"值班的士兵同意了，并在值班记录上记录下来。

接着，按照之前的分工，甘可荃和袁旭两人一组，装扮成电话公司的维修人员，检修军官宿舍的电话线。陶大正留在房间里配合甘可荃和袁旭。黄一平在附近的路边担任警戒。

甘可荃和袁旭两人穿着电话公司的工作服，来到离军官宿舍不远的一个电

武汉谍战

线杆下面。这个电线杆上有一个电话线接线箱，从接线箱分出的电话线，连接到附近房子的各个电话用户，这是他们事先就观察好的。军官宿舍的电话线和甘可荃他们租的房子里面的电话线，都是从这个电话接线箱分出来的。

甘可荃双脚套上爬杆器，背着一部检修用的电话机，爬上电线杆。他打开电话接线箱，将他的检修用电话机接到电话接线箱里面的一组接线柱上。然后，他拨打了一个号码，等着对方接听。他和房间里的陶大正约好，一旦陶大正听到电话铃声必须立刻接听。如果没人接电话，或者是别人接电话，甘可荃就挂断电话，接着试下一组线。用这种方法可以找到他们要找的电话。

好在从这个接线箱接出去的线不多，总共只有9组线。当甘可荃试到第三组的时候，他听到电话里传来陶大正的声音。

"是我，听得到吗？"陶大正问。

"听到了。挂断吧。"甘可荃说。

甘可荃找到他们房间的这组电话线后，便低头对电线杆下面的袁旭说："现在该你了。"

"那我去了。"说完，袁旭朝军官宿舍走去。

房间里，陶大正将电话线从电话机上拨下来，接到电话监听装置上，然后坐下来戴上耳机等着。

袁旭走到军官宿舍的大门口，故意用汉语夹着几句生硬的日语，对站岗的士兵说，他是电话公司的工人，来检修电话。说着拿出证件给这个站岗的日军士兵看。士兵查看了证件，又见袁旭穿着电话公司的制服，就放他进去了。

袁旭沿着楼梯上了二楼。

他发现楼梯口走道边放着一个小桌子，桌子上有一部电话机。就是这部电话，他想。

按照事前的约定，袁旭守在这部电话旁。等这部电话的铃声响起，他就立刻接电话，这样电话另一头的甘可荃就可以确定二楼的这条线路。甘可荃仍然需要一路一路地试，袁旭必须耐心地等着。

大概十分钟后，电话铃响了，袁旭马上拿起电话。

"喂，老甘，是我，线路畅通。"

"很好，老袁。你现在挂断，我接好线后再试一次。"说完，甘可荃挂上电话。

甘可荃将他们房间的那组电话线，连接到军官宿舍二楼的那部电话线上。

接好线后，甘可荃再次拨通军官宿舍二楼的电话，袁旭听到电话铃声，马

第五章 黄雀行动

上接听。

"喂，我老袁。"

"老袁，你说话，我要听听线路的声音是否正常。"甘可荃一边说话，一边抬头看着他们房间的窗口。

"今天晚上下班后，我们去喝一杯，怎么样？"袁旭在电话里问。

"好啊，你请客？"甘可荃讲着电话，可他的眼睛一直盯着房间的窗口。

"可以，你说吧，去哪里？"

"还能去哪里？老地方，林记咸水鸭。"甘可荃和袁旭在电话两头有一句没一句地聊着，等着陶大正的信号。

陶大正戴着监听耳机，很清晰地听到甘可荃和袁旭的讲话。他摘下耳机，走到窗前，对着甘可荃打了一个手势。甘可荃回了一个手势给陶大正，然后他对电话那头的袁旭说：

"好了，线路畅通，可以收工了。"

上峰交给先遣小组的主要任务，就是监视日军华中派遣军司令部的三名军官。到达南京后，他们按照总部指示，到一个指定的地点从信箱中取回三个监视对象的照片。

三名监视对象分别是冈本矢一少佐，华中派遣军司令部作战部第二课课长；石原光夫少佐，华中派遣军司令部参谋部参谋；松本贤二中佐，华中派遣军司令部经理部庶务课长。

这次行动的代号是"黄雀行动"，参与这次行动的所有人员，全部都是从军统局总部抽调的，没有让南京的特工参与。因为戴笠希望这次行动严格保密，所以将知情者控制在很小的范围。另外，戴笠担心军统南京的潜伏组织被日伪渗透。

李国盛被戴笠指定为这次行动的前线指挥。之所以让李国盛担任这次行动的前线指挥，戴笠的理由是他懂日语，并且能够镇得住参与此次行动的其他成员。

三

石原光夫少佐若有所思地坐在他的办公桌前。

近来，他感觉到每次外出的时候，好像总有一双眼睛在暗中盯着自己。每当他有这种感觉的时候，就会回头仔细观察周围的人，却又没有发现有人在盯

武汉谍战

着自己。

会不会是自己神经过敏呢？他想。应该不会。这种感觉很真实，以前自己从来没有这样的感觉。

司令部的工作人员最近都在私下议论作战计划泄密的事情，石原光夫也听到不少。他还听说司令部为此专门成立了调查组，正在展开秘密调查。尽管都是私下议论，但无风不起浪。他相信传言是真的，也就是说，司令部有人向中国方面泄露了机密情报。

会不会是他们在怀疑我呢？看来我的感觉是对的，他们在怀疑我，所以派人暗中跟踪我。一定是这样！

想到这里，石原光夫不禁紧张起来。

石原光夫知道作战计划内容，当然不能排除嫌疑。可是，仅仅因此就跟踪他，显得有些不合理。

一定还有其他的原因。

是什么原因呢？石原光夫想了很久也想不出他们怀疑他的理由。越是想不出理由，石原光夫的心里就越是忐忑不安。这可不是闹着玩的，一旦被他们怀疑上，只要还没有找出他们真正要找的人，你就很难脱身的。

"叮叮叮"，石原光夫办公桌上的电话响了，打断了他的思绪。

"喂？"他拿起电话。

"是石原光夫先生吗？"对方问。

"我是，你是谁？"

"你上海的朋友要我告诉你，上野的樱花就要凋谢了。"说完对方马上挂断电话。

"喂，喂喂？你……"

电话耳机里传来嘟嘟嘟的声音。

莫名其妙！这是石原光夫放下电话后的第一反应。过了一会儿，他忽然意识到有问题。

"上野的樱花就要凋谢了"。

这分明是在暗示什么嘛。上海的朋友很多，谁知道是哪一个！他越想越觉得不对劲儿！这个时候接到这种电话，让他觉得太蹊跷。

此事一定和泄密的事有关！

将这个奇怪的电话和泄密的事联系在一起，使石原光夫的脑袋嗡的一声，顿时像要炸开一样。他的心跳一下子加快了，扑通扑通的，让他觉得周围的同

第五章　黄雀行动

事都可以听到他的心跳声。

　　石原光夫少佐心不在焉地做着他的案头工作。偶尔有同事过来和他说说话，或者问一些工作上的事情，他都含含糊糊地敷衍过去。

　　终于熬到下班。石原光夫急匆匆离开司令部，朝军官宿舍走去。

　　军官宿舍离司令部只有两条街，不出十分钟，石原光夫就回到宿舍。

　　军官宿舍是一栋四层楼的红砖瓦顶建筑。宿舍的大门口有士兵站岗。

　　石原光夫少佐的宿舍在二楼。

　　他开门走进自己的房间，立刻快步走到窗前，观察楼下有没有人跟踪他。

　　观察了一会儿，没有发现异常情况。于是他走到床边坐下，目光呆滞地看着窗外。

　　石原光夫决定去找他的名古屋老乡宫崎信。他要把他面临的问题告诉宫崎信，让宫崎信替他拿拿主意。宫崎信是日军驻南京警备部队的一个大队长，他的驻地离石原光夫的宿舍步行大约需要半个小时。

　　石原光夫来到二楼走廊上的公用电话旁。

　　他拨通接线员，请接线员接通南京警备部队宫崎大队。

　　电话接通了。

　　"喂，你找谁？"对方问。

　　"我找宫崎信少佐。"

　　"请稍等。"

　　"喂，我是宫崎信。"

　　"宫崎先生，我是石原光夫。"

　　"石原先生，好久不见了，你好吗？"

　　"嗯，还好。怎么说呢，我想和你见个面，就现在。可以吗？"

　　"当然可以。"

　　"那好，我去你那里找你，可以吗？"

　　"可以，我等你。"

　　"好的，一个小时以后见，宫崎先生。"

　　打完电话后，石原光夫去洗了一个澡，换上一身干净的便装，准备出门。

　　他从挂在衣架上的枪套里取出手枪，检查了弹夹，然后将手枪插在腰间，就出了门。

　　下午，李国盛接到上海"一切准备就绪，可以发货"的电话后，马上给石原光夫打了那个莫名其妙的电话。他知道石原光夫的电话一定会被日军宪兵队监听，打这个电话给石原光夫是这次行动计划好的一步。

挂断电话后，李国盛向队员们下达命令：全体待命，随时伺机绑架石原光夫。

刚才甘可荃监听到石原光夫打给宫崎信的电话后，立刻报告李国盛。李国盛认为这是绑架石原光夫的最佳时机，因此，他马上命令行动组所有人员，立刻按计划展开行动。

四

石原光夫走出军官宿舍楼大门的时候，天快要黑了。

昏暗的路灯下面，有两辆等客人的人力车停在路边。

石原光夫招手叫了其中一辆人力车，然后用半生不熟的中国话告诉车夫他要去的地方，他说了几遍车夫才明白他要去城东的老兵营。

车夫听明白后，大声吆喝一句："城东老兵营，走咧。"随即拉起车就走。

车夫拉着石原刚走不远，就有一个人从暗处走出来，上了另外一辆人力车。

"跟着前面的那辆人力车！"这个人上车后，指着石原的那辆车，用虽然不地道但能听懂的中国话对车夫说。这个人是宪兵队的桥本少尉，负责跟踪石原光夫。

天完全黑了下来。

前面的车夫拉着石原光夫拐进一条僻静的小巷后，突然将车停下来。

坐在车上的石原光夫正想问车夫为什么停下来，可还没等他开口，就感觉到有人突然从后面用一条毛巾紧紧地捂住他的鼻子和嘴。毛巾上有一股刺鼻的气味，肯定是撒了迷药。

石原光夫开始拼命挣扎。他下意识地伸手想去扳开捂住他的那只手，可是扳不开。他伸手去摸腰间的枪，可是还没等他摸到，就觉得全身瘫软，接着便失去了知觉。

车夫和后面的那个人赶紧把石原光夫扶进旁边停着的一辆黑色道奇车，然后两人一左一右也上了汽车。车门刚关上，汽车马上就开走了。

后面那辆跟踪石原光夫的人力车，也跟着拐进这条巷子。

第二辆人力车一拐进巷子，车夫就将车停下来，回头跟车上的桥本少尉用中国话说着什么。没等桥本少尉反应过来，他就被人从后面在头上打了一闷棍，立刻晕了过去。

第五章　黄雀行动

十多分钟后,叶风开着道奇车回到水佐岗的洋房。

看到叶风的车回来,等在院子门口的江绵鸿马上打开铁栅门,让叶风的车开进去。

汽车开到洋房的后面停下来。

装扮成车夫的陶大正和配合他的黄一平一左一右下了车。他们将处于昏迷中的石原从车里架出来,石原的头套着黑头套。

陶大正和黄一平架着石原走进洋房背面的一个铁门。铁门里面是一段向下的台阶,通向地下室。

陶大正和黄一平借着台阶上面的电灯灯光,架着石原一步一步地走下台阶,来到地下室。

地下室是抗战爆发后,房子的主人为了躲避日军飞机轰炸而改建的。地下室分为里外两间,外面一间有桌子和椅子,里面一间只有一张床。两间房由一道门连着。

陶大正和黄一平将仍然处于昏迷中的石原光夫架进里面的那间房,把他放到床上躺下,并摘掉他的头套。两人从里间出来,从外面将门锁上。

他们估计石原至少还需要半个小时才能醒来。

不知过了多久,被袁旭用木棍打晕的桥本少尉苏醒过来。他发现自己躺在一个黑漆漆的墙边。他的头痛得厉害,满脸都是血。

桥本少尉慢慢地想起刚才发生的事情。

他坐在人力车上,跟踪前面车上的石原光夫。后来人力车拐进一条巷子,还没等他看清楚前面是怎么回事,就被人打晕。

桥本少尉艰难地站起来,他的头又痛又晕。他努力地辨认了一下方向,然后跟跟跄跄地往前走。过了一会儿,他终于看到前面不远处有人,便奋力地大叫了一声"救命",然后又晕过去。

当桥本少尉再次醒来的时候,发现自己躺在医院的病床上。他努力地想坐起来。旁边的护士见他醒了,便示意他不要坐起来,然后转身出去了。

过了一会儿,护士领着五十岚翠中佐和岩田正隆中佐进来。

"桥本少尉,醒过来了?感觉好一点吗?"五十岚翠关心地问。

桥本少尉见两位长官来看自己,又想要坐起来,五十岚翠马上阻止他,"不要起来,躺着吧。"

"五十岚翠队长,我,我辜负了你的信任。"桥本少尉惭愧地说。

"不要这样说,桥本少尉。这不是你的问题。"五十岚翠安慰桥本少尉,

武汉谍战

"告诉我发生了什么事。"

桥本少尉将事情的经过详细报告给五十岚翠中佐和岩田中佐。

岩田听完桥本少尉的报告，若有所思地问：

"桥本少尉，石原少佐失踪了，你知道吗？以你的判断，他会发生什么事呢？他会不会被绑架？"

"石原少佐失踪了？我不知道石原少佐发生了什么事情。当我跟踪到那条小巷的时候，只看到前面的那辆人力车，没有看到石原少佐。哦，对了，还有一辆正在开走的黑色轿车。接着我就被打晕了。"桥本少尉回答。

"一辆正在开走的黑色轿车？你看到石原少佐上了这辆车吗？"五十岚翠赶忙问道。

"我没看到石原少佐上那辆车。"桥本少尉非常肯定。

"拉你的那个车夫，你认为他和袭击你的人是一伙的吗？"岩田问。

"我想应该是一伙的，不然这个车夫为什么要停下来呢？他停下来就是要让后面的同伙袭击我。"桥本少尉回答。

"嗯，很好。前面那个车夫呢，会不会也是他们的同伙？"岩田中佐接着问道。

"我认为前面的车夫也是他们的同伙。"桥本少尉想了一下才回答。

"好吧，辛苦了，桥本少尉。你好好休息吧。"五十岚翠明白，桥本少尉知道的就这么多了。

"你好好休息，我们走了。"岩田说完，便和五十岚翠一起离开了病房。

岩田正隆和五十岚翠回到司令部时，天已经亮了。

他们俩昨晚接到桥本少尉受伤，正在陆军医院抢救的消息后，立刻赶到医院。

由于桥本少尉一直处于昏迷状态，他们只好坐在医院走廊的椅子上休息，等着桥本少尉苏醒。因此他们两人整晚都没有好好地睡觉。

岩田正隆和五十岚翠回到岩田的办公室后，让值班的卫兵给他们俩泡了两杯浓茶解困。接着，岩田给伍岛茂和山下内二打电话，请他们来他的办公室开会。

岩田正隆和五十岚翠，一边喝茶提神，一边等着伍岛和山下。

"根据目前的情况，你认为石原光夫真的失踪了吗？"岩田问。

"时间太短，还不能肯定。"

"如果他真的失踪，你认为是被绑架，还是被人给救走呢？"岩田继续问道。

"如果真的失踪，我认为被救走的可能性比较大。"五十岚翠的语气不是

第五章　黄雀行动

那么肯定。

"你判断的根据是什么？就是昨天下午他接到的那个电话？"

"是的，目前就是这些。所以我说是可能，而不是肯定。"

"需要全城戒严搜查吗？"岩田问。

"我看不必兴师动众了，这比大海捞针还难。"

"叮叮叮"，正说着，岩田桌上的电话铃响了。

"喂，我是。你是哪里？"岩田接起电话。

"我是上海宪兵队的栗原和介。我们按照你们的要求，初步查到冈本矢一、石原光夫和松本贤二九月初在上海接触过的中国人。我先将这些人的名字告诉你。详细资料我会通过机密军事邮件送给你。"

"请说，我记录一下。"

"好的。请记录。"栗原和介说：

"冈本矢一先生是在9月4日到上海的，9月7日返回南京。他到上海是参加一个军部的会议。除了开会外，他和三个中国人见过面。一个是日中商会的秘书顾晓渊，另一个是朝日新闻的记者石之玉，第三个是日本陆军上海特务部的夏文远。"

"嗯，接着说，我记下了。"岩田说。

"石原光夫先生是9月6日到达上海的。他到上海是参加一个陆军参谋部的例行会议，9月8日返回南京。在此期间，他和两个中国人有过接触。一个是上海日本海军情报部的翻译吴化卿，另外一个是东亚同文书院的潘伟民。"

"好，我记下来了，请接着说。"

"好的。"栗原好像是喝了一口水，然后接着说：

"松本贤二是9月4日到达上海的。他到上海是出席陆军部一个关于战争期间后勤补给的会议。会议7日结束，他9月9日离开上海返回南京。期间他接触过两个中国人，其中一个是东亚研究所的胡杰，另外一个是上海日侨总商会的许广益。"

"就是这些吗？我都记下了。"岩田对电话那头的栗原和介说。

"目前就是这些。"栗原和介回答，"按照你们的要求，我们已经开始暗中对这几个人进行调查。"

"辛苦你了，栗原先生，感谢你们的支持。"岩田表示感激。接着他补充道：

"我这边发生了一件事情。昨天晚上，石原光夫失踪了。负责跟踪他的人

武汉谍战

也被打成重伤。所以，请你们先集中力量，尽快调查和石原光夫接触过的那两个人。"

"原来发生了这样的事情，我明白了。我们先抓紧调查和石原光夫接触过的这两个人。有任何进展，我都会及时通报给你。"栗原表示理解和支持。

"再次感谢你们的支持。再见！"岩田挂上电话。

第六章 秘 密

一

冈本矢一是在几个星期前,开始发现有人在跟踪自己。

虽然他不能证实是什么人在跟踪自己,但他猜得到跟踪他的应该是宪兵队的特工。

他早就知道司令部在调查军事情报泄密事件。他也能想到自己是司令部重点被怀疑的人之一。所以当他发现有人跟踪他的时候,他一点都不觉得惊讶。

他知道自己做了什么,不过他不是特别的害怕。因为在他第一次将情报透露给夏文远的时候,就知道自己的生命从此将处于危险之中。他知道自己迟早会暴露,甚至被逮捕。

他是个有信仰的人,而且意志坚定。他认为他做的事情不仅没有损坏日本的利益,反而最终对日本有利。

他从一开始就反对日中战争。他认为日本不可能用武力彻底征服中国。

在他看来,日中战争爆发后,尽管中国屡战屡败,但是以中国幅员之辽阔,较之日本资源之有限,日军最多只能占领中国的重要战略要点和大中城市,而对于辽阔的农村地区,根本没办法控制。只要日军不能完全控制中国辽阔的土地,中国的抵抗资源就不会完全枯竭,中国政府就不会投降。那么日本

武汉谍战

和中国这两个国家就只能这样消耗下去，其最终结果肯定是日本因国力枯竭而战败。而中国最终虽然惨胜，但其本来就羸弱的国力也会被消耗殆尽，而日本也会从此一蹶不振。

这样的结果对日、中两个东亚国家没有任何好处。所以他要想尽一切办法让日本军队在战场上受到挫败，从而知难而退，早日结束这场非正义的战争。

他认为这样对日本和中国都有利。

一个多月前，冈本矢一就听说司令部成立了内部调查组，负责调查武汉作战计划泄密事件。

因此，他在9月上旬最后一次和夏文远见面时，就告诉夏文远，以后暂时不能见面，也不能提供情报。

夏文远理解冈本矢一的处境，让他暂时停止一切情报活动，并希望他能够安然渡过危机。

二

冈本矢一是在1932年认识夏文远的。

那时，他是关东军司令部情报课的下级军官。由于会中文，他还兼任中文翻译，而夏文远当时是满洲国政府的一名职员。他们是在工作中认识的。

夏文远毕业于日本帝国京都大学，说一口流利的日语。他们相互欣赏对方，很快就成了朋友。

后来，冈本矢一向关东军情报课推荐夏文远担任情报课的翻译。从此，他们两人几乎每天都在一起工作，慢慢成了无话不说的知己。

第二年，夏文远被关东军情报课发展成为情报员，负责收集满洲国抵抗组织的情报。

1936年，冈本矢一奉关东军情报课的命令，常驻天津，负责策动中国军队各派系将领起来反对蒋介石，并且煽动各地方军阀宣布地方独立，脱离中央政府，企图分化瓦解中国，以达到不战而屈人之兵的目的。

夏文远也随同冈本矢一来到天津，担任翻译。

一次偶然的机会，冈本矢一发现了夏文远的秘密。

在天津时，冈本矢一为了工作方便，租了一栋三层楼洋房作为公馆。冈本矢一和夏文远分别住在三楼和二楼的房间。另外两个随从住在一楼的客房。

一天晚上，大约11点钟，大家都睡了。

第六章　秘　密

冈本矢一睡不着，就下楼到院子里转转。在不经意间，他抬头看到夏文远房间的窗口，透过窗帘露出微弱的灯光。

他还没睡呀，冈本矢一想。我也正好睡不着，不如去找他聊聊。

冈本矢一回到屋内，直接上了二楼。

啪啪啪，他敲了几下夏文远房间的门。

"谁呀？"夏文远在房间里面懒洋洋问。

"是我，你睡了吗？"

"我睡了，你找我有事儿？"

"没什么事，我睡不着，想和你聊聊。"

"好吧，等我一下。"

过了一会儿，夏文远打开房门，将冈本矢一让进房间。

"你刚才睡着了？"冈本矢一随便问了一句，他以为夏文远睡觉的时候忘了关灯。

"是啊，我睡着了。刚才你的敲门声惊醒我的时候，屋里黑漆漆的什么都看不见，我还以为是在做梦呢。"夏文远说完，揉了揉眼睛。

奇怪，他为什么要撒谎呢？冈本矢一想。难道他有什么事不想让我知道？

"哦，不好意思吵醒你。"

"没关系，反正我已经睡了一觉，就陪你聊聊吧。"夏文远冲着冈本矢一宽容地笑笑，心里却在想，他一定是发现了什么，不然他为什么这么晚还来敲我的门。

"你对最近的工作，有什么建议吗？"冈本矢一起了一个话题，不过他还是想不通夏文远为什么要撒谎。这家伙，神神秘秘地在干什么？他下意识地开始观察夏文远的房间。床上的被子是摊开的，不过有经验的人一眼就能看出摊开的被子没有人睡过。

"我倒是没什么建议，就是希望事情进展得顺利一些。"夏文远敷衍地回答。他看出了破绽！刚才我太紧张，没有能够将床弄得乱一些，夏文远有些后悔。

"是啊，希望事情顺利一些。不过，对于广西的李宗仁和白崇禧，我还是抱有希望的。如果他们能够宣布两广独立，脱离中央政府，将是对蒋介石的致命打击。"冈本矢一一边侃侃而谈，一边想，夏文远到底是在隐瞒什么呢？难道会是？想到这里，他心里开始有些担忧了。

"是的，冈本先生。蒋介石现在正在做着对日本开战的军事准备。如果能够让李、白二人站出来倒蒋，并且在日本的支持下，让两广独立，蒋介石对日本的军事准备，将会受到严重打击。"看来他真的起了疑心，我该怎么应付？夏文远一边说话，一边思考着对策。

"我们已经和他们的代表黄岚朋谈妥，一旦李、白开始倒蒋行动，我们日本就给他们提供大量的武器弹药，并在军事上配合他们的行动。我对这个进展还是比较满意的。"冈本矢一的嘴上说着话。与此同时，他的脑子在飞快地运转，并且很快就有了主意。

"是的。这是令人满意的。"就算他看出了一点破绽，也没有证据。夏文远一边敷衍地说着话，一边在心里安慰自己。

"我找你其实还有件事。刚才接到日本驻天津总领事馆的电话，让我明天早上去见总领事。因此，我不能陪黄先生去北平了。真的没办法！其实我很想去北平散散心，好久都没去了。"冈本矢一语气中带有一点遗憾。

本来说好的，明天冈本矢一和夏文远陪黄岚朋去北平逛逛。事情已经谈妥，过几天黄岚朋就要离开天津，回去向李宗仁和白崇禧复命。所以他要求回去之前到北平玩两天。

"原来是这样啊！好吧，我和两个随从陪黄岚朋去好了。"夏文远说着，心里却在想，你想支开我，好趁机搜查我的房间。我没那么笨，我今晚就将电台转移出去！

两人各自打定主意。

冈本矢一和夏文远又聊了一会儿，两人看起来都困了，冈本矢一便起身告辞，上楼回自己房间去了。

刚才冈本矢一敲门的时候，夏文远正在发报。匆忙之中，他只好将电台藏在衣橱里，然后将床上的被子摊开，假装在睡觉。可由于太匆忙，被子还是留下了破绽。

三

冈本矢一离开后，夏文远从衣橱里拿出电台，装在一个小手提箱里。

这是一架体积很小的英国造电台。这种电台是专门为特工配备的。

夏文远收拾好后，就关上房间里的灯，坐在黑暗中等待。他要等冈本矢一睡着之后再出门。

大约过了半个多小时，差不多快午夜一点钟了，夏文远才决定出发，将电台送回那间房子藏起来。他是在到达天津后，按照上级指示，去一间房子取回

第六章 秘 密

这部电台的。

夏文远想好了，实在不行，就将电台扔进河里。

夏文远提着箱子，轻手轻脚走出房门，摸黑下楼来到一楼客厅。一楼客厅里很暗，他摸索着走到客厅的门口，轻轻地打开门溜出去，然后又轻轻地关上门。他看了看院子四周，没有发现异常情况。于是，他蹑手蹑脚地走到院子的大门口，打开大门，抬脚就往外走。可是他抬起的脚像是被钉住了一样，没能迈出去。

冈本矢一正站在他的面前，手里握着一支手枪。

冈本矢一用枪逼着夏文远退回大门。进门后，他示意夏文远将大门关上，然后押着夏文远回到客厅，沿着楼梯上了二楼。

冈本矢一押着夏文远，回到他的房间。

冈本坐在沙发上，手里的枪指着坐在对面沙发上的夏文远。夏文远的表情看上去有些沮丧。

冈本刚才故意打草惊蛇，告诉夏文远他不能去北京，让夏文远以为冈本矢一要留下来搜查他的房间，逼着夏文远在天亮之前采取行动。夏文远不小心中了冈本的圈套。

"说吧，箱子里是什么。"

"电台。"这是瞒不住的，夏文远直接说了。

"打开箱子。"冈本命令道。

夏文远从衣服口袋里掏出钥匙，打开小手提箱。

里面是一架小巧的收发报机。

"告诉我，你为谁工作？"

"这还用问吗？"

"我要你亲口告诉我，你为谁工作。我们一直是很好的朋友。你说吧，我不会为难你。"冈本真的不想为难夏文远。到现在为止，他仍然认为夏文远是关东军情报课派来监视自己的。

"我为中国人工作！"夏文远的口气带有一点自豪。

"为中国人工作？"冈本有点不相信自己的耳朵，这太出乎他的意料。

"是的！"

"国民党还是共产党？或者是抗联？"

"我不能告诉你。你想怎样就怎样吧。"

"我看你的态度，有点像共产党。"

"那你就当我是共产党吧。"

"别赌气了，朋友。我是想帮你。"

"你想帮我？很好，那你现在放我走，这样就是帮我。"夏文远揶揄道。

"好吧，你要走我也不拦你。不过，你以后可能需要我更多的帮助。"冈本看着夏文远，意味深长地说。

"你的帮助？"这次轮到夏文远不敢相信自己的耳朵了。

"是的，我的帮助。"冈本冲着夏文远露出诚恳的微笑，他接着说，"你现在失去了判断力，我的朋友。你一直都知道我对中国问题的观点以及我对日中关系的看法，对吗？"

夏文远看着冈本矢一，不置可否。

"我一直都反对日本对中国发动侵略战争，包括反对满洲国的独立。对吗？我不想看到由于日本的野心和愚蠢，导致两国全面战争。日中之间的冲突，对两个国家都不利。"

夏文远相信冈本说的是真话。平时他们私下讨论中日问题时，冈本的观点就与其他日本军官不同，他反对中日冲突，因为他相信如果中日真的爆发全面战争，最后的失败者一定是日本。因此他希望中日能够和平相处。

"嗯，我相信你说的话。不过，现在是你拿出行动的时候。"

"好吧。"冈本收起手枪，"你真的不想告诉我你是为国民党还是为共产党工作吗？"

"我不能告诉你。"

"等你哪天认为我有资格知道的时候，再告诉我吧。"说完，冈本盖上装着发报机的手提箱，将钥匙还给夏文远。

"你留着这台发报机吧。以后用得着的。"冈本冲着夏文远笑了笑，"今天的事情就当没有发生过。你留下来，做你该做的事。"

"好吧，谢谢你，我的朋友。"夏文远流露出感激的目光。然后他像是想起什么似的，露出狡黠的目光问道："明天你真的要去见总领事吗？"

"没有，我哄你的，哈哈哈……我们明天一起去北平吧。"冈本大声地笑起来，夏文远也尴尬地笑了。

冈本矢一虽然承诺夏文远帮他保守秘密，但几天后，冈本矢一还是秘密地向关东军情报课报告了此事。他是经过再三权衡后才这样做的。因为他担负着组织上交给他的重大使命，牺牲一个夏文远是值得的。退一万步讲，就算夏文远真的是中国情报员，而不是关东军派来监视自己的特工，冈本矢一也有把握放他逃走。

令冈本矢一感到惊讶的是，关东军情报课接到他的报告后告诉他，夏文远的中国情报员身份只是一层伪装，夏文远其实是在为日本军方工作。

既然冈本矢一已经知道了夏文远的秘密，为了不扩大知情范围，关东军情报课干脆决定让冈本矢一以后全力支持夏文远的工作，包括向夏文远提供他需要的情报。

冈本矢一了解这些情况后，对夏文远的真实身份更觉神秘。夏文远显然是一个双面间谍，但他实际上到底为谁工作却是个谜。不过，冈本矢一的直觉告诉他，夏文远是真正的日本间谍。

不管怎样，冈本矢一还是暗暗为自己感到庆幸。如果他没有向关东军情报课报告夏文远的事情，而是让夏文远将此事报告给关东军情报课，关东军情报课会不会认为他另有企图呢？

七七事变后，冈本矢一奉命调往上海派遣军参加淞沪会战，夏文远不久也调往日本陆军上海特务部担任情报员。

冈本在上海期间，按照夏文远的要求，几次给夏文远提供情报。其中最主要的情报包括淞沪会战和徐州会战日军兵力配备和作战部署。他的情报直接给中国军队赢得台儿庄大捷提供了帮助。

日军攻占南京后，撤销了原来的华中方面军和上海派遣军序列，重新编成华中派遣军。冈本矢一奉命调往华中派遣军司令部担任作战部第二课课长。

大本营决定实施武汉作战之后，作为华中派遣军作战部第二课课长，冈本矢一直接参与了武汉作战计划的制订。

7月，冈本矢一到上海开会。在上海的第二天晚上，他约夏文远在一家叫做德川料理的日本餐馆叙旧。席间，他将随身携带的一份日军武汉作战计划副本交给夏文远，并嘱咐夏文远尽快发出去，因为武汉会战已经开始。这份情报是夏文远要求他提供的。

尽管到目前为止，冈本矢一仍然不知道夏文远到底是在为国民党，还是在为共产党收集这些情报，但这对冈本来说，没什么区别，因为现在是国共合作抗日。

四

"石原光夫肯定是畏罪潜逃。我认为他就是我们要找的那个泄密者。"山

武汉谍战

下内二直接表达了自己的看法。

"我也是这样认为的。他肯定是发现被人跟踪，知道自己快要暴露，所以通知中国特工来接应他逃走。"伍岛茂同意山下内二的看法。

"我基本同意你们两人的观点。不过还有一个疑问需要解答，这就是，石原光夫是怎样与接应他的中国特工联系上的？你们不要忘记，情报是由他亲自送到上海的。如果他在南京有联络人，他没有必要冒险将情报送到上海，对吗？"五十岚翠毕竟是宪兵队长，对调查工作很有经验，他需要对这个疑问有一个合理的解释。

"确实是这样。这一点需要一个合理的解释。"岩田正隆支持五十岚翠的观点。

正在这时，办公桌上的电话响了，打断了他们的谈话。岩田正隆接起电话。

"喂。"

"请问是岩田君吗？"对方问。

"是的，我就是。你是？"

"我是上海宪兵队的栗原和介。"

"你好，栗原君。"

"岩田君，你让我们重点调查的吴化卿失踪了。就是石原光夫少佐在上海接触过的那个人。"栗原说。

"什么时候失踪的？"岩田急忙问。

"他昨天就没有上班，也没有请假。因此我们推测他是前天晚上失踪的。因为他是你们要求重点调查的人，所以我们今天去他的住处找他，却发现他不在家里。邻居说昨天就没看见过他。"栗原说着事情的经过。

"嗯，请接着说。"岩田很仔细地在听。

"我们搜查了他的房间，发现有纸张焚烧后留下的灰烬，初步判断是他离开前焚烧了文件。经过仔细搜查，我们在他房间的阁楼里边发现了一部电台，但没有发现密码本，估计是毁掉了。"栗原和介尽量说得简洁一些。

"这么说，吴化卿确实是中国间谍？"虽然岩田已经很明白了，但他还是下意识地问了一句。

"是的，现在几乎可以肯定他是中国间谍。他一定是发现我们在调查他，所以才匆忙逃走，连电台都来不及转移。"栗原很肯定地回答。

"那么，对于石原的失踪，你怎么看？"岩田进一步问道。

"现在看来，石原和吴化卿是同时失踪的。我个人判断，中国情报部门安

第六章　秘　密

排了他们的撤离。南京和上海同时行动。虽然具体细节目前还不清楚。"栗原回答。

"我明白了。就是这些吗？"岩田准备挂电话了，他迫不及待地想要将栗原通报的情况告诉大家。

"就是这些。另外，其他的几个人还需要继续调查吗？"栗原问道。

"我认为在最后的结论出来之前，还是要继续调查。"岩田回答。

"好的，我们将继续调查。如果有任何新情况，我会马上和你联系。"

"辛苦了，栗原君。"岩田表示感激。

"你太客气了，岩田君。"栗原说，"再见！"

"再见！"

岩田挂上电话，看着其他三个人。从他们的表情能看出，他们似乎已经听明白了发生的事情。

"上海宪兵队栗原的电话。他说和石原光夫有联系的吴化卿逃跑了。时间也是在前天晚上。"岩田停顿了一下，好像是要留一点时间让他们思考一样，然后才接着说，"他们搜查了他的房间，在他的房间发现一部电台。"

岩田简单扼要地把上海发生的事情告诉五十岚翠、伍岛茂和山下内二。

"现在已经很清楚，石原光夫利用职务之便，获得情报并转交给他的联络人吴化卿，吴化卿再用电台将情报发回中国第五战区司令部。"山下内二总结道。

"没错！"伍岛茂表示赞同。他接着说："五十岚君，你刚才说还有最后一个疑问需要解答，我认为现在已经有了答案，就是那通莫名其妙的电话。我们监听到的打给石原光夫的那通电话，你们还记得吗？那通电话其实是通知石原撤离的暗语。"

见五十岚队长用迟疑的眼神看着自己，伍岛茂进一步分析道："我推断，应该是上海那边的吴化卿发现我们在调查他和石原光夫，紧急报告了他的上级。因此，中国情报机关命令潜伏在南京的特工，按照约定的暗语打电话给石原光夫，通知他撤离，并负责接应。那句莫名其妙的话是什么来着？哦，对了，'上野的樱花就要凋谢了'，应该就是通知石原撤退的暗语。"

"是的，这样就解答了最后一个疑问。我同意伍岛君的分析，这个案子现在可以结案了。虽然我们没有能够抓住他们，但他们毕竟还是暴露了，这是我们的胜利。"山下内二自豪地说。他并不是在自我安慰，作为一个情报员，如果因为暴露而被迫撤离，就失去了原来的价值，从这个意义上来说就是失败。

武汉谍战

"那么,我们是不是可以向畑俊六司令官报告这个结论呢?"岩田正隆征询在座的其他三个人的意见。

伍岛茂和山下内二都点头表示同意,五十岚翠不置可否。

真是峰回路转,泄密的人这么轻而易举地就给找到了。岩田正隆似乎有点不太相信。

"好吧,我先写个报告,大家过目后,再转呈畑俊六司令官。"岩田正隆最后说。

五十岚翠的直觉告诉他,事情没有这么简单,但他拿不出任何证据去质疑这个结果。

第七章　破　绽

一

　　石原光夫苏醒过来后，发现自己躺在一张床上。

　　他朝四周看了看，发现除了天花板下吊着一盏亮着的电灯外，四面墙壁都是光秃秃的。他的神志已经逐渐清醒，他意识到他在一个陌生的地方。

　　他努力地想弄清楚发生了什么事。

　　他慢慢地回忆起，自己坐在一辆人力车上，要去见宫崎信。

　　后来人力车拐进一条小巷，车夫突然将车停下。没等他反应过来，他就被人从后面用毛巾捂住嘴和鼻子。

　　然后就到了这里。

　　他从床上爬起来，走到门边，想开门出去，可是门从外面锁住了。他使劲地用手捶了几下门，并且大声叫道："外面有人吗？让我出去。"

　　他听到外面有人开始说话，不过说的是中国话，他听不懂。接着，外面有人用日语对他说："不要吵了，你被绑架了！"

　　"你们是什么人？为什么绑架我？"石原隔着门大声地问。

　　"这还用问吗？你是日本军人，明白吗？"外面的人用嘲讽的口气回答。

　　石原光夫听到外面的人这样说，便不吭声了。他知道对方这句话的含义。

外面的人也不再理他。

过了一会儿，石原光夫又忍不住了，他不知道外面的人要怎样处置他，心里感到害怕。

他大声地问外面的人："我们可以谈谈吗？"

"哪那么多废话，安静地待着。有什么好谈的？"外面的人不耐烦地说。

"你们绑架我，就因为我是日本军人？没那么简单吧。"他试探着问。

"别烦人了！安静点，不然对你不客气。"外面的人看来真的有点上火了。

石原不敢惹怒外面的人，只好闭嘴。

石原观察了一下这个房间，除了一张床，什么都没有。连一扇窗户都没有。慢慢地他闻到房间里有股潮湿的气味，于是他明白了他是在地下室。

逃出去的可能性很小，他想。他们会杀我吗？应该不会，否则他们可以直接杀了我，干嘛还费力绑架我呢？想到这里，他心里立刻燃起一线希望。

李国盛按照行动计划绑架了石原光夫，这是第一步。

此刻，他坐在客厅的沙发上，等着石原光夫醒来。他考虑着下一步的行动。

这时，黄一平从外面走进客厅。看到李国盛，便对他说："老板，日本人醒了。"

"嗯，我正等着他醒来呢。走，我们去看看。"李国盛说着，站起来和黄一平一起走出客厅。

李国盛来到地下室，让大家戴上头套，只露出两只眼睛。然后他让陶大正将里面房间的门打开。

他们戴上头套，是要让石原光夫觉得还有活着离开的希望，这样他才会配合他们的行动。如果让石原光夫看到他们的脸，那就等于告诉石原光夫他们不会让他活着出去，他一定会绝望，就不肯合作了。

门开了，刚才吵着要出去的石原反而紧张起来。他不知道接下来会发生什么事。他看到门口的人戴着头套，身上套着车夫的背心。他想，这个人就是拉我的那个车夫。

"出来吧，你刚才不是吵着要出来吗？"陶大正对坐在床上的石原说。

石原站起身来，走出房门。他看到另外两个戴着头套的人。其中一个穿着西装，坐在桌子边，另一个穿着普通的便服，站在坐着的人旁边。石原注意到桌子上有一支手枪，那是他的枪。他苦笑了。

"坐下吧，不要抱有侥幸心理，明白吗？"陶大正警告石原，同时指着离桌子较远的一张椅子让他坐下。

第七章 破 绽

"明白。"石原顺从地坐在那把椅子上。

"你叫什么名字？什么军职、军衔？"李国盛故意问石原。

"我叫石原光夫。华中派遣军司令部参谋部参谋，少佐。"石原用军人的口气回答。

"很好。你知道你们日本军队在南京犯下的滔天罪行吗？"李国盛的口气变得严厉起来。

"知道。"石原光夫无意抵赖，他亲眼看到过南京发生的大屠杀。

"你知道就好。就算是杀光你们这些鬼子，也不足以为我们死去的同胞报仇。"李国盛越说越愤怒，他拿起桌上的手枪，指着石原说："我恨不得现在就毙了你！"

石原看着愤怒的李国盛不敢吭声。

李国盛平息了一下胸中的怒火，接着问石原：

"愿意与我们合作吗？这样可以减轻你的罪孽。"

"我不能与你们合作，不能透露任何军事情报给你们。我现在是你们的俘虏，我要求享受日内瓦公约的战俘待遇。"

"你还配谈日内瓦公约？你们是怎样对待被俘的中国军人的？你们是怎样对待无辜的南京平民的？"陶大正也愤怒了，他大声地喝问石原。

石原不敢吭声了。

"不要浪费时间了，说吧，愿不愿意合作？"李国盛看来已经失去了耐心。

石原明白，是他作出选择的时候了。他心里很害怕，他不愿意死。他还有在日本家乡盼望他回去的父母、妻子和孩子，他舍不得他们。但是，日本军人的武士道精神让他不能不顾颜面地立刻就屈服。为了顾全一下自己日本军人的形象，他怎么也得抵抗一下。

他不吭声。

"说话呀！"

黄一平从腰间抽出了一把刀，走到石原身边，将刀锋慢慢地靠近他的脸。

"你们要我怎样合作？"石原顾不得颜面了，他知道黄一平真的会用刀割他的脸。

"早这样不就没事了嘛！"黄一平收起刀，回到桌子边。

"很简单，我们就是要你配合我们拍照，然后在报纸上刊登文章说你向我们投诚。我们需要你的照片做宣传，就是这么多。"

"你们这是在陷害我，你们是在玷污我作为军人的荣誉！如果这样做，

武汉谍战

我不就成了叛国者吗？我的家人会因此在乡亲们面前抬不起头来的。我不能答应。"

"那么你就准备为你的国家去死吧！"陶大正带着嘲弄的口吻吼道。

石原光夫听得出来，这不是威胁，他只能屈服。

"好吧，我答应你们。不过我必须声明，我是在你们的威胁下被迫答应的。"石原为自己的屈服找了一个台阶。

接下来的事情，就是给石原照相。

陶大正和黄一平将石原的嘴用毛巾堵上，给他蒙上头罩，然后一左一右扶着石原，跟在李国盛后面走出地下室。

他们将石原带到洋房一楼的一个房间，这个房间是专门为拍照而精心布置的。

房间里面有一张办公桌，桌上有一个笔架、一部电话机，还有放文件的托盘。办公桌后面有一把椅子，房间里还有沙发和茶几。整个房间布置得像是一间办公室，房间的窗帘都拉上了。甘可荃在房间里面，他也是道具之一。

进了房间以后，陶大正将房门关上，然后才将石原的头套摘下，并扯出塞在他嘴里的毛巾。他用日语告诉石原和甘可荃怎样配合他拍照。

石原和甘可荃按照陶大正的要求，摆出各种姿势让陶大正从不同的角度拍照。李国盛和黄一平在一旁看着。

陶大正拍下多张照片。所有的照片上都能看到石原和陶大正脸上带着愉快的笑容。

拍完照片后，黄一平再次用毛巾将石原的嘴堵上，并给他套上头套，然后和陶大正一起将他送回地下室。

过了一会儿，陶大正回到洋房的客厅。他看见李国盛和甘可荃坐在客厅的沙发上。

"黄一平一个人看守石原可以吗？需不需要增加一个人手？"李国盛见陶大正回来，便问他。

"应该没问题。我们将石原的双手铐了起来，锁在里边的房间里。外面的铁门我也锁上了，从里面打不开。"陶大正回答。

"那你去休息吧。照片我已经交给叶风去冲洗。一两个小时以后就会好。"李国盛对陶大正说。

"没事，我陪你们坐一会儿。等下看看照片的效果，然后挑出两三张底片，好让甘可荃明天带回武汉。"陶大正一边说一边坐在甘可荃旁边的沙发上。

第七章　破　绽

"到达武汉后，立刻用密电通知我。"李国盛嘱咐甘可荃。

"我明白。"

"老板，我们什么时候离开南京？"陶大正问李国盛。

"只有等到照片登报以后，我们才能离开南京。"李国盛回答。

"怎么处置石原光夫？真的放了他？还是带他和我们一起走？"陶大正接着问。

"按照计划，既不能放了他，也不能带他走。"李国盛回答。

"明白了。什么时候动手，老板？为什么现在不动手呢？免得夜长梦多。"陶大正建议说。

"现在还不能动手。我们要等到他的照片登报之后，确认他对我们没有用了，才能动手。干掉他之后，必须将他的尸体秘密掩埋掉，绝不能让人发现。我们就是要让外界以为他还活着。这是我们此次行动的目的！"李国盛解释道。

"哦。为什么要这样做呢？"陶大正刨根问底。

"这你得回去问戴局长，我也不知道。"李国盛笑着回答。

关于整个黄雀行动，戴笠没有告诉任何人，包括李国盛在内。他只告诉李国盛，这次行动只是黄雀行动的一个组成部分。

二

甘可荃连日来日夜兼行，先从南京赶到南昌，再到长沙，最后回到武昌。

他顾不上一路舟车劳顿，直接回武昌彭刘杨路军统总部。

甘可荃到达总部后，发现总部机关几乎搬空。由于武汉会战败局已定，军统总部机关已经撤往重庆，只有为数不多的留守人员在值班。

甘可荃看到戴局长的秘书小张，便问戴局长在不在，小张告诉他，戴局长在办公室。

戴局长办公室的门是开着的。甘可荃没有喊报告，就直接走了进去。

戴局长的办公室看起来和原来很不一样，显得空荡荡的。所有的家具都已搬空，只剩下原来的那张办公桌。

戴局长坐在办公桌前，正低头看一份文件。

听见有人走进来，戴局长抬起头。

"报告局座。"甘可荃向戴笠敬礼。

武汉谍战

"回来了，还顺利吧？"戴局长见是甘可荃，立刻高兴地说，"辛苦了！我接到李国盛的电报，说你已经动身回汉口，但是不晓得几时到。回来就好。"戴局长边说边看看四周，本来是想要甘可荃坐下来说话，但他发现办公室没有多余的椅子。

"底片带回来了吧？"戴笠最关心的就是底片。

"局座，底片带回来了。"说完，甘可荃将手提箱打开，从里面拿出一件上衣，然后从这件上衣的衣缝里面取出底片，交给戴笠，"这是挑选出来的底片，从背景看不出任何破绽，也看不出拍照的地点。"

"很好。你们这次的任务完成得很出色。"戴笠拿起底片对着光线查看了一下。然后，他拿起电话，接通之后说：

"张秘书，你来一下。"说完他放下电话。

接着，戴笠打开办公桌的抽屉，拿出一份文稿，等着张秘书。

不一会儿，张秘书来了。

"报告！"

"进来！"

张秘书快步走到戴笠的办公桌前，向戴笠敬了一个礼。

"张秘书，你将这份稿子和几张底片立刻送到《扫荡报》报社，请他们刊登在明天的第一版上。"说着，戴笠将文稿和底片交给张秘书，"总共有三张照片，他们至少要刊登一张，最好是两张，明白吗？"

"随便哪两张都行吗？"张秘书问。

"随便哪两张都可以。"戴笠回答，他相信李国盛他们挑选出来的照片都没问题。

张秘书拿着照片和文稿出去了。

戴笠站起身来，对甘可荃说："现在我们去电讯室，给李国盛发报，通知他下一步行动。"

来到电讯室，甘可荃发现，原来将偌大的电讯室占得满满的报务员现在只剩下两个，电台也只剩下两部，显得空荡荡的。

戴笠对其中一个报务员说："请记录。"

报务员马上拿起笔准备记录。

"可荃已经安全到达。明早见报。请按计划打扫卫生后回家。戴笠。"说完，戴笠补充道，"用同样的密码。"

第七章 破 绽

　　李国盛收到戴笠的电报后，立刻叫叶风去替换陶大正看守石原，让陶大正到客厅开会。然后他来到楼下的客厅，从客房里叫出黄一平和袁旭，在客厅等着陶大正。

　　陶大正很快就来到客厅，李国盛四人开始开会。

　　李国盛对大家说："刚才收到局座的电报，甘可荃已经安全回到武汉。明天照片就会登报，我们的任务基本完成。撤离之前，我们还有善后工作要做。"

　　其他三个人点点头，大家明白李国盛的意思。

　　"你们三个，今天晚上执行一个重要任务，也是这次行动的最后一个任务，"他停顿了一下，看了看三个人，接着说，"今晚你们将石原光夫干掉，然后将他的尸体带到郊外，挖个深坑埋了。注意，一定不能让别人发现他的尸体，这是我们这次任务的核心。"

　　"明白！"三个人同时回答。

　　"你们打算今晚几点行动？"李国盛问。

　　"我想晚上9点钟开始行动，太晚了街上行人和车少，反而更显眼。"陶大正建议。

　　"嗯，我同意。"李国盛表示赞同。他接着说：

　　"电台不需要用了，等一下你们到楼上我的房间里将电台装在原来的箱子里，密封好后搬下来，藏回原来的地方，就在你们坐的沙发下面，有一块活动地板。电台藏好后，将活动地板钉死。"李国盛补充道。

　　"好的。"袁旭回答。

　　"今晚完成任务后，你们三个明天早上撤离南京，直接去重庆罗家湾19号报到。武汉即将沦陷，你们没必要再回武汉。"

　　"明白了，老板。"袁旭回答。

　　"你和叶风、老江什么时候撤离？"黄一平关心地问李国盛。

　　"我们后天撤离。我已经安排好了，你们不必担心。"李国盛回答。

　　当晚，袁旭、黄一平和陶大正三人将石原光夫用细麻绳勒死，然后将他的尸体放进汽车后面的行李箱。他们开车将石原的尸体运到南京郊外一个僻静的树林里面。三个人花了两个多小时，挖了一个深坑，将石原的尸体埋进深坑里，然后安全回到洋房。

　　事情进行得很顺利，没有遇到任何麻烦。

　　第二天早上，袁旭、黄一平和陶大正分头离开水佐岗的洋房，撤往重庆。

　　送走袁旭、黄一平和陶大正之后，李国盛去茂源商行向陈经理辞行。他感

武汉谍战

谢陈经理的协助和照顾，并且夸奖公司的账目很清楚，公司在陈经理的领导下经营得不错。他表示回去后一定向老板如实汇报。

陈经理听了李国盛的话之后很高兴，他客气地邀请李国盛以后有机会多来指导工作。

第二天中午，陈经理在南京著名的六华春设宴为李国盛、叶风和江绵鸿三人践行。饭后直接送李国盛他们到火车站。

李国盛、叶风和江绵鸿三人乘坐下午的火车到上海。他们将从上海分别撤回武汉和重庆。

三

五十岚翠来到岩田正隆办公室的时候，岩田正隆正在写泄密事件的总结报告。

在此之前，岩田正隆已经向畑俊六司令官口头报告了调查组的结论。畑俊六司令官听了他的报告后很高兴。

"岩田君，在忙呢。"五十岚翠和岩田打招呼。

岩田抬头见是五十岚翠，忙站起身来，指着沙发对他说，"哦，是五十岚君，请坐。"

五十岚翠点点头，在沙发上坐下。岩田走过来坐在五十岚翠的旁边。

"来杯茶？还是别的？"岩田问。

"不用了，刚喝过。谢谢！"五十岚翠顿了顿，然后试探性地问，"在写泄密事件的总结报告？"

"是的。"

"如果我的感觉没有错的话，你对目前的结论还是有所保留的，对吗？"五十岚翠直截了当地说出自己的看法。

岩田犹豫了一下，最后还是承认，"是的，你的感觉是对的。我对目前的结论持保留态度，尽管我向畑俊六司令官报告了这个结论。"

"为什么你会持保留态度呢？"五十岚翠进一步问。

"直觉！直觉告诉我事情没那么简单。"

"岩田君，我和你一样，对目前的结论持有疑虑。"五十岚翠说出自己的观点，他接着分析道：

"我们的调查工作还没有真正触及到要害，也没有掌握任何直接证据，石

第七章 破 绽

原光夫和上海的吴化卿就同时失踪。最令人不解的是，上海的吴化卿还留下重要证据——一部电台。这有点不合情理。既然他有足够的时间去安排石原光夫撤退，那他为什么没有时间去处理掉这部电台呢？这就是我的疑问！"

"对，我也是这么想的！"岩田完全赞同五十岚翠的分析。

"假设我们的分析是对的，那么结论就很明显，石原和吴化卿的失踪，是对方布的迷阵，目的就是要将我们的调查引向他们两人。我判断，他们两人被对方绑架，现在很可能已经被杀害并消尸灭迹。吴化卿家里的电台，是他们故意留下的，让我们误以为我们已经找到了泄密人和中国间谍。他们几乎成功了。"五十岚翠进一步分析道。

"是的，石原和吴化卿只是对方抛出的诱饵，想引诱我们上当。对方这么做的目的，是要掩护真正的泄密人！"岩田肯定地说，"我推测，我们要找的人就在现在的重点嫌疑人中间，三个人中的一个，不，应该是剩下的两个人中的一个。我们的调查，让对方陷入危机，所以他们采取一系列行动来误导我们，想来个金蝉脱壳！"

"完全正确！"五十岚翠用力拍了一下沙发的扶手，大声地说。

"现在，我们的目标已经清楚了，就是剩下的两个嫌疑人。我建议，停止对冈本矢一和松本贤二的跟踪，让他们以为危机已经过去。当然，电话窃听还要继续，虽然目前我们还没有窃听到任何有价值的东西。上海那边的调查也要继续秘密进行。现在调查范围已经缩小，这对我们很有帮助。另外，我们还要争取畑俊六司令官的支持，让我们的调查小组继续秘密调查。"岩田进一步说明自己的想法。

"是的，你说得很对。"五十岚翠完全赞成岩田的建议。

第八章 武汉特委

一

下午3点，王家瑞来到指定的接头地点，汉口两仪街（注：现洞庭街合作路至车站路一段）南端靠近合作路的新泰茶楼。这是一家高档的三层"清水茶楼"，有百十来个茶桌和几十个雅间。这个茶楼主要是卖茶水，里面没有唱戏和打牌的地方，比较清静。

武汉的茶楼有清水和浑水之分。清水茶楼只供应茶水，浑水茶楼除了卖茶之外，里面还有戏班唱戏、茶客打牌的地方，比较喧闹、混杂。

王家瑞走进新泰茶楼。

此时，茶楼里面茶客不多，大半茶桌都空着。王家瑞知道，通常上午和晚上茶客比较多，下午这个时候茶客比较少。

王家瑞直接上了二楼，他拣了个靠窗口的空茶桌坐下。这个位置正好就在通往二楼雅间的走道旁，去二楼雅间必须从他身边经过。

一个伙计过来请王家瑞叫茶，王家瑞向他要了一杯普通毛尖。

没多会儿工夫，伙计就将王家瑞要的茶送过来放茶桌上，客气地请王家瑞慢用，转身去侍候别的茶客。

王家瑞将一张当天的《武汉日报》放在茶桌上，然后一边漫无目的地看着

第八章　武汉特委

窗外，一边品茶。他看起来就像是个闲得无聊到茶馆打发时间的人。

过了一会儿，就听见茶楼的伙计大声叫道："周警长楼上请，雅间给你家留着。"

王家瑞看到一个伙计领着一个穿警察制服的人上了二楼，朝二楼的雅间这边走来。

经过王家瑞身边的时候，这位周警长似乎无意中看了桌上的报纸一眼，又抬头看了看王家瑞。他停下来，指着桌上的报纸，问王家瑞：

"可以看看你的报纸吗？"

"可以。"王家瑞将报纸递给周警官。

"你喜欢读什么版呢？是新闻，还是经济？"周警官一边浏览报纸，一边随便问王家瑞。

"我既不喜欢新闻，也不喜欢经济，我喜欢看寻人启事。"

"你是要找什么人吗？"

"是的，我找家乡的表哥。"

"哦，祝你好运！"说完，周警官放下报纸，走进名叫"春茗"的雅间。

暗号对上了，两人心里都明白。

周警官看上去不到30岁，中等偏上身材，方形脸，眉宇间透着一股英俊。帽檐下，露出一对浓眉。他眼睛不算大，却炯炯有神。挺拔的鼻子下面，是两片厚嘴唇；配上一身合适的黑色制服和皮靴，让他看起来更加英武。

周警长来到雅间坐下，对伙计说："老规矩，一杯特级毛尖。"

伙计很快泡好茶给他送来，说了句"周警长慢用"，然后离开了雅间。

大约过了一杯茶的工夫，周警长从雅间出来，径直下楼离开了。

王家瑞也跟着下了楼。

从新泰茶楼出来，周警官和王家瑞一前一后相隔不远，沿着合作路朝江边走去。

他们穿过江边的河街，来到江滩上。

从江滩上可以看到，宽阔的江面上有很多轮船穿梭往来，一片繁忙景象。江面上不时传来轮船发出的呜呜汽笛声。

王家瑞加快脚步，赶上前面的周警官。

"我是王家瑞，奉命与你接头。"

"我是情报组长周秉炎。已经接到上级的指示，今后在你的领导下工作。"

王家瑞向四周看看，没有人在注意他们。

武汉谍战

"根据上级指示，我和三个小组长，共四人组成武汉特委。我担任特委书记，你和另外两个小组长担任特委委员。武汉特委直接受长江局领导。根据目前的形势，武汉沦陷是迟早的事。武汉沦陷后，你要想办法留在现在的警察局工作。我们的任务就是收集日军情报，策反敌伪，惩办汉奸，打击敌人的后方。"王家瑞对周秉炎说。

"坚决服从组织的安排和你的领导。"周秉炎表明态度，"具体到我的情报组，我们需要收集日军哪些方面的情报？"

"你们小组要收集日军占领武汉以后的海陆空军兵力部署和兵力调动，日军的作战计划、兵力分配、进攻方向以及后勤补给方面的情报；弄清日军在武汉的重要军政机关地点和负责人。总之，一切关于日军和汉奸的情报，都是需要的。"王家瑞回答得很详细。

"我们现在需要确定一下我们以后的联络方式。"周秉炎显然是一个有经验的情报人员。

"我正要说这个问题。"王家瑞将一张小纸片递给周秉炎，"这是我的电话号码，你打这个电话和我联络。每次电话接通之后，你都要说暗语。"

"明白。暗语是什么？"

"很简单。电话接通之后，如果你说：汉口消防局吗？我家的阁楼失火了！对方回答说：打错电话了，这里是昌淇电器行。我就明白你有紧急情况需要和我见面。如果你说：汽车公司吗？我的公文包掉车上了。对方说：打错电话了，这里是昌淇电器行。我就知道有情报要交给我。我会去指定地点取情报，不必见面。"

"明白了。"

"如果遇到紧急情况，你可以到我的电器行找我。如果我店面橱窗里面的布帘是开着的，说明我那里是安全的；如果布帘是关上的，说明我那里已经出了问题，明白吗？当然，不到万不得已，你不能直接到电器行找我。"

"好的。如果你要联络我，可以打我的电话，这是电话号码。"说着，周秉炎递给王家瑞一张名片，"如果遇到紧急情况，你可以到警察局找我。名片上有警察局的地址。"

王家瑞接过名片看了一下，然后将名片还给周秉炎。

"你怎样将情报传递给我呢？"王家瑞问周秉炎，这是重点。

"你知道上海路天主教堂吗？我传送情报的地点就在这座教堂里面。教堂里面有个告解室，告解室的座位下面是空的，情报就放在座位下面。座位左侧

第八章 武汉特委

有一块小木板可以拆卸，拆下小木板就可以取出情报。"

"好的，我找个时间去现场看看，确认一下。"王家瑞说完，忽然想起一个问题，他问周秉炎："我不是天主教徒，进告解室没有问题吧？"

"没问题的。你只要在告解室向神父忏悔你犯过的罪，神父就会请求上帝宽恕你。"周秉炎半开玩笑地回答。

二

和周秉炎接上头之后，王家瑞又分别和交通组长姚明春和行动组长秦晋南接上头。

最后，王家瑞去和报务员向小雨接头。

李天驰专门为王家瑞安排一个报务员是有用意的。他要保留王家瑞的电台作为紧急情况下的应急备用电台。对于这部电台的存在，武汉特委只有王家瑞一个人知道。

王家瑞做梦也没有想到，组织上给他安排的报务员，是一个女人，而且是一个年轻、漂亮的女人。说实话，看到这么漂亮的女人，所有人都不会将她和间谍联系到一起。

向小雨是汉口圣约瑟女中（注：现在的武汉市第十九中学）的英语和音乐老师。

这天，王家瑞按照规定的时间和地点，来到圣约瑟女中大门口。

时间是下午五点半钟。按照约定的暗号，他左手拿着一把黑色洋伞，右手拿着一本圣经，站在学校门口的左边。

不久，一个年轻的女子从学校走了出来。她看到王家瑞站在学校大门口的左边，就走过来问道：

"请问，你在等人吗？"

"是的。"

"你为什么一手拿雨伞，一手拿圣经呢？"

"因为，雨伞保护人的身体免受雨淋，圣经庇护人的灵魂免受痛苦。"

"我就是你在等的人。"这个女人轻声对王家瑞说，"我是向小雨。"

"我是王家瑞。"王家瑞说，"我们往江边走，边走边谈。"

"好的。"

他们两人朝江边方向走去。

武汉谍战

向小雨容貌漂亮，皮肤白皙。她弯弯的眉毛下面，有一双动人的明眸，她那精巧的鼻子和红润的嘴唇，让她的美丽中透出几分典雅。流行的短发又黑又直，将她脸部的轮廓衬托得更加完美。她穿着蓝色的衬衣和花裙子，让她的身材显得更加苗条。特别是她那傲然挺立的胸部，更让她尽显女人的魅力。

简直就是一个天生的美人！她不应该出现在这里。这是王家瑞看到向小雨时的第一个印象。

该死的战争！王家瑞心里骂了一句。

"组织上指示我与你接头，以后你就是武汉特委的成员。你的工作是专职报务员。"王家瑞轻声地说。

"明白。组织上通知我，你是我的直接领导，也是我的单线联系人。"向小雨的声音很细，王家瑞刚好能听清楚她说的话。

"为了安全起见，电台的通讯密码只有我一个人掌握，编码和译码都由我来完成；你的工作只是收发报，收发的内容你不需要知道，希望你能理解。"

"我能理解，这是原则和纪律。"

"如果有情报要发出去，我会先给你打电话，然后到学校门口等你。请你将你学校办公室的电话号码告诉我。"

"这是我办公室的电话号码，是共用的。如果我不在，你可以给接电话的人留话。"向小雨将一张小纸片交给王家瑞。

"好的。如果你的同事问你我是谁，你该怎样告诉你的同事呢？"王家瑞认真地问向小雨。

向小雨犹豫了一下，不知道该怎么回答，便反问王家瑞："你说该怎么告诉我的同事呢？"

"你就告诉他们我是你的男朋友。可以吗？"

王家瑞说这话的时候，脸上微微一热。自己是不是有点那个？他暗暗地责怪自己。王家瑞没想到组织上派给他的报务员是一个年轻漂亮的女人，因此他是灵机一动，才想到这个问题。王家瑞认为，他和向小雨作为男女朋友交往比较符合他们目前的情况，不会让别人产生怀疑。

"可以。"向小雨轻声地回答。

"每次你收到总部电报后，可以打这个电话给我。这是暗语。"王家瑞将一个写着电话号码和联络暗语的小纸片，递给向小雨，向小雨看了一下，将小纸片放进手提包。

第八章 武汉特委

看到向小雨将小纸片放进手提包里，王家瑞提醒她说："你必须牢记小纸片上的电话号码和暗语，然后销毁小纸片！"

"我明白，回去记牢后就销毁小纸片。"

"很好。你打这个电话时，接电话的人在对上暗语之后，会通知我。我会在当天的下午五点半到你的学校门口等你。如果有必要，我会直接去你的住处找你。"王家瑞仔细地解释道。

在第一次和向小雨接头时，王家瑞觉得向小雨经验不足。

武汉特委的第一次会议，在六渡桥的德华茶楼三楼一个叫"文竹"的麻将雅间举行。这个雅间在走廊的尽头，方便警戒，而且没有闲人打扰。

王家瑞、周秉炎、姚明春和秦晋南四个人在雅间里一边打麻将，一边开会。

雷明亮坐在离雅间不远的一张茶桌旁。他一边喝茶，一边观察着周围的人。

于连浩坐在靠近临街窗口的另外一个茶桌边，从这里能够看到三楼的楼梯口以及街上的情况。

他们两人担任着警戒，如果出现任何情况，他们将发出暗号，通知雅间里面开会的人。

会议开始后，王家瑞首先宣布了组织纪律。纪律规定，他们相互之间只能以姓名相称，相互之间不能介绍或者打听各自的职业和住址。各小组之间不能有直接接触。

"这是情报工作必须要遵守的原则！"王家瑞强调。

接着，大家相互介绍了自己的名字及职位。

周秉炎仔细地观察着姚明春和秦晋南这两个新同事。

交通组长姚明春个子高大，身体很壮实。他的面部粗犷，短而浓的眉毛下是一双不大的眼睛。略为显得过宽的鼻子下，是厚厚的嘴唇。由于皮肤比较粗糙，他看起来年龄像是超过30岁。他说话和举手投足间，带有一点江湖气。他的样子比较适合当行动组长。周秉炎心里这样想着，脸上露出了察觉不到的笑容。

行动组长秦晋南也是个身材高大、健壮的人。他的脸庞清癯，五官端正。他高高的额头下面是两条细长的眉毛和一双大眼睛。他的目光柔和，加上微微上翘的嘴角，让人觉得他充满善意。他的相貌很容易取得别人的信任，周秉炎在心里评价。

会议很快进入正题。他们讨论了特委今后的工作安排、各小组的任务以及相互之间的协调配合。不到一个小时，会议就结束了。

第九章　武汉沦陷

一

已经是晚上8点多了。王家瑞坐在昌淇电器行的办公室里，听着从北面传来的枪炮声。

汉口北郊的岱家山，从早上开始就响起激烈的枪炮声，一直持续到现在。

渐渐的，枪炮声稀落下来，不久就完全停止了。

王家瑞心里明白，武汉会战已经结束，日军马上就会占领武汉。

大概是晚上十点钟，街上传来嘈杂的喊叫声："日本人进城了！日本人进城了！"

1938年10月25日，日军第6师团击败国军第185师545旅在汉口北面岱家山一线的象征性防守，于当天晚上正式占领汉口。10月26日凌晨，日军波田支队占领武昌，27日占领汉阳。

从这时起，武汉三镇人民就处在日寇铁蹄的践踏下，痛苦地煎熬达七年之久，直到1945年8月光复。

昨天，10月24日，蒋委员长在武昌正式下令放弃武汉。国民政府军事委员会在武汉举行中外记者招待会，郑重宣布"我军自动退出武汉"。当晚，蒋委员长和夫人宋美龄在武昌南湖机场乘飞机离开武昌飞往衡阳。

第九章　武汉沦陷

王家瑞努力地缓解了一下沉重的心情。他在心里暗暗告诫自己，现在该轮到我们了！

雷明亮和于连浩已经关了店门，正坐在王家瑞办公室的沙发上，默默地看着坐在办公桌前的王家瑞。他们的心情看起来很沉重。尽管近来的报纸和无线电广播多次提到武汉的沦陷不可避免，让他们早就有了思想准备，但真正等到这一天到来，他们还是难免心情沮丧。

王家瑞看得出他们两人沮丧的心情，他不能让这种情绪支配着他们。

"你们两个见的世面应该比我多，而且还上过战场。我只是一个小知识分子而已，没见过大世面，你们应该比我更冷静。刚才，我的心情也很沮丧，不过，当我想到我们肩负的使命之后，我的情绪马上就振作起来！现在，是轮到我们大显身手的时候了！"王家瑞大声激励雷明亮和于连浩。

"对，光顾着沮丧，都忘了我们该做的事了。"王家瑞的话让于连浩从失望的情绪中清醒过来。

"想想也是，我们没有时间去沮丧，我们有自己该做的事情要做。"雷明亮的情绪也振奋起来。

"是的，从今天开始，我们的所有工作，都是为了打败日本人，将他们赶出中国。"王家瑞说着，从办公桌前站起来，走到他们俩面前，"走吧，上楼休息，明天还有很多事情要做呢。"

虽然王家瑞要雷明亮和于连浩休息，可他自己却躺在床上睡不着，脑子不停地思考着该怎样做才能最有效地打击日本人。

当年，组织上建立这个情报联络站，其目的是为了对付蒋介石国民党反动派。没想到只三年时间，形势就发生了根本变化。现在，国共第二次合作，为了民族的存亡，抛弃恩怨和党派之争，携手抗击日本侵略军。想到这些，王家瑞不禁感慨万分。

二

李国盛走出汉口大智门火车站时，已经是黄昏了。

深秋的武汉，天气已经有些寒冷。黄昏的街道上，行人寥寥无几。树上的枯黄树叶，被萧瑟的秋风吹落，随风飘落下来。飘落到地面的落叶，又被呼啸的秋风卷起，翻滚着离开地面，在空中乱舞，随风而去，远离树根，就像一个没有归属，四处漂泊的灵魂，显得如此的无助，让人感到岁月的无情和世道的

武汉谍战

凄凉。

这个季节最令人讨厌的就是法国梧桐。它干枯了的果毛从果实上脱落，随着凄冷的秋风，飘散在空气中。这些在空气中飘散的毛絮，被人吸入鼻腔和喉咙，会刺激黏膜，造成呼吸不适；如果飘进人的眼睛，会弄得眼睛刺痛难忍，影响视力。秋天的法国梧桐很容易让人忘记它曾经在夏天用它那巨大的树冠，庇荫过这个火炉般城市里的人们度过那炎热的夏天。

李国盛戴着一顶黑色礼帽，穿着一件米色的风衣，手里提着一个小箱子，踩着满地的落叶，沿着玛领事街（注：现在的车站路）匆匆向法租界走去。

李国盛看上去三十七八岁，中等偏上身材。黑色的帽檐下，露出一双炯炯有神的眼睛。他挺拔的鼻子下面是两撇浓密的八字胡，让他看起来显得威严。他的双肩宽阔，腰板挺直，举止投足之间都透出男人的风流倜傥。

街上几乎没有行人和车辆，他感受到了空气中弥漫着的肃杀气氛。

快要走到法租界入口的时候，他看到前面的路口有一个日军哨卡，哨卡上架着机关枪。荷枪实弹的日本兵正在盘查过往行人和车辆。

李国盛走了过去，一个日本士兵拦住他。

"证件！"日本兵冲着李国盛厉声地喝道，也不管他懂还是不懂日语。

"我是法租界的居民，刚刚从上海回来。"李国盛一边用日语回答一边掏出法租界的居民证递给这个日本兵。

"哦，你会讲日语，太好了。你是日本国民吗？"日本兵的态度好多了。

"我不是日本国民，我是中国人，不过我在日本读过几年书。"

"在日本读过书，很好。"日本兵看了看李国盛的证件，然后还给他，"你以后要注意，宵禁时间是不能出来的，明白吗？"

"明白了。我刚从上海回来，不知道实行了宵禁。以后会注意。"李国盛说完，微微地躬了一下腰。他鞠躬的样子让他看起来就像是一个日本人。

"好了，你可以走了。"日本兵放行了。

李国盛过了日军的哨卡后，很快就来到法租界的出入口。

6月份的时候，为了防止难民涌入，法租界当局在租界的四周竖起了两三米高的铁丝网，只有专门设立的几个通道才可以出入法租界。

日本人占领武汉之后，法租界更是戒备森严，安南（越南）巡捕对所有进入法租界的人都要进行严格的检查。

李国盛向出入口站岗的巡捕出示法租界居民证，顺利地进入法租界。

深秋的武汉，日短夜长。天色渐渐黑下来。

法租界里面的情形和外面截然不同。虽然受战争的影响有些萧条，但商店仍然开门营业，街上和原来一样人来人往。

李国盛穿过亚尔萨罗南尼街（注：现中山大道黎黄陂路至一元路段），然后沿着克勒满沙街（注：现车站路中山大道至洞庭街段）一直走到吕钦使街，他向左转沿着吕钦使街往北走了大约五六十米，就到了立兴洋行大楼——军统武汉区的机关总部。

三

李国盛走进立兴洋行一楼门厅，然后沿着门厅里的楼梯上了二楼。他看到机关总部的办公室都还亮着灯。

除了李国盛，武汉区总部机关还有另五个人，他们是副区长唐新和宋岳、机要秘书梁问天、外勤兼交通员方仁先和韦裕国。此刻这五个人都在。

看到李国盛回来，大家都很高兴，马上围过来问长问短。

"老板，你终于回来了。"副区长唐新高兴地说，"日本人占领了武汉，你又不在，我们都没有主意。现在你回来就好了。"

"老板，日本人占领武汉当天，就开始实行宵禁。每天下午5点到第二天早上7点，任何人都不许出门，除非有特别通行证。对了，武汉现在实行的是'新时'制，与东京时间相同，比原来时间快了一小时。"梁问天说。

"哦，新时制。"李国盛点了点头，表示明白。

"你回来的路上没有遇到日本兵盘查吗？"宋岳问。

"我看到路口有日军的哨卡，盘查过往行人和车辆。我也被他们盘查了，不过，我给他们看了法租界的居民证后，他们就放我过来了。"

"日本人前几天就开始给第三特区的居民办'安居证'了。以后，必须有安居证才能放行，没安居证的人可能会被当作抵抗分子或者难民拘留。"方仁先插话。

"安居证？知道了。"李国盛在南京执行任务时，随身就带着伪造的安居证。

"老板，为什么不通知我去接你呢？"韦裕国问李国盛。

"我想感受一下日军占领下武汉的气氛，所以没有通知你去接我。现在是戒严时间，幸亏没有通知你去接我，否则不知道会出什么事呢。"李国盛笑着回答。

"你还没有吃晚饭吧？老板。"方仁先关心地问。

"还没有。"

"我们也没有吃。不如我们现在就出去吃？"宋岳建议。

"不要出去了，我们在外面餐馆端几个菜回来，就在宿舍里面吃。我有事情和大家说，外面说话不方便。"李国盛说。

"好，我和方仁先去端菜，你们先回宿舍。"韦裕国主动要求去端菜。

宿舍就在二楼的另一边，共有三间宿舍和一个带有浴池的公用卫生间。李国盛一个人单独住一间，唐新和宋岳两人住一间，其他三人合住一间。

李国盛让其他人先去唐新和宋岳的宿舍收拾桌子，自己则和唐新来到他自己的办公室。

"我不在的这段时间，局座有什么新指示吗？"李国盛问唐新。李国盛不在的时候，唐新是代理区长。

"有。武汉沦陷后，戴局长发来两份密电。电文在保险柜里。"说着，唐新走到李国盛办公室的保险柜边，掏出钥匙打开保险柜，拿出两份电文，然后连同保险柜的钥匙一起交给李国盛。

李国盛仔细看了两份电文。一份是10月27日武汉沦陷后发来的。主要是鼓励武汉区的全体潜伏人员，克服一切困难，开展敌后斗争。

另一份电文要求武汉区尽快弄清楚武汉日军的基本情况并报告总部。同时要求他们对那些与日本人合作的汉奸，实行严厉制裁。

看完电文后，李国盛将两份电文用火柴点燃销毁。

李国盛和唐新又谈了一会儿，才离开办公室来到唐新的宿舍。

唐新的宿舍很大，里面住着唐新和宋岳二人。宿舍里除了两张床之外，还有两张书桌、两个大衣柜、一个橱柜和一个饭桌。

宋岳等人已经将桌子收拾干净，等着韦裕国和方仁先端菜回来。

过了大约半个多小时，韦裕国和方仁先一人提着一个菜笼子回来了。

大家将热腾腾的菜从菜笼子里面拿出来，摆放到桌子上。

菜是在法租界著名的汉味酒家炒的，有红烧武昌鱼、粉蒸肉、板栗烧子鸡、藕夹、霜打油白菜和藕煨排骨汤。色香味都不错。

宋岳从橱柜里拿出一瓶汉汾酒，要为李国盛接风。

大家围着桌子坐下，韦裕国给每个人的酒杯斟满酒。

李国盛站起来举起酒杯，对大家说：

"各位，今天我借这杯酒，向你们这些不惜生命留在敌后，准备与日寇血战到底的党国勇士们，表达我的敬意。"说完，他一干而尽。

"愿追随长官与日寇血战到底！"其他人立刻站起来，举起酒杯，大声宣誓，然后一饮而尽。

"好，各位请坐。值此国难当头之际，能够带领大家杀敌报国，是李某的荣幸！"李国盛很激动，"从日寇占领武汉的那一天起，我们的生命就不再属于自己，我们必须用我们全部的智慧和力量，甚至是生命，去打击日寇，直到将他们赶出中国！"

"我们愿意用我们的生命，与日寇血战到底！"宋岳情绪激昂地说。

"对，我们愿意用我们的生命，与日寇血战到底！"大家群情激奋。

"谢谢各位！"李国盛非常感动。接着，他问唐新："各组人员目前的思想状况如何？"

"总的来说，各小组人员的情绪都很激昂，求战欲望强烈。特别是行动组，他们要求乘日军立足未稳之际，立刻出击，实施对日军的打击。为了减少不必要的牺牲，我要求各组暂时不要贸然出击，等你回来后再做打算。"唐新回答。

"很好。我赞成你的意见。我们要有耐心，不必争一日之长短。我们等日军松懈下来之后，再打他们一个措手不及。"李国盛赞同唐新的决定，"根据局座的指示，我们目前的任务，是弄清日军陆军在武汉及其周围地区的各部队驻地，番号和人员武器配备，海军军舰数量和空军飞机数量；日军后勤仓库的地点以及日军的后勤补给线。梁问天，你明天通知汉口组、武昌组和汉阳组组长，将各组人员派出去，到日军兵营附近、日本军舰停靠的码头附近以及日军机场附近去秘密观察并记录。日军机场包括汉口的王家墩机场和武昌的南湖机场。另外，我们还要弄清日军在武汉的各级司令部的地点，各部队长和各机关负责人是谁。有些情报可以从公开的报纸和电台收集到。从明天开始，方仁先和韦裕国负责收集报纸和广播电台的有关消息。"

"是！"大家回答。

李国盛的战前动员很成功，此刻大家都抱定杀身成仁的决心。

四

日军华中派遣军司令部设在位于湖北街（注：中山大道江汉路至合作路一段）和北京路交汇处的汉口盐业银行大楼。这是一座具有欧洲古典风格的五层

武汉谍战

楼建筑，建筑的外墙使用花岗岩铺设，建筑的正面是突出的门拱，门拱由六根粗壮石柱支撑。整个建筑显得庄严宏伟。汉口盐业银行在武汉沦陷之前已经迁往重庆，日军便将盐业银行大楼作为华中派遣军司令部。

情报课长岩田的办公室在二楼东头的第一个房间。这是一间不大的办公室，里面有一张办公桌、一个文件柜和几张沙发。

三浦太郎和岩田中佐正坐在沙发上说话。三浦手上拿着一张旧报纸，这是一张10月份的《扫荡报》。

"岩田先生，你看看报纸上刊登的照片，是石原光夫吗？"说着，三浦太郎将手中的报纸递给了岩田中佐。

"照片看起来是他。"岩田正隆仔细看了看照片，肯定地回答。

"这么说石原光夫是真的投敌了？"三浦太郎问。

"目前看来是真的。这篇报道没有完全公开石原光夫的真实身份。根据我们目前掌握的证据显示，他就是将情报透露给中国情报机关的那个人。他和他在上海的联络人觉察到我们在秘密调查他们之后，就逃走了。是中国特工在南京接应他逃走的。"

岩田正隆只能这么说，他不想让无关的人知道他们还在继续调查另外两个重大嫌疑对象，冈本矢一和宫本贤二。

接着，岩田正隆话锋一转，向三浦太郎转达总部的命令。

总部要求三浦太郎暂时不要暴露身份，继续潜伏下来。因为总部需要他的情报组继续在武汉及其周边地区收集情报，并且负责和吴应天保持联系。

这些年来，三浦太郎潜伏在武汉为日军收集情报，每天都有被捕杀头的危险。本指望日军占领武汉后可以公开身份恢复军职，不再过心惊胆战的日子。没想到总部让自己继续潜伏，三浦太郎心里虽然有些不情愿，但他表面上仍然表示坚决服从总部的命令。

"吴应天有什么新的消息吗？"岩田正隆问三浦太郎。

"目前没有任何新的消息。中国军队第五战区司令部目前具体的位置还不清楚，所以我没有办法派出联络员去和他联系。而且，由于与武汉之间隔着战线，他与我联系的死信箱也暂时失去作用。"三浦太郎说，"我今天来见你，还有另外一件事。我需要你以司令部的名义请汉口放送局通过广播向吴应天下达指令，让他立刻想办法与我取得联系。"

汉口放送局是日军占领武汉以后，新成立的负责新闻宣传的广播电台。

"这件事我会马上去办。"岩田正隆答应三浦太郎，"请尽快与他恢复联系。一旦知道他的具体位置，立刻派出联络员与他接头。我们需要他提供中国军队下一步的作战部署以及兵力配备方面的情报。"

"我明白。"三浦接着建议，"如果我们恢复了与他的联系，我想让联络员携带发报机前往他的驻地，配合他的行动。"

"要谨慎，千万不能给他造成危险。"岩田正隆强调说。

"这个我考虑过。我们可以通过广播给吴应天下达指令，并告诉他联络站的地址。这样，吴应天就可以在不与联络员见面的情况下，暗中将情报送到联络站。联络员收到情报后，只需负责将情报用电台发回。因此，联络员并不知道送情报的人是谁。这样，即使联络员被捕，也不会对吴应天造成很大威胁。"三浦太郎说出他的计划。

"很好！"岩田赞赏道。

"当务之急，是吴应天通过广播收听到我们的指令后，有没有办法告诉我们他的驻地位置。"三浦太郎有点担心。

"他肯定能够做到。"岩田正隆说。

一个星期之后，吴应天从司令部樊城出发，来到安陆县城。这里是国军和日军的分界线，仍然可以和汉口通邮。吴应天在安陆县城给三浦太郎的死邮箱发了一封密写信，告诉三浦太郎，他随第五战区司令部转移到湖北樊城。请三浦太郎派出联络员和他联系。

三浦太郎很快就派出联络员携带发报机到樊城，在樊城建立了一个联络站。这样，三浦和吴应天之间的通讯联络又恢复畅通。

第十章　烽火燎原

一

王家瑞正在看于连浩从横店联络站"齐记裁缝店"老齐那里取回来的情报。

根据老齐收集到的情报，应城、孝感和黄陂一带活动的抗日武装，主要有第五战区应城县长孙耀华领导的县直属队改编的应城抗日游击队；孝感许金彪的湖北省抗日游击大队；程汝怀的鄂东游击总队下辖的黄陂县长胡季骉的第七游击支队；黄陂任士舜领导的梅店自卫队；徐宽领导的平汉铁路破坏总队第三大队。另外，还有活动在汉阳县蔡甸区的汉阳游击队。

根据之前秦晋南收集到的武汉东、南部抗日武装的情报，在武汉南部，有王粟的梁湖抗日游击大队；黄人杰的鄂南人民抗日游击总队（又称为樊湖大队）；方步舟的鄂南抗日游击队；活动在武汉东北面黄安、麻城、浠水、蕲春一带有程汝怀的鄂东游击总队。

中原局（注：1938年10月，长江局撤销，1939年1月重新成立中原局。王家瑞领导的特委转为直接隶属于中原局）在给王家瑞的指示中明确地告诉他，中原局的意图就是要将武汉周围各个零散的抗日武装收编到新四军的麾下，壮大新四军武装和扩大抗日根据地。

王家瑞将收集到的情报汇总后，拟了一份电文：

1. 王粟，湖北鄂城人，早年参加红军并入党。1934年在湘鄂赣边区作战时负伤被俘，并被转送回家乡鄂城。后由乡里地方保甲联名具保，被当局释放。抗战爆发后，王粟自发组织梁湖游击大队，与组织多有联系，可以收编。

2. 黄人杰，武昌县人，早年参加革命并入党。大革命失败后脱党回到家乡。抗战开始后，自发组织樊湖大队抗击日军，是很有希望争取的抗日武装。

3. 方步舟，湖北大冶人。原红军十六师师长，在南方坚持三年游击。西安事变后，于1937年向国民党投降。抗战爆发后，回乡组织抗日武装。他的鄂南抗日游击队也是可以争取的抗日武装。

4. 平汉铁路破坏总队第三大队。平汉铁路破坏总队是由平汉铁路工会主任委员和国民党平汉铁路特别党部特派员刘文松1938年5月在武汉成立的国民党抗日武装。平汉铁路破坏总队第三大队负责对信阳至孝感一线铁路进行破坏。第三大队队长徐宽，是原信阳站工会负责人，其大部分队员是江岸到信阳段的铁路工人。也是可以争取的抗日武装。

电文拟好后，王家瑞对照密码本将其译成密码电文。密码电文译好后，他将密码电文稿放进上衣口袋。

一切准备就绪。王家瑞看了看手表，决定给向小雨打电话。

"喂，圣约瑟女中吗？我找向小雨老师。什么？她在上课。好的。请转告她我会在学校门口等她。下午五点半。是的，我是她男朋友。谢谢！"

这是第一次由向小雨给上级发报，王家瑞心里对她还没有把握。

二

王家瑞来到圣约瑟女中的大门口。

冬天的武汉，寒风凛冽。王家瑞被寒风吹得直打寒战，他呼出的空气一出口，马上就变成白雾。尽管他穿了一件厚呢子大衣，围着羊毛围巾，戴着一顶绒帽和一双皮手套，可仍然挡不住傍晚刺骨的寒风。他在那里不停地跺着脚，想让自己身体暖和一点。

没过多久，他的清鼻涕便不知不觉地掉了下来。他赶紧用戴着手套的手去擦了一下，马上又觉得不对，赶紧从大衣口袋里面掏出手巾，擦了擦鼻子，然后又擦干净手套上的清鼻涕。

五点半到了。向小雨走出校门，来到王家瑞身边。

她今天穿着一件深蓝色的大衣，戴着一顶毛线编织的漂亮花帽子，脚上穿

武汉谍战

着一双棕色的皮靴，显得高雅而又端庄。

看着漂亮的向小雨走过来，王家瑞不禁有点走神。向小雨真的太清纯太漂亮了！王家瑞内心里忍不住发出由衷的赞叹，他的心跳不由得有点加快。见向小雨面带微笑地看着自己，王家瑞赶紧将目光从向小雨身上移开，他怕向小雨察觉到他内心里的微妙变化。

如果不是组织安排和工作需要，王家瑞认为自己在生活中难得有机会和这么清纯漂亮的女人靠得这么近。他这样一想，心情就慢慢地平静下来。这是工作，王家瑞！别想入非非！他告诫自己。

"等蛮久了吧？冷吗？"向小雨关心地问王家瑞。

"不冷。刚到，呵呵。"王家瑞装着若无其事的样子。他不知道向小雨刚才走出校门的时候，看到他冷得直跺脚。

"我们走吧，去我住的地方，屋里会暖和一些。"向小雨笑着说。

"好。我这里有情报要发出去，今晚九点按约定的时间发报。"王家瑞嘴里轻声地对向小雨说，眼睛却警惕地扫视着四周。

两人一边逛街，一边朝向小雨住的方向走去。

向小雨住在大智路和五族街（注：现在的中山大道黎黄陂路到黄石路一段）交叉路口边的公新里，离这里不算太远。

王家瑞和向小雨只是默默地走着，没有怎么说话，看起来不像是一对恋人。

"还没有吃晚饭吧？等下我请你喝排骨汤，暖暖身体。太冷了。"王家瑞终于想出了一个话题，试着打破沉默的尴尬。他觉得自己还不算太笨。

"真的？太好了。我就喜欢喝藕煨排骨汤。"向小雨本来是个性格活泼的年轻女人。但由于王家瑞是她的上司，她在他面前有些拘谨，因此一直不敢多说话。现在王家瑞一开口，她倒放松了一些，也显得自然多了。

"你想去哪一家？"王家瑞问。

"随便哪一家，反正不管哪一家的藕煨排骨汤都好喝。"向小雨的拘束感几乎没有了。

"那我给你推荐一家吧。离你的住处公新里不远，就在吉庆街，有一家叫'月湖藕'的排骨汤店很有名。去过没有？"

"没去过。我来汉口的时间不长，对汉口还不太熟悉。"

"那好。我今天就请你去尝尝'月湖藕'的排骨汤。保证你喝了以后还想喝。"王家瑞的话匣子打开了，"这武汉的排骨汤，是民间美食，不登大雅之堂。但武汉人并不在乎这些，人人爱喝。"

第十章 烽火燎原

"藕煨排骨汤怎么做呢？"

"据说，正宗的藕煨排骨汤，用料是切成一寸长的猪横排，配以用花刀切成块的汉阳月湖莲藕。先将排骨在油锅里爆炒，然后将爆炒过的排骨放进沙铫子里，加满水，将沙铫子放在炭炉子上先用大火烧开，煨一段时间后，再加入藕块，继续用大火煨一段时间，然后改用文火煨。通常要从早上煨到下午，差不多煨一整天，到晚饭时才喝。煨好的排骨汤藕嫩、肉香、汤鲜。"王家瑞努力地搜索着自己脑中有限的烹调知识。

"我们学校的同事带我去学校旁边的小餐馆吃过，很好吃。你说的'月湖藕'排骨汤，肯定更好吃。"

"绝对好吃！"王家瑞十分肯定地回答。此刻，他自己的口水都快要流出来了。

王家瑞带着向小雨兴致勃勃地来到"月湖藕"排骨汤店。

还没走进店门，就远远闻到店里飘出的阵阵排骨汤香味，让人食欲大增。

此时，店里面已经是顾客盈门。好多食客正在排队等座位，王家瑞和向小雨只好加入排队的行列。

王家瑞得意地看了向小雨一眼，嘴上虽然没说什么，但那意思分明是在说：怎么样，我没瞎说吧！

足足等了半个钟头，才轮到王家瑞和向小雨。

在一张刚收拾干净的桌子旁坐下来之后，王家瑞要了一个藕煨排骨汤暖锅、一盘清炒洪山菜薹、两碗米饭。

不久，藕煨排骨汤暖锅上来了。暖锅下面的木炭，烧得旺旺的；暖锅里面热腾腾的汤，香气扑鼻，叫人胃口大增。

向小雨用汤勺舀了一勺乳白色的排骨汤，用嘴吹了吹，然后喝到嘴里，品了品，感觉非常鲜美，油而不腻。那味道果然比她之前吃过的几家店还要好。接着，她用筷子夹起一块藕，放在汤勺里，咬了一口，感觉粉嫩嫩的，带有淡淡的甜味，还有藕丝连着。她又尝了一块排骨，肉很耙，很香。太解馋了！向小雨在心里说。

"好吃吧？"王家瑞看着向小雨大快朵颐，得意地问向小雨。

"好吃，真的蛮好吃。"向小雨一边回答，一边大口地吃着。

过了一会儿，清炒洪山菜薹和米饭也上来了。

"你再尝尝这洪山菜薹，今天是清炒的。现在腊肉没有腌好。等腊肉腌好了，洪山菜薹炒腊肉，更香！"

武汉谍战

这是向小雨第一次吃洪山菜薹。她夹起一根洪山菜薹，放进嘴里嚼了几下，嫩、脆、甜，嘴里充满了馥香。加上鲜美的藕煨排骨汤，今天算是大饱口福了。

"怎么样，这洪山菜薹？"王家瑞带着一丝骄傲的神情看着向小雨。

"好吃，太好吃了！"

王家瑞见向小雨很喜欢吃洪山菜薹，便给向小雨介绍了洪山菜薹的来历。

洪山菜薹不同于别的菜薹，是本地的特产。

洪山菜薹有紫红色的茎、绿色的叶和黄绿色的花蕾，茎叶花都能吃。相传，冬季的阳光照射在武昌洪山宝塔的塔尖上，塔尖在地面投影范围内的一片土地，才能种出充满馥香、甜嫩、口感脆软的洪山菜薹。洪山菜薹不仅好吃，而且由于产量小，因此显得特别珍贵。

毕竟都是年轻人，就这一顿饭，王家瑞和向小雨之间的陌生感就消除了一大半，他们的话也渐渐多起来。两人一边吃一边聊，主要是王家瑞这个老武汉给向小雨介绍武汉的风土人情、游玩的景点以及好吃的菜肴。

吃完饭之后，王家瑞和向小雨从"月湖藕"出来。看看时间差不多了，他们决定直接去向小雨的住所。

一路上，向小雨还意犹未尽，不停地说好吃、解馋，下次还要去"月湖藕"吃排骨汤。她还不顾女孩子的矜持，一边说话一边打着饱嗝。

三

向小雨住在公新里，房子是租的。

这是一栋两层楼的房子。

向小雨用钥匙打开门，房子里面很暗。向小雨进门后，熟练地伸手摸到门边的电灯开关线，打开电灯。王家瑞在门外往四周看了看，才跟着进去。房子的面积不大。一楼是厨房和饭厅，饭厅里有一张饭桌和四个凳子。进门的右手边是通向二楼的楼梯，楼梯不是很宽。

向小雨领着王家瑞上了二楼。二楼只有一个房间，房门是开着的。向小雨走到房间门口打开房间的电灯。

这就是向小雨的闺房。房间里面很简陋，只有一张单人床、一个衣柜、一张写字桌和一个带有镜子的梳妆台。房间的南北各有一个窗户。窗户虽然都关得严严实实的，但是房间里仍然让人觉得格外的阴冷。

第十章　烽火燎原

本来，王家瑞是可以在学校门口将密码电报稿交给向小雨，不必陪她回家的。可是王家瑞内心里很想和向小雨在一起多呆一会儿，加上这是向小雨第一次为武汉特委发送情报，他也有必要观察一下向小雨的工作能力。因此他决定和向小雨一起回家，陪她给上级发报。

向小雨拉上前后的窗帘，然后移开梳妆台，掀开梳妆台下面的一块活动木地板，从地板夹层的暗格里面取出发报机。她将发报机放在写字桌上，然后熟练地架设好天线，接通电源。

"准备好了，老板。"向小雨的口气跟刚才有点不一样，变得严肃了。

王家瑞看了看手表，九点差五分。

"开始吧。"说完，他从衣服口袋里拿出那份密码电文，交给向小雨，"呼叫联络上以后，马上发出去。"王家瑞也严肃起来，脸上没有任何表情。

向小雨立刻开始呼叫，对方很快就有了回应。

向小雨开始发报。她的手法非常娴熟，十多分钟后，她就发完密电，等着对方回复。

王家瑞觉得当初对向小雨的印象是错的。至少现在看来，她的工作态度和工作能力还蛮不错。

大约半小时之后，对方开始回电。向小雨立刻开始抄收对方密码电文。收报完毕后，她将密码电文交给王家瑞。

王家瑞必须马上回去译电。他不敢久留，立刻与向小雨告别赶回电器行。

四

王家瑞回到电器行时已经是晚上十点多了。

他从后门进屋，上了二楼。

雷明亮和于连浩还没睡，听到王家瑞上楼的脚步声，他俩从房间出来迎接他。

"回来了，老板。吃晚饭了吗？"雷明亮关心地问。

"吃过了。不早了，天又冷，你们去休息吧。"王家瑞回答。

"楼下厨房的炉子上烧着热水，你去泡泡脚吧。"于连浩说。

"好的。你们去睡觉吧。"

王家瑞开门进了自己房间，从里面将门闩上。

他打开衣橱的门，然后取下衣橱的一块背板，露出衣橱后面的木板墙。他

武汉谍战

拆掉木板墙上的一块木板，木板里面是一个夹层。他的电台和密码本就藏在夹层里面。

他拿出密码本，开始译电。

新四军独立游击支队不日将由司令李威（注：李先念化名）率领从鄂豫边区开赴武汉外围地区开创根据地。他们将根据你的情报，派员展开对武汉周边抗日武装的争取与收编工作。

收集武汉及周边地区的日军情报，提供可以打击的目标，供武汉周边地区我抗日游击队制订作战计划时参考。

收集药品和军需物资，送往各根据地和游击区。

王家瑞看完电文后，拿起火柴，将电文点燃后烧掉。

任务不是很具体，不过大方向明确，王家瑞想。

收集武汉周边地区日军的军事情报，看来不能仅仅依靠周秉炎的情报组，还必须依靠其他的渠道。他想到了交通组长姚明春。

姚明春在汉口太平中街（注：现在的三阳路西段、京汉大道和解放大道之间一段）开了一个蔬菜果品批发行。批发行的名字叫做春发蔬菜水果批发行，他是蔬菜果品批发行的老板。做蔬菜果品批发生意，每天都会与汉口周围的农民和果菜贩子以及汉口的果菜零售贩子打交道，因此与汉口周边的郊区和农村地区联系起来很方便，对交通工作是一个很好的掩护。可以利用姚明春的交通组来往于汉口和黄陂、孝感、应城之间的优势，搜集汉口外围日军情报。

第十一章　金蝉脱壳

一

汉口宪兵队队长五十岚翠中佐接到岩田正隆的电话后，马上来到岩田正隆的办公室。

日军占领武汉以后，五十岚翠被任命为汉口宪兵队队长。

自从石原光夫失踪后，岩田正隆的内部调查组对于冈本矢一和松本贤二的调查没有一点进展。他们似乎跟这个案子没有一点联系，或者说他们停止了活动。

不过，昨天晚上从上海传来了令人振奋的消息。

上海宪兵队特高课在秘密监视冈本矢一的上海联系人之一夏文远时，发现夏文远的一个秘密住所。他们经过几个星期的观察，认为那里可能是一个秘密无线电通讯站。于是，宪兵队特高课乘夏文远不在的时候，搜查了他的秘密住所。果然不出他们所料，他们在夏文远的秘密住所里找到一部电台和一个密码本。

这一次上海宪兵队特高课很谨慎。他们还原了现场，没有留下任何痕迹。

上海宪兵队马上将这个新情况通知了岩田正隆。岩田正隆请上海宪兵队继续秘密监视夏文远，但暂时不要采取任何行动。他必须请示畑俊六司令官之后，再通知上海宪兵队特高课下一步行动。

武汉谍战

　　这是一个巨大的收获。如果夏文远是中国间谍，那么冈本矢一就是那个泄密给夏文远的人。

　　"请坐，五十岚君。"岩田正隆指着办公室的沙发说。

　　"谢谢！"五十岚翠坐下了。

　　岩田正隆走到办公室门前，将门关上，然后回到沙发旁，坐在五十岚翠的身边。

　　"事情有了进展。昨天深夜我接到上海宪兵队特高课的电话，他们发现了新的线索。"岩田正隆掩饰不住内心的兴奋，眉飞色舞地将事情的经过详细告诉了五十岚翠。

　　"太好了，这是我带给你的好运气吗？岩田君。"五十岚翠听到这个消息之后也兴奋不已，忍不住和岩田开起了玩笑。然后两人都哈哈大笑起来。

　　"我想听听你的建议。"岩田正隆心情愉快地向五十岚翠请教。

　　"我的建议很简单，我们这边立刻密切监视冈本矢一，上海那边立刻逮捕夏文远进行审讯，从夏文远身上找出突破口。"五十岚翠说完，似乎想起什么，他问岩田正隆："畑俊六司令官对此事有什么指示吗？"

　　"他说这次应该没有疑问了，可以马上逮捕夏文远。"

　　"那你还等什么呢？赶快通知上海方面啊！"五十岚翠忍不住大声说，他不知道岩田正隆在犹豫什么。

　　"我昨晚请示畑俊六司令官以后，马上就通知上海宪兵队立刻逮捕夏文远。可是今天早上，他们来电话说，他们还没有逮捕夏文远，因为事情有些复杂，让我耐心等待他们的消息。同时，他们叮嘱我不要对冈本矢一采取任何行动。"岩田正隆皱着眉头，脸上充满困惑，似乎比五十岚翠更弄不明白到底发生了什么事。他看着五十岚翠说，"所以我请你过来，帮我分析一下。我有点乱了。"

　　五十岚翠也糊涂了。他疑惑地看着岩田，咧了咧嘴，似乎想说点什么，但最后还是什么都没说。

　　这时，岩田桌上的电话响了。

　　"喂？是我！是！对不起，五十岚队长也在我这里，他可以一起去您的办公室吗？是！我马上来！"岩田放下电话，然后对五十岚翠说，"刚才是司令官亲自打来的电话，他让你和我一起去他的办公室。肯定发生了重要事情，我们快走吧。"

　　畑俊六的办公室在司令部的四楼。这是一间很大的办公室，里面的布置相当典雅。办公室的天花板是白底镂花的，天花板中间是一盏漂亮的大吊灯，大

第十一章　金蝉脱壳

吊灯的四周有四盏小一点的吊灯。天花板下还有两把吊扇，一把吊扇在办公桌的上面，另外一把在皮制沙发的上面。不过现在是冬天，电扇没有开。

司令官的办公桌是欧式雕花梨木家具。办公室有一面墙带有落地的窗台，窗台上面挂着漂亮的浅黄色暗花窗帘；另外三面墙是牛奶色暗花墙布装饰的。办公室的文件柜也是梨木雕花的，看来办公室里的家具是一起定制的，整个办公室看起来非常的典雅，反映出办公室原来主人的欣赏格调。

办公室的门是关上的。

岩田和五十岚坐在长沙发上，河边正三参谋长和畑俊六司令官各自坐在一张单人沙发上。

"各位，今天这个会议上所讲的内容，属于绝密，任何人不得泄露。明白了吗？"畑俊六司令官口气严肃地说。

"明白了，司令官阁下！"三个人齐声回答。

"很好。"司令官看了看五十岚翠，然后对他说，"鉴于你对于此案的了解程度，所以我也邀请你参加这个会议。"

"是！司令官！"五十岚翠回答。

"现在，我要求你们停止对夏文远和冈本矢一的调查，包括对其他人员的调查。这个案子到此为止。"畑俊六司令官郑重地宣布。

"是！"岩田正隆和五十岚翠以军人习惯性的反应起立，并大声回答。

"坐下吧。"司令官对他们摆摆手说，接着说：

"我从你们的脸上看出你们的疑问，可是我不能告诉你们详细的情况。我只能告诉你们，夏文远一直在执行帝国最重要、最秘密的使命，他所做的一切，都是陆军大本营参谋部最高机关批准的。"畑俊六回答了岩田正隆和五十岚翠想问而不敢问的问题。

"明白了，司令官阁下！"五十岚翠和岩田正隆大声地说。

"你们可能还有一点疑问，这就是对冈本矢一的疑问。你们想知道是不是他向夏文远提供的情报，对吗？"司令官帮他们提出了第二个疑问，也是最后的疑问。

"是的，司令官阁下！"岩田毫不隐瞒自己的想法。五十岚翠也点了点头。

"武汉会战的情报确实是冈本矢一提供情报给夏文远的。他一直按照陆军参谋部情报二部的命令配合夏文远的工作，这一点恐怕连夏文远自己可能都不知道！这样，夏文远获得情报的方式就显得自然而真实。夏文远在执行帝国最高使命的过程中，为了取得中国政府高层的信任，不得不向中国方面提供一些

武汉谍战

我军的情报，以此证明自己的价值。这些情报都是真实的。当然，在将情报发给中国军方之前，夏文远和他的同事会对情报做一些技术上的处理，让这些情报的时效性变得很短，使中国军队来不及作出相应的部署调整！"畑俊六司令官冲着大家扬起眉毛，撇了撇嘴，然后带着一点自我调侃的语气说，"其实，我也是今天才知道。"

"这么说，中国特工在南京做的所有事情，包括后来报纸刊登的石原光夫照片和报道，都是为了掩护冈本矢一，或者说最终是为了掩护夏文远。中国情报部门根本不知道夏文远其实是在为日本工作，他们以为夏文远是他们最有价值的间谍，是这样吗？将军。"岩田正隆恍然大悟。

"是的，他们不知道。他们以为夏文远是他们最有价值的间谍。愚蠢的中国人！"河边正三参谋长终于开口说话。

"为了保密，内部调查组还是要在表面上继续工作，人员暂时也不需要变动。但是实际的调查工作必须停止，你们知道怎么做。"畑俊六司令官发出指示。

"是！"岩田正隆和五十岚翠齐声回答。

"这可能是我最后一次以华中派遣军司令官的身份和你们谈话。我和河边正三参谋长已经接到大本营的调令，马上就要回国担任军事参议官和教育总监部部长。新任司令官将会和我们一样，支持你们的工作！"说这番话时，畑俊六带着一丝不易察觉的遗憾。

1938年12月9日，华中派遣军第二军司令部撤回日本国内，所属部队由第十一军指挥。12月15日，畑俊六大将奉调回日本，担任军事参议官，华中派遣军司令官由山田乙三中将接任。1939年1月，华中派遣军参谋长河边正三少将也奉调回日本，担任教育总监部本部长。原第十一军参谋长吉本贞一少将接任华中派遣军参谋长职务，原第十一军副参谋长沼田多稼藏少将接替吉本贞一担任第十一军参谋长。

二

王家瑞来到上海路的天主堂。这是他第二次来这个教堂。

在此之前，他来过这里一次。这里是周秉炎和他约定传递情报的地方，因此他特意来这里熟悉一下环境。那是他平生第一次进教堂。

天主堂前面是一个用漂亮铁栏杆和雕花石柱围成的院子。进了院子大门之后，就是教堂的主建筑。主建筑和传统的天主教堂一样，是塔式尖顶的。尖顶上立着一个十字架。

走进教堂的大门，里面是一个做弥撒的大厅。大厅的空间很高，四周窗户的玻璃都是五颜六色的，看起来很漂亮。弥撒厅里面有一排排的长桌椅，是教徒们做弥撒时的座位。椅子前面是神父做弥撒的讲坛。讲坛后面的墙壁上，挂着一幅很大的耶稣受难画像。

王家瑞走进弥撒厅后，发现里面空荡荡的，没有一个人。他穿过长椅间的走道，来到弥撒讲坛前面。弥撒讲坛的右边有一个亭子间，这个亭子间就是告解室。

告解室是一个中间由隔板隔成两部分的亭子间，两部分各有一个门，告解人和神父各在一边。告解人可以隔着有小孔的隔板向神父告解。告解时，双方看不到对方的容貌。

王家瑞推开告解室的门，进了告解室，并从里面闩上门。

告解室很小，里面只有一个固定在背板上的凳子。

王家瑞在凳子前面蹲下，将手伸到凳子的左侧，准备拆开左侧的小木板。他上次来教堂时专门试过，知道怎么拆。

"我的孩子，你有事情需要告解吗？"

正当王家瑞聚精会神地拆木板时，他的身后传来说话声。

王家瑞被这突如其来的说话声吓了一跳，他赶紧回头看，发现身后并没有人。王家瑞这才意识到，是隔板另一边听告解的神父在问他。上次他进告解室熟悉情况时，可没遇到这事儿。

"啊，对！神父，我犯了罪，需要告解。"王家瑞慌忙回答。

"孩子。告诉我你犯的罪，我会以上帝的名义宽恕你。你不会再因为这些罪行而受到煎熬和惩罚。"隔板另一边的神父宽容地说。

王家瑞只好一边应付神父，一边拆小木板。

"神父，我小时候偷吃过邻居家的麻花。"王家瑞想起这事。他五六岁的时候，确实偷过邻居三叔家准备过年吃的麻花，为此还被父亲打了一顿。

"偷窃是很严重的罪行，孩子！你今天向神坦白你的罪行，并保证今后不再犯，神会宽恕你。你的灵魂不会再为此受到煎熬和惩罚。"

"还有，我小时候非常妒忌望喜和家富他们能够上学堂读书。"

王家瑞已经拆掉了小木板，他将手伸进凳子下面摸索。

"孩子，妒忌是人们内心的恶魔，它是万恶之源！它会让人失去理智，变得疯狂和邪恶。它驱使人们犯下各种罪行，将人们引向万恶的深渊。你今天能够向神坦白你的妒忌心，证明你已经明白妒忌是多么的邪恶。你今后必须克制你内心的妒忌，这样你才会变得善良、豁达与宽容。上帝会帮助你驱除你内心的恶魔。上帝会宽恕你的，孩子！"

王家瑞摸到了一张折叠的纸，他取出这张纸，然后装回小木板。

"神父，向神坦陈我的罪行之后，我现在觉得内心踏实多了。"

"孩子，一个人不论犯了什么罪，只要他能够向上帝坦陈他的罪行，并真诚地向上帝忏悔，上帝都会宽恕他的罪行，让他得到内心的安宁，不再受到煎熬。"

王家瑞打开折叠的纸看了看，然后放进自己的内衣口袋。

"感谢上帝宽恕我的罪行，让我的灵魂得到慰藉。谢谢神父！"王家瑞拿到情报，准备走了。

"孩子，上帝会保佑你的，阿门！"

"阿门！再见，神父。"

"再见，我的孩子！"

王家瑞从告解室出来后，向四周看了看，周围没有人。他转身走出弥撒厅，离开教堂。

当天晚上，王家瑞让向小雨将这份情报发回总部。

情报显示，武汉日军将向驻守武昌庙岭镇的守备中队运送过年的慰劳品和军需物资。物资清单上包括各种食品，还有弹药和一些药品。

王家瑞在密电中建议游击队袭击日军运送物资的车队。

第十二章　梁湖大队

一

　　天空布满了乌云，显得阴沉沉的。凛冽的寒风吹过公路边的一座小山岗，发出凄厉的呼啸声。小山岗上稀稀疏疏地长着一些树，树枝上的树叶已经脱落，只剩下光秃秃的树枝，在阵阵北风中摇曳。山岗上布满了裸露的岩石，岩石缝里长满已经枯黄的野草。

　　一条泥土公路从小山岗的山脚下穿过，蜿蜒曲折延伸到远处。公路的另一边是一片片冬闲的稻田。干涸的稻田里布满了一撮撮排列整齐、秋天收割后留下的枯黄稻茬。

　　此刻，王粟率领他的梁湖大队第一中队全体队员，冒着严寒的天气，埋伏在公路边的这座小山岗上。

　　这条公路是日军运输队的必经之路。王粟挑选的这个伏击地点很不错，公路的一边是游击队埋伏的小山岗，另外一边是水田，卡车在这里很难调头。

　　按照王粟的命令，队员们已经在公路上埋设了两捆集束手榴弹改装的地雷，专门对付日军的卡车。

　　队员们各自隐藏在树干和岩石后面，等待鬼子车队到来。

　　时间已经接近中午，按照情报说的时间推算，日军运输队快要到了。

武汉谍战

　　刺骨的寒风吹在队员们的脸上，让人感觉到一阵阵的刺痛。队员们已经在寒冷的山岗上埋伏了两个小时，好些人冻得直打哆嗦。

　　有些队员忍受不了寒冷，开始发牢骚。

　　现在的王粟已经一扫往日的压抑，完全恢复了昔日红军特务连长的自信和威严，他严厉地命令大家，注意隐蔽，不要说话。

　　过了一会儿，负责观察的队员挥动毛巾发出信号，日军的运输车队开过来了。

　　"准备！听我的口令，拉响地雷，务必将敌人车队最前面和最后面的汽车炸坏。"王粟发出命令。

　　汽车的马达声越来越大，王家瑞已经能够看清楚车队的车牌了。他现在最担心的就是队员们不听指挥提前开火，如果这样就可能让敌人逃掉。还好，这样的事情没有发生。

　　最前面一辆卡车开到埋设的地雷上面，王粟大吼一声："拉弦！"

　　随着王粟的命令，负责拉弦的队员拉响了地雷的绳弦。

　　轰的一声巨响，地雷正好在第一辆卡车下面爆炸。第一辆卡车被炸得在公路上跳动了一下，接着就停了下来。

　　几乎与此同时，负责炸毁最后一辆卡车的队员也拉动了地雷的绳弦，可是地雷并没有爆炸。

　　王粟的意图是要炸毁最前面和最后面的卡车，将中间的两辆卡车堵住，这样敌人就成了瓮中之鳖。可没想到遇到一颗哑雷。

　　"打！"王粟见后面的地雷没炸，赶紧下令开火。

　　砰、砰、砰……

　　队员们立刻朝日军卡车开火。

　　最后一辆卡车的日军司机发现中了埋伏，立刻来了个急刹车，然后开始向后倒车。第二辆和第三辆卡车也跟着最后一辆卡车开始向后倒车。与此同时，卡车上押车的日军士兵开始向路边小山岗上的游击队伏击阵地开枪射击。最后一辆卡车上的一个日本兵用歪把子轻机枪猛烈扫射，打得游击队员抬不起头来。

　　最前面的那辆卡车虽然被地雷炸坏不能开动，但车上的日本士兵并没有受伤。

　　坐在驾驶室副驾驶位置上的是负责这次押运的一个日军军曹。日军军曹发现遭到伏击，立刻推开车门跳下卡车，并顺势趴在地上。

第十二章　梁湖大队

日军军曹观察了一下四周的情况，然后大声命令卡车上的士兵下车后撤，向后面的卡车靠拢。

日本兵毕竟受到过良好的训练，战术素养很高。即便是遇到这样的突然袭击，也只有一瞬间的惊慌失措，片刻之后，他们就恢复了战斗力。

哒哒哒、哒哒哒……最后一辆卡车上的机关枪仍然不停地向游击队的伏击阵地扫射。中间两辆卡车上的日本兵也用三八大盖向游击队员射击，掩护从第一辆卡车撤下来的四个日本兵向他们靠拢。

日军士兵的枪法很准，不断有游击队员中弹倒下。

日军军曹和他的两个士兵及卡车司机交叉掩护，很快撤到第二辆卡车旁边。第二辆卡车马上停下来，让军曹和三个士兵爬上车厢，然后继续倒车，跟着第三辆卡车后撤。

负责从后面截住日军车队的是第一中队第三小队。眼看日军车队就要逃走，小队长和他的队员们却都不知所措。王粟见状，急得大声地喊叫："江猪子，你个狗娘养的，赶快丢手榴弹啊！不要让日本人跑了！"

江猪子就是第一中队第三小队的队长。江猪子其实是武汉及周边地区对江豚的一种俗称。至于第三小队的江队长为什么叫江猪子，王粟也不清楚，反正每个人都这样叫他。

江猪子两三个月以前还是一个种田的农民，如果不是王粟动员他参加游击队，恐怕他现在还在种田。江猪子没有真正的战斗经验。他仅有的对敌经验，就是凭借人多势众伏击过落单的日本兵。

刚才的那种阵势，让江猪子急得都忘了指挥队员用手榴弹拦截敌人的卡车。当他听到中队长王粟的叫骂声后，才回过神来。于是，他大声冲着他的队员们吼叫：

"快丢手榴弹，你们这些苕（方言，傻的意思）狗日的！快丢啊！"

队员们听到王粟和江猪子的叫骂声，方才清醒过来。他们立刻朝日军最后面一辆卡车扔过去一串手榴弹。

轰，轰，轰……

这一波手榴弹扔得比较准，其中一颗手榴弹直接扔进最后一辆卡车的车厢，在车厢里面爆炸。车厢里的日军机枪手和机枪被手榴弹的气浪抛出车厢，日本人的机枪顿时哑巴了。

另外一颗手榴弹将最后一辆卡车的引擎炸坏，这辆卡车顿时停了下来，将中间的两辆卡车堵住。

武汉谍战

日本兵见车队被堵住，纷纷跳下卡车，进行抵抗。

日军军曹指挥剩下的不到十个日军士兵，以卡车做掩护，拼命向游击队射击，希望坚持到援军赶来。

见敌人的车队被堵住，王粟来劲了。他挥动手枪，大声地吼道："给我冲！"

队员们听到队长的命令，立刻站起来，一齐发声喊，就向公路上的日军卡车冲过去。

哒哒哒、哒哒哒……日军的机枪突然又开始射击了。刚刚冲出去的队员，有十几人中弹倒下。

"回来！趴下！"王粟见状急得大叫。

日军的机枪手刚才被手榴弹的气浪抛出卡车车厢后，受伤摔在地上昏了过去。可是没多久，这个日本兵就清醒过来。他看到游击队员开始冲锋，急忙抓过身边的机枪朝冲锋的游击队员猛烈射击。这是王粟没有料到的，刚刚发起的冲锋，一下子就被打回来。

"用手榴弹炸他们！"王粟又大声地吼道。

队员们又开始扔手榴弹，可是日本兵躲在卡车的后面，手榴弹的效果不大。队员们剩下的手榴弹全部扔完，敌人还在不停地射击。

游击队和日军僵持住了。再这样拖下去，对王粟的游击队不利。

游击队没有机关枪等重武器，他们的武器大多都是捡来的国军败退时扔下的汉阳造步枪和木柄手榴弹。即便是这样的武器，也不是每个队员都有，机关枪就更不要说了。

必须打掉日军的机关枪，不然硬冲过去会造成很大的伤亡，还不一定冲得过去。我这一百多号队员，难道就被这不到十个鬼子给难住了？得想办法绕到日本兵的后面，这样日本人就没地方躲了。

想到这里，王粟大声对一小队二班长黄癞痢下令：

"黄癞痢，你带几个人绕到日本人背后的水田另一边，从日本人背后攻击他们，看他们往哪里躲。"

"是！"黄癞痢大声回答，然后转身对自己的队员喊道，"二班全部跟我走！"

王粟当初不是没有想过在公路另外一边的田埂后面布置人手埋伏。只是因为田埂距离公路差不多有二百米远，而队员们的枪法又太差，根本打不中公路上的目标；再加上田埂后面不利于长时间隐蔽，容易暴露，因此只好放弃这个设想。现在没有别的办法，只好试试这招。

第十二章 梁湖大队

黄癞痢带领队员们刚要出发，王粟又让他们停下来。

原来，王粟发现水田另一端的田埂那边有两个人。他指着水田另一端对身边的人说："你们看，水田那边好像有两个人。"

水田另一端的田埂后面确实有两个人。

只见这两个人趴在田埂后面露出脑袋，手里的步枪冲着公路上的日本兵开枪射击。随着他们的枪响，日本人的机枪射击声戛然停止——日军的机枪手被他们干掉了！

其他的日本兵发现身后有人袭击他们，慌忙转过身去，趴在公路上向袭击他们的人开枪还击。但是这些日本兵受到两面夹击，在公路上无处藏身，完全暴露在对面两人的枪口下，处于被动挨打的境地。

两个日本兵见状，拼命从卡车后面冲出，想沿着公路突围。可没等他们跑出几步，就被山岗上的游击队员候个正着。队员们一阵乱枪，将两个日本兵打死。失去卡车的掩护，日本兵就成了游击队员的活靶子。

卡车后面日军的射击声渐渐变得稀落。

"给我冲！"王粟再次下达冲锋的命令。他知道公路上的日本兵受到两面夹击，活着的恐怕不多了。

这一次冲锋很顺利，日本兵只有零星地射击，队员们很快就冲到卡车边。剩下的四个日本兵见游击队员冲过来，端着上刺刀的步枪从卡车后面冲出来，想要负隅顽抗，游击队员们毫不留情地开枪将他们全部击毙。

王粟来到卡车边，命令各小队清点人数，打扫战场，搬运卡车上的物资。

接着，王粟对着水田另一端的两个人招招手，大声喊他们过来。

这两个人也向这边挥挥手，然后顺着田间小道走了。王粟没有弄清楚帮助他们的两人是谁。不过，缴获的物资很快就让王粟顾不上那两个人了。

这两人中的一个就是在鄂东南一带打了多年游击，大名鼎鼎的原红军十六师师长方步舟，另一个是他的卫兵。方步舟现在是人称"方部"的鄂南抗日游击队长，号称手下有一千人枪。

方步舟和他的卫兵今天正好经过这里，正巧遇上梁湖大队伏击日军车队，因此出手帮了梁湖大队。

梁湖大队的这次伏击总共打死15个日本兵，缴获轻机枪一挺、三八大盖步枪九支、手枪一支，还有四卡车物资。

满满四卡车的军需品，包括一袋袋的大米和面粉，整匹的猪肉和牛羊肉，整箱的各种罐头、香肠，整筐的蔬菜和水果；还有四十多箱子弹和手榴弹。最珍贵的是三箱药品。

王粟让队员们将战斗中牺牲的二十多名游击队员的尸体放在板车上带回去。

其余的队员将卡车上的东西搬到二十几辆藏在附近的板车上，剩下的东西就每个人扛一些，一点不留地全带走了。

王粟下令放火烧掉日军的卡车，然后率领队伍离开伏击战场。

二

"在昨天的袭击事件中，运输队的十五名士兵被打死，四卡车军需物资被抢，四辆卡车被烧毁。这是袭击现场的照片，请过目。"

汉口宪兵队特高课课长伍岛茂少佐将一叠照片递给汉口宪兵队队长五十岚翠中佐。伍岛茂去年十二月被大本营派往华中派遣军担任汉口宪兵队特高课课长。

"有没有弄清楚是什么人干的？"五十岚翠中佐粗略地看了看照片，然后问伍岛茂少佐。

"根据目前掌握的情报，可以肯定，这次袭击是一支叫做梁湖大队的抗日游击队干的。这是一支新四军领导的游击队，大概有二三百人。他们盘踞在梁子湖一带，利用河沟湖汊等复杂地形，对我们实行骚扰。以前他们只是对落单的日军士兵进行小规模的袭击。但这一次不同，这一次他们是全体出动，埋伏在预定地点实施有准备的袭击。"伍岛茂详细地回答。

"你的意思是他们事前就获得运输队运送物资的情报？"五十岚翠担心的就是这种情况，他急忙问道。

"是的，所有的迹象都表明，游击队掌握了运输队这次运送物资的时间和路线，才进行了有预谋的伏击。"伍岛茂肯定地回答。

五十岚翠从他的办公桌后面站起来，走到窗户前，隔着窗户的玻璃，若有所思地看着窗外。

汉口宪兵队本部设在原中国银行大楼，这座大楼在江汉路和湖北街（注：中山大道）的路口。从窗口看出去，五十岚翠可以看到汉口繁华的商业街江汉路和湖北街。街道的两边依旧是一间挨着一间的各种商店，街道上依然充满了来来往往的行人。

快要过年了。以前的这个时候，街道上的商店都会张灯结彩，商店里各种商品琳琅满目，街上人潮如流，市民们进出各种商店购买年货。可是现在，由于日军占领的影响，加上武汉沦陷之前的工厂和商家大搬迁，使武汉的市面百业凋

第十二章 梁湖大队

零,一片萧条,武汉市的失业人口急剧增加,大部分市民的生活陷入困境。

然而,春节毕竟是中国人最大、最重要的节日。即使是处于战争状态,年总还是要过的。市民们依旧开始出入各种商店,筹备年货,迎接1939年春节的到来。

可武汉毕竟是在日军铁蹄的践踏之下,市民们的心里充满了恐惧和压抑,终究没有往年的繁荣和喜庆。虽然日军刚刚占领武汉时的严重萧条正在慢慢地好转,以往的商业景气也有所恢复,但是在战争结束之前,武汉不可能恢复到战前的繁荣景象了。

五十岚翠知道,潜藏在表面平静之下的是暗潮汹涌。作为维护这个城市治安的宪兵队长,他比谁都明白,从日军占领武汉的那一刻起,这座城市的反抗将会随着时间的推移,变得越来越激烈。

随着昨天在武昌近郊对日军运输队的袭击,表面上的平静已经被打破,接下来就是你死我活的较量。五十岚翠凝视着窗外,随意地看着街上的一个行人。他猜想,他,或者她,是抵抗者吗?或者他们都是?占领这座城市不难,可是要彻底征服这座城市,就没那么容易了。

现在的武汉周边地区,到处是中国人的抗日游击队,有国军的,有新四军的,也有民间的。他们就在武汉周围地区活动,袭击日军,破坏交通通讯。除了主要的城镇和交通线,武汉实际上处在中国军队和游击队的包围之中。特别是武汉周围还有中国的第九战区和第五战区的主力,随时威胁着武汉。

我们的麻烦才刚刚开始!五十岚翠在心里暗暗告诫自己。

"马上展开调查,弄清楚游击队的情报来源,找出内部的奸细。"

五十岚翠向伍岛茂下达了命令,可他心里明白,能够泄露运输队情报的部门和人员实在太多,要想在这些人当中找出泄露情报的奸细,无异于大海捞针。

第十三章　落难飞行员

一

"总部急电，在轰炸武昌日军军火库的行动中，两架国军轰炸机被击落，机上的六名飞行员下落不明。总部要求我们派出特工人员，前往飞机坠毁地区，寻找这些飞行员，哪怕是他们的尸体。"说到这里，李国盛拿出一份电文，递给唐新，然后接着说：

"这是总部转发的武汉外围情报组织收集到的情报。飞机坠落的地点，一个在汉口的北面，黄陂县大常塆附近的田里，飞机残骸里面发现一具飞行员尸体。当地的农民说，飞机坠毁前，曾看到两个降落伞落下，估计这架飞机上的另外两个飞行员在飞机坠毁前跳伞逃生了。另外一架飞机成功迫降在武昌县东面梁子后湖向家咀附近的湖面，飞机里面没有发现飞行员的尸体，估计是飞机迫降成功后，飞行员逃走了。这两个地方，都是日伪军、国军、新四军和民间游击队四方势力交错的地区，形势很复杂。日本人已经派出密探和搜索队，在附近的村子寻找这些飞行员。我们现在的任务，就是赶在日本人之前，找到这五名飞行员，并将他们安全送到第五战区司令部樊城，或者第九战区司令部长沙。"

"为什么不让我们在武汉外围的游击队去寻找这些飞行员呢？他们比我们更熟悉当地的情况。"宋岳提出问题。

第十三章　落难飞行员

"日本人已经派出密探和搜索队，游击队的活动已经受到限制。更为重要的是，这两个地区各方势力彼此交错，你中有我，我中有你，说不定游击队里面也有日军的密探。所以总部命令我们，在军统局武汉周边情报网的协助下，找到飞行员，然后通过各地游击队和交通站，将他们转送到安全的地方。"李国盛解释道。

"明白了，老板。有这几个飞行员的照片吗？"宋岳又问。

"没有，这并不重要。"

"南北两面，这么说至少要派出两组人员。"唐新说。

"是的，一组去黄陂，另外一组去武昌县。"李国盛点点头。

"具体怎么安排，老板？"宋岳问。

"宋岳，你带一组去黄陂，另外一组我考虑让赵云清带队，他是武昌县纸坊人，离梁子湖很近，对那一带的情况比较熟悉。因此，梁子湖这边最好的人选就是赵云清。"

二

丁零丁零，王家瑞桌上的电话铃响了。

"喂？"

"商务书局吗？请问有没有大众版的康熙字典？"

王家瑞听出来电话那头说话的是向小雨，"你打错电话了，小姐，这里是昌淇电器行。"

"哦，对不起。"说完，对方挂断了电话。

这是暗语，向小雨需要和王家瑞见面，肯定是组织发来密电。

王家瑞接到向小雨的暗语电话后，心里很高兴。

按照约定的时间，下午五点半，王家瑞来到圣约瑟女中的大门口外面，等着向小雨。

王家瑞和向小雨已经有一段时间没有见面了。说实话，王家瑞心里真的希望能够常常见到向小雨。只是因为有组织纪律的约束和情报人员的原则，他才好几次抑制住他内心的冲动，没有去见向小雨。

二月是武汉冬天最冷的时候。黄昏的街上，屋檐下还挂着冰凌，可是王家瑞没有感觉到很冷。男女之间的情感，往往有着奇妙的效应，这种效应会降低当事人的感官敏感度。现在的王家瑞就是这个状况。虽然他对向小雨的感情，只是处

武汉谍战

在男女之情的萌芽状态，但这已经足够使他对寒冷的天气产生了麻木感。

不一会儿，向小雨就从学校出来。她穿的还是上次穿的那套衣服，王家瑞依然觉得很漂亮。

向小雨走到王家瑞身边，冲他笑了笑，

"来了。"

"是的，呵呵。"王家瑞傻笑着。

"我们今天去哪里？"说着，向小雨挽住王家瑞的手臂。

王家瑞顿时感到一股热流传遍全身。

"去，嗯，去哪里呢，我看，我们去，嗯，你说吧。"王家瑞结结巴巴地说。

"好吧，我们去巴黎街郎次咖啡厅，我请你喝咖啡，吃法国点心。"向小雨看来是想好了的。

"好吧，就喝咖啡吧。不过咖啡挺苦的。"王家瑞还沉浸在遐想中，随便地回答了一句。

"你不喜欢喝咖啡？好吧，那我们就去吃汤包。"向小雨哪里知道王家瑞心里在想什么，以为他不喜欢喝咖啡，于是改变主意，建议去吃汤包。

"汤包好！"王家瑞慢慢地回过神来，他的脸一阵阵地发烧。

怎么这么没出息？王家瑞！他在心里鄙视自己。这只是工作需要才装扮成恋人！人家向小雨怎么会对你有意思呢？王家瑞！

冷静，一定要冷静，不能再这样胡思乱想，不然会出大问题的。到时候不光自己犯错误，还会给组织造成损失，同时也会害了向小雨。想到这里，王家瑞的心情渐渐平静下来，头脑也冷静了一些。

"电文带来了吗？"王家瑞恢复了常态，将话题转到工作上来。

"带来了，等下给你。"

他们来到汤包馆，找了一张角落处的桌子坐下。向小雨将电文交给王家瑞。

由于工作在身，吃完汤包后，王家瑞和向小雨马上离开汤包馆，二人在路边道别后，就分手各自走了。

这是一封加急密电，王家瑞需要马上回家译电，及时了解组织的指示。

王家瑞回到昌淇电器行。

王家瑞和店堂里的雷明亮及于连浩匆匆打了个招呼，便穿过店堂上楼回到自己的房间。他从里面锁上房门，然后打开壁橱取出密码本开始译电。

密电说，国军空军在轰炸武昌曾家巷日军军火库时，两架飞机被日军炮火击落，飞行员目前下落不明。军事委员会要求新四军在武汉周边地区的游击

第十三章 落难飞行员

队,配合寻找这些飞行员。电文同时指明飞机的坠落地点,希望王家瑞与游击队配合,找到这些飞行员,并将他们送到国军控制的地区。

电文最后告诉王家瑞我方营救人员和国军营救人员的联络暗语,希望国共双方的营救人员能够相互配合。

王家瑞决定第二天召集三个组长开会,讨论营救飞行员的具体行动方案。

三

武汉沦陷后,市民们由于害怕日军暴行,街上的店铺有很多不敢开门营业,市面显得非常萧条。

见此状况,武汉治安维持会只好颁发安民告示,劝市民"凡我商店,照常开门;凡我学校,弦歌莫停,自今布告,永享太平"。

直到十一月下旬,武汉的商店才陆续开门营业,工厂逐渐开始复工,学校也慢慢开始复课。

司门口是武昌最繁华的商业区,街道两边各种商店林立。黄昏时分,商店里面已经是灯火辉煌,五颜六色的霓虹灯让街道显得繁荣。街上的行人逐渐地多了起来,很多人下班回家的路上顺便逛逛街。

赵云清的一品芳照相馆在司门口离火巷百十来米的长街(注:现武昌解放路)上。

照相馆门面不大,门口有一个玻璃橱窗,橱窗亮着灯,里面摆放着几幅年轻女人的样板照。橱窗的右边是照相馆的门,门上面挂着招牌,招牌上"一品芳照相"五个字在灯光的照射下,特别显眼。

走进照相馆,右边是一个取照片的柜台,左边是一个挂着帘子的小换衣间,顾客可以在里面换衣服或者化妆。

走过柜台就是摄影厅。

摄影厅有一架带轮子的照相机和几盏打光用的调光灯,还有几幅布景和道具。摄影厅中间摆放着客人照相时坐的凳子,靠墙有一条长凳,给等候照相的客人坐着休息。

老板赵云清30多岁。他中等身材,尖尖的脸显得白净;他的一双眼睛虽然不大,但却炯炯有神;他的尖鼻子和薄嘴唇,让人觉得他有几分清高。

除赵云清外,照相馆还有一个年轻伙计小何。

一品芳照相馆是军统武汉区武昌组联络站。赵云清是武昌组组长,小何是

武汉谍战

组员。

这天下午,赵云清接到梁问天的通知,让他马上去武昌奥略楼边的品江茶楼。

品江茶楼坐落在奥略楼的南边,是武昌一带有名的茶楼。不论春夏秋冬,这里总是茶客满盈。

赵云清知道李国盛正在品江茶楼等他。

赵云清来到品江茶楼二楼。他看到李国盛正坐在二楼的一张茶桌前品茶。

赵云清暗暗观察了一下周围的情况后,才走到李国盛的茶桌边坐下。

"老板,让你久等了。"赵云清客气地说。

"喝杯茶吧。"李国盛对赵云清点点头,算是打了招呼。他的眼睛观察着四周的情况。

"好的。"说罢,赵云清拿起桌上的茶壶,给自己倒了一杯茶。

赵云清端起茶杯,呷了一口,然后轻声地问李国盛:"老板,找我有事?"

"嗯,先喝茶。"李国盛说着,端起茶杯喝了一口。

"什么事让你亲自过来,老板?"赵云清又问。

"这里说话不方便,喝完茶我们去逛奥略楼。"李国盛对赵云清使了个眼色。

两人喝着茶,聊些闲话。

喝完茶,李国盛和赵云清下了茶楼,朝奥略楼走去。

"轰炸武昌军火库的国军飞机,有两架被日本人击落。"李国盛低声地说。

"我知道,当时我亲眼看到了。"

"两架飞机的六个飞行员,五个失踪、一个牺牲。"

"明白。"

"总部要我们派出两个小组,去飞机坠落地区寻找失踪的飞行员。我要你带一个小组去武昌县向家咀附近的梁子后湖一带,寻找失踪的飞行员。在那里,有三个飞行员失踪。你的任务是,不论死活都要找到他们,并将他们安全送到国军防地。"

"明白。"赵云清轻声地回答。

很快,他们就来到奥略楼前。

奥略楼建于清末1907年,是为了纪念张之洞督鄂而建的。原来名叫"风度楼",后来应张之洞的要求,改为"奥略楼"。奥略楼建于武昌黄鹤楼旧址武昌黄鹄矶上。原来的黄鹤楼在1884年被大火烧毁之后,就没有重建。(注:黄鹤楼于1985年重建,但不是建在原址武昌黄鹄矶上。武昌黄鹄矶在20世纪50年

第十三章 落难飞行员

代建长江大桥时，为引桥占用。）

奥略楼是一个三层高的楼阁。除了主楼之外，还有几个亭子作为辅楼。主楼阁的正面是通向楼阁正门的台阶，正门正对着长江。每层楼的外面，是观景的廊阁，廊阁外面是支撑飞檐的红色圆柱子。楼阁的顶部和四周的飞檐，都是用藏蓝色的琉璃瓦铺设的。楼顶的尖顶两端，各有一朵镂刻的祥云，楼顶和飞檐的四角，是镂刻的祥云和黄鹄。奥略楼虽然没有昔日黄鹤楼那样雕金镂银、气势磅礴，但也是梁镌栋刻，檐飞翎翘。在黄鹤楼被火焚毁之后，奥略楼成为武汉人对黄鹤楼的一种寄托。

因为是冬天，今天这里的游客不多。

李国盛和赵云清两个人沿着台阶拾级而上，慢慢爬上奥略楼。从这里可以看到江面和对岸鹦鹉洲的景色。

"这是纸坊县和豹澥镇两个交通站的地点和联络暗号，牢记后销毁。"李国盛说着，将一个小纸片塞进赵云清手里。

赵云清朝四周看了看，然后打开手中的小纸片。他将小纸片上的内容努力地记在脑中。确信记牢后，他将小纸片放在嘴里嚼烂吞进肚子。

"你们不能携带电台。交通站的电台随时可以使用。一旦有了飞行员的消息，马上通过电台通知我们。我会派人协助你们。你们这个组共有三个人，你是组长，另外两人是方仁先和胡永春。他们两人都是鄂城人，和你一样，在武昌、鄂城一带活动不会引起别人怀疑。"

"明白了，老板！"赵云清已经清楚自己的任务。

小何见赵云清回来，赶紧迎上去，"大哥，回来了。刚才去哪里了？"

"刚才去了品江茶楼和奥略楼。"赵云清照实回答。

"有新任务？"

"是的！"

"太好了！什么任务，大哥？"

"这次任务不需要你参加，我和另外两个人去。"

"为什么？我不合适？"

"那倒不是。反正你别问了，纪律，懂吗？"赵云清故意装着严肃的样子说。

"是！不问了。"小何也假装严肃地回答，然后又问道，"你不在的时候，我干什么？"

"照常开门照相啊。这里是我们和汉口总部的联络站，不是万不得已不能关门。况且，快过年了，照相的人会多起来，如果这时候关门，会让人起疑心的。"说到这里，赵云清好像想起什么似的，他问小何："你该不是忘记怎样照相、怎样冲洗相片了吧？"

"那倒没忘记。"小何自信地回答。

"那就好。照常营业，等我回来。如果忙不过来，叫你姐过来帮你。"

四

赵云清和小何回到家时，已经是晚上七点多了。

赵云清的家在武昌大成路的吉祥巷，靠近大成路的巷子口。吉祥巷是一条很古老的巷子，大多数居民在这里已经住了两三代人。

赵云清的家是一间很老旧的青砖瓦平房。房子的大门朝着巷子，大门的两边各有一扇窗户。进了门就是堂屋，堂屋的两边是厢房。堂屋正对着门的那面墙上，挂着神像，神像的下面是香案。香案的下面是一张四方桌，桌子的两边各有一把椅子。沿着堂屋左右两边的墙，各有四把同样的椅子。穿过堂屋，后面就是灶屋，灶屋的后门外是一个堆放杂物的小院子。院子的后门外是一条很窄的巷子。

赵云清的媳妇叫何慧娴，刚三十出头，可看起来也就是二十七八的样子，显得年轻。像大多数女人一样，她是个家庭主妇。夫妇俩结婚十几年了，也算恩爱，只是一直没有生孩子。按中国传统，不孝有三无后为大，这是他们夫妻的心病。赵云清是独子，因此压力更大。

赵云清老家在武昌纸坊县。父亲经营一间米店，母亲操持家务。他是父母的独生子。由于父亲的米店经营得不错，家境还算殷实。

赵云清在老家纸坊县城读到高小毕业，接着上了县城的初中。

没想到赵云清读到初中二年级时，他的父亲不幸得了痨病，不能继续操持家里的米店。赵云清只好辍学帮父亲打理米店，这样一耽搁就是三年。等他的父亲病好了，他的学业也荒废了。于是他就干脆留在家乡一心经营米店。后来经媒人做媒，将城东何家的三女儿何慧娴许配给赵云清。

这何家在城东开了一个布店，经营绸缎和洋布。虽然不算富贵，但日子过得也算舒适。

何家的三女儿何慧娴从小读过私塾，会认字，熟读四书五经，懂女红。

何慧娴生得身材苗条，皮肤白皙，颇有几分姿色。她有一头乌黑的头发和

第十三章 落难飞行员

一双杏仁般的大眼睛。特别是她那殷红的嘴唇，十分醒目。最突出的是，她从小就不愿意裹脚，这在别人看来，是大逆不道的事。可是她的父亲比较开明，不以为意，由着她去。好在当时已经是民国时代，提倡妇女解放，因此她的大脚也成了时髦。

奉父母之命，赵云清当年就娶了何慧娴。这个时候的赵云清，还是纸坊县城的一个懵懂青年。能娶到何慧娴这样漂亮又识字的女人，也算是赵云清的福分。

1926年，赵云清从报纸上看到革命军北伐快打到武汉的消息，心就动了。后来北伐军经过县城，他就不顾父母的反对，顺应当时的革命潮流，加入北伐军，随军队打到武昌、汉口。

接下来几年，赵云清随国民革命军南征北战。因作战勇敢，加上有文化，很快就当上军官，并被送到黄埔军校深造。毕业后回原部队当连长，不久后升为营长。

后来，经过老乡推荐，他加入了南昌行营特务处湖北站，当外勤人员。南昌行营特务处湖北站后来并入军统。

加入南昌行营特务处湖北站一年以后，赵云清就买下了吉祥巷的这间房子，然后把他的父母和媳妇接到武昌。

武汉会战爆发后，日本人的飞机隔三差五地来轰炸。赵云清的父母害怕日本飞机丢炸弹，就回了纸坊老家。

军统局武汉区成立后，小何以伙计的身份，住在赵云清家，这样也方便了工作。因为都姓何，算是本家的兄弟，所以小何叫何慧娴姐。

何慧娴已经做好晚饭，在灶上热着。她坐在桌子旁的电灯下，做着针线活等赵云清和小何回来。

听到敲门声，何慧娴知道是她先生和小何回来了。

她放下手里的活，赶紧去开门。

"回来了。"

"嗯，回来了。"

"姐，弄了什么好吃的？我快要饿死了。"

"还不是平常的饭菜。不过今天我给你们炒了一个腊肉菜薹，热在锅里。我去给你们打盆热水，你们先洗洗脸。饭菜马上就端上来。"

何慧娴转身去灶屋，从灶台上炉膛旁边的热水罐里打了一盆热水，放到堂屋的木制洗脸架上，让赵云清和小何洗脸。她自己从锅里端出几盘做好的菜放到桌子上。

赵云清和小何洗完脸后，三人便坐下来吃晚饭。

小何也不客气，他一边大口地吃着腊肉炒菜薹，一边大声地称赞好吃。

何慧娴看到小何这副馋相，笑着对小何说："慢点吃，没人和你抢。"

"我知道，姐。"小何一边说一边大口吃菜。

赵云清见小何的馋相忍不住也笑了。

过了一会儿，赵云清对何慧娴说："慧娴，我明天要出门一段时间。"

"快要过年了，你还要出远门？"何慧娴有点不理解。

"是的。如果不是重要事情，我肯定不会在这个时候出门的。"赵云清向何慧娴解释。

"这个我知道。这次出去有危险吗？"何慧娴关心地问赵云清。

"没有多大危险。"赵云清故作轻松地回答。

"小何，告诉姐，这次出门到底有没有危险？"何慧娴见赵云清不肯说，便问小何。

"姐，我真的不知道。这次我不跟大哥一起去。"小何如实回答。

"什么，你一个人去？都没个人相互照应？"慧娴替赵云清担心。

"呵呵，不是一个人，还有其他两个人。你不用担心，这次真的没什么危险。"赵云清笑呵呵地回答慧娴。

何慧娴知道，再问也问不出什么名堂来，他的组织有纪律。

"好吧。我不担心，不过你要照顾好自己。还有，大概什么时候回来？"

"这个说不准，可能一个星期就回来，可能要到过年以后才能回来。"赵云清自己也不清楚什么时候才能回来。

第十四章　梁子湖

一

赵云清、方仁先和胡永春三人到达豹澥镇时，已经是下午两点多了。

他们三人早上八点在武昌卓刀泉汇合后，像很多赶回乡下老家过年的人一样，一路步行前往豹澥镇。

到达豹澥镇后，赵云清按照李国盛给他的联络站地址，找到镇上的和记中药店。

店里没有顾客，只有两个伙计在柜台里面。

其中一个伙计看见赵云清三人进来，赶紧和他们打招呼："哥几位，来抓药？"

"不抓药。请问掌柜的在吗？"赵云清问这伙计。

"找掌柜的有什么事？"

"我有一份祖传偏方，需要掌柜的鉴定一下。"

"治疗什么病的偏方？"

"头痛加心病。"

伙计警惕地看了看门外，然后对赵云清说："跟我来！"说完，便领着赵云清三人穿过柜台，来到后面的院子。

武汉谍战

院子里晾晒着很多草药，院子的左右边各有一间厢房。伙计带着他们进了右边的厢房。

"薛掌柜，客人到了。"伙计对屋里正在算账的中年男人说。

算盘珠子噼里啪啦的响声停下来了。薛掌柜从他的桌子旁站起来，走到赵云清身边，伸出双手，紧紧地握住赵云清的手说："我姓薛，一直在等你们。欢迎！"

"我姓赵，奉命前来与你接头。"然后赵云清分别指着方仁先和胡永春对薛掌柜说，"他姓方，他姓胡。"

"赵先生，方先生，胡先生久仰，久仰！"

薛掌柜与方仁先和胡永春握了握手。

"各位请坐。"薛掌柜给赵云清他们让座，然后吩咐伙计，"运生，你去泡壶茶。让桂宝机灵点，有异常情况就发出暗号。"

"明白！"运生说完转身出了房间。

"他叫刘运生，前面柜台里的伙计叫王桂宝，都是我们的人。"薛掌柜指着刘运生的背影向赵云清介绍说。

大家坐下来后，赵云清马上转入正题，他问薛掌柜：

"薛掌柜，想必上面已经告诉你我们这次的任务。还有什么需要我进一步说明吗？"

"没有了，任务我已经很清楚。我会全力配合你们的行动。"薛掌柜回答。

"你们这里离飞机迫降的向家咀湖面只有五六里路。你们最近有没有听到关于国军飞行员的事？"

"我们是在三天前，听到传言说有国军飞机掉进向家咀附近的梁子后湖，我当即就派运生去向家咀打听。运生回来报告说，看到国军飞机迫降在湖面，可是没有发现飞行员。据说飞行员被向家咀的村民从飞机里救出之后，就逃走了。总共有三个飞行员。"薛掌柜将他了解的情况详细地告诉赵云清。

这时，运生端着茶盘进来了。

"运生，快过来坐，我有事问你。"赵云清让运生坐下。

"赵先生有什么吩咐？"运生坐下后，一边往大家的茶杯里倒茶，一边问赵云清。

"薛掌柜说，你去过国军飞机迫降的地方。我想知道，当天你是几点到达那里的？"赵云清问运生。

第十四章　梁子湖

"我是下午五点半到达向家咀的。我到达之后，先直接去了湖边，看到有一架国军的飞机，停在湖面上，还在冒烟呢！当时日本人已经封锁了现场，不让人靠近飞机。不过湖边还是围着很多看热闹的乡民。我向乡民打听飞机里的人是死是活，他们说飞机里的三个人都活着，连伤都没有。我又问他们，飞机里的人是不是被日本人抓了？他们说没被日本人抓，三个飞行员被村里的人救出飞机后，就自己逃走了。"运生回答。

"他们是自己逃走的，确实没有其他人带着他们逃走吗？比如说本地的游击队。"

"这个真没听说过。"

"你在湖边的时候，有没有听说日本人往什么方向追这三个飞行员呢？"

"有。听说日本人赶到的时候，发现飞机里没人，就让狼狗闻飞行员脱下的湿衣服，然后就跟着狼狗向南追。可是追到湖边时，就失去了踪迹。估计是进湖了。"运生回答。

"进湖了？他们没有船怎么进湖？"赵云清问到关键的地方。

"这个，这个我就不知道了。呵呵，抱歉！"运生有点不好意思。

"没必要抱歉，运生。你已经做得很好了。"赵云清并不是在安慰运生，他确实觉得运生做得很不错。

"赵先生，你们到底是上面来的人，一下子就抓住了问题的关键，佩服！"薛掌柜客气地冲着赵云清三人拱拱手。

"过奖了，薛掌柜。"赵云清也对薛掌柜拱拱手，然后继续问运生：

"有没有可能是湖里的渔民救走了这三个飞行员，将他们藏在湖里？或者是游击队？"

"都有可能。"运生回答。

"据我所知，这一带有新四军的梁湖大队，就是前一段在庙岭附近袭击日军运输队的那支游击队，还有黄人杰的樊湖大队和方步舟的鄂南抗日游击队。对吗？"

"对，这是三支最大的。还有好多民众自己组织的小股抗日游击队，有些是打着抗日旗号的土匪。"薛掌柜替运生回答，他比运生更了解这方面的情况。

"如果飞行员落到梁湖大队手里，我们就不用担心。上面已经和新四军联络过，新四军答应配合我们找到飞行员。如果落到黄人杰和方步舟的手里，我们也不用担心，他们毕竟是抗日游击队，而且与新四军和国军都有联系，他们肯定会保护好国军飞行员。如果飞行员落到民间游击队的手里就可能有麻烦。由于这些民间游击队良莠不齐，说不定他们会拿这三个飞行员与日本人做交易。这是我最担心的。其次，如果飞行员是湖上的渔民救走的，那他们也不安全。毕竟渔民即使有心将飞行员送出去，也会因为他们没有任何对敌经验，反而会害了飞行员。这一带的日本汉奸密探很多，一旦救飞行员的渔民走漏风声，很可能会让这些汉奸密探找到他们。"

"今天是第三天了。从目前的情况看，飞行员不可能落在梁湖大队、樊湖大队以及鄂南抗日游击队的手里，否则上面肯定已经知道他们的下落，我也会接到上面的通知。"薛掌柜的分析很有道理。

"是的！所以，最大的可能是，飞行员落在渔民或者民间游击队的手里。"赵云清同意薛掌柜的分析，他接着说，"薛掌柜，我需要一个熟悉梁子湖的向导，今天就出发去向家咀。另外我需要一些武器，步枪、手榴弹都要一些。到达向家咀后，我需要备足四个人吃五天的食物和水，还要一条小船。我需要进湖。"

"我就是最好的向导，赵先生。"运生赶紧毛遂自荐。

"对，运生可以。他从小就跟着大人在湖里打鱼、挖藕、摘莲蓬，对梁子湖熟悉得很，就运生了！"薛掌柜也推荐运生。

"好吧，就运生。武器、食物和船呢？"

"这个好办！我这里藏了一些武器，长短都有，还有一支德国冲锋枪，弹药很充足。食物更没问题，现在快过年了，家家都有腊鱼腊肉，再弄些酸白菜、萝卜、馍馍、烧饼什么的，就可以了。不过只能吃冷的。船也没问题，到了向家咀，我去弄一条。"运生向赵云清打包票，他太想和他们一起去执行这次任务了。

"好吧，就按你说的办。"赵云清笑了起来。

"运生，你马上到米店去买一袋面，带到向家咀，让你的婶婶们做成馍馍，再多蒸些腊鱼腊肉，明天早上带着进湖。"

"好的，我这就去办。"运生高兴地出去了。

二

按照武汉特委的决定，秦晋南和他的行动小组成员小郑，负责到武昌东北部的梁子后湖一带，寻找国军飞行员。姚明春的交通组成员，利用贩运果菜的方便，负责寻找在黄陂境内失踪的飞行员，周秉炎在横店的情报员协助他们的

第十四章　梁子湖

行动。

秦晋南和小郑来到下胡村。

下胡村是牛山湖和红鞋湖之间，靠近红鞋湖西岸的一个小村子。

牛山湖在梁子湖的北面，和梁子湖是相通的。上溯百年，红鞋湖和牛山湖也是相通的，统称梁子湖。

梁子湖区自古就物产丰富，鱼、虾、蟹、莲藕、藕带、菱角、莲蓬等，应有尽有。湖区的土地肥沃，盛产稻米、棉花及其他农作物。

下胡村总共五十多户人家。大部分村民常年靠种田和湖里丰富的物产为生。日本人来了之后，由于下胡村的地理位置优势，进可取武昌周围的市镇，退可依梁子湖的湖汊而据守，因此常常有游击队到这一带活动。

王粟的一中队，现在就驻扎在下胡村。

中队部设在村西头老胡家空着的房子里。老胡家自从前年就没有人在这里住过。

王粟已经接到梁湖大队的指示，让他们协助秦晋南寻找失踪的国军飞行员。

进村后，秦晋南和小郑来到王粟的中队部。

简单的自我介绍后，王粟向秦晋南汇报目前所了解的情况。接着，他问秦晋南需要什么帮助。

"我现在需要你的人打听三个飞行员的下落。目前看来，飞行员很可能藏在湖里。可是他们究竟和谁在一起，我们不清楚。你的队员都是附近的村民，他们的亲戚朋友都住在这一带，所以，我需要他们利用这个优势，尽快弄清楚飞行员和什么人在一起，以及他们现在的位置。"秦晋南简明地提出要求。

"这个工作我们已经开始做了。我已经派出十多名队员进湖去打听消息，他们需要几天时间才能回来。"王粟说，"另外，我还派出了二十多名队员，到周围的各个村子探听消息，如果飞行员已经出湖，他们一定会藏在某一个村子里面。"

"太好了，王粟同志，谢谢你！"秦晋南打心里感谢王粟的支持。

"不客气，秦同志，这是我应该做的。"王粟笑着说。

"我需要进湖吗？"秦晋南征询王粟的建议。

"现在不需要。湖里的人已经足够了。一旦他们有了飞行员的下落，就会派人送回情报。同时他们会彼此联络，通知大家向飞行员藏身的地方集中，

武汉谍战

必要时用武力救出飞行员！"王粟进一步说明他的计划。看来秦晋南要做的事情，就是等待。

"黄人杰的樊湖大队和方步舟的鄂南抗日游击队也在这一带活动？"秦晋南又问。

"是的，他们也在这一带活动。我们经常遇到他们的人，不过彼此相安无事。再说了，区委已经派人去樊湖大队和鄂南抗日游击队，正在做收编他们的工作。如果他们找到飞行员，肯定会交给我们或者国军。"

王粟的话，让秦晋南稍微放心了一些。

第十五章　制裁汉奸

一

早晨八点，邝亦峡就已经到达执行狙击的房间。今天是上级决定制裁汉奸计国桢的日子。

计国桢是日本人任命的武汉治安维持会长。

送邝亦峡来的汽车刚才将他送到黄陂街的巷子口。汽车停下来后，邝亦峡提着一个箱子下车，独自一人来到事先选好的狙击点。

送邝亦峡来的汽车等一下会在巷子口接应他撤离。

邝亦峡打开二楼的窗户，再次观察目标区域，并目测了风速，然后关上窗户。

他打开带来的手提箱。手提箱里面是一支拆解分装的德国毛瑟K98狙击步枪。他将步枪的零部件一个个地按顺序组装起来，很快，一支带六倍瞄准镜的完整狙击步枪就组装好了。他将组装好的狙击步枪端起来，隔着窗户的玻璃，对着江汉关码头大门口站岗的两个日本兵，试着瞄准。然后把枪放在桌子上。

他从箱子里拿出装子弹的皮制盒子，从盒子里取出五发子弹，并排放在桌上，然后一颗一颗地将这五颗子弹全部压进狙击步枪的弹膛里。

他从口袋里掏出一张计国桢的照片。他之前已经在这里观察过计国桢，知

武汉谍战

道计国桢的相貌。所以，他随便看了一眼照片，就将照片放在桌上。这只是他的一个习惯。

按照监视人员的观察记录，计国桢会在九点钟乘坐汽车到达江汉关码头。他的汽车是一辆黑色的道奇。

现在还早。他下楼来到临街的大门，检查大门是否锁牢。刚才他是从后门进来的，进门后他就从里面闩好后门。他不希望这个时候有人来打扰。

确认前后门都锁好之后，他才回到二楼，坐在桌子边休息。

他点燃一支香烟，慢慢地抽起来，享受一下行动之前的短暂宁静。

他看了看手表，八点四十五分。他在烟灰缸里捻灭烟头，然后拿起桌上的狙击步枪，走到窗前。他慢慢地打开一扇窗户，举起狙击步枪，通过步枪的瞄准镜，监视着计国桢的汽车将要开过来的方向。

冬天的早晨，街上的行人不是很多。以前江汉关码头是一个人流如潮的地方，这个码头是连接汉口和武昌的主要轮渡码头，从这里乘坐轮渡去武昌，或者从武昌乘坐轮渡过来汉口的人总是很多，客流量非常大。不过，自从日军将江汉关码头征用为军用码头之后，这里的人流就稀少了很多。

透过瞄准镜，邝亦峡观察着街上的情况。他发现码头街对面的路边，有一个临时卖早点的手推车流动早点摊。手推车上有炉子，炉子上面架着油锅。一个男人站在寒风中，一边炸着面窝和欢喜坨，一边叫卖着。

偶尔有路过的行人停下来，在这个早点摊买个面窝（注：武汉特有的一种传统早点。炸好的面窝呈圆形，色泽金黄，外圈厚、中间薄，溢满葱花和黑芝麻的香味。）或者欢喜坨（注：武汉传统小吃。桂花糖芯汤圆外粘上芝麻后油炸，色泽金黄，香脆爽口。），然后用纸包起来，拿在手上，边走边吃。

情况基本正常，除了这个卖早点的。不过，也可能是巧合吧。邝亦峡想。

计国桢的道奇车沿着河街朝江汉关开过来，道奇车的前面有一辆暗绿色别克车，这辆别克车是一辆在前面开道的警务车。

邝亦峡的枪口，随着行驶的汽车慢慢移动。

两辆汽车到达江汉关码头的大门口后，一前一后在大门前停下来。

前面别克车里面下来四个穿着黑色大衣制服，戴着警帽的警察。他们下车后立刻跑到道奇车旁边，背对着汽车，监视着街上的行人。

邝亦峡拉动枪栓，将子弹顶上膛。

道奇车的副驾驶车门和后座两边的车门同时打开，计国桢的三个贴身警卫人员从车上下来。他们穿着灰色呢子大衣，戴着灰色的礼帽。

第十五章 制裁汉奸

三名贴身警卫下车后,警惕地观察了一下周围的情况。确认没有异常情况之后,警卫人员才让计国桢从靠近码头大门的那一边下车。

此时,邝亦峡已经调匀呼吸,从瞄准镜里面观察着最后从车上下来的那个人。

此人穿着一件蓝色呢子大衣,戴着黑色的礼帽,他就是计国桢。

邝亦峡的狙击步枪瞄准着计国桢的脑袋,他现在就可以开枪结果了他。不过他还是希望这个人回一下头,让他确认是不是计国桢。

必须在确认之后再开枪。谨慎一点是没有错的,这是狙击手的原则。

如邝亦峡所愿,这个人开始转头朝旁边看去。邝亦峡终于看清了这个人的脸,是计国桢!

邝亦峡缓慢而平稳地扣动着扳机。

哒哒哒,突然响起一连串的枪声。

几乎就要击发子弹的邝亦峡被突然响起的枪声打断,他的视线不由得从瞄准镜移开,朝着枪响的方向看过去。只见那个卖早点的人双手端着一支美制汤姆森冲锋枪,朝计国桢连续射击。

计国桢中弹倒下。他的一个贴身警卫人员也被子弹击中倒在地上,另外两个贴身保镖立刻趴在计国桢身上用身体将他护住。

四个担任警卫的警察见有人袭击计国桢,立刻掏出手枪朝刺客还击。江汉关码头大门口站岗的两个日本宪兵也端着步枪冲过来加入枪战。

袭击计国桢的刺客见计国桢中弹倒下,立刻开始后撤。他一边朝追过来的人射击,一边往邝亦峡这个方向撤退,很快就要到邝亦峡的窗户下面。

邝亦峡容不得细想,赶紧冲下楼,打开临街的大门。

"快到这边来,伙计!"邝亦峡一边冲着那个刺客大叫,一边举枪瞄准刺客后面追过来的警察。

刺客听到邝亦峡的叫喊声,回头看了一眼,然后转过头去边射击边后退。

邝亦峡开枪打死追在最前面的一个警察。剩下的警察和两个日本宪兵赶紧找地方隐蔽。

刺客乘此机会,加快步伐退到邝亦峡的门前。

邝亦峡大声对刺客说:"进来,跟我走!"

说完,他朝追过来的另一个警察开了一枪,这个警察应声倒地。

一个日本宪兵担心刺客逃走,便不顾一切地向邝亦峡这边冲过来,邝亦峡一枪结果了他。剩下的几个追兵只好躲在隐蔽物后面开枪射击,不敢再往前冲。

武汉谍战

邝亦峡乘机带着刺客穿过屋子，打开后门，朝接应他的巷子口跑去。很快，他们就跑到黄陂街的巷子口。接应的汽车此刻已经发动了引擎，正等着邝亦峡。

邝亦峡跑到汽车旁，打开车门钻进汽车。刺客见状，也毫不犹豫地跟着邝亦峡钻进汽车。

接应邝亦峡的司机小应见车上多了一个人，不禁犹豫了片刻。不过，他并没有多问，马上开车离开这里。

只用了几分钟时间，汽车就到达花楼街的约定地点，司机小应将车停下来。邝亦峡说了句："下车！"

邝亦峡和刺客下车后，汽车马上就开走了。邝亦峡和刺客的枪都留在车上。

邝亦峡也不说话，径直朝一间房子的大门走去，刺客跟在他后面。邝亦峡推开虚掩的大门，让刺客先进去，自己在门外朝四周观察了一下，见没有人注意他，这才进了大门，然后从里面将大门闩上。

过了好一会儿，屋里面的邝亦峡才听到外面响起了警笛声，不过很快就远去了。

邝亦峡仔细打量着这个刺杀计国桢的人。

这个人看起来有二十出头，中等个子，皮肤比较白。他头上戴着一顶很旧的鸭舌帽，穿着一件褪色的蓝色棉袄和棉裤。邝亦峡相信他这身行头是为这次刺杀专门准备的。这人除了鼻梁有点长，脸的下半部显得有些短以外，五官还算端正。

良久，邝亦峡才开口问道：

"你是哪一路的？"

"什么哪一路的？"这个人好像没听明白。

"好吧，不愿意说就算了。老兄怎么称呼？"邝亦峡态度很友好。

"兄弟我姓文，感谢大哥刚才出手相救。救命之恩容当后报。不敢再给大哥添麻烦，等外面平静下来之后，我会马上离开。"姓文的不想多说。

"好吧。既然文兄不愿意多说，在下也不勉强。以后大家有机会再见面，也算是个朋友。"见姓文的说话很谨慎，邝亦峡不好再多问。

两个小时后，外面完全恢复了平静。自称姓文的刺客向邝亦峡告辞，一个人离开了。

邝亦峡还不能走，他必须在这里待到下午才能离开。这是武汉区总部按照

第十五章　制裁汉奸

规定采取的安全措施。

这个戏剧性的结果是谁都没有想到的。

李国盛听完唐新的汇报后，表情变得严肃起来。

"对本次行动，你写一个详细的报告给我，由我来转交给总部。"李国盛停顿了一下，然后用略带不安的语气说：

"邝亦峡的救人行为，虽然从道义上讲是应该的，但是这违反了情报工作的基本原则，他的鲁莽将自己和组织置于危险的境地。我命令马上切断与邝亦峡的所有联系，通知与他联系过的人马上转移。"

"是！"唐新被突发事件搞晕了头，没有想到这一层，现在经李国盛一提醒，不禁觉得这事还真的有点蹊跷。

"另外，要弄清楚负责接应邝亦峡的司机小应有没有被人跟踪？我们的策应人员有没有去跟踪那个刺客？"李国盛提出了更多的问题，他那双睿智的眼睛此刻充满了疑问。

"我需要先向司机小应了解一下情况，看看他有没有发现被人跟踪。至于我们的策应人员有没有跟踪那个刺客，我还没有来得及问。对不起，老板。"唐新意识到自己的严重疏忽。

"现在不必去问小应了。立刻切断与小应的所有联系，通知和他联络过的人立刻转移。另外，立刻派人秘密监视邝亦峡和小应的住处，在不惊动他们俩的情况下，暗中观察有没有人在监视他们，同时暗中保护他们。"李国盛补充道。

"是！我立刻去办。"唐新说罢立刻起身离开。他明白，即使那个刺客真的对军统武汉区没有危险，启动安全防范措施也是必要的。

当天的武汉晚报头条刊登了计国桢遇刺的消息。报道说武汉治安维持会长计国桢在江汉关码头遇刺，身中两弹，一颗在右胸，一颗在左肩。右胸的那颗子弹打穿肺叶，让他受到重伤。计国桢受伤之后立刻被送到日军汉口陆军医院抢救。经医生手术后，两颗子弹已经从计国桢身体里取出来，目前暂时度过危险期，不过他还处于昏迷状态。

《武汉晚报》在报道刺杀经过时说，相信刺客有多人，他们配备有自动武器。其中一人手持美制汤姆森冲锋枪执行刺杀，另有多人掩护。这伙人行刺后逃往黄陂街，在黄陂街失去踪迹，估计是被同伙开车接应逃离。

二

伍岛茂到达袭击者逃离的房子时，汉口宪兵分队队长重藤宪文中佐和他的宪兵已经封锁了现场。

他们在二楼的桌子上发现了计国桢的照片，还有邝亦峡没来得及带走的装狙击步枪的箱子。

伍岛茂简单地问了一下重藤宪文现场情况，就开始仔细检查这只箱子。他很快就得出结论，这是一个特制的狙击步枪箱子。从装子弹的盒子里剩下的子弹来判断，狙击步枪是德制的K98步枪。

"重藤先生，你不觉得奇怪吗？"伍岛茂问重藤宪文，不等他回答，又接着说：

"既然有狙击手在这里，完全可以一枪毙命，为什么还要派人冒险近距离开枪刺杀呢？你想过这个问题吗？"

"我想过。我也觉得很奇怪。我认为答案只有一个。"

重藤宪文说到这里便停了下来，没有直接说出他的答案。他面带微笑地看着伍岛茂，那意思分明是在测试伍岛茂分析判断能力。

"他们不是一伙人。那个近距离袭击的人和这个狙击手不是一伙人。这就是你的答案，对吗？"

伍岛茂替重藤宪文说出了答案。他说话时，稀疏的双眉高挑起来，那双细长的眼睛张得很圆，眼里充满了自信的神色。

"是的。"重藤宪文用欣赏的口吻回答。他佩服伍岛茂敏锐的观察判断力。

"哼哼，这个上海小商人计国桢的运气还真不错，保住了小命。如果不是因为那个人搅局，而让这个狙击手有机会开枪的话，肯定会一枪要了他的命。"伍岛茂冷笑着调侃道。

重藤宪文听伍岛茂这样说，不禁跟着笑起来。

他们都明白，计国桢只是一个没有影响力的小人物，他只是一个在有影响力的大人物愿意合作之前的过渡性角色。

"对这两个人的身份，你有什么高见？"伍岛茂谦虚地向重藤宪文请教。

"其中一个人，就是那个狙击手，我怀疑他是军统的人。至于另外一个人，我对他的身份和背景可以说是一无所知。"

"除此之外，还有其他线索吗？"伍岛茂继续问重藤宪文。

第十五章 制裁汉奸

"没有。不过我们正在查找这个房子的主人。看看能不能弄到更多的线索。"重藤宪文回答。

"不要抱希望吧,刺客不可能让房子的主人知道任何事情。这座房子的主人最多只能描述一下租房人的相貌,例行公事罢了。"伍岛茂耸耸肩说。

回到汉口宪兵队在原中国银行大楼的本部,伍岛茂直接来到宪兵队长五十岚翠的办公室。

伍岛茂向五十岚翠队长报告了目前掌握的线索以及他和汉口分队长重藤宪文对案情的判断。

"五十岚队长,你的看法呢?"报告完后,伍岛茂试探着问。

"我同意你和重藤队长的分析。还是先找到房子的主人吧,不管能不能从这个人身上找到线索,他都必须受到惩罚。这样至少也可以给市民一个警告,让他们以后再也不敢随便租房子给陌生人。"

"队长的意思是杀一儆百?"

五十岚翠耸耸肩,不置可否。

"我相信重藤宪文队长会这样做的。"伍岛茂继续说。

"嗯,是的。"五十岚翠点点头,表示同意伍岛茂的看法。他若有所思地看着伍岛茂说:"刚才,新任华中派遣军司令官山田乙三中将来电话,要求我们尽快查出刺杀计国桢的凶手并加以严惩,否则会影响中国合作者对我们的信心。"

"看来比较困难。根据目前掌握的线索,我们仅仅推断刺客是两个人,而且这两个人分别来自于两个不同的组织。其中一个可能是军统的人,而另外一个人,目前我们对他的身份一无所知。"

"没你想象的那么困难,伍岛君。"

其实,五十岚翠知道刺客的身份。现在是时候将这个秘密告诉伍岛茂了,因为接下来的行动需要伍岛茂来执行。

三

按照重庆总部戴局长的指示,第五战区情报处王处长在军统武汉区实施制裁计国桢行动的前一个多星期,故意将此情报在第五战区司令部小范围内泄露出去。

自从徐州会战之后,戴笠根据获得的情报判断,第五战区司令部隐藏有日

武汉谍战

军间谍。为了甄别日军间谍，他用两次同样的方式，在看似无意的情况下将机密情报泄露给司令部的一部分人。

第一次是陈处长故意泄露潜伏在日军中的第五战区间谍情报，这一次是让王处长泄露军统武汉区制裁计国桢的行动计划。

果然，司令部的日军间谍将这两份情报都传回日军情报机关。

武汉那边制裁计国桢的行动过程，戴笠比李国盛了解的还要多。

按照戴笠的命令，张履鳌的汉口直属组暗中全程监视了这次行动。

汉口直属组人员在监视过程中，发现有人秘密跟踪刺杀计国桢的刺客和邝亦峡。他们还发现，跟踪刺客和邝亦峡的同一伙人，还跟踪了接应邝亦峡的那辆汽车。现在邝亦峡和接应他的司机小应已经暴露。更可怕的是，那个刺客离开邝亦峡藏身的房子后，直接去了日军汉口宪兵队。

汉口直属组当晚通过密电向戴笠报告了他们所掌握的情况。

甄别日军间谍的计划虽然让戴笠成功地缩小了嫌疑人范围，但同时给军统武汉区带来巨大危险。戴笠万万没想到的是，狡猾的日本人居然设圈套致使邝亦峡和小应暴露。

戴笠不惜将李国盛领导的军统武汉区置于危险境地，是迫不得已。他需要利用这个计划去缩小日军间谍嫌疑人范围，甄别出第五战区司令部里面潜藏的日军间谍。

为了保证制裁计国桢的行动在执行过程的真实性和甄别间谍计划的保密性，戴笠不能提前告诉李国盛实情。

现在的情况比戴笠当初预料的要严峻得多。

当戴笠收到汉口直属组的情报时，已经过了整整一天。

一天时间足以让日本人顺着邝亦峡和小应这两条线索，发现更多的军统武汉区潜伏人员，如果真是这样的话，对武汉区将会是一场灾难。

虽然戴笠收到汉口直属组的电报后，立刻急电通知李国盛切断与邝亦峡和小应的一切联系，但由于当时已经过了与军统武汉区规定的联络时间，他不知道军统武汉区是否收到他的急电。

现在，戴笠只能寄希望于李国盛多年的特工经验和他天生的严谨作风，启动安全防范措施，将损失降到最低的程度。

戴笠坐在办公桌前，双眉紧皱地看着桌上汉口直属组发来的电报，心里在为李国盛和武汉区的安全担忧。

这时，办公室门外有人喊了一声"报告！"

第十五章 制裁汉奸

"进来。"

秘书进来将一份电文交给他,"报告局座,电讯处送来武汉区急电。"说完,秘书转身离开。

戴笠看完电文后,脸上的阴云一扫而光。

这个李国盛到底是留学过日本和苏联,聪明过人,思路严谨,头脑比我想象的还要机敏。戴笠内心里赞扬李国盛。

密电显示,李国盛早已启动安全防范措施,阻断了邝亦峡及小应与其他人员的联系,所有与他们俩直接联系过的人都已经转移。现在,就算是邝亦峡和小应被捕,由于他们掌握的军统武汉区秘密有限,也不会对军统武汉区产生多大的危害。

李国盛的密电让戴笠终于放下心来。甄别日军间谍所造成的损失,肯定会比他想象的要小得多,这是李国盛的功劳。

"哈哈哈……"想到这里,戴笠哈哈大笑起来。他现在的心情好多了。

第二天,戴笠密电第五战区情报处王处长,有确凿的证据显示,第五战区司令部隐藏着日本间谍。

戴笠没有明确说明他的证据,但王处长可以肯定,戴局长让他故意泄露军统武汉区制裁计国桢的计划,应该是甄别日军间谍的一个计谋。

戴局长在密电中指示王处长,让他根据泄露情报的范围,列出心目中的嫌疑人员名单,与总部列出的嫌疑人员名单进行比对,得出最终的嫌疑人名单,这将大大缩小嫌疑人范围。王处长只需按照最终的嫌疑人名单展开调查。

第十六章　暗寻飞行员

一

赵云清、方仁先、胡永春和运生已经在湖里足足转了四天。他们带的食物已经吃光，必须上岸了。

在这四天里，他们找遍梁子湖的每一个湖汊。除了偶尔看到打鱼采藕的划子外，没有看到任何大一点的船。冬天的湖面，只有枯萎凋落的芦苇和荷叶，藏不住大船和人。如果飞行员在湖里的话，是很容易被发现的。

赵云清决定在红鞋湖的南面上岸。他分析，营救飞行员的人和飞行员都会朝远离日军控制的地区转移。

赵云清设想，如果他是飞行员的话，他会走水路穿过红鞋湖、牛山湖和梁子湖，在梁子湖的最南端上岸。上岸后继续向南行，越过湖北通山县，就是国军第九战区控制的地区。这条路线几乎没有日本人的阻拦，是比较安全的。

赵云清他们在红鞋湖的南岸上岸。上岸后，他们将船锚在岸边。

根据运生的建议，他们往南行，直接去大徐村。

大徐村是附近最大的村子，从红鞋湖出来到牛山湖去的人都会从这里经过。他们可以在那里歇一两天，顺便打听打听飞行员的下落。而且，大徐村可以弄到船，买到各种食物。

第十六章　暗寻飞行员

运生背着装武器的麻袋，走在前面，赵云清、方仁先和胡永春三人跟在后面。大徐村离他们上岸的地方，大概有五里路。没多久，他们就到了大徐村。

进村后，他们先要找一个地方落脚。

大徐村是一个比较大的村子，有二三百户人家，已经形成了一个小集镇。

运生带着赵云清等人来到一户人家门前。他站在门外大声喊道："五婶在吗？"

"在呀！"一个中年女人一边应着，一边从屋里走出来。她就是五婶。

"五婶，是我呀，运生。"运生看到五婶，高兴地说。

"哦，运生来了，快进来！哦，还有客人啦，快进来，快进来，外面冷。"五婶热情地招呼着大家进屋。

"好咧，谢五婶。"赵云清一边应着五婶，一边跟着运生进了屋。

五婶看起来有四十岁左右。她穿着花布面的棉袄，头发往后盘了一个发髻。圆圆的脸，眼角有些皱纹，身体微微发胖。她的皮肤呈微微的棕色，一看就是常年在湖上劳作让日头晒的。五婶的眉宇间隐隐地带着一丝淡淡的忧伤。

进屋后，运生他们几个就围着桌子坐下。五婶一边给他们倒水，一边问运生：

"运生，这么久没来看五婶，今天什么风把你吹来的？"

"我想五婶了，今天特意来看五婶。"运生逗五婶高兴。

"我就知道你嘴甜，不说这些了。这几位客人是你的朋友？"五婶问运生。

"是的，五婶。他们都是我的朋友。他们要在这里住一两天，准备点东西，然后进湖。还需要借条船。"运生赶忙回答。

"这都好办。就是我们这简陋地方，你的朋友住得习惯不？"

即使赵云清、方仁先和胡永春都穿着当地人的衣服，五婶也看得出来他们不是本地人，更不是种田人。不过她没有多问。

"我们都是种田人，没那么金贵，能住得习惯。"方仁先笑眯眯地说。那是地道的本地方言。

五婶听了方仁先的话就笑了，"你们先歇一会，我去给你们弄饭吃。"

"我们中午就没吃饱，现在真的饿了，五婶，多弄些好吃的。"运生看来和五婶很亲近，一点都不拘束。

五婶去做饭了。

没等赵云清开口问，运生就告诉赵云清五婶不是他的亲五婶，是远房的亲戚。大家都叫她五婶，他也随着大家这样叫。五婶生性善良，总是善待他人，

武汉谍战

从不与人交恶，因此倍受乡邻喜爱。

五婶本来有一个美满的家庭。她和她丈夫有一个独生儿子，一家三口日子过得还蛮和美的。直到前年的夏天，一场巨大的灾难改变了她的生活。

前年夏天的一个早晨，五婶的丈夫和儿子像往常一样，进湖打鱼采莲，从此后就再也没有回来。

乡亲们找遍了整个湖区，只发现她丈夫和儿子的船翻扣在水面，在湖中飘荡，她丈夫和儿子的尸首都没有找到。

那时，五婶的儿子快17岁了。媒人已经给她儿子说好了媳妇，是附近万家村万老七的二姑娘。本来，五婶打算来年开春就把儿媳妇娶过来。可是老天对五婶一家太残酷，一夜之间，让五婶失去丈夫和儿子。乡亲们都在传说是湖匪干的，可是又没有人证，而且湖匪是谁都不知道，只是一个描述恶势力的概念。

丈夫和儿子失踪后，五婶哭干了眼泪，从此开始过着孤独的日子。她相信这就是命，她不怨谁。

从那时起，她就将家里空着的屋子，当作路过客人的免费客店。路过的客人和进出湖的农民只要来敲门，都可以免费在她这里借宿。她为很多人提供过遮风挡雨的地方，大家都感激她。不过，她做这些并不是想得到人家的感激，她只希望她的善举，能给她丈夫和儿子无家可归的灵魂，换来一个归宿。

听了五婶的身世之后，大家除了同情之外，只能感慨人生的无常。

二

"运生，把桌子收拾一下，饭菜做好了，我马上端过来。"五婶在灶屋里大声地叫着运生。

大家把桌子收拾干净，就去灶屋把饭菜端出来。五婶也随着他们从厨房出来。

大家请五婶一起吃，五婶推让说还不饿，让他们先吃。大家就不再谦让，开始吃饭。

他们边吃饭边闲聊。

运生乘机问五婶这几天有没有听说过飞行员的事，五婶告诉运生她听说过。

赵云清一听马上来了精神，赶忙接过话题请五婶详细说说是怎么回事。

五婶想了一下，然后回忆道。

三天前的深夜，有四个人来她家借宿，其中一个是鲍家咀的鲍喜，另外三个人她不认识，不过听这三人说话的口音不是本地人。

第十六章 暗寻飞行员

四个人进屋后,鲍喜就迫不及待地问五婶有没有吃的,说他们快一天没吃东西了。五婶家里经常有客人出入,所以常常备着一些熟食。五婶见鲍喜他们很饿,赶紧将馍馍、咸鱼和咸菜放进锅里蒸热,端上桌子,让他们就着热开水吃。鲍喜和另外三人看来真是饿急了,抓起桌上的食物便狼吞虎咽地吃起来。吃饱之后,五婶就让鲍喜等人去客房歇息。

第二天早上,五婶出去买盐。

在去杂货铺的路上,她听说村里来了日本兵,正在挨家挨户地搜查国军飞行员。还说日本人扣留了所有的船只,不让人进湖。五婶觉得不对,便顾不得买盐,赶紧跑回家将听到的消息告诉鲍喜。

鲍喜一听,急忙嘱咐五婶,不要告诉别人他们来过,然后就带着另外三个人急匆匆地离开了五婶家。

"他们去了哪里?"运生急忙问五婶。

"这我可不知道。"

"日本人呢?今天怎么没看到?"赵云清问。

"日本人搜查了一阵子,当天下午就撤走了。他们走旱路往南去了,走之前还跟村长说谁也不许进湖,所有的船都用铁链子锁在了一起。"

"这么说日本人没有找到三个飞行员。你看和鲍喜在一起的三个人像飞行员吗?"赵云清进一步问五婶。

"听说日本人没有找到飞行员。至于和鲍喜在一起的三个人,我看就是日本人要找的国军飞行员。"五婶肯定地回答。

赵云清想了一下,又问五婶:

"五婶,鲍喜是什么人?"

"鲍喜是鲍家咀的一个后生,他爹叫鲍贵。鲍喜他妈死得早,是鲍贵一个人将儿子拉扯大的。鲍喜从小就和他爹鲍贵下湖,对梁子湖的湖汊熟得很。日本人来了之后,听说鲍喜拉了几个乡里后生,组成抗日自卫队,说是要打日本人。大概就是这些。"五婶把知道的都说了。

"五婶,鲍喜会不会已经带着三个飞行员往南去了?"赵云清最关心的就是这个问题。

五婶想了一下,摇了摇头,说:"我看不大会。听说日本人已经封锁了往南去的旱路。他们如果要往南行,必须绕很远的路。水路没有船也行不通。我看鲍喜准是带着飞行员在附近的村子里躲起来了。"

"日本人怎么知道飞行员在你们这里呢?"赵云清试着问了一个他认为五

武汉谍战

婶回答不了的问题。

"听说鲍喜自卫队里的一个后生向日本人告了密，所以日本人才追到这里来。"说完，五婶还加了一句，"现如今，听说到处都有日本人的密探。日本人缺人手，管不了远一点的地方，所以在各村镇招募了不少密探。"

没想到五婶了解的比赵云清想象的还要多。

看来五婶说的是对的，鲍喜和三个飞行员一定是藏在附近的什么地方。鲍喜对这一带很熟悉，找一个地方藏起来并不难。不过他们要想顺利地逃回国军控制的地区，就没那么容易。想到这里，赵云清决定先在这里住下，然后四个人分头去周围的村子打听鲍喜和飞行员的下落。

赵云清从棉袄口袋里掏出几个银元，递给五婶："五婶，我们要在你这里打搅几天，这是饭钱。"

"哪里要你们付钱。来我这里都免费，除非我揭不开锅！"

"五婶，你几乎每天都有客人，总不收钱，怎么负担得起？收下吧。"赵云清坚持要五婶收下。

"我发过誓，我不收钱。我种了几分菜地，总有收获。平时也下湖里网鱼、捞虾，采藕，摘莲，够了。特别是乡亲们平日里的帮衬，我这里从来就没有让客人饿过肚子。"

五婶坚持不收。

"赵老板，不要客气了。不然废了五婶立下的誓言。"运生劝赵云清。

赵云清只好收起银元。

五婶现在大概能猜到赵云清他们是干什么的，她愿意帮他们。

过几天就是除夕，赵云清他们不能回去和家里人团圆，一定是因为寻找飞行员的事很重要。这也难为他们了，五婶想。既然赵云清他们不能回家过年，她就要让他们像回到家里一样，过一个好年！

三

今天是除夕。运生、赵云清四人早上出门的时候，答应五婶他们会早点回来吃年饭。

年饭是中国人一年之中最重要的一顿饭。那些长年漂泊在异乡，满怀思乡之情的游子，只要有可能，都会历经千山万水，回到家乡的父母和亲人身边，与父母家人团圆，在除夕夜吃上一顿丰盛的团圆饭。

第十六章　暗寻飞行员

这两天，赵云清、方仁先、胡永春和运生已经分头去附近的所有村子打听过，但没有得到鲍喜和飞行员的任何消息。

因此，今天他们决定去更远的村子打听。

运生今天要去的地方叫和尚墩，这是一个只有20来户人家的小村子。

运生早上出发，一边赶路，一边沿路暗中查访飞行员下落。快到中午的时候，运生来到和尚墩。

和尚墩不大，村中零散地坐落着20多间土砖房。

进村后，运生就在村里四处转悠，暗中观察村里的情况。

要过年了，村里洋溢着喜庆的气氛。孩子们在外面玩耍，有的在相互嬉戏追逐，有的在燃放爆竹。噼噼啪啪的爆竹声让静谧的村子显得热闹起来。进进出出的大人们面带微笑，相互说着吉祥的话。村里各家各户都在忙着做年饭，房子的烟囱冒出袅袅炊烟，房前屋后都弥漫着菜肴的香味。

看到运生，村里人虽然不认识他，但都和他点头打招呼，他们都以为他是哪家的亲戚，没有人怀疑他是来打探情况的。

运生走到几个在外面嬉戏的孩子身边，问他们村里哪些人家里来了客人。孩子们告诉运生，陈舅爷家里来了几个客人，要在这里过年。运生又问孩子们陈舅爷家怎么去，孩子们告诉他，陈舅爷家在村北面的第二座房子。

已经是中午了，有的人家已经开始吃年饭。运生闻到饭菜的香味，肚子便开始咕噜咕噜地叫起来。不过，他现在没工夫想着吃饭的事，他得去陈舅爷家看看，弄清楚鲍喜和飞行员在不在那里。

按照孩子们指的方向，运生来到村子北面第二座房子前。

这是一座土砖房，屋顶铺着青瓦。

运生慢慢从房子门前走过，只见房门是半掩着的。透过半掩着的房门，他看见堂屋里坐着一个头发花白，满脸皱纹的老人。这个老人可能就是陈舅爷，运生决定去试探一下。

他走到门前，对着里面的人大声说："陈舅爷，你老好啊！"说着，他将门完全推开，站在门口冲在屋里的老人微笑。

屋里的老人见运生站在门口向他问好，马上回答说："啊？你好，你好！"

老人看着门口的运生，脸上流露出迟疑的表情。

"你不记得我了？陈舅爷，我是运生。以前和我爹一起来看过你。"

"哦，是运生啦，你看我这记性。进来吧，进来吧，大过年的，你不在家里陪你爹，跑这儿来干什么呀？"

武汉谍战

陈舅爷确实记不起来什么时候见过运生，他认为是自己老了记性不好的原因。不过，他还是礼貌招呼运生进屋。

"我路过这里，顺路来看看你。"说着，运生观察了一下堂屋。只见桌子上摆了好几碗热腾腾的菜，还有好几副碗筷和汤勺。这里肯定有其他人。运生一边想，一边朝厢房和灶屋看。

"坐，坐。"陈舅爷给运生让座。

"舅爷，我要上茅房，茅房在后面对吗？"运生问。

"对，在后面，穿过灶屋出后门，就能看到。"陈舅爷指着后面灶屋说。

运生朝灶屋走去。经过左边厢房门口的时候，他乘机转头朝里面看了看，发现里面有三个年轻人。他不露声色地走进灶屋，看到灶屋里面有一个年轻人正在灶前烧火做饭。

见运生走进来，这个年轻人立刻用警觉的目光看着运生。运生若无其事地对这个年轻人点头笑了笑，穿过灶屋，打开后门出去，进了茅房。

不一会儿，运生从后门回到灶屋。他关上后门，正准备回堂屋，没想到灶屋里的那个年轻人挡住了他的去路。

"你叫运生？哪里的人？"

"豹澥人，怎么啦？"

"你认识陈舅爷？"

"废话，难道只有你认识陈舅爷？"说完，运生准备绕过去。

"等等，先把话说清楚！"

年轻人拦住运生，不让他过去。

运生见状，假装生气的样子对年轻人说：

"让我过去！"

接着，他大声对着堂屋喊道："陈舅爷，灶屋的这人是谁呀？怎么这样不懂礼性。"

"他是我远房的外甥鲍喜。鲍喜，不要对客人无礼。"陈舅爷大声训斥鲍喜。

"你就是鲍喜？我找你找得好苦！"运生惊喜地看着鲍喜。

"我就是鲍喜，你找我做什么？我又不认识你。"鲍喜冷冷地说。

"我才懒得找你，我找国军飞行员。我是来救他们的！"运生见鲍喜冷冰冰的样子，就故意气他。

"什么飞行员？不要乱说！"鲍喜急忙否认。

第十六章　暗寻飞行员

正在这时，厢房里的三个人冲进灶屋。他们听到运生说他是来救飞行员的，因此也不管是真是假，就立刻跑出来见运生。

其中一个人迫不及待地问运生："你是国军派来救飞行员的？"

"是的！"

"太好了！我们正盼着你们呢！"另外一个人高兴地说。

"等等，你怎么证明你是国军派来的，说不定你是日本人的密探呢！"鲍喜警惕性比较高。

"我不能证明，但是你们必须相信我！我们救援小分队已经找了你们好多天。三天前我们去五婶家，才知道飞行员和你在一起。这个消息只有五婶可以告诉我们。这一点不知道能不能证明我说的是真话？"运生尽量向鲍喜解释。

鲍喜和三个飞行员明白，只有五婶知道鲍喜和飞行员在一起，目前情况下，只能相信运生。

"太好了！我是第一轰炸机大队上尉高云飞。"

"我是第一轰炸机大队上尉刘建民。"

"我是第一轰炸机大队中尉肖国栋。"

"我是国军潜伏人员，身份不便暴露。叫我运生好了。"

大家商量后决定，吃完午饭后马上出发赶去五婶家，到那里再想办法。

第十七章　营救飞行员

一

运生带着鲍喜和三个飞行员来到五婶家的时候，已经是黄昏了。

此时，赵云清、方仁先和胡永春已经回来了。

五婶和赵云清及方仁先正围坐在堂屋的桌子边，等着运生。

在门外望风的胡永春老远就看到运生带着几个人回来，立刻迎上去，大声和运生打招呼，将运生等人让进屋。

屋里的五婶立刻便认出进门的三名飞行员。

她激动地对赵云清说："是他们，是他们。"然后赶紧走过去关上门。

赵云清见运生带回来几个人，加上五婶说的话，心里大概明白过来是怎么回事。他问运生："他们是鲍喜和……？"

"是的，鲍喜和飞行员！"运生尽量抑制住自己兴奋的心情，轻声地告诉屋里的人。

听到肯定的答复，屋里所有人都高兴起来。特别是五婶，嘴里不住地说："老天保佑！老天保佑！回来就好！"自从前天赵云清告诉她飞行员的事情之后，她一直挂念着他们。

大家相互介绍寒暄之后，五婶就开始将做好的年饭从灶屋端上堂屋的桌

第十七章　营救飞行员

子，大家围坐下来开始吃年饭。

五婶现在特别高兴。好多年没有和这么多人一起热闹地吃过年饭了，今天有这么多人在家里吃年饭，一下子就唤起五婶女主人的自豪感。

鲍喜带来了两瓶酒。这酒本来是要在陈舅爷家喝的，由于吃完午饭还要赶路，所以就没有在那里喝，带过来了。

鲍喜给每个人的酒杯里斟满酒。

五婶请大家都站起来，举起手中的酒杯。她开始祈福：

"祈求老天爷保佑大家岁岁平安，保佑天下太平！"五婶说完后，大家跟着她说了一遍，一起祈福。接着大家一起干了杯中的酒。

大家围着桌子坐下，开始喝酒吃菜。好多菜都是乡邻送过来的，昨天赵云清也让运生顺路买回一些。

外面不时传来爆竹声，这是村民吃年饭前，放的喜庆爆竹。

赵云清此刻想起了他的妻子，本来他们打算回纸坊县城的老家陪父母过年的。如果不是战争的话，今晚将会是一个喜庆的除夕。

想到这里，赵云清心里默默地祝福他的父母和妻子，祝福他的亲人。他端起酒杯，一饮而尽。他并不是难过，只是有些感慨。

吃完年饭，大家就聚在一起，商量撤退的路线。

他们决定进牛山湖，走水路穿过牛山湖以及相通的梁子湖，到梁子湖南岸上岸。这样就可以避开日本人设在梁子湖和保安湖之间的旱路关卡。他们认为，日本人现在还不敢进湖。原因有两个，第一个是因为日本人对湖汊不熟悉，担心遇到游击队袭击。第二个是由于冬天湖水水位低，日本人的汽船在湖里航行可能搁浅；如果日本人用人工划船，他们就会失去速度优势，而且有可能成为游击队的攻击目标。

五婶已经找好一只船，就在岸边锚着。

赵云清决定第二天不等天亮就出发，五婶赶忙去给他们准备路上的干粮。

大家刚刚准备休息，就听到外面传来一阵阵的狗叫声。

这狗叫声很不正常。

赵云清立刻让运生出去查看情况。运生从装武器的麻袋里拿一把手枪，就开门出去了。

运生出去没多久，外面就响起了枪声。

赵云清意识到这是运生开的枪，运生是在用枪声通知他们，日本人来了。

五婶急忙让赵云清他们从后门出去，立刻赶去锚船的地方，乘船进湖。

武汉谍战

赵云清拿出麻袋里的武器分发给大家，然后带着五婶给他们准备的干粮从后门逃走了。

枪声渐渐稀落，一会儿就停止了。过了不久，一队日本兵来到五婶家门前。

"里面的人出来，你们已经被包围了！"有人开始砸门。

五婶打开门，看到门边站着本村的黄顺。黄顺怕屋里有埋伏，因此躲在门的一边。

门前有一队日本兵，还有一个穿着便装，看起来像是翻译的人。这些日本兵已经将五婶的房子包围起来。

"五婶，我是顺，不关你的事，你叫里面的人出来。"以五婶远近闻名的善良，黄顺对她也是敬佩三分。

"里面只有我一个人。顺，你这是干什么？你为什么把日本兵带来？"

五婶心里有点明白黄顺是什么人了，但她还是不愿意相信。她要黄顺亲口说出来。

"五婶，我现在帮日本人做事。我下午看到有几个人进了你家，这几个人里面有日本人要找的国军飞行员。除了这几个人之外，我还发现你屋里有另外几个陌生人。我明白你不知道这些人是干什么的，你只是好心收留他们住宿。我已经和日本人讲好，他们答应不追究你的事。"

"顺，你不相信就进去找，里面真的没别人。"

"那我进去找啦。"

说罢，黄顺带着几个日本兵进了屋。他们搜查了每一间屋子，没人发现其他人。

这时，一些乡亲听到枪声和吵闹声，都跑过来站在不远处围观。

进屋的日本兵出来向日军小队长报告，屋里没有发现其他人。

日军小队长问身边的翻译怎么回事。

翻译把黄顺叫过去，说队长有话问他。黄顺赶忙跑过去。

"日本人问你，怎么回事？"翻译对黄顺说。

黄顺赶紧回答说："我亲眼看到的，不敢乱说。刚才朝我们开枪的人，肯定是在用枪声向屋里的人报信。我们赶到的时候，屋里的人已经跑了，不过肯定没有走远。"

翻译将黄顺说的话翻译给日军小队长听。日军小队长认为黄顺说的有道理。他让黄顺再去问五婶，如果五婶再不说实话，就对她不客气。

"五婶，说实话吧，那些人，那三个飞行员，去了哪里？你说出来就没事

第十七章 营救飞行员

了,否则日本人会对你不客气。"黄顺赶忙走过来劝五婶。

"我说过了,我家里今天没有来过别人,你看走眼了。"五婶坚持着,她要为赵云清他们争取多点时间。

"五婶,你这样说我就没办法了,你自己跟日本人解释吧。"说完,黄顺告诉翻译官,五婶坚持说她家里今天没来过别人。

翻译官跟日军小队长嘀咕了几句。

日军小队长听了翻译官的话后,命令日本兵将五婶抓起来。

这时,围观的乡亲已经叫来村长。村长姓徐,人家都叫他徐大。

村长见状,赶紧跑到日军小队长和翻译官身边,赔笑着对日军小队长和翻译官说:"长官,我是本村村长,不知道发生什么事,为什么要抓五婶?"

翻译将村长的话翻译给日军小队长,日军小队长听后对村长叽里呱啦地说了一通,看样子很生气。

翻译官告诉村长:"日本人说,他们的密探看到这个女人家里来了几个人,其中可能有他们要找的国军飞行员。现在日本人来她家抓人,可是人不在了。但是这个女人不承认她家里来过别人,而且不愿意告诉日本人那些人的去向。"

村长一听,便明白过来是怎么回事。他问翻译官他可不可以去问问五婶。翻译转头问日军小队长,日军小队长点头同意。

"五婶,家里来过人就是来过人,走了就是走了,是吧。你直接告诉他们不就行了,何必硬说没来过别人呢?"村长是在暗示五婶退一步,这样做对那些飞行员也没什么损害,反正他们已经逃走。

"村长,是没来过人。是黄顺看走眼了。"五婶担心一旦承认来过其他人,日本人就会追问他们的下落。她不想让日本人知道赵云清他们进湖从水路逃走。

"你,你撒谎!五婶,凭良心讲,你家今天来没来过别人?"黄顺一听五婶矢口否认,还咬定是他看走了眼,很生气地大声质问五婶。

"顺,这就是你的不是了。我们都是乡里乡亲的,有什么事不好商量,非要闹到日本人那里去?"村长想缓和一下气氛。

"村长,不是我要故意和五婶过不去。来之前我都和日本人讲好了,说五婶行善多年,任何人都可以在她家免费借宿,这件事跟她没关系。日本人也答应不为难她。是她自己坚持否认,我也没办法。"黄顺说这番话时,不知道有多委屈。

"五婶,你就说实话吧,人都已经走了。"村长用眼神暗示五婶,希望她承认她家来过其他人。

五婶仍然不吭声。

村长不知道五婶为什么不承认，他也不能再问了。

村长回到翻译官身边，对翻译官说："长官，她一个妇道人家，两年前死了丈夫和儿子，受到刺激，糊里糊涂的，你们别跟她计较。"

翻译跟日军小队长嘀咕了几句，然后对村长说："日本人问你，那些人可能去了哪里？"

"刚才你们不是说有人朝你们放枪吗？说不定就是你们要找的飞行员呢。"村长说出自己的看法。

"日本人根本就不相信开枪的人是飞行员，正相反，开枪的人是在给飞行员报信，叫他们赶快逃走。"

"既然是这样，肯定没走远，赶快追呀！"村长大声建议。

日军小队长问翻译官村长说了些什么，翻译官将村长说的话告诉给日军小队长。日军小队长听了之后，生气地对着村长大声地吼叫。翻译官赶忙对村长说："日本人叫你别捣乱了！"

村长不敢再吭声。

日军小队长下令将五婶绑在房前的树干上，同时命令日本兵去湖边搜索。

搜索的日本兵回来报告，没有发现飞行员。日军小队长非常生气，认为是五婶故意拖延，让飞行员逃走。他让翻译官告诉五婶，再不说实话，就杀了她。

翻译官赶紧将日军小队长的话告诉五婶，五婶听了之后还是不吭声。

见五婶死扛到底，日军小队长恼羞成怒。他走到五婶前面，一边大声咆哮，一边抽出战刀，对着五婶的腹部刺进去，然后拔出战刀，冲着周围被吓得尖叫的村民大声吼叫。

黄顺没想到日军小队长真的会杀五婶。他吓得慌忙跑到五婶面前，悔恨不已地对五婶说："五婶，我没想到事情会闹到这一步，五婶，他们答应我不追究你的。我真的没想到他会杀你，我对不起你，五婶；我有罪呀，我不该带他们来，我害了你，五婶！"

黄顺是真的很难过，他知道五婶的为人。

看着鲜血从五婶的伤口不停地流出，知道五婶活不了多久，他的内心懊悔不已。

黄顺将嘴凑到五婶的耳边，带着哭腔轻声忏悔道："五婶，都是我不好，害了你……"

第十七章 营救飞行员

翻译官指着五婶对围观的村民大声地说："日本人说了，和皇军对抗，就是这样的下场！"

翻译说完后，日军小队长下令撤退。日本兵离开村子，朝南走了。

乡亲们见日本人走了，马上围过去解开绑在树上的五婶。

五婶的腹部血流如注，乡亲们用布压住五婶的伤口，希望止住血。他们将五婶抬进屋里，放在床上。大家都知道，五婶活不了多久了。

村里的郎中看过五婶的伤口后，只能无奈地摇摇头。他救不了她。

二

运生从五婶家出来之后，往前走出不远，就看到一队日本兵朝他这边走过来。他担心日本人发现了飞行员的行踪，就躲在暗处朝这一队日本兵开枪射击，给赵云清他们发出警报。

日本兵发现有人朝他们开枪，便开枪还击，并朝枪响的方向追过去。

日军小队长带着士兵追了一会儿之后，觉得情况不对，就下令停止追击。这一队日本兵到大徐村是为了抓飞行员，不能让别的事给耽误了。因此，日军小队长下令回头立刻赶往大徐村。

运生希望赵云清他们听到枪声后，会立刻撤离。

他现在只能离开大徐村。他得找个地方将肩膀上的伤口包扎一下。刚才和日本兵对射的时候，一颗子弹击中了他的左肩，他受伤了。虽然他知道伤不致命，但必须止住血。他不停地往前走，希望能在昏迷前，到达最近的村子大范村。

夜色中，运生隐隐约约看到前面有一群人匆匆地朝他这个方向赶过来，心里不禁一惊。他担心又碰上日本人，就想往路边躲，可是对方已经看到他。

"前面的人，别怕！"对方大声地说。

看样子不是日本人，运生想。他刚想回答对方，没想到由于失血过多，他双眼一黑，就晕倒在地上。

这群人见运生倒下，赶紧跑到运生身边查看。这群人是梁湖大队的王粟和他的第一中队。

秦晋南和小郑到达下胡村的第三天，王粟派出去打探消息的队员就陆续回来报告他们打探到的情况。

综合大家的情报后，王粟和秦晋南得出初步判断。

武汉谍战

　　鲍家咀的鲍喜和自卫队救了三个飞行员，并带他们进了红鞋湖。没想到鲍喜的一个自卫队员是日本人的探子，这个探子偷偷向日本人告了密。

　　日本人得知鲍喜会在大徐村租船进牛山湖和梁子湖，然后在梁子湖南岸上岸，走旱路去国军控制区的消息后，就派出一个小队赶到大徐村拦截鲍喜和飞行员，但没有发现他们。日本人后来在大徐村挨家挨户地进行搜查，并且扣留了大徐村的所有船只，不许任何船进湖。鲍喜没有弄到船，估计只能躲在附近的村子，等待机会。

　　因此王粟和秦晋南决定，将重点放在大徐村及其周围的村子。

　　今天晚上，一个打探消息的队员匆匆赶回来报告说，他在大徐村看到了鲍喜，和鲍喜在一起的还有其他四个人，这些人直接去了大徐村五婶的家。这个队员还看到五婶家里有别的人，不过他不敢靠得太近。他几乎肯定和鲍喜在一起的人是飞行员，他们现在就藏在五婶家里。

　　王粟和秦晋南得到这个消息后，立刻召集队伍，赶往大徐村。没想到正好在路上遇到受伤的运生。

　　王粟发现倒在地上的运生肩膀受伤，立刻让卫生员给运生止住血，包扎好伤口。

　　不一会儿，运生就苏醒过来。

　　"你们是哪一路的？"苏醒过来的运生，第一句话就问王粟和秦晋南。

　　"我们是梁湖大队的。你呢？"卫生员在给运生治疗伤口的时候，发现了他藏在棉衣里的手枪。

　　"舅爷的姑丈姓什么？"运生突然问王粟。

　　"姓章，立早章！"旁边的秦晋南赶忙代替王粟回答。

　　"这就好了。"运生如释重负。然后他将刚才发生的情况以及赵云清他们下一部的行动计划，告诉了王粟和秦晋南，请他们立刻赶去大徐村救援飞行员。

三

　　赵云清等人从五婶家的后门逃出后，很快来到湖边五婶给他们准备的那只船旁。

　　鲍喜让大伙赶紧上船，然后收起船锚，摇起双桨将船划离湖岸，向黑漆漆的湖中驶去。

　　现在暂时安全了，大伙不禁都吁了一口气。

第十七章　营救飞行员

运生发出警报后不知去向，让大伙有些担心。不过，赵云清相信运生已经安全脱身。因为从当时的枪声判断，日本人并没去追他。

鲍喜既熟悉驾船，又熟悉水路。可是船不够大，勉强能够承载七个人，因此行船的速度就比较慢。

他们的船在漆黑的湖中慢慢地向南行，大家换班划桨，轮流休息。

不知过了多久，东方的天空渐渐地露出白色，慢慢地出现朝霞。太阳终于出来了，天晴了。

远远看去，湖面上有很多凋敝残败的荷叶、荷花和叫不出名字的花草。这些水生花草经过春天的孕育、夏季的绽放和秋季的成熟之后，终于在冬季走到生命的尽头。有些花草枝干虽已枯败，却依然顽强地矗立在水面，有些花草枝干已经完全腐败，无力地漂浮在湖面。

透过清澈的湖水，可以看到湖底淤积的烂泥和沉积的水草。

偶尔可以看到一群群的小鱼，在水里游来游去。鱼儿吐出的水泡，在出水破空的瞬间，将清晨的阳光散射成一串串金色的碎片，抛向四周，犹如散落在湖面上的星星。绚丽的朝霞斜照在湖面上，让冬季的满目苍凉，顿时生出七彩斑斓，昭示着大自然正在孕育出新的生机。鱼儿泛起的涟漪，一层层在湖面散开，在阳光的照耀下波光粼粼，犹如镶嵌着七色钻石的彩环。

逃出危险境地后，赵云清他们一直紧绷的神经顿时松弛下来。由于一夜没睡，大家现在已经很困了。没多久，除了划桨的鲍喜和赵云清之外，其他人已经开始东倒西歪地靠在低矮的船沿边打盹。

赵云清赶紧提醒大家不要睡着，坚持到上岸再休息。因为船小人多，睡着的人一不小心就会跌进湖里。

早上9点多钟，赵云清他们终于到达梁子湖的南岸。

上岸后，他们将船锚在岸边，带上武器和干粮，朝南边走去。

如果顺利的话，他们一两天就可以绕过日军占领的通山县城。过了通山县城以后，只要一天就可以进入国军的防区，那时他们就安全了。

赵云清让方仁先和鲍喜在前面探路，他和胡永春以及三名飞行员跟在后面，离方仁先和鲍喜大约一二百米远。如果前面有敌情，方仁先和鲍喜会及时发出警报。

走出不到二里远，方仁先和鲍喜就发现，前面不到一里远的地方出现一队日本兵，大概有二十人左右。这队日本兵正朝着他们这个方向行进。

日本兵肯定也看到了方仁先他们。躲开已经来不及了，迎上去肯定没法脱身。

方仁先让鲍喜发信号，鲍喜立刻打了一个呼哨，通知后面的人。

方仁先和鲍喜商量了一下，决定退回去和赵云清他们汇合，再相机行事。

这队日本兵已经从望远镜里看到方仁先和鲍喜，也看到他们后面的赵云清等人，于是远远地朝他们这边赶过来，准备拦住他们盘问。当日本兵看到方仁先和鲍喜掉头往回走时，顿时心生疑虑，便加快速度追过去，同时大声叫喊着，让方仁先他们停下。

赵云清听到鲍喜发出的警报前，就已经发现前面的日本兵。赵云清决定退回湖里，乘船转移。

可是，已经来不及了。

当赵云清他们转身往回跑时，立刻发现他们的左后方，也就是东北面，出现了另一队日本兵。这队日本兵有十几个人，正向他们包抄过来，离他们只有不到一里远。

四

赵云清立刻大声朝方仁先和鲍喜喊叫，通知他们后面也有日本人包抄过来，让他们向自己靠拢。

情况非常危急，退回湖中已经不可能了。赵云清决定朝西北方向撤离。

不一会儿，方仁先和鲍喜就与赵云清汇合了。

赵云清他们携带的武器包括两支步枪，一支汤姆森冲锋枪，六支手枪和两百多发子弹。其中四支手枪是三名飞行员和鲍喜的。另外，他们还有十几颗手榴弹，可以抵挡一阵子。不过，他们的长枪太少，在野外交战不利。

赵云清带领大家朝西北方向快速奔跑，希望能够摆脱日本兵的追击。

日本兵见赵云清他们想逃走，立刻开枪射击。霎时，一排排子弹劈头盖脑地朝赵云清他们射过来，打在他们身边的泥土里，发出飕飕的声音。

"趴下！"赵云清急忙大声提醒大家。

这里是一片开阔地，有战斗经验的赵云清明白，只有趴下才能躲过日本兵的子弹。

听到赵云清的叫喊声，大家立刻趴在地上。

日本人的火力将赵云清他们压制住，使他们不能站起身来奔跑。

赵云清趴在地上观察了一下四周的地形。四周是一片开阔地，唯一的隐蔽

第十七章　营救飞行员

物就是前面稻田的田埂，这对他们非常不利。于是，他大声命令大家爬到前面的田埂后面，躲避日军的子弹，向日军开枪还击。

赵云清他们被日本兵包围在一片开阔的田野里，动弹不得。日军从南北两个方向慢慢向赵云清他们逼近。

南北两面的日军用旗语协调之后，决定由南面的日军发起进攻，北面的日军负责火力压制，防止赵云清他们逃走。

进攻之前，南北两面的日军首先用掷弹筒朝赵云清他们隐蔽的稻田发射了十多发榴弹。轰，轰，轰……十几发榴弹在赵云清周围的稻田里爆炸，溅起了一片片泥土，好在没有伤到人。

紧接着，南面的日军开始进攻。只见十几个日本兵散开呈进攻队形，向赵云清他们隐蔽的田埂冲过来。

等日本兵冲到只有三四十米远的距离时，赵云清才下令射击。顿时，方仁先和胡永春手里的步枪、赵云清手里的冲锋枪，加上鲍喜和三名飞行员的手枪一起开火，密集的子弹射向冲过来的日本兵。冲在前面的两个日本兵中弹倒下，其他的日本兵立刻趴在地上，向赵云清他们射击。

北面的日军见南面的日军进攻受阻，立刻用火力压制赵云清他们，掩护南面的日本兵进攻。顿时，机枪、步枪和掷弹筒又是一阵猛烈地射击，赵云清他们一时被日本人的火力压制得抬不起头来。

南面的日军乘着北面日军的火力掩护，立刻站起来冲锋。赵云清他们见日军又开始冲锋，手中的武器立刻开火，又一个日本兵中弹倒下，其他的日本兵立刻卧倒在地上，向赵云清他们开枪还击。

赵云清让大家准备好手榴弹，如果日本人靠近，就用手榴弹炸他们。

看到南面的日军进攻受阻，北面的日军开始发动进攻，企图让赵云清他们首尾不能相顾。

赵云清他们同时受到南北两面夹击，压力一下子增大。

面对日军的南北两面夹击，赵云清只能将大家分成两组分头抵抗日军的进攻。

方仁先、胡永春和飞行员高云飞三人一组，负责对付北面的日军。赵云清、鲍喜、飞行员刘建民和肖国栋四人一组，负责对付南面的日军。

方仁先、胡永春和高云飞一边匍匐前进，一边朝日军射击。当他们爬到北面的田埂后面时，发现日军离他们只有几十米远。只见日本兵散开队形，弓着腰，慢慢地朝这边摸过来。

武汉谍战

方仁先让胡永春和高云飞准备好手榴弹。

等日本兵距离不到四十米时,方仁先他们才开火。两支步枪和一支手枪一齐射击,立刻打倒一个日本兵。可是两支步枪和一支手枪的火力实在太弱,其他的日本兵继续朝他们冲过来。

方仁先、胡永春和高云飞见状,立刻朝日本人扔出手榴弹。手榴弹炸死两个日本兵,其余的日本兵赶紧趴在地上,朝他们射击。

见进攻受阻,日军的机枪和掷弹筒立刻朝方仁先他们开火。顿时,密集的机枪子弹和掷弹筒发射的榴弹将方仁先他们打得抬不起头来。

一颗日本人的榴弹落到胡永春身边爆炸。胡永春来不及躲避,被榴弹炸伤右腿,血流不止。

高云飞见胡永春受伤,立刻爬到他身边,将自己棉袄的里衬撕下来,给胡永春包扎伤口。

日本兵乘着火力掩护,再次朝方仁先他们冲过来。方仁先见状,举起步枪不停地朝日本兵射击,接着扔出剩下的最后两颗手榴弹。

轰,轰!两颗手榴弹在日军当中爆炸,立刻阻止住日本人的进攻。

方仁先回头冲着不远处的赵云清大声地喊叫:

"老赵,胡永春受伤,手榴弹用完了,子弹也不多了,我们快要顶不住了!"

"再坚持一下,我想想办法!"赵云清大声回答。

其实,赵云清这边的情况也好不到哪里去。他们的手榴弹已经全部用光,他的冲锋枪子弹也剩下不多,其他人只有手枪,火力太弱。飞行员刘建民臀部被日本人的手榴弹碎片擦伤,不过不碍事儿。

看来今天很难冲出去了,只能战斗到死。赵云清已经下定战死的决心,但他不能强迫大家跟他一起死。他要问问大家,看看有没有不愿意死的。

"兄弟几个,看来今天是出不去了,大家有什么打算?"赵云清大声问大家。

"没说的,我绝不会投降的!"方仁先大声回答。

"怕什么,大家一起死,绝不能投降!"鲍喜也这么说。

"战死为止!我可不想做日本人的俘虏,被他们像狗一样的羞辱之后,再被处死。"肖国栋坚定地说。

"我也是!""我也是!"受伤的胡永春和刘建民也不愿投降。

"老赵,能和大家一起战死,是我高云飞的荣幸!大家给自己留一颗子弹吧。"

"好吧,既然大家都不愿意做俘虏,那我们就一起战死吧!到时候需要帮

第十七章 营救飞行员

忙的，记得吭一声。"

说罢，赵云清抬起冲锋枪朝进攻的日本兵开枪扫射，打倒三个冲在最前面的日本兵。他打完弹夹里的所有子弹，然后扔掉冲锋枪，从腰间拔出手枪，继续向日本兵射击。

另一边，方仁先和高云飞已经打完步枪子弹，现在正用手枪向日本兵射击。他们手枪里的子弹也快打光了。

最后的时刻到了，方仁先将最后一个弹夹推进弹仓，接着拉了一下枪栓将子弹顶上膛，然后对胡永春和高云飞说："兄弟我先走一步！"

说罢，方仁先举起手枪对准自己的太阳穴。

"等等！我们俩都没子弹了，你得先帮我们俩！"高云飞指着自己的心口说。

"对，帮帮我们！给个痛快的！"胡永春恳求方仁先。

此刻，日军已经发现方仁先他们没有子弹了。因此他们从地上爬起来，端着步枪慢慢地向方仁先他们逼近。

方仁先转头看了一眼正在逼近的日本兵，然后朝胡永春和高云飞点点头。他坚定地举起手枪，瞄准胡永春的心口，说："兄弟，到了下面，我们还是好兄弟！"

说罢，方仁先就要扣动扳机。

"等等！"高云飞突然大声阻止方仁先。他听到日本兵身后传来猛烈的枪声。随着枪响，正在向他们围过来的日本兵一个个全倒下了。

方仁先回头一看，知道有人来救他们，急忙放下手枪。

王粟和他的游击队及时赶到了。

幸好日军指挥官判断这伙游击队员里有他们要找的飞行员。为了活捉他们，因此没有全力进攻。否则赵云清他们根本坚持不到王粟的援兵赶来。

昨晚，王粟和秦晋南听完运生报告的情况后，立刻赶往大徐村救援赵云清和飞行员。

当他们到达大徐村时，日本人已经走了。

运生带领王粟来到五婶家，没想到五婶已经死了。

游击队不能久留，必须尽快赶上赵云清和飞行员。因此，王粟决定立刻带着队伍乘船进湖。

王粟带领全中队队员来到湖边，将日本人绑住船只的铁链砸开，然后分乘十多只船，追赶赵云清他们。

武汉谍战

当王粟的船队快要到达南岸时，听到岸上响起激烈的枪声。王粟估计是赵云清遭遇上日军，立刻下令加快划桨速度，尽快赶去支援赵云清。不久王粟的船队就到达南岸。

上岸之后，王粟决定由秦晋南带领一小队攻击北面的日军，自己带领二、三小队从侧翼包抄南边的日军。

秦晋南带着一小队朝北面的日本兵背后冲过去。一阵猛烈的射击之后，突然遭到背后袭击的十来个日本兵死伤大半。剩下的几个日本兵转过身来想要举枪还击，就被冲过去的游击队员们击毙。

与此同时，王粟的两个小队也快速地从侧翼包抄南面的日军，断了日军的退路。

南面的日军顿时陷入游击队的包围之中。

被包围的十来个日本兵在军曹的指挥下，开始向南面突围。只听日军军曹一声令下，所有的日本兵都从地上爬起来，朝南面冲去，企图冲出游击队的包围圈。

可是，游击队人多势众，火力比赵云清他们强十倍。没等日本兵冲出几步，只听一阵密集的机枪和步枪射击声，十来个冲锋的日本兵一下子被打死打伤七八个。剩下的几个日本兵只好再次趴在地上，不敢继续突围。

游击队开始收缩包围圈，并大声命令日本兵放下武器投降。

日本兵虽然听不懂中国话，但他们明白游击队喊话是要他们投降。

可是几个日本兵不听游击队的命令，继续顽抗。

王粟命令机枪压制住日本兵，然后让队员们朝日本兵投掷手榴弹。

轰，轰，轰……手榴弹接连在日军身边爆炸，几个日本兵死的死，伤的伤，顿时失去抵抗。

见日本兵失去抵抗，队员们端着枪朝日本兵围过去。

其中一个队员发现一个日本兵受伤倒在地上，便弯下腰想去救这个日本兵。没想到这个日本兵拉响身上的手榴弹。

轰的一声，手榴弹爆炸了。日本兵和准备救他的游击队员都被炸死。

其他队员见同伴被炸死，愤怒之下，将另外一个受伤的日本兵乱枪打死。

王粟的一中队自从上次袭击日军的运输队后，武器得到部分更新，弹药充足，而且士气大大提高。王粟乘机加强部队的训练和纪律，使部队的战斗力得到很大的提高。今天的一次冲击，就将日军三十多人打垮，比上次打运输队时强多了。

第十七章　营救飞行员

赵云清等人有一种死里逃生的感觉。

赵云清在人群中看到了运生。

运生的肩膀上吊着绷带，看来是受伤了。他正和另外两个人向赵云清走过来。

赵云清赶忙迎上去。

"赵老板，这是梁湖大队一中队的王队长。这是秦老板。"运生指着王粟和秦晋南对赵云清介绍。

"王队长、秦老板，感谢救命之恩！"赵云清抱拳拱手，表示感谢。

"赵老板不必客气，这是我们应尽之责，一致抗日嘛！"王粟客气地回答。

"运生，你受伤了？"赵云清关心地问运生。

"是的，肩膀给子弹穿了一个洞，不过没伤着骨头。王队长的人已经给我处理了伤口，没事了。"

"王队长，我还有两个人受伤，请你的人帮忙给他们包扎一下。"见王粟是一个痛快人，赵云清也就不客气了，指着受伤的胡永春和刘建民对王粟说。

"去叫小盛过来，给他们包扎一下。"王粟对身边的一个队员说。

运生告诉赵云清等人五婶被日军杀害的经过，大家听了之后都很愤怒，发誓为五婶报仇。

王粟和秦晋南已经从运生那里了解到赵云清的行动计划，觉得此计划不错。不过，从这里到通山，都是日军占领区，说不定还会遭遇到日军。

王粟和赵云清都认为此地不能久留，日军随时会来。因此他们让卫生员小盛带领运生、胡永春及其他受伤较重的伤员返回涂家垴梁湖大队驻地，他们自己则率领其余游击队员护送三名飞行员去第九战区。

临出发前，赵云清将运生叫到身边，嘱咐运生尽快将目前的情况通知豹澥联络站的老薛，让老薛通过电台报告武汉区长李国盛。

小盛带领伤员们离开后，王粟立刻带领队伍出发，护送三个飞行员朝通山县城方向前进。

第十八章　打入军统

一

李国盛内心深处是孤独的，有时甚至充满彷徨和恐惧。

自从被夏博开除党籍和军籍，赶出湘鄂西根据地之后，他就与妻儿断绝了联系，从此杳无音讯。他在一夜之间失去亲人、朋友和同志。这对他来说太残酷了。

他也弄不清楚，自己现在到底是个什么角色。表面上他是共产党的叛徒，现在为国民党工作，但他内心深处依然明白自己是共产党，而不是国民党。

加入南昌行营调查科的时候，他的前提条件就是他不会出卖他以前的同事。这一点不但没有被想笼络他的上司斥责，反而被认为是一种忠义的品德受到赏识。虽然他没有做过对不起共产党的事，但在别人眼里，特别是在共产党人眼里，他是一个背叛组织和信仰的叛徒。

抗战爆发后，国共再度合作，李国盛曾经因为工作的关系，与共产党的高级官员李天驰有过联系。当时他试探过李天驰，但是没有结果。

难道夏博死了之后，就没别的人知道自己的真实身份吗？难道夏博没有留下任何文字记录吗？李国盛无数次地问苍天。

被开除党籍和军籍，然后逐出根据地，勉强保住性命。这在所有人看来，

第十八章 打入军统

李国盛肯定对共产党充满了愤怒和失望。失望之极的李国盛在走投无路的情况下，经留苏同学的介绍，加入国民党南昌行营调查科，是再自然不过的事情了。就这样，李国盛顺利地打入国民党情报机关。这是夏博和李国盛当年的苦肉计，这也是李国盛和夏博之间的秘密。

没想到夏博在红军长征途中，掉进河里淹死了。

掌握秘密的人死了，并且将这个秘密带进坟墓。

夏博为了李国盛的安全，从来没有将这个秘密透露给其他人。他要让李国盛在国民党情报部门深深地潜伏下来，使李国盛成为他的最后一张王牌。在李国盛打入南昌行营调查科之后不久，湘鄂西红军在第四次反围剿中失去了湘鄂西根据地，斗争形势变得十分恶劣。即使是在这么困难的局面下，直到在长征中淹死，夏博都没有和李国盛联系过。也许他认为还不到启用李国盛的时机，可李国盛就这样和组织失去联系。

难道就因为一次偶然的意外事故，就让李国盛失去他所拥有的一切，包括他自己吗？

一直以来，支撑着李国盛的，是一种信念。他相信一定会有人帮他解开这个秘密，这个人一定会出现。

他近来常常做同样一个梦。在梦里，他先是被共产党枪毙，然后又被国民党枪毙，最后再被日本人枪毙。每次他都会被这个噩梦吓醒，不是因为被枪毙，而是因为被枪毙之后，他们掩埋他的尸体时，天边传来的恐怖声音：

"你这个叛徒！"

他每次都被这个恐怖的声音吓醒。每次吓醒后他都会问自己，天边的那个声音到底说他是谁的叛徒呢？他没能找到答案！

李国盛现在为军统工作，深受国民党和军统局信任；但他还是希望自己是在为共产党工作，这是永远不会改变的。

抗战爆发后，国共再度合作，组成抗日统一战线。国共两党目前的目标是一致的，就是打败日本人。他们为了实现这个目标，现在做着同样的事情。李国盛现在不论是为国民党工作还是为共产党工作，其实没有什么本质的差别，至少目前是这样。这对他多少是个安慰。

具有讽刺意味的是，李国盛的内心也有一个秘密。

他在日本陆军士官学校留学时，秘密发展了一个日本同学入党。鉴于当时的特殊环境，整个大阪支部只有他和老张两个人知道这个秘密。老张回国后不

武汉谍战

久就在广州起义时牺牲，李国盛当时就在老张的身边。

　　李国盛曾经向组织汇报过这个日本同学的情况。可是鉴于当时的形势，组织上不可能与这个日本人取得联系。更何况这个日本人当时对组织没什么实际意义，所以组织上没有考虑过和这个日本人取得联系。李国盛也一样，没有再提起这个日本人。

　　可现在这个日本人出现了——他就是日军华中派遣军司令部作战部第二课课长冈本矢一。

　　李国盛在南京执行"黄雀行动"时，就发现冈本矢一在华中派遣军司令部作战部担任第二课课长，是"黄雀行动"中被监视的三个日本军官之一。但李国盛没有将这个发现告诉任何人。

　　回到武汉后，李国盛常常会想起冈本矢一。每当这个时候，李国盛都会问自己，过了这么多年，冈本矢一还会坚持自己的信仰吗？与组织失去联系这么多年之后，冈本矢一还愿意恢复组织关系吗？李国盛无法回答自己的问题，他心里对冈本矢一没有一点把握。这些年来，不知道有多少中共党员主动脱离或者背叛组织，何况一个日本籍党员。

　　现在，华中派遣军司令部已经进驻武汉，就在原来的盐业银行大楼。

　　李国盛曾暗中观察过，亲眼看到冈本矢一从司令部里面走出来。

　　李国盛很想去试探一下冈本矢一，弄清楚他现在的真实身份，顺便看看能不能通过他弄清楚"黄雀行动"的全部内容。当然，他希望冈本矢一仍然保持着共产党员的信念，为他提供日军情报。

　　可是用什么身份去试探冈本矢一呢？李国盛又回到那个令他绝望的身份认同问题。

　　到现在为止，李国盛还不知道"黄雀行动"的全部内容。但他始终认为，如此兴师动众的一个行动，绝对不是去监视并除掉一个日本军官，然后在报纸上宣传此军官投诚那么简单。

　　这个行动的真正目的是什么呢？李国盛很想知道。

　　李国盛不可能去问戴笠。不该他知道的绝对不能知道，这是情报工作的纪律。

　　可是，就算李国盛弄清楚"黄雀行动"的全部内容又有什么用呢？就算发现了戴笠的秘密，李国盛又能告诉谁呢？没有人可以告诉。

　　即便如此，李国盛还是决定找机会去见一见冈本矢一。

　　梁问天走进李国盛的办公室，将一份密电交给李国盛，打断了李国盛的沉思。

　　李国盛看完密电后，脸上露出笑容。

第十八章　打入军统

他兴奋地对梁问天说：

"赵云清已经找到三名被击落的飞行员，现在正和共产党游击队梁湖大队护送三名飞行员前往第九战区司令部所在地长沙。立刻将此密电转发给重庆总部，请求总部通知沿途部队接应。"

几天前，宋岳也发回密电报告李国盛，他们从汉奸手里救出两名飞行员，正配合鄂东游击总队第四大队将两名飞行员送往第五战区司令部所在地樊城。

现在，五名被击落的飞行员都获救了，这让李国盛感到高兴。

二

吴应天得到军统武汉区刺杀计国桢的情报后，刚开始时有些犹豫，但最后还是决定将此情报发送给总部，因为这个情报的诱惑太大了。于是，他将情报写在一张纸上，当天晚上送到指定的情报藏匿地点。

三浦太郎派出的联络员在指定的情报藏匿地点取回吴应天的情报后，立刻通过电台将情报发给汉口的三浦太郎。

晚上十点，三浦诊所二楼的房间里还亮着灯。原田美香正在收报，三浦太郎坐在旁边陪她。

电报接收完毕后，原田美香将抄收的电文按照密码本译好，交给三浦太郎。

三浦太郎看了电文后，显得非常高兴。他将电文放进衣服的口袋里，让原田美香收起电台。

原田美香关掉电台的电源，将电台和天线收好后放进衣柜里面。

三浦医生走过去，搂住原田美香的肩膀。原田美香会心地一笑，两人相拥走出房间，来到对面三浦医生的卧室。

进门后，三浦医生顺手将房门关上。

两人来到床边。三浦医生搂住原田美香，开始吻她。

原田美香顺势躺在床上，三浦医生伏在她身边，吻着她的香唇，抚摸她那对高耸雪白、柔嫩又富有弹性的奶子和她细嫩光滑的身体，原田开始微微地娇喘……

原田美香小姐几年前被日军情报部门派往汉口，担任三浦太郎的助手兼报务员。她和三浦太郎医生除了工作关系之外，慢慢地产生了男女之情，这也是日军情报机关当初安排原田美香到三浦太郎身边工作的本意。

武汉谍战

第二天早上，三浦太郎将昨晚收到的情报亲自转交给华中派遣军司令部情报课长岩田正隆。

岩田正隆看了情报之后，马上通知陆军汉口特务部长森冈皋和汉口宪兵队长五十岚翠，请他们两人到他的办公室。

森冈皋和五十岚翠到达岩田正隆的办公室后，三人讨论了如何根据这份情报采取行动。

刚开始，他们讨论的重点是如何阻止军统刺杀计国桢。

后来，岩田正隆指出，仅仅利用这个情报阻止军统对计国桢的刺杀，似乎没有充分利用这份情报的价值。他建议利用这个情报，派人渗透进军统武汉区，全面掌握该组织的情况，然后将其一网打尽，以绝后患。

森冈皋和五十岚翠听了岩田正隆的建议后，觉得他的这个想法非常有创意，成功的可能性很高。于是，他们讨论了各种具体的设想。最后，他们决定由宪兵队派出特工渗透到军统武汉区。很快，宪兵队按照要求制订出一个详细计划。

几天后，就发生了码头上袭击计国桢的那一幕。宪兵队通过姓文的特工发现并成功跟踪了邝亦峡和司机小应。

岩田正隆、森冈皋和五十岚翠对此非常满意，他们希望沿着邝亦峡和小应这条线索，发现更多军统武汉区人员。

三

"对狙击手和司机的监视，有没有发现新的线索？他们属于哪个组织？"五十岚翠问站在桌子对面的伍岛茂。

"目前还没有发现任何新的线索。不过文先生通过与狙击手的接触，逐步取得了他的信任。狙击手叫邝亦峡，是军统的人。"伍岛茂回答。

"以你的判断，文先生有可能乘机打入武汉军统组织内部吗？"

"很难说。"

"很难说？你可以说得详细一点吗？"

"是。根据目前对邝亦峡和司机的跟踪与监视，我有一个感觉，军统已经切断了与他们二人的联系。军统似乎已经察觉到什么。"

"嗯？军统有这么敏感？"

"是的。自从刺杀计国桢以后，我们对狙击手邝亦峡和接应他的司机采取了严密的跟踪和监视，可并没有发现他们接触过任何可疑的人。据我们的监视人员报告，这两人好像去找过他们的联络人。可从当时的情况看，他们的联络人似乎全都消失了。这个情况让邝亦峡和那名司机看起来也有些措手不及，使他们感到惊慌失措。基于上述情况判断，我认为军统已经察觉到他们暴露，因此切断了与他们的联络。"

五十岚翠听完伍岛茂的分析，没有再说什么。他站身起来，在办公室一边来回踱着步，一边思考着。

了解这个计划内容的只有五十岚翠、森冈皋、岩田正隆、伍岛茂和几名执行该计划的相关人员，计划不可能这么快就被泄露出去。想到这里，五十岚翠对伍岛茂说：

"进一步证实军统武汉区是否真的切断与邝亦峡和那个司机的联系。如果是真的，必须立刻逮捕他们，否则他们有可能逃走；另外，我们的特工小文目前处在危险当中，必须严密保护他的安全。"

"是！"伍岛茂大声回答。

四

邝亦峡近来感觉到危险正在向他逼近。

自从刺杀计国桢的行动被那个自称小文的人弄砸之后，他敏感地察觉到组织上已经切断和他的联系。

按照计划，组织上应该在他执行刺杀任务后的第二天与他联系。可直到今天为止，一个多星期已经过去，没有任何人与他联系，这一点很不寻常。

大年初二下午，邝亦峡提着礼物，假装去给朋友拜年，来到汉口组紧急联络点，试图与组织取得联系。让他感到意外的是，紧急联络点已经撤离了。

看来组织是有意和他切断联系。他明白这意味着什么。

邝亦峡怀着忐忑不安的心情往回走。当他走到他家附近的汉景街时，无意中遇见小文。

邝亦峡热情地请小文到他家坐坐。

邝亦峡的家在汉口四维路附近的四维小巷，是一个小文具店。前面是店面，后面是睡觉的房间，非常小。

他们两人这次谈得比较投机。

小文告诉邝亦峡，他和他的两个同学组成锄奸组，目标是除掉为日本人做

武汉谍战

事的大汉奸。刺杀计国桢是他们的第一次行动。本来，在他刺杀计国桢时，他的两个同学应该负责掩护他撤退。没想到他的两个同学临阵退缩，反而是邝亦峡救了他。他对两个临阵脱逃的同学非常失望，决定不再和他们来往。他表示今后会一个人继续从事锄奸工作。

邝亦峡见小文如此坚决，就告诉小文，其实他不必单枪匹马地干，他可以加入邝亦峡的组织军统武汉区，和他们一起打击日本人。

小文听了非常高兴，立刻表示迫切希望加入军统。

邝亦峡告诉小文，他会向组织汇报小文的决心和表现，请求组织批准小文加入。

其实，与小文在街上无意中重逢的那一刻，邝亦峡几乎能够肯定，小文是日本人的奸细，自己已经暴露。

明白自己身处险境，虽然让邝亦峡感觉到害怕，但他仍然强迫自己冷静下来思考对策。

他决定先稳住小文，让小文认为自己并没有察觉已经暴露，为自己争取时间和机会逃走。他希望组织上能够在暗中帮助他。

后来，小文又来找了邝亦峡两次，每次看起来都只是随便和他聊天，顺便问邝亦峡组织上是否批准他加入军统的请求。邝亦峡每次都告诉小文说自己还没有来得及向组织报告。

五

今天是大年初八，邝亦峡的文具店早上开门营业。

邝亦峡坐在店堂的柜台里面，想着如何脱身。

从他坐的地方虽然看不到，但他可以肯定他的房子前后，布满了监视他的日本特务和宪兵。一旦他有任何异动，他们肯定会从隐蔽的地方冲出来逮捕他。

这时，一辆汽车在邝亦峡的文具店门前缓缓停下。

一个人从车上下来，走进邝亦峡的文具店。

邝亦峡仔细一看，这人是接应他的司机小应。

"你怎么知道我在这里？你来干什么？"邝亦峡一边说，一边假装迎接顾客。

"上面通知我，你和我都已暴露，让我们自行撤退。"小应急切地回答。

"自行撤退？上面会在暗中接应我们吗？"邝亦峡焦急地问小应。

"上面只是说尽力在暗中接应我们。"

第十八章　打入军统

"我明白了。组织上切断和我们的联系，就不可能再采取行动援救我们。如果组织采取行动救援我们，那么组织暴露的危险性就会更大。现在只能靠我们自己。我这里已经被日本人监视，很难撤退。你那里呢？"邝亦峡急切地问小应。

"我那里也被监视了。刚才还有汽车跟踪我到你这里。"

"明白了。"邝亦峡叹了口气。

"我来找你，就是想和你商量怎么逃走。"

小应希望邝亦峡不要放弃。

"你打算什么时候行动？"邝亦峡冷静了一下，然后问小应。

"现在就行动！往汉口北面走，看看能不能逃出去。我开车来，就是为了方便逃走！"小应回答。

"好吧，你等我一下。"

说完，邝亦峡转身进了后面的房间。不一会儿，他从里面出来，手里提着一个麻袋。

"你带枪了吗？麻袋里有手枪和手榴弹。"邝亦峡说。

"我身上有枪。"

邝亦峡提着麻袋跟着小应走出文具店，二人上了停在门前的汽车。

小应发动引擎，开车朝汉景街（注：中山大道一元路至陈怀民路段）驶去。小应的汽车刚开出不远，他们就发现后面有两辆汽车在跟着。

当小应的汽车开到距离汉景街大约六七十米时，前面的路口突然出现两辆汽车，拦住去路。

小应停下车。

他借着后视镜看了看后面，发现跟踪他们的两辆汽车也停下了，离他们有五六十米远。

他苦笑着对邝亦峡说："前后夹击！今天看来真的出不去了。"

"我看到了！"

说罢，邝亦峡打开麻袋，从里面拿出一支手枪和三颗手榴弹。他递给小应一颗手榴弹，将另外两颗手榴弹放进自己的棉袄口袋里，然后拉动手枪的枪栓，将子弹上膛。

"下车！"

说完，邝亦峡推开车门下车，并伸手拉开汽车后座的车门，躬身藏在汽车的前后门之间。

武汉谍戏

　　小应从腰间拔出手枪，打开驾驶室的门，也从汽车上下来。

　　前后堵截的汽车上，下来几个穿着便衣的日军特工和宪兵队员，他们以汽车作为掩护，举着枪，瞄准邝亦峡和小应。前面拦截他们的人当中，其中一个就是小文。

　　"投降吧，邝大哥。你们跑不掉了！抵抗是没有意义的！"小文大声地劝邝亦峡和小应投降。

　　巷子里的行人见此情形，吓得一哄而散，有的沿着巷子跑掉，有的躲进旁边的店铺。两边的店铺也都赶紧关上店门，担心受连累。

　　"要是有一支步枪就好了，我会敲碎他的脑袋！"邝亦峡对汽车另一边的小应说。

　　"掀开后坐垫，你的K98狙击步枪在里面。"小应对邝亦峡说。

　　邝亦峡照小应的话掀开后坐垫，里面果然是自己的K98狙击步枪，旁边还有一匣子弹。他取出步枪，将子弹上膛，然后端起枪，从车门后面瞄准六十米开外小文的脑袋。

　　小文还在继续劝他们投降，邝亦峡扣动了扳机。

　　"砰"！

　　小文的前额中弹，仰面倒下。

　　见邝亦峡开枪，前后围堵的日军特工和宪兵队员立刻朝邝亦峡和小应射击，子弹打在他们的汽车上乒乓直响。

　　这条巷子里的一间三层楼房子里面，唐新站在窗前，看着巷子里的枪战，李国盛的机要秘书梁问天站在他旁边；另外一扇窗口前，是行动组队员杜兴城和狙击手华相成，他们两人正端着步枪，瞄准巷子两头的日本兵。

　　他们在等着唐新的命令。

　　邝亦峡和小应继续开枪还击。

　　邝亦峡狙击步枪的子弹很快打光。他扔下步枪，掏出手枪继续朝敌人射击。

　　此刻，前后的日本宪兵开始借助巷子两边的门洞和墙柱做掩护，沿着巷子向邝亦峡和小应逼近。

　　这些日本宪兵一边逼近，一边朝邝亦峡和小应开枪，引诱他们还击，消耗他们的子弹。

　　日军的目的显然是要活捉邝亦峡和小应。

　　邝亦峡和小应识破日本人的诡计，因此下了必死的决心。

第十八章 打入军统

小应从藏身的汽车门后面走出来，举起手枪，一边朝前面的日军宪兵冲过去，一边开枪射击。

正在逼近的日军宪兵见状，顾不得抓活的，立刻朝小应开枪。

小应身中数弹，倒下了。

几名日军宪兵见小应倒下，立刻围上去想要活捉小应。

当日军宪兵走到跟前时，小应拉响了手里的手榴弹。

轰的一声，手榴弹爆炸了。

小应与几名日军宪兵同归于尽。

邝亦峡听到爆炸声，便回头看了看，知道小应已经牺牲。他继续朝逼近的日军宪兵和特工开枪射击，敌人在他的枪口下一个接一个地倒下。

没多久，邝亦峡的子弹打光了。

日本宪兵发现邝亦峡没有子弹了，便从隐蔽物后面走出来，慢慢向他逼近。

邝亦峡朝逼近的日本宪兵接连扔出两颗手榴弹，炸死几名日本宪兵。

唐新根据李国盛的命令，已经在这里隐蔽观察四天了。

李国盛给他的命令很明确，只能暗中协助，绝不能直接去救援，否则军统武汉区会面临更大的危险。李国盛还特别强调，这是情报工作的原则，不能感情用事。

唐新和大家亲眼看到小应拉响手榴弹和日军同归于尽，心如刀割。

现在邝亦峡子弹打光，随时会被日军宪兵活捉。

面对眼前的局面，唐新迅速作出判断。即使他们现在出手援救邝亦峡，也不可能将他救出。一旦出手救援，日军会很快包围这里并封锁周围街道，到时唐新他们自己将很难脱身。如果他们当中有任何人被捕的话，军统武汉区就会面临巨大的危险。

想到这里，唐新对大家说：“放弃行动，准备撤退！”

"准备撤退？那邝亦峡怎么办？"杜兴城不舍地问唐新。

"我们的任务是暗中协助，而不是直接救援。你看看我们现在处的位置，一旦暴露，我们也出不去。这样不光救不了他们，我们自己也会搭进去！执行命令！"

"是！"虽然不舍，但是华相成和杜兴城只能执行命令。

邝亦峡从口袋里掏出一颗子弹，这是他为自己留的最后一颗子弹。他将子弹压进手枪的空弹夹，将弹夹推进弹仓，然后拉动枪机将子弹上膛。

武汉谍战

他从车门后站起身来，举起手枪对准自己的太阳穴，脸上带着鄙夷的微笑看着向他逼近的日军宪兵和特工。

日军宪兵和特工见状，不由得全都停下脚步。

其中一名会中国话的特工赶忙大声对邝亦峡喊话，作最后的努力。

"勇敢的年轻人，你已经做了一名勇士该做的一切。不要自走绝路，生命是宝贵的，放下枪投降吧！皇军会优待你的。"

"帮我照顾我老娘！"

邝亦峡突然仰天大叫，说罢，他扣动了扳机。

砰！

邝亦峡手中的枪响了。子弹射穿他的头，他倒下了。

这是唐新和梁问天等人看到的最后情形。

刚刚赶到现场的伍岛茂和重藤宪文也看到了这最后一幕。

由于一系列行动的失败，五十岚翠不久之后就被华中派遣军司令部撤职，汉口宪兵队长的职务由美座时成大佐接任。

第十九章　故友重逢

一

　　李国盛沿着河街来到武汉海关大楼，也就是武汉人俗称的江汉关钟楼前。时间还早，他信步穿过马路，来到武汉海关大楼马路对面的江滩。

　　长江上游弋的轮船和轮船上的桅灯，让他觉得很遥远。对岸的武昌黄鹄矶上，矗立着的奥略楼已经点燃灯火，在傍晚的微暗中，透过江面上蒙蒙的雾霭时隐时现，宛如天边的海市蜃楼。滔滔的江水，带着沉积的泥沙，滚滚向东流去，最后汇入大海，犹如过往人生。

　　江汉关大楼的钟刚刚敲响了六点的钟声。这浑厚的钟声，回荡在长江两岸、汉水之滨，缭绕在武汉三镇的上空，久久不愿散去。武汉三镇的人们，已经将这钟声视为祥和的象征。

　　这钟声曾经是那样的安详，那样的平和，那样的浑厚，让每个人都能从中感受到平实、厚重和宽容。入夜，那钟声像慈祥母亲的摇篮曲，伴随着幼童安详地睡去；清晨，那钟声又像是威严父亲的催促声，唤醒睡梦中的莘莘学子起来晨读。

　　这钟声唤醒了李国盛的记忆，让他感到无限的惆怅。

　　这钟声曾经送别一个满怀报国之志，誓言拯救万民于水火的爱国青年，

武汉谍战

东渡日本，西去苏俄，寻求救国方略。每当他年轻的心在异国他乡感到孤寂的时候，正是萦绕在耳畔的钟声像父母的嘱托一样，慰藉他的心灵，抚平他的乡愁，伴他度过春夏秋冬。

今天，李国盛似乎从钟声里听出异样的声音。这浑厚的钟声略带有一丝破碎、一丝嘶哑、一丝哀鸣甚至是一丝肃杀。

前几天，他的两个手下，邝亦峡和小应牺牲了。

他很自责。

可战争是无情的，他不能因为他们两个人而将他领导的军统武汉区全体人员置于危险之中。换了是他自己，他也会要求别人这样做。当他听唐新和梁问天描述邝亦峡和小应牺牲的情景时，他强压住自己的悲愤，脸上没有流露出任何表情。现在，这钟声让他想起了邝亦峡和小应，他的眼睛湿润了。他赶紧掏出手绢，擦了擦眼里的泪水。

李国盛看了看手表，时间差不多了。他离开江滩，穿过马路，经过江汉关大楼，朝江汉路走去。

华灯初上的江汉路，人来人往。因为过年而歇业的商店，已经陆陆续续开门营业。

由于日军的占领，很多工厂、公司和商铺撤离武汉，迁往重庆；另外一些则停止营业，造成武汉百业萧条。

江汉路的商业也受到很大程度的影响，失去了昔日的繁荣。即便如此，这条街道上依然充满了浓厚的商业气息。街道两边商铺变换闪耀着的霓虹灯，让街道看起来五光十色；琳琅满目的商店，用各种方式招揽着顾客。

李国盛没有闲心去欣赏江汉路华灯初上的街景，他穿过两旁喧嚣的商店和繁杂的人流，来到一家名叫千叶菊的日本料理店。

料理店大门两边的上方，向人行道伸出的两根横杆上，挂着两个白色的灯笼，灯笼的灯光，印出灯笼上的三个黑色字"千叶菊"。门的正上方，是一个由红蓝灯照射着的黑底招牌，招牌上镂刻着"千叶菊"三个烫金字。

李国盛推门走进料理店。一个年轻的日本女侍者向他鞠躬问候，然后领着他来到一个摆了一张小桌子的榻榻米边。

李国盛脱掉鞋，走上榻榻米在小桌子边坐下，严格地说他是跪坐着。

李国盛要了一壶清酒、一道寿司、一道刺身。然后开始慢慢地喝酒。

李国盛一边喝酒，一边观察着店里面的情况。此时店里客人不多，多数桌子都空着。

第十九章　故友重逢

李国盛已经看到了冈本矢一。

冈本矢一身着便装，坐在一个靠近角落的榻榻米上，也是一个人在喝酒。按照平常的时间推算，冈本矢一到这里应该有十至十五分钟了。

李国盛走到冈本矢一的榻榻米边，冈本矢一才注意到他。

冈本矢一抬起头看了李国盛一眼，友好地问李国盛想不想坐下来一起喝一杯。显然，他没有认出李国盛。

李国盛说了句"谢谢"，然后在冈本的对面坐下。

李国盛把女侍者叫过来，请她帮忙把他桌上的清酒和料理端到这边来。女侍者按照吩咐，将李国盛的清酒和料理端过来，放在桌上。

李国盛拿起酒壶，往冈本和自己的酒杯斟满酒。两人举起酒杯，说了句"干杯"，将杯里的酒一饮而尽。

"冈本先生，你还记得我吗？"

李国盛一边往喝空的酒杯里倒酒，一边问冈本。

冈本这才仔细打量李国盛。突然，他认出眼前的这个人是李人伊，不禁大吃一惊。李人伊是李国盛在日本时的化名。

十年没见，李人伊除了多出两撇八字胡外，其他看起来没什么变化。

"是你呀，李人伊。"说着，冈本情不自禁地握住李国盛的双手，"你好吗？李先生。"

"我很好。你呢，冈本先生？"李国盛客气地问。

"我也很好，见到你真是太高兴了！"

"我也很高兴，冈本先生！刚才我在对面桌子看到你，马上就认出你来。你还是那么年轻，一点都没变。"

"你也没变。真是太巧了，你也常常来这里吃寿司？"

"不是经常来。不过今天真的是太幸运了，居然在这里遇见你，冈本先生。你怎么会在这里呢？"

"我在日本陆军华中派遣军司令部工作，少佐军衔。"

"华中派遣军司令部？我知道那地方。现在都少佐了，年轻有为呀！恭喜，恭喜！"

二人边喝酒，边回忆在日本陆军士官学校的岁月。他们也谈到毕业后各自的经历，都是些无关紧要的话题。

李国盛今天找冈本可不是来叙旧的，他必须将谈话转入正题。他压低声音问冈本矢一：

"冈本先生，你和中共还保持有联系吗？"

"喔，你问这个呀。呵呵，没有联系了。我那时候年轻、激进，受你的影响，所以加入了中国共产党。不过，我应该早就自动脱党了，对吗？"

"入党时的誓言呢，你都忘了？"

"我说了那是我年轻时的冲动，过了这么多年，我早就忘记了。"冈本说完，冲着李国盛挤挤眼，然后想起什么来，问李国盛，"对了，你呢？你还是共产党吗？"

"我？我也不是了，我被他们开除了。"李国盛尴尬地说。

"开除？为什么被开除？"冈本矢一有点好奇。

"一言难尽啊！还是说点别的吧。"李国盛不想再说这个话题。

"你现在做什么工作呢？"见李国盛有点为难，冈本矢一换了一个话题。

"我现在从事贸易工作。我开了一家公司，叫做恒泰商行，就在汉口法租界里面。"

"哪方面的贸易？"

"猪鬃、桐油和棉花出口，总之是进出口贸易。"

"这可是热门生意啊，特别是在战时。"

"嗯，是的，需要军方的许可证才能从事这方面的贸易。"

"你给我留一张名片，说不定我可能会帮到你。"

李国盛有点犹豫要不要给冈本矢一名片。不过，他很快就决定给冈本矢一名片。他从钱包里拿出一张名片，递给冈本矢一，"冈本先生，这是我的名片，我现在改名叫李国盛。请你把你的电话号码留给我，我们好相互联系。"

冈本矢一将自己的电话号码给李国盛。

李国盛和冈本矢一又聊了很久。见时间不早了，他们才起身离开料理店。二人相互道别后，各自走了。

二

虽然和冈本矢一见了一面，但李国盛还是拿不定冈本现在的真实身份。

冈本矢一说他脱离了党，这一点李国盛还是比较相信的。

根据李国盛的了解，直到他被驱逐出湘鄂西根据地，党组织从来没有和冈本矢一联系过。真正让李国盛对冈本矢一身份产生怀疑的原因，是黄雀行动。

为什么冈本矢一是黄雀行动中被监视的三个日本军官之一呢？杀掉那个石

第十九章　故友重逢

原光夫又是为什么呢？为什么戴笠让我给石原光夫打那个奇怪的电话呢？后来刊登石原光夫的照片以及宣传他投诚的报道又是为什么呢？李国盛的大脑产生了一连串的疑问。

李国盛认为弄清楚这些问题，冈本矢一的真实身份自然而然地就清楚了。

不过，李国盛马上又陷入了迷茫。

弄清楚冈本矢一的真实身份又有什么用呢？如果冈本矢一现在和党保持着联系，他绝不会告诉李国盛；如果他脱离了党，李国盛去找他就更没有意义。

想到这里，李国盛甚至有点后悔自己去见冈本矢一。但他的潜意识固执地坚持要弄清楚冈本矢一现在的真实身份。

叮叮叮，桌上的电话响了，李国盛接起电话：

"喂？"

"喂，我是冈本矢一，你是李人伊先生吗？"

"我是。冈本先生，你好！以后叫我李国盛吧。"

"好吧，李国盛，我接到一个邀请，是汉口日信洋行发给我的。他们邀请我参加一个酒会，是一个在汉口的日本商人的酒会。本来我不想去的，不过我认为，如果你去参加这个酒会，对你的生意可能会有帮助，所以，如果你愿意去的话，我陪你一起去。你认为怎么样？"冈本问李国盛。

"喔，这样啊，我当然愿意去。酒会什么时间举行？"李国盛问。

"后天下午6点，地点在江汉路日信洋行大楼。"冈本告诉李国盛。

"好的，我一定去。我们5点45在日信洋行大楼门口见，可以吗？"李国盛爽快地答应了。

"好的，后天晚上见！"冈本最后说。

"再见！"李国盛挂上电话。

李国盛没想到冈本这么快就会主动和自己联系。他不清楚冈本邀请他参加这个酒会只是正常的朋友之间的交往呢，还是另有目的。去参加这个酒会，李国盛可以认识一些重要的人物，说不定对今后的情报工作有利；而且，多和冈本联系，对于了解他的真实身份肯定会有帮助。不管他出于什么目的，李国盛决定利用这次酒会，好好地观察一下冈本。

武汉谍战

三

冈本矢一在千叶菊料理店见到李人伊（李国盛）时，确实非常惊讶。他不敢相信事情这么巧合。

李人伊的出现，不禁勾起了冈本矢一脑海中的记忆。

冈本矢一发现夏文远的秘密之前不久，他遇到的另外一件事情，对他来说是他生命中一个重要的转折点。

有一天，冈本矢一的天津公馆来了一个人。

这个人自称姓胡，说有重要事情找冈本矢一，要求冈本矢一出去单独谈。

冈本矢一答应了。

冈本矢一和胡先生来到一个僻静的茶楼，这里没有人打扰，说话很方便。

在茶楼坐定后，胡先生突然说出多年以前李国盛和冈本矢一约定的联络暗号，让冈本矢一简直不敢相信。

暗号对上后，胡先生自我介绍说他是中共党组织派来与冈本矢一接头的联络员。

冈本矢一听了胡先生的话之后非常激动。过了这么多年，党组织一直没有忘记他！他又找到党组织。

胡先生告诉冈本矢一，他的入党介绍人李人伊和老张回国后，向组织汇报了他的情况，组织上非常重视他这个日本籍的中共党员。但由于没有机会和他联系，因此一直耽误到现在。

胡先生还告诉冈本矢一，老张于1927年牺牲，李人伊的情况他不清楚，不便多说。

冈本矢一怀着激动的心情告诉胡先生，他从中学开始就对中国文化很感兴趣，从那时起，他就开始学习中文，想要更多地了解中国。后来他在陆军士官学校认识了中共大阪支部的李人伊。经过李人伊介绍，他加入了中国共产党。自从入党后，他一直希望能够来中国为党工作。

1931年，日本军方派遣冈本矢一到东北满洲国关东军情报课任职，他非常高兴。

到中国以后，冈本矢一就开始试着寻找党组织。可是由于不能公开地去寻找，因此一直都没有和党组织联系上。不过，他一直没有放弃自己作为一名共产党员的信仰，并希望能为党做工作。

第十九章 故友重逢

冈本矢一告诉胡先生他现在是关东军情报课军官。他到天津的目的，是负责煽动和策反中国军队中不满蒋介石的各地方派系，鼓动他们宣布脱离蒋介石政府，或者发动反对蒋介石的战争，削弱蒋介石的力量。日本军方承诺一旦这些将领起事，他们将为这些地方派系将领提供军事援助。他还告诉胡先生和他接触过的中国地方派系将领名单。

胡先生代表组织感谢冈本矢一提供的这个重要情报，并以党组织的名义任命冈本矢一为中共秘密情报员，要求他为党组织提供日军情报。冈本矢一非常感谢党组织对他的信任，欣然接受党组织交给他的任务。

胡先生告诉冈本矢一，为了保证他的安全，只有党组织最高情报机关的少数几个人知道他的身份。除非是在万不得已的情况下，组织上以后将不再派人和他直接联系。今后，组织会通过国民政府南京中央电台的广播节目，在固定时段用密语广播向他传达指示；如果他有情报需要转给组织，可以将情报以密写信件的方式寄到组织指定的通讯地址，组织上会派专人去取回情报。

胡先生最后说，组织上决定废除以前的联络暗号，使用新的联络暗号，并将新的接头暗号告诉冈本矢一。胡先生强调，如果以后组织上派人和冈本矢一接头，只能使用新的接头暗号。

自从胡先生和冈本矢一接头以后，几年来组织上再也没有派人来直接和冈本矢一联系过。组织上和冈本矢一之间，只是通过广播向冈本矢一下达指令，冈本矢一按照约定，以密写信件的方式向组织传送情报。

冈本矢一发现夏文远的秘密后，便将此事通过密信传给组织，提醒组织夏文远表面上是中国方面的情报员，实际上是日本军方的间谍。夏文远通过向中国方面提供一些经过筛选的日军情报，取得了中国方面的信任，希望组织有所防范。

在七七事变后，中国抗日战争全面爆发。冈本矢一已经几次向组织发出重要情报，包括淞沪会战、徐州会战和武汉会战等日军最重要的战略情报。

巧合的是，当时中国第五战区司令李宗仁正好要求夏文远提供这些情报。

因此夏文远只好请冈本矢一向他提供相关情报。冈本矢一虽然不知道夏文远会将这些情报具体发给谁，但他明白一定是发给中国军方。因此，冈本矢一每次都按照夏文远的要求，将他需要的情报提供给他，这是日军参谋部情报部默许的。

夏文远每次收到冈本矢一的情报后，都会挨到时效性不长的时候，才在日军情报部门的首肯下，通过电台将情报发送给中国第五战区司令部。

武汉谍战

日军情报部门认为，就算中国军方得到夏文远发送的情报，由于时效性不长，这些情报的价值将会大打折扣。

可日军情报部门并不知道，冈本矢一将这些情报透露给夏文远的同时，就已经将这些情报传回组织。因此情报的价值一点都不会受到时效性的影响。

由于夏文远的存在，冈本矢一幸运地得到另一层更可靠的掩护身份。

想到这里，冈本矢一笑了。

冈本矢一知道前不久因为武汉会战作战计划泄露而展开的内部调查，已经将嫌疑对象锁定在他和其他几个人身上。当时他已经察觉他被陌生人跟踪，他办公室的电话也被人窃听。他意识到自己陷入了危机。

可是，事情居然发生了戏剧性的变化。华中派遣军内部调查组在石原光夫失踪之后，好像就停止了调查工作。调查组似乎认定石原光夫就是他们要找的内奸，这一点让冈本矢一感到有些意外。不过，冈本矢一认为这个结果对他来说是一件好事，毕竟他成功地摆脱了危机，不再是重点嫌疑对象。因此，他一直悬着的心，终于踏实下来。

现在，李人伊突然出现，让冈本矢一感到很棘手。除了李人伊那天告诉冈本矢一自己被共产党开除，现在远离政治经商以外，冈本矢一对现在的李人伊一无所知。他多少有些担心李人伊告发他的中共党员身份。

难道这只是一次偶然的相遇吗？冈本矢一不知道李人伊见他的真实意图。他不能断定李人伊的出现对他是不是一个危险。最重要的是，李人伊没有说出新的接头暗号，这说明李人伊根本不是组织派来的人，或者说，李人伊根本就不是组织的人。

情报工作必须谨慎，冈本矢一决定向组织报告此事。于是，他在见到李国盛的第二天，就向组织发出密信，报告组织他在武汉见到他的入党介绍人李人伊。李人伊现在名叫李国盛，在汉口从事进出口贸易。他请求组织指示该如何应付李国盛。

在收到组织的指示之前，冈本矢一决定找机会好好地试探一下李人伊。正好日信洋行邀请他参加一个酒会，他立刻便想到李人伊。这是一个约李人伊见面的很好借口，所以，他给李人伊打电话，邀请李人伊和他一起参加酒会。

四

酒会在日信洋行一楼的会议厅举行。

第十九章　故友重逢

会议厅的地板上铺着红地毯。会议厅的中央，摆着一长条桌子，桌子上铺着白色的餐桌布。桌子上放满了各种酒、饮料、水果、点心、火腿和腊肠等熟食。

这只是一个小范围的简单迎春酒会。自从日军占领武汉之后，华中派遣军就指定日信洋行作为日本在汉口的主要日中贸易公司，其实就是让日信洋行将日军在武汉周围地区搜刮到的货物和原材料运回日本，这对于日信洋行的生意有极大的帮助。因此，日信洋行借这个酒会答谢各方面对他们生意上的支持。

参加酒会的客人主要是来自华中派遣军、陆军汉口特务部、海军汉口特务部及汉口宪兵队的代表，另外就是一些汉口日本商行的代表。除了日本人之外，还有一些武汉治安维持会和汉口其他商行的代表。

在日信洋行经理发表迎春献词之后，汉口特务部长森冈皋也发表了简短的讲话，他讲话的主要内容就是强调中日友好邦交以及战时物资供应的重要性。

森冈皋讲完话之后，开始自由活动。大家各自聊天，相互介绍朋友认识。

冈本矢一首先将李国盛介绍给日信洋行的经理伊藤和特务部长森冈皋。这是李国盛第一次见到森冈皋。

森冈皋在日本驻汉口领事馆做过领事，是一个中国通。他们相互客气地寒暄之后，冈本矢一就带着李国盛来到新上任的汉口宪兵队长美座时成大佐和特高课长伍岛茂面前，将他介绍给宪兵队长美座时成和特高课长伍岛茂。

"请多关照，美座队长、伍岛课长！"李国盛按照日本的习惯，有礼貌地对他们俩鞠了一个躬。

"请多关照！李先生！"美座时成和伍岛茂同时向李国盛鞠躬还礼。

他们一边喝酒，一边闲聊。他们聊的话题很广泛，从日本东京的风土人情，到陆军士官学校的严格纪律；从武汉的治安到中日战争的前景，大家聊得非常投机。

李国盛天生就是那种风流倜傥，才思敏捷的人。他善于和别人沟通，在任何场合他都是一个受人尊重和欢迎的人。美座时成和伍岛茂很快就被他的翩翩风度和言谈举止吸引住，他们非常喜欢这个新认识的朋友，希望找时间和李国盛一起饮酒畅谈。

李国盛聊天的时候，也在观察其他的客人。他注意到一个人，这个人看起来是个翻译，因为森冈皋与中国商人说话时，他都陪在旁边做翻译。

于是，李国盛问美座时成和伍岛茂认不认识那个人。美座时成告诉李国盛，那人叫袁方易，原来是日信洋行的一个课长。袁方易和森冈皋在战前就是朋友，因此日军占领武汉后，森冈皋就将他借调到特务部当翻译。

武汉谍战

听说袁方易是日本陆军汉口特务部的翻译，李国盛决定找机会去认识一下。

李国盛见袁方易不再忙于做翻译，便和冈本矢一、美座时成以及伍岛茂打了个招呼，然后朝袁方易走去。

"你好，我是李国盛，恒泰商行的经理。"

李国盛向袁方易做自我介绍。

"你好，我是袁方易，以前是日信洋行的课长，现在是汉口特务部的翻译。"

他们俩握了握手，然后相互交换了名片。

从交谈中，李国盛了解到袁方易是武昌人，1929年去日本东京大学留学，1933年毕业回国后，一直在汉口日信洋行工作。李国盛告诉袁方易，自己在日本陆军士官学校留学两年，回国后一直在广州。去年才回到武汉，开办这家恒泰商行。

二人刚刚聊开，李国盛就看见冈本矢一在向他招手，让他过去。李国盛只好和袁方易告辞，回到冈本矢一身边。

冈本矢一指着身旁一个穿便装的人向李国盛介绍：

"李先生，这位是三浦医生。三浦医生，这位是李先生。"

三浦医生和李国盛相互礼貌地问候对方。

三浦医生就是三浦太郎，他是日信洋行经理伊藤的朋友，因此他也受到邀请。

三浦医生告诉李国盛，他在汉口玛领事街开了一个诊所，已经有好几年了。到他诊所看病的，有很多是中国人，他们都很喜欢他。他希望李国盛光临他的诊所，不过他又马上笑着改口说，不希望李国盛去他的诊所。

李国盛觉得三浦医生说话很幽默。

冈本矢一和李国盛都在相互观察着对方，可是两个人都觉得对方的言行举止很正常，没有任何疑点。

按照李国盛在苏联学过的间谍课程，一个高级情报人员应该尽量避免在公共场所抛头露面，尽量不去引起别人的注意，更不应该让别人对他产生兴趣。

现在美座时成和伍岛茂对李国盛非常有好感，也非常感兴趣。如果美座时成和伍岛茂想要弄清楚李国盛的背景，哪怕只是出于好奇心或者想深交李国盛这个朋友，他们都会很轻易地发现，李国盛的恒泰商行是在日军占领武汉之前不久才开设的，这非常不合情理。如果他们再继续深入地调查李国盛商行的贸易活动和营业状况，就会发现这个商行根本就没做过多少贸易。这样，他们就会很自然地怀疑李国盛的商行只是一个伪装。接下来，他们会很容易地想到，这个商行只是给李国盛和他的情报人员提供身份掩护的场所。

第十九章　故友重逢

　　李国盛作为一个受过训练的高级情报人员，他当然知道自己今天的行为违反了情报工作的原则。他努力说服自己，出席这个酒会，让他有机会认识一些能够接触到日军机密的人。他可以通过与这些人的接触，寻找更多的情报来源，甚至有可能将他们中的某些人发展成军统情报员。

　　其实，这只是李国盛说服自己的一个理由而已。他太想弄清楚冈本矢一的真实身份。他的潜意识已经根深蒂固地形成一个概念，这就是弄清楚冈本矢一的真实身份对恢复自己的真实身份会有帮助。

　　一个情报人员，总是会不遗余力地去隐瞒自己的真实身份，而李国盛有时却希望有人揭开自己的真实身份。这听起来有点荒诞，可这就是李国盛希望发生的事情，他不愿意就这样失去自己的真实身份。

　　日信洋行酒会的第二天早上，李国盛亲自给戴笠发了一份由戴笠亲译的密电，试探戴笠。

　　密电中，李国盛告诉戴笠，他在汉口遇到他日本士官学校的同学冈本矢一，并和他单独见过面。他故意向戴笠透露，冈本矢一就是黄雀行动中受到监视的三个日本军官之一。冈本矢一现在是华中派遣军司令部作战部第二课课长。他希望多与冈本矢一交往，看看能否从冈本矢一这里弄到日军情报，请戴笠指示。他在密电中没有提及冈本矢一是他发展的日籍中共党员一事。

　　戴笠立刻给李国盛回电，严肃地命令他不要与冈本矢一联系，也不要试图从冈本矢一那里弄到情报，免得弄巧成拙，给军统武汉区造成损失。

第二十章　偷运药品

一

已经是三月，大地慢慢地开始回暖。初春的风，已经开始将路边光秃秃的梧桐树枝，吹拂出一颗颗细细的绿色嫩蕊。

姚明春的蔬果行生意又要开始忙碌起来。

这两天姚明春心里很高兴，因为他搞到了一批药品。他已经将此事报告了王家瑞，现在正等待王家瑞的指示，将药品送往新四军游击队根据地。

王家瑞在圣约瑟女中的大门外等着向小雨。

他今晚必须将姚明春搞到药品的情报发给组织，并接受上级的指示。

学校刚开学，向小雨比较忙。她差不多五点四十分才从学校的大门出来。

她今天穿着米白色的风衣，看起来苗条挺拔。她今天没有戴帽子，乌黑的短发在微风中飘拂，让她更增添了几分妩媚。不管怎样，在王家瑞眼里，她都是最漂亮的。

向小雨走到王家瑞身边，不好意思地说抱歉让他久等。王家瑞故意扬起眉毛开玩笑说，没关系，还没有超过接头的时间。

说罢他们俩都笑了。

第二十章　偷运药品

向小雨挽起王家瑞的手，像一对情侣一样慢慢逛街。

王家瑞轻声告诉向小雨，有一份密电今晚要发出去，并且要等上级的回电。他俩决定先去吃晚饭，然后再去向小雨家发报。

王家瑞和向小雨来到学校附近一家著名的热干面馆。他们一人吃了一碗热干面和一笼重油烧卖，喝了一碗清米酒。

吃完晚饭后，看看时间还早，他们俩就在街上慢慢地闲逛，打发时间。

"好吃吗？热干面和烧卖。"

王家瑞问向小雨。

"好吃，热干面香鲜可口，既有嚼劲又不硬，口感很好。重油烧卖鲜美糯软，油而不腻，好吃！"

说完，向小雨忍不住打了一个饱嗝。

王家瑞见向小雨在自己面前毫不做作，开心极了。这说明向小雨对他有好感。

向小雨确实对王家瑞有好感。

第一次见到王家瑞时，她怎么也想不到王家瑞这么年轻。在她的想象中，王家瑞至少应该是三四十岁的中年男人。见面后发现王家瑞这么年轻，她认为王家瑞肯定不是一般的人，因此对他充满了好奇。

后来，通过两人在工作中的进一步接触，王家瑞诚实、稳重、随和以及不失幽默的性格，敏捷缜密的思维和认真工作的态度，让她觉得跟他在一起很安全。她信任他，甚至开始有一点喜欢他了。

虽然向小雨有时候会想到王家瑞，但她并没有意识到自己已经对他产生了一点依赖。他们只能在工作需要时才能见面，可她希望能够有更多的时间和王家瑞在一起，她说不出来是什么理由。其实，凭着女孩子天生的敏感，她已经从王家瑞偷看她的眼神和他故意掩饰的表情，看出王家瑞的心事。她的心里多少也对王家瑞产生了一点感情，尽管王家瑞在她眼里相貌平平。

他们俩各怀心事，一边闲聊，一边闲逛，不知不觉地走进一间商店。

商店里面挂着各式漂亮的女式春装。女孩子天性爱美，向小雨不知不觉地走过去，欣赏、评价商店里的各式漂亮衣服。

王家瑞天生就对逛街没有什么兴趣，更谈不上对服装有鉴赏能力，但他被向小雨对服装的鉴赏力给吸引住了。原来服装还有这么多的学问，自己真是孤陋寡闻。王家瑞内心里嘲笑着自己。

王家瑞看到向小雨拿着一件天蓝色的外套不停地欣赏，知道向小雨看上了

武汉谍战

这件衣服。他觉得等天气稍微暖和一点的时候，向小雨穿上这件衣服肯定会很好看，因此他建议向小雨穿上这件外套试试。

向小雨脱下风衣，让王家瑞拿着，然后穿上这件外套，对着镜子前后左右地看了一遍，觉得很不错。她问王家瑞好不好看，王家瑞认为很好看，建议她买下来。

向小雨看了一下衣服的标价，不禁吐了一下舌头，赶紧将衣服挂回衣架，拉着王家瑞就往外走。

"怎么啦？"王家瑞觉得奇怪。

"你知道那件衣服多少钱吗？十二个大洋，太贵了。"向小雨心有余悸地说。

"嗯，是有点贵。"王家瑞看到向小雨的表情后不禁笑了起来。他接着说："不过你穿起来很漂亮，真的。这是我第一次建议人家买衣服，我看你还是买下吧。"

"不要，都超过我半个月的薪水了。"向小雨舍不得。

"这样吧，我买下当礼物送给你。"王家瑞建议道。

"那怎么行呢，不好！"向小雨摇摇头。

"怎么就不行呢，听我的，买下吧。"

说罢，王家瑞转过身去，拿起那件衣服，朝收钱的柜台走去。

向小雨跟在王家瑞后面不住地小声劝他不要买，可王家瑞回头朝她笑笑，走到收银处付了钱。

说实话，向小雨见王家瑞为她买下这件衣服，心里非常高兴，虽然她有点心疼钱。更让她高兴的是，这证实了她的猜测，王家瑞心里有她。她毕竟只是一个二十岁的女孩，当然希望有男人喜欢她。

王家瑞心里也很高兴，向小雨接受了他的礼物。

从商店出来后，看看时间差不多了，他们就直接回了向小雨的家。

到家后，向小雨立刻开始发报，王家瑞坐在旁边陪着她。

发完电报后，向小雨开始等待总部的回电。没过多久，总部就开始回电。

向小雨抄收完总部的回电后，将电文稿交给王家瑞。

王家瑞必须立刻回去译电。因此，他只能克制住自己内心的感情，没有在向小雨这里多耽搁。

第二十章　偷运药品

二

姚明春让张景午、夏帮贵和钟有田按照自己的设想改装四辆板车。他让他们在每辆板车车身底部的横梁之间做三个暗格，然后用旧铁皮做成可以拆卸的盖，用木螺钉将铁皮盖拧在暗格的梁上，这样让人看起来就像是板车底部的木头烂掉之后，加上去的铁皮补丁。

暗格做好之后，姚明春让张景午和夏帮贵将阁楼上的药品拿下来，拆掉药品的包装盒，这样可以节省很多空间。他们将药品装在板车的暗格里，一层层用旧棉花和破布垫好，盖上铁皮盖后用木螺钉拧紧。十二箱药品，只需两辆板车就装下了；另外两辆板车是为以后药品多的时候准备的。

药品装好后，他们将板车车身放回轮轴上，这辆板车看起来和别的板车没什么不一样。

姚明春看着自己的发明，满意地笑了。张景午、夏帮贵和钟有田看着改装好的板车，高兴地直夸姚明春聪明。

此前姚明春接到王家瑞的指示，让他将药品送到李集交给梅店抗日自卫队队长任士舜。

姚明春决定第二天早上出发，带领张景午、夏帮贵和钟有田去送药品。

第二天早上，姚明春、张景午、夏帮贵和钟有田早早起床，过完早（注：武汉人称吃早点为过早）就出发了。

临行前，姚明春在蔬果行的大门上贴上一张告示，通知顾客暂时停业几天。

张景午和夏帮贵各拉着一辆板车出发，姚明春和钟有田跟在两辆板车后面。穿过京汉铁路后，他们沿着铁路外的大道，朝黄陂方向赶路。

按照姚明春的计划，如果顺利的话，他们当晚就可以赶到横店过夜，第二天傍晚前，就可以到达李集。

两个小时后，姚明春一行到达岱家山日军检查站。

岱家山是汉口北面的门户，汉口到黄陂的岱黄公路从这里经过。从北面进出汉口的人和车辆，都必须从这里通过。

岱家山检查站是一个很大的检查站。检查站由一个班的日军把守，加上十来个中国宪佐和警察协助，负责检查进出汉口的人员、车辆和货物。

轮到姚明春他们过检查站。执勤的日本兵一看就知道他们是菜贩子。

姚明春他们的板车是空的，因此日本兵检查了姚明春等人的安居证后，就放他们过去了。

过了岱家山检查站之后，前面基本上就没有日军的固定检查站。

姚明春一行轮流拉着板车，沿着公路往北走，一路上无事。

到了中午，他们在路边一个茶棚停下来歇息。

他们每人要了一碗茶，吃着自己带的干粮当午饭。干粮是早上买的烧饼以及自己腌制的腊鱼和咸菜。

吃完午饭后，他们就接着赶路。

一路上都很顺利。下午五点多，姚明春一行到达横店。

进入横店镇之后，他们首先要找一个客店住下。

姚明春一行来到八方旅店。他们以前都曾经在这个客店住宿过，知道这个客店有院子，可以停放板车。

旅店柜台里的苏掌柜看到姚明春四人进来，赶忙起身招呼他们。姚明春向苏掌柜要了一间可以住四个人的大房间。

房间安排好后，伙计润伢领着姚明春四人将板车拉到后面的院子里停放好，然后领着他们来到客房。

润伢离开房间后，姚明春到门口观察了一下走廊上的情况，然后关上房门。

姚明春对大家再次强调，横店地处日、伪、国、共几方势力交错之地，情况复杂。他们现在有任务在身，不要惹麻烦。他要求大家不要出客店，就在客店里面的饭堂吃晚饭，吃完晚饭后就回房间休息，第二天清晨出发。

三

宋岳和小鲁将两名飞行员安全送到樊城第五战区司令部后，在樊城过完正月十五后才从樊城赶回武汉。

二人刚刚到达横店八方旅店，准备休息一晚，第二天早上乘火车回汉口。

苏掌柜给宋岳和小鲁安排了二楼的一个房间。安顿好之后，宋岳就下楼去水池边洗脸。

宋岳洗完脸后回房间。

经过饭堂的时候，宋岳无意间看到张景午和钟有田在饭堂里面吃饭。和他们一起吃饭的还有另外两个人，这两人宋岳不认识。

宋岳在营救飞行员的行动中与张景午和钟有田合作过，知道他们是中共潜伏在武汉的特工。

第二十章 偷运药品

见此情况，宋岳赶紧来到旅店前面的柜台，给苏掌柜使了一个眼色，然后上楼回到他自己的房间。

苏掌柜心领神会，立刻跟在宋岳后面来到宋岳的房间。

房间里面，小鲁正躺在床上休息。

宋岳问小鲁还记不记得张景午和钟有田，小鲁说记得。

宋岳告诉苏掌柜和小鲁，张景午和钟有田现在就在楼下饭堂吃饭，他们一共有四个人。

苏掌柜说他知道这四个人。

接着，宋岳告诉苏掌柜，张景午和钟有田是中共的特工。他们和宋岳一起参加过营救两名跳伞国军飞行员的行动。

宋岳和苏掌柜商量后决定，为了交通站的安全，宋岳和小鲁最好不要让张景午和钟有田看到他们也住在这个旅店，免得他们产生联想。

苏掌柜决定去会一会张景午等人，看看是否能够摸到一些情况。宋岳表示赞同，他认为这样对军统有好处。

苏掌柜来到楼下的饭堂，姚明春他们四个人还在吃饭。

苏掌柜端着一盘刚炒好的腊肉，走到姚明春他们的桌边，将菜放在桌上，然后笑着说：

"四位兄弟，我记得你们以前也在鄙店住过，看起来眼熟。这盘小菜不成敬意，望笑纳。"

"啊，客气，客气！这怎么好意思呢。坐，掌柜的请坐。"夏帮贵客气地请苏掌柜坐下。

苏掌柜也不推让，马上坐下了。

"怎么样，在本店还住得习惯吗？"苏掌柜关心地问道。

"习惯，习惯！苏掌柜真是热心人。"姚明春笑着回答。

"看几位好像是做生意的，不知做哪方面的生意？"苏掌柜像是随意地拉开话题。

"喔，我们是菜贩子，赚点辛苦钱。"姚明春赶忙回答。

"我们在汉口开了一家蔬菜水果行，这是我们老板。"钟有田接过姚明春的话补充道。

"喔，那不错啊！敢问老板贵姓，贵行号怎么称呼呢？改日下汉口，一定登门拜访。"苏掌柜笑着问姚明春。

"免贵姓姚。鄙行号叫做'春发蔬菜水果行'，欢迎随时光临！"

姚明春客气地回答。本来他是不想说得这么具体的，可既然钟有田说了，他就不好再遮遮掩掩，免得让苏掌柜起疑心。

苏掌柜想知道的都打听清楚了，于是起身和姚明春等人告辞。

姚明春他们吃完晚饭后就直接回到房间休息。

当晚，苏掌柜上楼来到宋岳的房间，将他打听到的情况告诉宋岳。宋岳想，如果姚明春说的是实话，就很容易查到姚明春的蔬果行。

第二天清晨，姚明春四人早早起床，过完早后就出发了。

一路上没有发生任何意外，下午四点多，他们就来到李集的菜场。

说是菜场，其实就是一块空地上搭了草棚子遮阳挡雨。菜场地上到处是烂泥污水和烂菜叶，不知道多久没有打扫过。一走近菜场，就可以闻到一股蔬菜腐烂的气味。

菜贩子们在这里买卖各种蔬菜。

姚明春他们一走进菜场，马上就有几个菜贩子围过来，向他们推销各自的蔬菜。姚明春只好一一应付。

其中一个菜贩子问姚明春："老板，你是要进蘑菇呢，还是要进莴苣？或者都要？我便宜卖给你。"

"蘑菇、莴苣怎么卖？"姚明春问这个菜贩子。

"蘑菇一分八厘，莴苣二分五厘。"

"好，我要莴苣。你有多少，我全要。"

"老板，请跟我去看货，这边请！"菜贩子手一抬，然后对周围的其他菜贩子说："让一下，让一下！让我们过去！"他也不管其他菜贩子抗议他压低价钱，搞坏行情，带着姚明春去看货。

姚明春四人拉着板车跟着菜贩子来到菜场附近的一间房子前，这间房子是专门用来堆放蔬菜的仓库。

菜贩子领着姚明春走进蔬菜仓库，姚明春看到里面堆放着不少蔬菜，一个年轻人坐在一张桌子边。

"任队长，这是汉口来的人，暗号完全对。"带他们来的菜贩子对坐在桌边的年轻人说。

"欢迎，欢迎。我是任士舜，这是李盛财。"任士舜赶忙起身和姚明春打招呼。

姚明春也简单地做了自我介绍，然后让张景午和夏帮贵将停在门外的板车推进房子。张景午和钟有田将板车两边的侧板和前后挡板拆下来，然后将板车

第二十章 偷运药品

从车轮上掀起，底面朝上平放在地上。夏帮贵用起子将固定铁皮盖的木螺丝拧出来，打开铁皮盖，取出里面的药品。

任士舜见姚明春他们如此有心计地将药品藏在板车下面的暗格里，不由得暗暗佩服。

任士舜和李盛财将所有的药品小心翼翼地放进两个垫了稻草的麻袋里，用麻绳扎紧麻袋口。

装好药品后，任士舜让姚明春他们将蔬菜装满板车，然后请姚明春他们先离开。

等姚明春等人走远后，任士舜和李盛财才各自背起一个装药品的麻袋，离开存放蔬菜的仓库，朝北走去。

任士舜和李盛财的前后不远处，立刻出现三三两两的几伙人。

这些人都是任士舜手下的游击队员，他们负责在暗中保护药品。

四

宋岳回到总部后，口头向李国盛汇报了执行任务的经过。他特别提到，黄陂夏司令的抗日游击队和姚明春的蔬果行。他告诉李国盛，夏司令的游击队在营救飞行员的行动中帮了大忙，希望国军能够收编夏司令的抗日游击队。

李国盛表示同意。

接着，宋岳向李国盛建议，派人去查清楚姚明春的春发蔬果行的具体位置。他告诉李国盛，姚明春是蔬果行的老板。从张景午等人对姚明春的态度来看，姚明春肯定是他们的领导人。他认为这个蔬果行是中共的一个交通站，如果利用中共的这个交通站顺藤摸瓜，就可以找到他们的整个秘密组织……

李国盛听了宋岳的建议后，明确表示反对。

他提醒宋岳，现在是国共合作时期，全国一致抗日，他们不能做任何破坏抗日统一战线的事情；况且人家是因为帮助军统营救飞行员才暴露的，如果利用此事去调查人家的秘密组织，只会陷自己于不义，这样做未免太卑鄙。

宋岳闻言后倍感羞愧，连声向李国盛道歉并发誓不再提此事。

李国盛得知姚明春的蔬果行是中共的一个交通站后，非常替他们担心。虽然他和姚明春的组织没有任何关系，但大家毕竟都是共产党。

李国盛决定暗中调查姚明春的组织，他绝对不能让军统知道这件事。

第二十一章　暗中调查

一

姚明春完成运送药品的任务，安全返回他的蔬果行。

第二天早上，姚明春用电话与王家瑞取得联系。

他们约在顺丰茶楼见面。

姚明春与王家瑞在顺丰茶楼见面后，向王家瑞汇报了运送药品的过程。

王家瑞听后非常满意，并表示以后将按照这次的方法，继续运送药品给新四军游击队。

此刻，李国盛正坐在离王家瑞和姚明春不远处的一张桌子边，漫不经心地品茶、看报纸。

李国盛是跟在姚明春后面进的茶馆。姚明春虽然很谨慎，一直留意自己有没有被人跟踪；但是他毕竟没有受过任何专门的特工训练，哪里是李国盛的对手？因此，姚明春完全没有发现有人在跟踪他。

自从宋岳向李国盛报告姚明春蔬果行的事情后，李国盛通过汉口码头上的人，第二天就找到了姚明春的春发蔬果行，那时候姚明春一行还没有回到汉口。

李国盛的目标不仅仅是找到姚明春。他肯定姚明春还会和他的上级联系，

第二十一章 暗中调查

因此，他希望从姚明春这里，进一步发现中共在武汉的更高级别机关和人员。他希望通过这些更高级别的中共情报人员，帮助他恢复自己的真实身份。退一步说，就算是对恢复他的真实身份没有帮助，找到共产党高级情报人员，对他来说肯定是没有坏处的。

王家瑞和姚明春谈完之后，让姚明春先走。过了几分钟，王家瑞才起身离开。

王家瑞从顺丰茶楼出来之后，直接回到他的昌淇电器行。

尽管王家瑞非常谨慎，但他也没有察觉到有人跟踪。一方面是因为李国盛离他很远，另一方面是因为顺丰茶楼离他的昌淇电器行很近，只有几分钟路程。这么短的路程，要想发现跟踪的人，是很困难的。

现在，李国盛已经发现昌淇电器行是共产党的另外一个联络站，很有可能是一个领导机关。

二

李国盛认为，现在有两个渠道，可能对恢复他的中共党员身份有帮助，一个是冈本矢一，另一个是姚明春和王家瑞这条线。

李国盛虽然接到戴笠的命令让他不要和冈本矢一联系，但他还是不顾戴笠的命令，给冈本矢一打过两次电话，请他出来吃晚饭，见见面、聊聊天；可是冈本矢一两次都以工作繁忙为理由婉拒了李国盛的邀请。

很明显，冈本矢一是在故意回避他。这让李国盛觉得蹊跷，使他越发想要弄清楚冈本矢一的身份。李国盛虽然没有任何证据证明冈本矢一是在为共产党工作，但他的直觉告诉他，黄雀行动一定和冈本矢一有关。

不过，冈本矢一毕竟是日本军官，如果他不想见李国盛，李国盛还真的没有什么办法让他改变主意。这事不能急，要慢慢来。李国盛告诉自己，不能让冈本矢一感觉到自己有什么企图才刻意地去接近他。

冈本矢一那边暂时不能采取任何行动，李国盛自然而然地就想到王家瑞和姚明春。

自从发现王家瑞的昌淇电器行是中共联络站之后，李国盛很快就查清楚这个电器行的老板名叫王家瑞，就是在顺丰茶楼和姚明春会面的那个人。这个电器行还有两个伙计，他们的名字叫做于连浩和雷明亮。李国盛基本上肯定王家瑞是这个联络站的负责人，于连浩和雷明亮是他的助手；姚明春应该是王家瑞

武汉谍战

下属组织的负责人。

不过，由于李国盛不能让军统插手，因此他没有足够的人手去跟踪王家瑞，以便发现更多的线索。更重要的是，他担心如果在跟踪王家瑞时不小心被他发现，那么王家瑞很可能启动应急措施，撤离这个联络站，让他失去王家瑞这条重要的线索。李国盛的心情很矛盾，他既想通过王家瑞这条线索帮他恢复身份，又担心一旦惊动王家瑞，他将前功尽弃，并给党带来无可挽回的损失。

可是，李国盛内心深处那种强烈的想要恢复自己真实身份的信念，让他决定冒险亲自跟踪王家瑞，以便将来在适当的时机和他接上线，从而恢复自己的身份。

下定决心之后，李国盛就在王家瑞的昌淇电器行对面租了一间房子。只要是没有紧要的工作，他都会花很多的时间待在这间房子里面，监视王家瑞的昌淇电器行。

这天下午，李国盛正在监视王家瑞的电器行。

下午四点多钟的时候，李国盛看到王家瑞从电器行出来，沿着亚尔萨罗南尼街往南走去。李国盛见此情况，便赶紧出门，远远地跟在王家瑞后面。

王家瑞今天早上接到向小雨的暗语电话，知道她收到上级的密电。按照他们之间的约定，王家瑞下午五点半到向小雨的学校门口与向小雨见面，取回密电。

王家瑞一路上留意观察有没有被跟踪，但由于李国盛没有跟得很紧，因此他没有发现远远跟在他后面的李国盛。

王家瑞来到圣约瑟女中大门外，站在老地方等着向小雨。

李国盛在一百米开外的一家杂货店，远远地盯着王家瑞。

不一会，向小雨从学校里面出来，微笑着走到王家瑞身边。

二人相互打了一个招呼，向小雨便挽起王家瑞的手臂，沿着街道慢慢地逛起来。

向小雨今天特意穿着王家瑞送给她的那件蓝色的春装，配上她那白色的裤子和银灰色的高跟鞋，让她看起来既漂亮又典雅。

李国盛远远跟着手挽手逛街的王家瑞和向小雨，觉得他们俩的关系看起来像是情侣。

王家瑞和向小雨走进一家小餐馆吃晚饭，向小雨在餐馆里面将密电交给王家瑞。

远远跟着的李国盛也觉得饿了。于是，他在离那间小餐馆不远处的一个路边摊坐下来，叫了一碗馄饨，一边吃一边等。

第二十一章　暗中调查

半个多小时之后，李国盛看见王家瑞和向小雨从餐馆出来。

王家瑞和向小雨从餐馆出来后，说了几句话，然后就分头走了。

李国盛决定继续跟踪向小雨。

李国盛跟着向小雨回到公新里。他发现向小雨开门进了一间房子。李国盛看清楚门牌号码是公新里三十七号。

这可能是王家瑞的女友，也可能是王家瑞的联络人，不管怎样，又多了一条线索。李国盛离开公新里的时候，觉得今天大有收获。

第二天上午，王家瑞给周秉炎和秦晋南打电话，请他们晚上七点到德华茶楼打牌。周秉炎和秦晋南明白这是要召集武汉特委会。

接着，王家瑞让于连浩去通知姚明春晚上七点到德华茶楼打牌。

王家瑞昨天晚上收上级密电。上级指示武汉特委配合武汉周边地区的新四军游击队，在日军发动随枣作战时，打击日军的后方，配合第五战区粉碎日军的进攻。他今晚召集特委会，传达上级的指示。

傍晚六点半，李国盛看到王家瑞带着于连浩和雷明亮走出电器行，便远远地跟着他们。

王家瑞带着于连浩和雷明亮来到德华茶楼，直接上了二楼。李国盛见王家瑞他们进了德华茶楼，并没有急着跟进去，而是在外面等了一会儿，才走进德华茶楼。

李国盛进了德华茶楼之后，暗中观察了一下一楼的茶客，没有看到王家瑞、于连浩和雷明亮三人。于是，他立刻上了二楼。

到二楼后，李国盛发现于连浩和雷明亮各自坐在一张桌子边喝茶，就像两个互不相识的人一样。他们的桌子都离一个叫做"文竹"的雅间不远。

李国盛马上明白过来，王家瑞肯定在"文竹"雅厅里面。于连浩和雷明亮是在外面担任警戒。

一个小时以后，王家瑞从"文竹"雅间出来，直接下楼。于连浩和雷明亮先后跟在王家瑞后面也下了楼。

不一会儿，雅间里面先后出来另外三个人。第一个是姚明春，李国盛认识。第二个人让李国盛大吃一惊，这个人就是周秉炎，沦陷前是汉口第二特区的警长。李国盛虽然没有直接和周秉炎打过交道，但知道这个人。这个发现让李国盛大喜过望，原来周秉炎也是中共情报人员。

第三个人李国盛不认识，这个人就是秦晋南。

李国盛决定跟踪他不认识的秦晋南。

武汉谍战

秦晋南从德华茶楼出来之后，在门口叫了一辆包车。他让包车夫送他回集家嘴码头附近的"汉江货运公司"。

见秦晋南上了一辆包车，李国盛马上也叫了一辆包车，让包车夫远远地跟在秦晋南的包车后面。

李国盛的包车跟踪秦晋南来到集家嘴码头附近。李国盛老远看着秦晋南的包车停在码头附近的"汉江货运公司"门前，秦晋南下车后走进这间公司。

汉江货运公司是一家专门从事水陆货运的小公司，秦晋南是这个货运公司的老板，他以此身份做掩护。

第二十二章　日军间谍

一

吴应天按照总部指令，在三月初就将第五战区所辖各部的详细军事布防情报通过他和三浦太郎之间的交通员传给三浦太郎和岩田正隆。岩田正隆将情报转交给第十一军作战课。第十一军作战课根据这份情报，修改了原来的作战计划，并在三月中旬下发给各部门和各相关部队，让他们开始做战役前的各项准备工作。

日军的频繁调动，引起第五战区情报部门的警惕。各种日军调动的情报很快就汇集到第五战区司令部情报处。情报处对所有情报进行分析过滤后，将他们认为有价值的情报呈送给总司令和参谋长等最高指挥官参考。

根据情报处提供的情报，李宗仁初步判断日军可能在做一次战役准备。他立刻亲自拟定一份密电给夏文远，让通讯处发出去。密电指示夏文远立刻收集华中派遣军近期作战计划并尽快传回。

自从王处长收到戴笠的指令后，就在司令部展开秘密调查。

他将戴笠提供的嫌疑人名单和自己列出的嫌疑人名单进行对照之后，得出重点嫌疑人名单。

重点嫌疑人名单上只剩下四个人，他们是参谋处的文达士、作战处的吴应

武汉谍战

天、通讯处的鲁生荣，以及后勤处的卢晓东。按照戴笠的指示，他的调查工作暂时没有报告李宗仁，一直是在暗中进行。

王处长的调查人员全部来自军统襄阳站。这些调查人员的主要任务是负责跟踪、监视四名日谍嫌疑人。调查人员秘密搜查了四名重点嫌疑人的房间，列出了他们每个人拥有的物品和书籍清单。到目前为止，这四个人都没有什么可疑的行动，也没有露出任何破绽。

吴应天受过专门的特工训练，行事谨慎。由于他传递情报的方式非常隐蔽，而且他传送情报不是很频繁，因此负责跟踪他的军统调查人员没有察觉到他有任何可疑之处，也没有发现他和任何可疑的人有过接触。

吴应天在过年之前，就已经察觉到有人在跟踪他，不过他并不担心。即使在他传递情报的时候，他也不会去甩掉跟踪他的人，因为这样做会加重对方对他的怀疑。

吴应天传递情报的手法很隐蔽。他在传递情报的过程中，会在街上闲逛几个小时，不脱离跟踪人员的视线。这是他在接受特工训练时，他的老师教他的。

他的老师对他强调过，作为特工，除了必须遵守的基本原则之外，还必须坚持另外的两个原则：第一，不要试图去窃取情报。一个好的特工会通过很自然、很正常的渠道获得情报。第二，要养成一种习惯，就是永远不要直接去你要去的目的地。这样即使你被跟踪，对方也判断不出你的真实意图。

三月初吴应天传递情报的时候，就是在军统跟踪人员的监视下将情报传送出去的。

那天早上，吴应天从司令部的宿舍出来后不久，就发现有人跟踪他；但他并不理会，继续若无其事逛街。

他一家挨着一家店铺逛，和店里的伙计说说话，问问价钱，累了就去茶馆坐一下，喝杯茶；到了吃饭时间，就到小餐馆去吃饭。跟踪吴应天的特工看到吴应天去过的地方以及他接触过的人，最少也有三四十个，每一个都可能是和他接头的人。到最后，跟踪人员也弄不清吴应天到底是真的在闲逛还是在和别人接头。这样就造成跟踪人员对每一个店铺和每一个人都产生怀疑。跟踪人员被他弄得筋疲力尽，无形中分散和影响了跟踪人员的注意力和判断力，最后跟踪人员只好例行公事地跟着他。跟踪人员并不知道，在这个过程中，吴应天已经在他们的眼皮底下将情报传递出去，只是他们没有发现而已。

其实，在吴应天去茶楼歇脚的时候，就已经暗中将情报送了出去。

当他顺着茶楼的楼梯上二楼时，会在楼梯的转弯处有几秒钟时间离开跟踪人员的视线。就在这个楼梯转弯处，地上有一个垃圾篓，吴应天经过这里的时候，顺手将情报当废纸扔进垃圾篓。情报就是这样传递出去的。吴应天脱离跟踪人员视线的时间就是他走过楼梯转弯处的几秒钟，跟踪人员根本看不出任何破绽。

现在，吴应天更加轻松了。他目前没有收到总部下达的新任务，因此，吴应天现在有的是时间和耐心去同跟踪他的人玩游戏。

情报处王处长心情很郁闷，他的调查工作好像钻进了死胡同。四个重点嫌疑人都没有露出破绽。他开始怀疑自己，是不是从一开始就犯了方向性错误？真正的敌方间谍会不会不在这四个人当中？他不敢肯定。他必须向戴笠报告，说出自己的疑虑，并请求戴笠的指示。

二

冈本矢一坐在自己的办公桌前，还在想着组织昨天给他的指示。

昨天晚上，他从广播电台密语广播中收到组织关于李人伊的回信。

组织告诉冈本矢一，李人伊脱离党组织已经有好几年了。脱党之后，李人伊加入国民党情报机关，改名为李国盛。李国盛目前的身份不明确。组织上指示他不要太接近李人伊，更不要向李人伊透露自己的任何情况，特别是自己的真实身份。

根据组织的指示，冈本矢一决定以后要和李国盛保持距离，免得惹麻烦。他决定不再为李国盛的事情烦恼，哪怕李国盛揭发他的中共党员身份。

冈本矢一现在还有一件更重要的事情要做，他必须将日军第十一军的随枣作战计划传回给组织。

自武汉沦陷以后，中国第五战区军队在武汉北面平汉铁路东西两侧，不断地向日军占领的武汉外围地区出击，直接威胁到日军重要交通线——平汉线南端信阳至汉口段的安全。

日军华中派遣军认为，要想彻底解决中国第五战区军队对平汉线南段的威胁，必须想办法歼灭第五战区的主力。冈村宁次的第十一军根据日军华中派遣军司令部的命令，制订了一个随枣（随县—枣阳）作战计划。按照这个作战计划，日军准备集中三个师团、两个旅团，辅助以炮兵和空军，总共十万兵力，对第五战区实施攻击。战役的目的就是要消灭第五战区主力，从而消除其对平

武汉谍战

汉线南段造成的威胁，进而给重庆施压。

两天前，冈本矢一接到夏文远的电话。

电话中，夏文远请求冈本矢一帮他弄清楚武汉地区日军近来调动频繁的原因。这正是冈本矢一所期待的。

冈本矢一告诉夏文远，部队频繁调动的原因是第十一军正在组织一次战役，准备对第五战区实施攻击，消灭其主力。他告诉夏文远，作战计划就在他的桌子上，他会将作战计划用邮件的方式寄给夏文远。

夏文远马上阻止冈本矢一用邮件传递情报，但没有说原因。他向冈本矢一保证，他会想办法解决他和冈本矢一之间的通信联络问题，请冈本矢一耐心地等几天。

既然夏文远不同意用邮件发出情报，并且保证会很快解决他们之间的通讯问题，因此冈本矢一决定等几天。

现在是三月中旬，随枣作战在5月1日才会实施，他还有时间。他想看看夏文远说的通信联络方式，能不能让他更方便地将情报传给上级组织。不过，他也作好准备，随时将情报邮寄到指定的通信地址。这个地址就在汉口，而且有效。上一封关于李国盛的信，就是通过这个地址发给组织的。

虽然夏文远继续向中国方面提供日军的重要军事情报，但是冈本矢一始终认为夏文远是一个双面间谍，其真实身份是日军参谋部情报部情报员。虽然他不知道夏文远为日本军方具体提供过哪些有价值的中国情报，但是他几乎肯定，夏文远在汪精卫与日本人的和平谈判中起到重要的作用。

冈本矢一现在掌握的间接证据，证明夏文远虽然很早就知道汪精卫私下与日本人谈判的事情，但他从来没有将这么重要的情报透露给中国方面。冈本矢一认为，这绝对不是夏文远的疏忽。

冈本矢一已经开始收集证据。他要证明夏文远真正的身份是日军情报员，促使中国情报机关对他采取防范措施，或者将他除掉，以绝后患。

桌上的电话铃声打断了冈本矢一的思绪，他接起电话。

"喂？"

"请问是冈本矢一先生吗？"一个陌生的声音在电话另一端问道。

"是。请问你是谁？"

"我是夏先生的朋友横路，有重要事情和你谈，请问你现在可以到司令部的大门口来见我吗？我在这里等你！"对方很干脆，一点推辞的余地都不留给冈本矢一。

第二十二章　日军间谍

"好吧，我马上来。"冈本听说对方是夏文远的朋友，估计是帮他解决通讯联络问题的人来找他。

冈本矢一来到司令部大门口。他看到有一个中年人站在大门外不远的地方，估计这个人就是横路。

"你好，横路先生吗？我是冈本矢一。"冈本矢一走到这个人身边问道。

"你好，我是横路。请多关照！"横路鞠躬行礼。

"请多关照！"冈本鞠躬还礼。

"冈本先生，请跟我来。"横路指着停在路边的一辆汽车说，"上车说话比较方便。"

冈本跟着横路上了车。

横路坐在驾驶座位上，没有马上开车。他朝四周看了看，然后对冈本矢一说："冈本先生，我这次来是按照夏文远的命令，向你转交密码和电台。"

说到这里，横路从他的坐椅下面拿出一本中文《资治通鉴》交给冈本矢一："这本书就是密码本，每个字的页码四位数字，行数二位数字和字数二位数字，组成八位数字，代表一个字。明白了吗？"

"明白了。不过，为什么用中文密码呢？"冈本矢一装着不明白，故意问横路。

"这是夏先生要求的，他告诉我你的中文很好。"横路解释。

"好吧。电台呢？呼叫频率和规定的通讯时间呢？"冈本矢一很专业地问横路。

"呼叫频率和规定的通讯时间写在一张小纸条上，夹在书里面，请牢记后销毁。"说完，横路拿出一串钥匙交给冈本矢一，"这是房间的钥匙，这间房子在天津路16号甲，离这里不远。电台藏在二楼卧室的衣柜里面，用衣服盖着。我就不带你去了，你自己能够找到的。对了，你好几年没发过报，还记得怎样用发报机吗？"

"好几年没有摸发报机，都生疏了。不过应该还能对付。"

冈本矢一笑着回答。接着，他带着一点不情愿的口气问横路："为什么要绕这样大一个弯子呢，夏先生从其他渠道不是一样能够获得他所需要的情报吗？"

"这是有原因的，冈本先生。由于夏先生的特殊身份和他所承担的重要任务，总部不希望更多的人知道他的真实身份，因此只能在已经知道他身份的人当中，选择适当的人给他提供情报，你就是最合适的一个。另外，从你这里获

武汉谍战

得情报会显得更自然。明白总部的良苦用心吗？"

横路微笑着向冈本解释。

"喔，想不到夏先生这么特殊啊！我是他最好的朋友呢，我们共事了好几年，前两年才分开的。真羡慕他！他一定是为陆军情报部门作出过巨大贡献，才会这么受器重！"冈本矢一想从横路嘴里获得一点有关夏文远的情报。

"那是当然！我透露一点夏先生的功绩给你听听。我国政府能够与汪精卫顺利地谈判成功，夏先生提供的情报起了至关重要的作用。"横路的语气充满敬佩。

"夏先生太厉害了。喔，对不起，横路先生，我不该问的。"冈本嘴上这样说，心里却暗自高兴。

横路透露的消息足以证明冈本矢一的判断。

夏文远是一个双料间谍，他的真实身份是为日本工作的间谍。

和横路分手后，冈本矢一回到自己的办公室。他坐下来写了一封密信，信的内容翻译出来后很简单：

　　频率16.32兆赫，固定通讯时间晚上9点30，密码本是民国二十一年商务书局出版的《资治通鉴》第二册。前四位数是页码，后四位数分别是二位行数和二位字数。

冈本矢一将这封密信装进信封，在信封上写上地址，贴上邮票。下班时，他将密信投进一个路边的邮筒。

三

冈本矢一从华中派遣军司令部出来的时候，已经是晚上八点多了。他回到宿舍换上便装，就出门了。

冈本矢一来到天津路16号甲。今晚九点半，他要将日军第十一军的随枣作战计划发给夏文远，同时发给组织。

三天前的晚上，他已经来过这个房间，检查了电台，顺便熟悉了屋子和四周的环境。

这是一个两层楼的房子，一楼是客厅，二楼是卧室。

他昨天从广播里面收听到组织给他的指令。组织告诉他，来信收到，内容

第二十二章　日军间谍

知悉，已经做好接收密电的准备。

冈本矢一来到天津路16号甲后，并没有直接开门进去，而是在附近转了几分钟。他仔细地观察了周围的情况，确认没有人跟踪，才开门进去。

冈本矢一进屋后，打开电灯，然后从里面锁上门。

冈本矢一来到二楼的房间。他将电台和准备好的电文稿从衣柜里面拿出来放在桌子上面，然后架好电台天线，接通电台电源，调整好频率。

冈本矢一看了看手表，时间到了。他戴上耳机，开始发报。

他用了45分钟才将电文发完。然后他等对方回电。几分钟后，他收到回电，是夏文远发给他的，通知他收到电报。

冈本矢一很高兴。他利用自己和夏文远之间传送情报的渠道，在神不知鬼不觉的情况下将情报同时传送给组织，一举两得，既方便又安全。

冈本矢一从16号甲出来，观察了一下周围的情况，没发现异常，才放心地离开。

在回宿舍的路上，冈本矢一考虑，今后要不要利用这部电台和组织直接联系？如果用这部电台和组织联系，双方的通讯联络会方便快捷得多。他相信组织上也会考虑同样的问题。他和组织上本来就有通讯密码。只要组织上确定通信频率和时间，冈本矢一就可以方便地和组织联络。同时，原来的通讯联络方式也应该保留，两种通讯联络方式可以相互补充。

他决定第二天给组织发密信，提出自己的建议。他还要在密信中再次提醒组织，夏文远是日本特工。希望组织提醒国民政府军事委员会和情报机构采取防范措施。

第二十三章 隐 患

一

湖岸边已经长出了一片片翠绿的青萍，幼荷夹杂在青萍之间，随波漂荡。早春的梁子湖，在晚霞的映照下，波光粼粼。湖面上烟波浩瀚，让远处的湖中岛屿，若隐若现。冬天看起来苍凉的湖面，已经露出了春意。

小船靠上湖岸边。

运生和胡永春向送他们过来的船老大道了谢，然后从船上跃上湖岸。

他们俩的伤已经完全好了。

上岸后，他们往豹澥镇赶路。

大年初一那天，王粟、赵云清他们护送飞行员离开之后，小盛带着运生和胡永春以及其他伤员来到涂家垴，这里是梁湖大队的常驻地。

小盛将运生和胡永春安排在一个老乡的家里住下养伤。

安顿下来后，运生从老乡家出来，闲逛到涂家垴杂货店。

杂货店老板是军统豹澥镇联络站的眼线。运生请杂货店老板立刻将找到飞行员的消息报告给豹澥镇联络站的薛老板。

不久之后，运生和胡永春的伤完全好了。二人准备回豹澥镇和武昌。

临离开前，他们特意打听了黄顺的下落。

听说黄顺带日本人到大徐村杀了五婶后，知道乡亲们恨他，害怕报复，因此偷偷离开了梁子湖。有人在武昌看到过他，说他在武昌给日本人跑腿。

运生和胡永春当晚回到豹澥镇军统联络站。第二天早上，胡永春独自一人赶回武昌。

二

回到武昌后，胡永春就开始打听黄顺的下落。

运生在豹澥镇和胡永春分手的时候，再三要求胡永春帮忙找到黄顺。

胡永春答应运生，他会想尽一切办法找到黄顺，替五婶报仇。

胡永春从没有见过黄顺，也没有他的相片，不知道他长得什么样，因此要想找到黄顺并不容易。

在武昌给日本人当差，要么是给日本人当宪佐，要么是在警察局当密探。如果黄顺没改名字的话，找到他还有可能；如果黄顺改名换姓，想找到他就更难。

不管怎样，胡永春一定要找到黄顺。

现在，赵云清还没有回来。等赵云清回来之后，胡永春会和他商量，请求赵云清动用全组人员，帮忙寻找黄顺。目前他只能自己一个人去查找黄顺的下落。

自从领着日本兵到大徐村抓飞行员，鬼子小队长杀害五婶后，黄顺就不敢再回梁子湖地区了。

他知道，日本人根本没有兵力去控制乡村地区。如果他回大徐村，说不定哪天会被人用锄头砸死扔到湖里喂鱼。

因此，不等过完正月十五，黄顺就托翻译官介绍他去武昌，在武昌宪兵队下属的武昌宪佐队当差。

日军武昌宪兵队有两个分队，北分队设在民主路的基督教青年会，南分队设在八铺街。

宪佐队设在武昌粮道街，离民主路上的武昌宪兵队北分队不远。宪佐队里全是中国人，他们的工作就是帮日本人维持治安、打探情报、搜捕抵抗分子，配合日本人设岗检查、搜查等等。

宪佐队里的人之前大多是街上的混混、街坊的泼皮。根据工作需要，有的宪佐穿便衣，有的穿制服。穿制服的宪佐手臂上戴着一个印有"宪佐"二字的袖章。穿便衣的宪佐喜欢戴一顶日军的军帽，看起来很滑稽。

有翻译官的介绍，黄顺很快就加入了宪佐队。

三

赵云清和王粟那天带着三个飞行员从梁子湖南岸出发后,路上一直很顺利。日本人虽然占领了城镇,但在乡村地区,他们鞭长莫及。日军的兵力有限,除了能够维护重要的城镇和交通枢纽的安全之外,没有多余的兵力去控制广大的乡村地区。

一路上都很顺利。三天之后,王粟、赵云清一行进入国军控制区。王粟见飞行员已经安全,便和赵云清告辞,率领游击队返回。

两天后,赵云清、方仁先护送三名飞行员顺利达到第九战区司令部驻地长沙。

赵云清将三个飞行员转交给第九战区司令部,第九战区司令部立刻将三名飞行员安全到达的消息电告军统总部。

赵云清和方仁先打算在长沙休息三天,然后返回武汉。

不料,军统通过长沙站,通知赵云清留下来护送两名重要人物去大冶。这两人会在三月中下旬到达长沙,再由赵云清护送到大冶。这两人的身份是保密的。

两名重要人物到达长沙后的第二天,赵云清和方仁先就奉命带领他们出发,护送他们去大冶。

他们一路上昼行夜伏,非常顺利,没有遭遇到日军。几天后的上午,他们到达大冶县城。

赵云清一行进城后,根据指示顺利地和军统交通站接上头,将两名重要人物交给交通站。

完成任务后,赵云清和方仁先没有在大冶停留,立刻赶往武昌。

赵云清和方仁先当天傍晚到达豹澥联络站。

薛掌柜见赵云清和方仁先安全回来,知道他们顺利完成了营救飞行员的任务,因此非常高兴。薛掌柜还特意准备了几个好菜,招待赵云清和方仁先。

吃饭的时候,运生向赵云清汇报了他们离开后,这里发生的事情。运生还特别强调五婶是因为救他们和飞行员才被杀害的,希望赵云清和方仁先帮忙找到黄顺,替五婶报仇。

赵云清和方仁先表示,这是他们义不容辞的责任。

第二天清晨,赵云清和方仁先离开豹澥镇赶回武昌。

下午两点多,赵云清和方仁先回到武昌。

赵云清与方仁先在大成路口分手后,就直接回了家。见家里没人,马上明

第二十三章 隐 患

白何慧娴和小何一定是在照相馆。他打了一盆水，洗了一把脸后，就赶去照相馆见何慧娴和小何。

坐在照相馆柜台里面的何慧娴见赵云清推门进来，赶忙走出柜台，迎接赵云清。

她走到赵云清面前，关心地看着他，略带埋怨地问他为什么出门这么久，也没有个音讯，让她担心死了。说着说着她的眼泪就流了出来。赵云清赶忙安慰她，说事情很顺利，要她不要担心。还说，你看我这不是好好地回来了吗？

小何见赵云清回来，也很开心。他顾不得赵云清疲劳，不停地问赵云清执行任务的情况。

出门执行任务这么久，现在终于回到家，让赵云清感到温暖。

方仁先回到汉口立兴洋行大楼军统武汉区总部，立刻向李国盛和唐新汇报了营救和护送飞行员的经过。汇报过程中，自然而然地提到五婶的事。

李国盛之前已经收到重庆军统总部的密电，知道赵云清和方仁先不仅完成了营救和护送飞行员的任务，而且还顺路护送两个非常重要的官员到达大冶，所以对他们这次的表现非常满意。现在看到方仁先完成任务后安然无恙地回来，心里说不出的高兴。

不过，方仁先刚才提到五婶的事，引起李国盛的警惕，唐新也有同样的感觉。

李国盛不放心，觉得还是问清楚一点比较好，于是，他问方仁先："黄顺认识赵云清、胡永春和你吗？"

"应该不认识，我们都没亲眼见过黄顺。"方仁先明确地回答。

"你刚才不是说黄顺暗中监视五婶家，才发现了你们和飞行员吗？"李国盛问方仁先。

"是啊，难道他不会在暗中看到过你们？"不等方仁先回答，唐新进一步问道。

"这个，嗯，这确实有可能。我怎么没想到呢？现在该怎么办？"

方仁先觉得李国盛和唐新分析得有道理。

"尽快通知赵云清和胡永春，务必保持警惕。如果黄顺真在武昌，千万不要被他认出来。如果发现黄顺，立刻干掉！"

"是！老板。"

第二十四章　军列情报

一

　　李宗仁四月初收到最高军事委员会发来的日军随枣作战计划。

　　日军作战计划显示，冈村宁次的第十一军将集中三个师团加两个旅团的兵力，向第五战区进攻，围歼第五战区主力，消除第五战区对武汉的威胁。根据日军作战计划，日军将以第13、16师团和骑兵第4旅团沿京山、钟祥一线向枣阳方向进攻；以第3师团沿应山一线向随县方向进攻；以29旅团沿信阳一线向桐柏方向进攻。

　　最高军事委员会特意电示李宗仁，为了保护情报来源，请他不要让任何人知道他收到这份情报。李宗仁知道事关机密，没有向其他人透露这份情报，因此连他的参谋长都不知道他手里掌握着这份情报。在制订作战计划时，李宗仁只是将相关的情报内容告诉参谋长。参谋长是何等聪明的人，他明白李宗仁的用意，并不多问，只是按照李宗仁透露的情报内容，制订出相应的作战方案，并下达各部队实施。

　　李宗仁根据情报，对第五战区兵力部署做了相应调整。李宗仁将所属部队分为右集团、左集团和江防军。张自忠的右翼兵团下辖第二十九集团军和三十三集团军，负责京山、钟祥方向的防守；李品仙的左翼兵团下辖第十一集

第二十四章 军列情报

团军和第二十二集团军抗击日军沿应山方向的进攻；江防部队负责宜昌以下的长江防御。同时，汤恩伯的第三十一集团军和孙连仲的第二集团军为机动兵团。第五战区的兵力达二十二万，对于三个半师团的日军进攻部队，占据很大优势，完全有能力粉碎日军的进攻。

四月二十二日，李宗仁收到夏文远的情报，也是日军的随枣作战计划。夏文远的情报证实军事委员会四月初发给李宗仁的情报是准确的。

吴应天感觉到整个第五战区都动起来了。部队开始调动，调整防线和兵力部署，后勤单位不停地运送部队的弹药和给养，准备迎击日军的进攻。

吴应天不担心日军的实力，他认为：不管中国军队怎么准备，都阻挡不了日军的进攻。离日军第十一军的进攻还有一两个星期，他没有收到总部的新指令。看来冈村宁次司令官胸有成竹，不需要他提供第五战区更详细的军事部署情报。

吴应天知道每天仍然有人在跟踪他，不过他没什么好担心的。他现在每天都在盼望着日军的进攻，到时候他需要随机应变。

情报处王处长上次密电请示戴笠之后，很快就收到戴笠的回电。回电要求他相信自己的判断。并且告诉他，日军间谍都受过严格的训练，不是那么容易就露出破绽的，希望他要有耐心。戴笠相信，日本间谍一定在四个重点嫌疑人当中，让他继续调查。

王处长已经制订一个具体的行动计划，他现在正在做细节方面的完善。一旦计划修改完成，他会将此行动计划报戴笠批准后实施。

二

李国盛收到戴笠的密电。密电通知李国盛重庆已经掌握确切的情报，证实日军准备在五月初对第五战区发动随枣作战。戴笠指示李国盛的军统武汉区配合武汉周围的游击队打击日军后方运输线。

李国盛给唐新、宋岳及各小组传达了戴笠的指示，并向他们下达命令，收集日军情报，配合游击队行动。

郭子贤在江岸车站工作了十几年。

他一直是车站的调度员，直到日本人来了之后，中国籍的调度员不受日军信任，要么降级担任调度协理员，要么调往其他部门担任别的工作。

武汉谍战

　　郭子贤因为工作性质，在工作中可以正常地获得日军军列的编组情报。即使是临时加挂的军列，他也会提前知道。

　　下班时间到了，同事们相互打着招呼，陆续离开办公室。郭子贤收拾了一下他的办公桌，和同事们打了个招呼，便离开了办公室。

　　从江岸车站出来后，郭子贤没有直接回家，而是去了车站附近头道街一个叫做头道酒馆的小餐馆。明天是礼拜天，郭子贤不用上班，所以约了朋友下班后到这家餐馆喝酒。

　　走进餐馆，郭子贤环顾了一下餐厅，发现唐新坐在一张桌子边，于是就走过去和唐新打招呼。唐新客气地请郭子贤坐下。

　　唐新早上给郭子贤打电话，用暗语通知他今天下午六点和他在头道酒馆接头，从他这里取回情报。

　　此时，郭子贤身上带着一份未来两个星期的日军军列编组计划，这份日军军列编组计划是他按照唐新之前的指令暗中记录下来的。

　　郭子贤观察了一下四周的情况，见没人注意到他们，于是将情报从桌子下面偷偷地交给唐新。

　　唐新收到情报后，马上站起来对郭子贤大声说，今天有些别的事，先走了，下次再请他喝酒。

　　说完，唐新离开酒馆。

　　郭子贤没有离开，他在等他的朋友一起喝酒。他和他的朋友约定的时间是七点。

　　唐新走出酒馆，穿过马路，上了一辆停在马路对面的汽车。

　　方仁先见唐新上车，马上启动汽车引擎，开车离去。他们必须立刻赶回总部，这份情报必须在当天晚上发出去。

　　如果不是紧急情报，唐新不需要直接和郭子贤联系。郭子贤和总部有正常的情报传送通道，不过需要两三天时间才能送到。

　　如果遇到紧急情况，唐新需要和郭子贤见面时，会先给郭子贤打电话，通知郭子贤需要见面。然后他以恒泰商行的名义，去江岸车站办理货运，乘机和郭子贤接头。

　　这次是因为日军将要发动对第五战区的随枣会战，按照重庆总部戴笠的指示，必须对日军的后勤运输线进行重点打击，破坏日军的进攻。由于时间紧迫，李国盛才派唐新亲自去和郭子贤接头取回情报。

　　总部收到情报后，会将情报转发给平汉铁路破坏总队第三大队，让第三大

第二十四章　军列情报

队对日军江岸至信阳段运输线进行针对性打击，支援第五战区对日作战。

方仁先开车载着唐新很快回到总部。

唐新下车后快步上楼来到李国盛的办公室。

李国盛正在看《大楚报》。见唐新走过来，李国盛便将手上的报纸放在桌上，然后指着报纸的头条新闻问唐新看过没有。唐新接过报纸看了看，头条的标题是"汉口特别市府成立，张仁蠡出任市长"。唐新回答说没有看过这条新闻。

李国盛便对唐新说：

"你有空拿去看看吧。对了，伤愈后的计国桢当上市政府参事室主任。"然后他像是自言自语地说，"连张之洞督办的儿子都成了汉奸，这世道到底怎么了？"

唐新将带回来的情报交给李国盛。

李国盛让梁问天立刻将情报编成密码电文。

密码电文编好后，李国盛将电文交给唐新，请他立刻出发亲自送到汉正街的电台报务员，让报务员务必在当晚将情报发出。

唐新赶到汉正街电台报务员安守文家，将密码电文交给安守文。

安守文按照命令，当晚将情报发回重庆军统总部。第二天晚上，重庆军统总部将这份情报转发给平汉铁路破坏队第三大队。

第二十五章 随枣会战

一

5月1日，日军第13师团、第16师团和骑兵第4旅团，在飞机和坦克的支援下，由钟祥、京山一线，向张自忠的右翼兵团第37师和180师防守的长寿店发起进攻。与此同时，应山的日军第3师团，向李品仙的左翼兵团第十一集团军第84军驻守的随县外围阵地发起进攻。随枣会战正式打响。

5月4日，钟祥、京山一线日军突破长寿店两侧守军阵地，即以主力沿襄河（汉水）东岸向枣阳方向突击。中国守军虽顽强阻击，并不断以襄河西岸的部队渡河侧击北犯日军，但终因日军装备精良、行动迅速，未能阻止其进犯。8日，日军占领枣阳，10日，再占湖阳镇和新野；12日，又夺取唐河，并一度占领南阳。

应山方向日军第3师团主力，与中国守军第84军激战两昼夜后，于4日夺取塔儿湾阵地。中国军队被迫放弃高城向西转移，高城遂为日军占领。5日，日军第3师团一部向天河口发起进攻，并于两天后夺占天河口。8日，高城日军向厉山阵地发起进攻，守军第84军与敌展开激战。日军指挥官冈村宁次见进攻发展顺利，遂令驻信阳的第3师团第29旅团向桐柏进攻。12日，该路日军攻陷桐柏。第五战区陷入被动局面。

第二十五章　随枣会战

五月十日晚，前线局势危急，樊城东面门户大开，驻樊城的第五战区司令部岌岌可危。

鉴于此，李宗仁决定将第五战区司令部从樊城后撤到老河口。司令部临时决定，立刻抽调司令部军官组成先遣小组，出发前往老河口，安排和协调第五战区司令部撤退老河口事宜。

先遣小组由情报处王处长、参谋处文达士、通讯处鲁生荣、后勤处卢晓东和作战处吴应天五人组成，王处长任组长。先遣小组将携带一部电台，驾驶一辆中型吉普连夜出发，赶往老河口。

晚上九点，经过简单准备之后，先遣小组由王处长亲自驾驶吉普车，率领四名成员匆忙出发。

王处长驾车出樊城之后，按计划先向北，然后沿着樊城到老河口的公路向西，预计三四个小时就可以到达老河口。

可是，由于夜黑难以辨别方向，一个多小时后，先遣小组迷路了。

夜色中看到前面有一个村子，王处长只好将车开过去停在村子旁的路边，辨认方向。

先遣小组发现路边有一个木牌子，木牌上写着"张楼"两个字，原来这个村子叫做张楼。

王处长拿出地图，借着手电的灯光，查看地图。

王处长发现，先遣小组完全走错方向，现在他们已经在河南境内，离日军白天刚刚占领的新野只有二十公里。

王处长对大家说了一声抱歉，然后赶紧收起地图，准备驾车原路返回。

可是，已经晚了。

汽车的灯光已经将隐蔽在村子里的日军特战队吸引过来。

正当王处长准备发动汽车时，十多个日军特战队士兵已经从四面将汽车包围起来。

从这些日军的服装和武器配备来看，这是一支日军的特战小分队。

日军特战队中一个会说中国话的士兵大声对王处长等人说，抵抗是没有意义的。投降吧！扔掉你们的武器，举起双手下车！

面对十几支自动步枪黑洞洞的枪口，王处长他们五人相互看了看，最后无可奈何地按照日军的命令，将腰间的皮带解开，连同手枪一起扔在地上，举着双手从车上下来。

日军特战队将王处长他们押到村里的一间房子里关起来，然后一个接一个地将他们五个人单独叫出去审问。

最先被带出去的是王处长，他的军衔最高，是少将。

十五分钟后，王处长被带回来。日本人接着带走了文达士。

日本人离开房间之后，大家立刻围住王处长，问他刚才被日本人带出去之后发生的事情。

王处长告诉大家，日本人刚才审问了他。日本人从他身上搜出他的证件，知道了他的姓名、部队番号、军职等等。日本人随后让他亲口一一核实了他的姓名、军衔、军职和部队番号。因为他是将官，又是第五战区情报处长，将来对日军有很大的利用价值，因此日本人对他比较客气。接着，日本人问他这次出来执行什么任务，王处长照直告诉日本人，他们是第五战区司令部撤往老河口的先遣小组，负责到老河口打前站。日本人又问了几个无关紧要的问题之后，就将他带回关押他们的房间。

大概十分钟过后，文达士也被带回来。日本人问了他几个和王处长相同的问题。

接下来鲁生荣被带出去。十多分钟后他被带回来，脸上带着伤痕。很明显，日本人对他用了刑。当时，日本人要他交出通讯密码，他告诉日本人他没有携带密码，日本人就动手打了他。后来，日本人在他们的吉普车上找到密码本。密码本是鲁生荣在被日军包围的时候，情急之下匆忙扔在车里的。

接着，吴应天被带出去。

两名日军特战队员押着吴应天来到不远处的另外一间房子。进门后，吴应天看到房间里面有一张桌子，桌子后面坐着一个人。此人就是日军特战队长。

开始时，日军特战队长问了吴应天几个同样的问题，吴应天一一作答。接着，日军特战队长问吴应天一些关于第五战区这次作战的详细计划。吴应天将自己记得的部分，告诉了日军特战队长。

日本人没有再问吴应天其他问题，将他送回关押他们的房间。

最后一个被带去问话的是卢晓东，日本人问了他几个同样的问题之后，又问了他有关第五战区部队装备给养方面的问题，然后将他押回房间。

五个人都回到关押他们的房间后，大家都变得忧心忡忡。每个人都开始担忧自己的命运，牢房的气氛非常压抑。

过了一会儿，日军特战队长和那个会说中国话的特战队员来到关押他们的房子门前。

日军特战队长让门外的看守打开房门，然后站在门口审视着里面的五个

第二十五章　随枣会战

人。接着日军特战队队长和会说中国话的队员开始用日语交谈。五个人当中只有吴应天听得懂日语。

日军特战队长说，这个地区目前还是中国军队控制的区域，特战队随时会和中国军队遭遇。如果特战队带着五个俘虏的中国军官行动，会很不方便。他建议只留下王处长给他们带路，连夜出发，赶在天亮之前突袭第五战区在樊城的司令部。至于其他的四个中国军官，就地枪毙算了，免得他们透露特战队的行踪。

会说中国话的特战队员有点犹豫，他提醒队长，这些被俘的军官是受日内瓦公约保护的，杀死他们是否不妥。

可是日军特战队长反过来带着嘲讽的语气告诉那个会说中国话的队员，自己的特战队员是不受日内瓦公约保护的，所以不必遵守日内瓦公约。

那个会说中国话的队员听了队长的话之后，没有再说什么。

日军特战队长和会说中国话的特战队员离开后，王处长赶忙问吴应天，刚才两个日本人说了些什么。

吴应天只好照实告诉大家，两个日本人刚才说，除了留下王处长为他们带路之外，其他四个人马上要被枪毙。

听到这个消息后，大家的心情坏到了极点。

过了大约十分钟，房间的门打开了。门外进来五名日军特战队员。

五名日军特战队员进门后，立刻将文达士、吴应天、鲁生荣和卢晓东四人押出房间。很明显，日本人是要将他们四人押出去枪毙。

五名日军特战队员押着吴应天等四人向村边的一块空地走去，空地的一端有一堵残留的土墙。

文达士和鲁生荣见日本人真的要枪毙自己，情绪变得非常激动。他们俩大声地叫喊，要日本人遵守日内瓦公约。见日本人毫不理睬，他们便开始破口大骂日本人，操日本人的祖宗。

吴应天见状，便大声地用日语骂日本人不遵守日内瓦公约，并警告他们将来会上军事法庭。见日本人仍然不理睬，他也开始破口大骂日本人是狗娘养的，不得好死。

日本特战队员根本不理会吴应天他们的叫骂，将他们带到空地上的一堵废弃土墙前，让他们四个人靠墙并排站好。

四个日本特战队员端着枪往后退了几步，在离吴应天他们十来步远的地方停下来，然后排成一排，等待命令。

武汉谍战

另外一个看起来像小头目的日军特战队员站在旁边，对着他的四名特战队员喊着口令：

"上膛，举枪！"

四名日军特战队员听到口令后，将自动步枪的子弹推上枪膛，然后举起枪瞄准吴应天他们四人。

"预备！"日军特战队小头目继续发出口令。

四个日军特战队员屏住呼吸，瞄准吴应天他们四人，等待开枪的口令。再有一秒钟，日本人就会开枪。

"等等！"

在这千钧一发之际，吴应天不顾一切地大声用日语阻止日军特战队员。他本来不想暴露身份，可是在这就要失去生命的最后一刹那间，他的意志动摇了。他愿意为大日本帝国去死，但这么不明不白地死在自己人手里太不值得。因此，他只能铤而走险做最后一搏。他乘日军特战队员正在犹豫时，继续大声对他们说："我是潜伏在中国军队里的日军情报员，正在执行秘密任务！放了我们，这是命令！"

几个日本特战队员听了吴应天的话之后，瞪大眼睛看着他，似乎在犹豫要不要相信他说的话。愣了一下之后，特战队小头目用嘲讽的口吻对吴应天说：

"你是日军情报员？是啊，那我还是蒋介石呢！全体都有，预备！"

吴应天见愚蠢的日军小头目不听他的解释，不禁陷入绝望。他刚要开口做最后的挣扎，没想到左前方突然响起一阵枪声。

砰，砰砰……

日军小头目随着枪声中弹倒地，另外四个日本特战队员见状马上趴下，朝枪响的方向还击。

吴应天四人见此情景，立刻顺势趴在地上，避免被子弹伤着。吴应天趴在地上，伺机观察周围的情况。

只见左前方不远处不停地闪耀着步枪射击时枪口吐出的火舌，并且传来激烈的枪声。

日军特战队员受到突如其来的攻击，趴在地上向对方还击。由于只顾着对付周围的敌人，四个日军特战队员无暇顾及吴应天等四人。

见此情形，吴应天对其他三个人大声喊一句："快跑！"

话音未落，吴应天已经从地上爬起来，猫着腰朝黑暗中跑去。其他三个人听到吴应天的喊声，赶忙从地上爬起来，跟着吴应天逃走。

第二十五章　随枣会战

吴应天他们跑到村口边，见没人追赶才停下来。四个人躲在黑暗处观察动静。

吴应天他们刚才逃离的地方枪声越来越激烈，接着传来轰轰的手榴弹的爆炸声。看来，那边的战斗还在继续进行。

文达士非常感激吴应天千钧一发之际和日本人说话，拖延时间救了大家的命。因此，他好奇地问吴应天，刚才日本人正要开枪时，吴应天对日本人说了些什么？

吴应天笑着回答说，他刚才告诉日本人说他们都信佛，当心报应。

大家听了之后，都笑了。他们都很佩服吴应天的机智。

几分钟后，枪声渐渐地远去。

四个人商量了一下，决定回去找王处长。

黑暗中，吴应天他们顺着来路，悄悄地向关押他们的房子摸去。

当吴应天他们经过刚才交火的地方时，发现地上躺着五具日军特战队员的尸体。这五个被打死的日军特战队员，就是刚才押着他们去枪毙的那五个人。

看到五个日军特战队员的尸体，吴应天内心不停地感激老天爷。这下他没有后顾之忧了。如果这五个日军特战队员有一个人活着被俘，那么吴应天的身份就有可能暴露。真是天助我也！吴应天心里暗暗地说。

刚才真的太危险了，再过一秒钟，他就会被日军枪毙。想到这里，吴应天还有些后怕。

吴应天他们回到关押他们的房子附近。由于情况不明，他们不敢直接过去，只是躲在暗处观察。

正在这时，王处长和两个国军军官从房子里走出。看来王处长被国军救了。

见此情形，吴应天他们从隐蔽的地方跑过去和王处长见面。经过刚才的生离死别之后，大家都有一种死里逃生的感觉。

在各路日军先后占领桐柏、高城、三阳店、唐河、新野一线，即将合围桐柏山、大洪山守军主力这样极为不利的形势下，第五战区司令长官李宗仁急令第三十一集团军主力会同第一战区第二集团军由豫西南下，向唐河、新野一带展开反击。同时，命令在大洪山、桐柏山担任游击任务的第39军、第13军向唐县镇和枣阳攻击，牵制日军西进；命令襄河两岸部队堵截日军退路。13日，中国军队增兵南阳，先后克复唐河、新野。15日，各路援军发起攻击，经三日激战，重创日军。

日军因苦战多日，疲惫不堪，遂向东南退却。19日，中国军队收复枣阳。

23日，收复随县。至此，随枣会战结束。

此次会战，历时三个星期，国军曾一度处于被动局面。但由于国军兵力占有很大优势，后经全军将士浴血奋战，国军转败为胜。日军付出伤亡一万三千余人的代价，最终未能达到预定的战役目标。国军此役伤亡两万多人。会战结束后，双方恢复到战前态势。

二

根据李国盛提供的日军军列编组情报，平汉铁路破坏队第三大队大队长徐宽决心对日军铁路运输线展开袭击，支援第五战区的随枣会战。

四月下旬的一个夜晚，大队长徐宽和副大队长鲁子郁带着第一小队的二十多名队员，乘着夜暗，沿着山间崎岖小路，隐蔽地进入他们事先选择好的埋伏地点。

埋伏地点在铁路边的山坡上，这里距离广水车站南面大约有三四公里。铁路两边都是山坡，便于袭击和撤退。

根据情报，日军军列会在晚上十一点左右经过这里。

日军的护路巡逻队每隔半个小时会从这里经过一次，徐宽他们必须等日军的护路巡逻队过去之后，才能安放炸药。

十点半，日军的护路巡逻队按时通过了。

徐宽立刻给队员们下达开始行动的命令。队员们听到徐宽的命令后，迅速地从各自隐蔽的地方爬起来，携带着爆破器材和工具，弯着腰向铁路跑去。

队员们用铁镐扒开铁轨下面路基的碎石，将两大捆炸药安放在铁轨下面，然后他们在炸药上插上引爆雷管，并接上导线。他们将导线延伸到山坡上他们隐蔽的地方，接到引爆器上。所有的准备工作都完成后，徐宽和队员们等待着日军的列车到来。

大约几分钟后，一列火车从南面开过来。徐宽和队员们都是老铁路，他们根据时间推算，这列火车应该就是他们要袭击的军火列车。

"准备！"徐宽小声地命令身边操作引爆器的队员。

火车很快就到了埋设炸药的地方。当列车的车头开过埋设的炸药时，徐宽一挥手，同时大声地下令：

"起爆！"

操作引爆器的队员迅速按下引爆开关。

第二十五章　随枣会战

轰，轰！

两声巨大的爆炸声，伴随着红色火球腾空而起。沉重的列车被巨大的爆炸力炸得腾空而起，然后跌落在铁路两边。后面的车厢由于惯性冲向前面，造成车厢接连脱轨。脱轨的车厢猛烈地相互撞击，四处翻滚，车厢里面满载的军火顿时被引爆，列车立刻发生了一连串的爆炸。

轰，轰，轰……猛烈的爆炸声响彻云霄，震耳欲聋。剧烈的爆炸将车厢炸得粉碎；车厢的碎片被剧烈的爆炸抛向空中，飞得老远。炸毁后的车头和车厢七零八落地散落在铁路边，开始起火燃烧。

队员们看到列车爆炸后起火燃烧，立刻大声欢呼。

徐宽见任务圆满完成，便下令撤退。

随着徐宽的撤退命令，所有队员沿着来时的山路，乘着被火光映红的天空，伴随着此起彼落的爆炸声，迅速地消失在山里的黑暗中。

接下来的一个多月里，徐宽的第三大队对日军的铁路运输线展开了一系列的袭击，给日军后勤补给予以沉重打击，有力地支持了随枣会战。

第二十六章　告　密

一

何慧娴去医院看医生，医生告诉她怀孕了。

赵云清出去执行任务前，何慧娴带他去看过一位名中医。听说这位名中医治好过很多不孕夫妻。

赵云清一直在吃这位名中医开的药，没想到这位名中医的药方这么灵！

对于何慧娴来说，这是一个天大的喜讯。

她和赵云清结婚十多年，一直盼着能够为他生孩子，延续赵家的血脉。无奈事与愿违，何慧娴始终没有怀上赵云清的孩子。就在她已经不抱任何希望的时候，突然怀上赵云清的孩子，这让她欣喜若狂。

晚上，何慧娴兴奋地将自己怀孕的消息告诉赵云清。

赵云清听了之后，先是一愣，紧接着摇了摇头。

他不敢相信这是真的。

何慧娴见赵云清不敢相信，便带着几分骄傲大声告诉赵云清这是真的。

赵云清这才好像明白过来一样，高兴得跳了起来。他激动地将何慧娴抱起来，不停地在空中打转。他一边亲何慧娴，一边激动地说："我有后了！我有后了！谢谢你，慧娴！"接着，他放开何慧娴，迅速冲出自己的房间，穿过堂

第二十六章 告 密

屋，撞开小何虚掩的房门，大声对小何说，兄弟，你姐怀伢了，你姐怀上孩子了！你哥有后了！有后了！

看到赵云清这么激动，何慧娴感动得直流眼泪。

小何听说何慧娴怀孕了，真心替赵云清和何慧娴高兴。他知道怀不上孩子一直是大哥大嫂的心病。

二

一天下午，黄顺和一个同事在武昌文昌门办完事后，到附近的一间茶馆喝茶。

此刻，胡永春正骑着脚踏车沿着长街从司门口方向过来。

胡永春的脚踏车后支架两边各有一个铁丝编织的篓子，篓子里面装满一包包的杂货，有香烟、饼干、干菜、砂糖、糖果等等，他刚去批发店进货回来。

胡永春踩着脚踏车从长街转进文昌门，来到茶馆门前停下。

他将脚踏车架在茶馆门前的路边，然后从车后的篓子里拿出一个纸包，走进茶馆。

黄顺隔着几张桌子，无意地看着进来的胡永春。突然，他觉得这个人看起来有点眼熟，可一时想不起在哪里见过。

胡永春手里拿着一包砂糖，走到茶馆的柜台前面，将茶馆老板托他带回的一包砂糖交给老板，然后转身走出茶馆，骑上脚踏车离去。

黄顺觉得胡永春说话的声音听起来也很熟，带着明显的磁性，肯定不久前在哪里听过这个人的声音。他想了一下，身子不由得猛然一震，接着就从椅子上跳起来。他快步走到门外，朝胡永春离去的方向看去，然后若有所思地回到自己的茶桌边坐下。

黄顺认出胡永春就是在五婶家门外望风的人。

除夕那天下午，黄顺在暗中盯着五婶家，他记得胡永春的样子，也记得胡永春迎接运生和飞行员时的说话声。

黄顺刚才追出去时，胡永春已经骑车走远，他没有看到胡永春去了哪里。

黄顺回到茶桌坐下想了一会儿，马上就有了主意。他站起身来，朝茶馆的柜台走过去。

黄顺来到柜台前，问柜台里的茶馆老板刚才进来的那个人是谁，说那个人长得像他朋友的表哥。老板告诉他那人是文昌门杂货店老板老胡家的儿子胡永春。

黄顺谢过老板后，回到自己的茶桌坐下。

黄顺告诉同事前面有一家文昌门杂货店，让同事去确认一下。

同事出去一会儿之后就回来了，他告诉黄顺前面确实有一个文昌门杂货店。黄顺听了之后，赶紧拉着同事离开茶馆。

黄顺匆匆赶回宪佐队，立刻去找宪佐队长，向宪佐队长报告他刚才发现的情况，并将事情的来龙去脉告诉宪佐队长。

宪佐队长听了之后，觉得事情非同小可，立刻带着黄顺去民主路的武昌宪兵队见宪兵队长龟田义夫。

龟田队长听了黄顺的报告后，认为黄顺发现了潜伏在武汉的抵抗组织，对他的情报非常重视。

为了保密以及黄顺的安全，龟田队长让黄顺暂时住在宪兵队，尽量不要到外面去露面，等宪兵队安排好一切之后，再展开行动。

接着，龟田队长打电话向汉口宪兵队队长美座时成报告此事。

美座时成对这个情报非常重视。他和伍岛茂商量后，决定立刻从特高课抽调特工人员，配合武昌宪兵队，对文昌门杂货店和胡永春家实行监视，并对胡永春进行秘密跟踪，希望顺着胡永春这条线索发现更多的抵抗组织成员，然后将他们一网打尽。

不过到目前为止，两个星期已经过去，负责跟踪监视胡永春的特工还没有发现胡永春和任何可疑的人联系过。

见此情形，武昌宪兵队长龟田有些沉不住气了，他向美座时成和伍岛茂建议立刻逮捕胡永春。

美座时成和伍岛茂接受了武昌宪兵队长龟田的建议。他们这样做，主要是吸取上一次的教训。

上一次，宪兵队为了放长线钓大鱼，导致军统狙击手邝亦峡和司机小应发现自己暴露，在逃跑无望的情况下，两人自杀身亡，线索因此一下子就断了，致使行动功败垂成。

三

胡永春这段时间没有接到新任务，就在店里帮忙进货、看店。

他有时候也出去找朋友喝茶、看戏、逛街。因为没有任务在身，所以他也不去留意有没有被人跟踪。尽管他每次出去的时候，都有特高课的特工在跟踪

第二十六章 告 密

他,可他根本没有发现。

这天晚上,胡永春去江边的品江茶楼喝茶听戏,到晚上十点多才离开茶楼。

出了品江茶楼,胡永春沿着江边的马路朝大成路方向走去,这是回家的路。

初夏的江边,晚风带着一丝清凉从江面上吹过来,让人感到一阵阵凉爽。

如果在和平时期,此时会有很多人在江边漫步乘凉。

自从日寇占领武汉后,在这初夏的夜晚,几乎没有人敢在天黑以后到江边漫步乘凉。

昏暗的街道上,只有寥寥几个行人。

当胡永春快要走到大成路口的时候,路边的五六个行人突然向他迅速扑过来。胡永春还没来得及反抗,这些人就将他牢牢地按在地上,并用手铐将他铐住。

胡永春虽然不停地挣扎、叫喊,但根本无济于事。这时,两辆黑色轿车一前一后停在胡永春身边。铐住胡永春的几个人打开前面一辆轿车的后座车门,将他塞进轿车的后座,然后一左一右上来两个人,将他夹在中间。

其余的人上了后面一辆轿车。

副驾驶座位上坐着的人回头看了胡永春一眼,然后对司机说了一句日本话,大概是让司机开车。这个人就是特高课课长伍岛茂。

逮捕胡永春的整个过程不到半分钟,路上的行人几乎没有看清楚发生了什么事。

胡永春被秘密逮捕了。

两辆轿车沿着江边的马路朝大堤口方向驶去。

几分钟后,两辆轿车到达大堤口江边的军用汽车轮渡码头。码头上的宪兵查看了他们证件之后,立刻放行。两辆轿车一前一后开上停靠在码头上的汽车轮渡。

汽车在轮渡上停下。

伍岛茂回头对胡永春左右两边的人交代了几句,然后下了车。

另外一辆轿车上的几个人也下了车,其中一个人是汉口宪兵分队队长重藤宪文。

这些人站在轮渡上,吹着凉爽的江风。他们说笑着,有的欣赏着江面和两岸的夜景,有的在吸烟。

不一会儿,汽车轮渡就起航了,朝江对岸的汉口汽车轮渡码头驶去。

胡永春开口和左右两边看守他的人说话,想试探一下抓他的是什么人,可是这二人都不理睬他。胡永春说了几句之后,意识到他们是日本人,听不懂他

武汉谍战

在说什么。

自从被抓进车里之后，胡永春一直在猜测日本人为什么抓他，他弄不清楚自己在什么地方露出破绽。他从头到尾回忆了一遍最近发生的事情，怎么也弄不清楚自己为什么会被抓。

胡永春心里非常害怕，他不是怕死，而是害怕不知道将要发生什么。他听说过日本人的酷刑很可怕，会让受刑的人觉得生不如死。很多平时意志坚定的人，进了宪兵队之后，最后都因为熬不住日本人的酷刑，不得不向日本人招供。胡永春知道的军统特工就有不少因此当了叛徒。

让胡永春担心的还有他的父母。万一日本人用他的父母来要挟他，他该怎么办？自己死了倒不怕，可是如果连累到父母，会让他痛苦不堪。想到这里，他害怕得闭上了眼睛。

过了一会儿，胡永春对坐在他两边的日本人说，他要小便。见两个日本人不理他，胡永春便大声叫嚷起来。

站在轮渡上聊天的伍岛茂等几个日本人听到胡永春的叫嚷声，就走过来查看。其中一个会说中国话的日本人听到胡永春叫嚷着要下车小便，就和伍岛茂和重藤宪文嘀咕了几句。接着，这个日本人用嘲弄的口气对车里的胡永春说，年轻人，别想着跳江逃走，憋不住就尿裤子里吧，我们不介意！说完哈哈大笑起来。

其他人也跟着笑了起来。

见日本人根本不理会，胡永春只好安静下来。他不知道等待他的将会是什么。

十几分钟后，轮渡靠上汉口三阳路附近的汽车轮渡码头。

押着胡永春的两辆汽车一前一后从汽车轮渡上开出码头，然后沿着河街往南行，接着转进阜昌街（注：现在的南京路）。汽车沿着阜昌街一直开到湖北街（注：现在的中山大道）路口的汉口宪兵分队门前，也就是原来的大孚银行大楼前停下来。

伍岛茂和重藤宪文分别从两辆汽车上下来，宪兵队门口的一个宪兵少尉看到他们，立刻迎上去向他们敬礼。重藤宪文向这个军官交代了几句，然后朝胡永春车上的人挥挥手示意他们将胡永春押下车。

胡永春下车后，抬头看了看这座大楼，又看了看大楼门口挂着的白底黑字牌子，牌子上写着"华中派遣军汉口宪兵队汉口分队"几个字。胡永春觉得奇怪，难道日本字和中国字是一样的？

第二十六章　告　密

　　宪兵少尉叫过来两个背着步枪的宪兵，让他们将胡永春押进宪兵队。

　　进入宪兵队大门后，两名日军宪兵押着胡永春穿过一条走廊，带他来到一间搜查室。

　　搜查室里面的宪兵将胡永春的手铐打开，命令他脱掉身上所有的衣服，让他们检查。他们将胡永春衣服口袋里所有的东西都扣下。

　　检查完之后，两名宪兵让胡永春穿上衣服，押着胡永春离开搜查室，来到大楼的地下室。

　　地下室里全是一间间牢房，几乎每间牢房都关着人。

　　两名宪兵将胡永春带到一间牢房前，打开牢房的门，让胡永春进去，然后锁上牢房的门离开了。

第二十七章 爱 恋

一

转眼就到了六月，武汉炎热的夏天也到了。

王家瑞和向小雨在圣约瑟女中大门口碰面。

傍晚的夕阳，依然炙热。

王家瑞和向小雨像一对情侣一样，打着一把遮阳伞，慢慢地逛到江边。他们在江边的小吃摊上吃了晚饭，然后沿着江滩散步，吹着江风，这是武汉人夏天的一种消暑方式。

王家瑞今晚有情报要发出去。姚明春搞到的药品需要运往根据地，王家瑞需要上级指示。

两个人都有了心事，又不敢点破，这让他们两人之间的气氛显得有些尴尬。

今天，王家瑞几次都想对向小雨表明自己的心思，但每次话到嘴边，他就胆怯了。一方面他害怕被向小雨拒绝，更担心的是，没有经过组织批准，他这样做会违反情报工作的纪律。

他不知道是先请示组织呢还是先对向小雨表白。如果他先向组织请示，而向小雨对他没有那个意思，岂不是让他骑虎难下，影响工作？如果他先对向小

第二十七章　爱　恋

雨表明自己的心思，向小雨也对他有意思，他再向组织请示，组织上会不会认为他和向小雨利用工作之便，陷入男女私情，先斩后奏，违反情报工作的纪律呢？组织上会不会严肃处理他和向小雨的违纪行为，将他们两人调离开呢？

王家瑞知道，目前国难当头，很多人抛家离口参加抗战。特别是从事敌后情报工作的人，都不得不暂时放下个人感情，投入到对敌斗争中去。那些有了家室的情报人员，只要有可能，都将自己的亲人送到后方或者比较安全的地方，以防自己出事时连累家人。免去后顾之忧，他们才能全身心地投入到抗战工作。

想到这些，王家瑞就犹豫了。

向小雨倒是没想这么多。她是一个年轻女人，刚刚二十出头。她像所有这个年龄的女人一样，对爱情充满了向往。即便是在残酷的战争时期，也丝毫影响不了她们对爱情的向往与憧憬。向小雨在等待着王家瑞向她表明心迹。

她能感觉到王家瑞对她的感情在日益加深。

她知道情报工作的纪律，她认为她和王家瑞的感情不仅不会影响到工作，而且对工作会有帮助，至少会给工作带来方便，提高效率。

只要王家瑞开口向她表明他对她的感情，向小雨马上就会接受。事情就是这么简单，王家瑞还在犹豫什么呢？向小雨心里有点迟疑了，难道是我自作多情？

为了打破这尴尬的气氛，王家瑞开始寻找话题。于是，他问起向小雨的身世。

没想到这个话题触动了向小雨的伤心往事，她的眼泪一下子从眼眶涌出，一串串掉落下来。她犹豫了片刻，还是告诉了王家瑞她的身世。

向小雨是在上海的一个修道院长大的。她是个孤儿，从来不知道自己的父母是谁。她是被人在街上捡到的，当时她被扔在街上，看上去只有几个月大。捡到她的人可怜她，便将她送到附近的英国修道院。修道院的嬷嬷收留了她，将她抚养大，送她到上海的教会学校读书。

向小雨有语言天赋和音乐天赋，她精通汉语、英语和法语。她也能够弹得一手好钢琴。1935年，她考进上海圣约翰大学，修读英国文学。

八一三淞沪会战爆发。伴随她成长的英国修道院被日本飞机炸毁。像母亲一样抚养她长大的玛丽亚嬷嬷也被炸死，她从此失去了她的家和她的亲人。

说到这里，向小雨情绪激动，已经泣不成声了。

王家瑞被向小雨的身世所感动，非常同情她的遭遇，不停地安慰她。

武汉谍战

1938年初，向小雨响应政府全民抗战的号召，离开学校，离开上海奔赴延安，参加抗战。

经过组织挑选，向小雨进了特训班。在特训班里，她接受了几个月的特工训练，主要的训练科目是无线电密码通讯和收发报，还包括射击、格斗等基本的特工技能。完成训练之后，她受组织派遣携带一部电台到汉口潜伏下来。在组织的安排下，她顺利地进入圣约瑟女中担任英语和音乐教师，以教师的身份做掩护。

向小雨的可怜身世，让王家瑞心里对向小雨充满了爱怜。一个女孩，从小就被父母遗弃成了孤儿，在修道院长大，至今不知道自己的父母是谁。太可怜了！他后悔自己提起她的伤心事。他对她的感情又加深了一步。

王家瑞不停地安慰着向小雨，说一切都会好起来，请她不要难过。向小雨情绪慢慢地冷静下来。

王家瑞本来是想找话题，消除他们之间的尴尬气氛，没想到弄得向小雨如此伤心。他心里暗暗发誓，一定要对向小雨好，他要照顾她一辈子。

一向非常冷静的王家瑞，此刻由于爱和怜惜，情绪激动起来，他想都没想便脱口而出：

"向小雨，我直接说吧，我爱你！我一直不敢说出来。"说完，他反而冷静下来。他的眼睛热切而又紧张地直视着向小雨。

听到王家瑞终于向自己表白，向小雨本来显得有点悲伤的脸，立刻绽开甜蜜的笑容。她今天一直在等他的这句话，她的心开始怦怦地乱跳。

她故作矜持地问王家瑞：

"人家有什么好，让你喜欢？你逗人家的！"

"你美丽、善良、聪明、贤惠，是我见过的最好的女孩子！还有，你懂音乐，会洋话。反正我喜欢你的一切！"王家瑞握住向小雨的手，说出他早已在内心里重复过无数遍的话。

"人家哪有你说的那样好？"

向小雨故作扭捏，其实她心里美滋滋的。

"有！你比我说的还要好，我找不出更美好的词去形容你。总之，你就是最好的！我发誓，我会一辈子对你好，照顾你一辈子。"王家瑞有点语无伦次。

这已经足够了。向小雨此刻已经放下女孩惯常用来掩饰内心真情的矜持，羞答答地对王家瑞说：

"其实人家一直在等你开口呢。"说完，向小雨觉得自己的脸一阵阵地发

第二十七章 爱　恋

烧，害羞地转过头去。

"小雨，你太好了！我还担心你会拒绝我呢！原来你心里早就有我了。"王家瑞兴奋极了。

"讨厌！美死你！你就晓得人家心里早就有你？"向小雨娇嗔地瞪了王家瑞一眼，乐得王家瑞合不拢嘴，看着向小雨傻笑。

乘着周围没有人，王家瑞搂住向小雨，在她的唇上吻了一下，然后慌忙放开她。向小雨接受了他的吻。

两个坠入爱河的人，一边说着甜蜜的话，一边憧憬着未来。

甜蜜的时光总是过得飞快，不知不觉就要到发报时间了。沉浸在幸福中的王家瑞突然意识到今晚还有情报要发出去，他急忙看了看表，已经过了八点，得马上赶回向小雨家。

于是他对向小雨说，时间快到了，现在该回去了。

向小雨心里甜蜜蜜地挽着王家瑞的手，两人离开江边，朝向小雨家走去。

回到向小雨的家后，他们刚架设好电台，就差不多到了规定的联络时间。

向小雨将情报发出去后，等着接收上级的回电。

二十分钟后，向小雨收到上级回电。她将抄收的密码电文交给王家瑞。上级指示，药品以原来的方式运到李集。

收好电台后，王家瑞抑制住内心的冲动，依依不舍地和向小雨道别。向小雨送他到门口，才依依不舍地和他说再见，然后在他脸上吻了一下。

王家瑞带着甜蜜的吻离开了。

二

自从和向小雨确立恋爱关系之后，王家瑞心里感到非常甜蜜。他已经好几天没有见到向小雨，心里非常想念她，渴望见到她。

他一直想着怎样向组织说明情况，请求组织同意他和向小雨的恋爱关系。

刚才，向小雨打电话给王家瑞，通知他上级来电，需要和他见面转交密电。

接到向小雨的电话后，王家瑞的心情特别愉快：又可以见到他心爱的向小雨了。

只有需要和上级联系时，他才可以和向小雨见面，这对于王家瑞是一种痛苦折磨。

这该死的战争！想到这里，王家瑞心里骂了一句。

武汉谍战

　　王家瑞决定今天就向组织报告他和向小雨的关系。他已经拟好一份密码电文，今晚就让向小雨发出去。

　　王家瑞按照约定的时间，来到圣约瑟女中大门口等向小雨。

　　到了约定的时间，向小雨从校门口走出来。她今天穿着白色带花边的紧袖衬衣和黑色的筒裙。她丰润的胸部高高耸起，让她的紧身衬衣显得含苞欲裂；她的筒裙让她的腰身显得窈窕有致，她秀丽的短发衬托着她那俊俏的脸庞，让她美若天仙。王家瑞看着美丽的向小雨，忍不住心神一阵荡漾。

　　向小雨走到王家瑞身边，笑着问王家瑞，她今天看起来漂不漂亮，说完，还转了一个圈，让王家瑞好好地看看自己。王家瑞兴奋地连说了几个漂亮。听王家瑞夸自己漂亮，向小雨心里感到非常甜蜜。

　　向小雨问王家瑞，现在去哪里？王家瑞告诉她，他买了电影票，请她去看电影《一夜风流》，在新市场的室内放映厅放映。

　　圣约瑟女中离新市场很近，步行只要十分钟。王家瑞和向小雨在顺路的一个小吃店吃了晚饭后，就去了新市场。

　　新市场是汉口最著名的一个综合娱乐中心，也是汉口的一个标志性的建筑。

　　新市场于1919年五月初五端午节开张营业。新市场的主楼有七层。第五、六、七层呈塔式布局。第七层有一个圆形塔式蓝天色穹顶，四周有气窗，上面是开放式小塔。主楼左右两边是三层带拱形支撑阳台的楼群，从主楼对称地向两边延伸，与主楼融为一体。主楼的大门厅里有电梯通向第七层，方便游客上下。

　　新市场里面有电影厅、剧场、书场、弹子房、溜冰场、中西餐厅、商场、陈列室、阅读室等等。游客可以在里面看电影、听京剧、汉剧、楚剧、看魔术和杂耍表演，听大鼓、快书、打弹子、溜旱冰、逛商场等等。

　　电影厅在一楼，王家瑞和向小雨在电影厅找到座位坐下后，没几分钟电影就开映了。

　　电影很不错，向小雨和王家瑞不时地被电影里的情节逗得直乐。两人被电影里男女主人公的淳朴爱情所感动，不时发出赞叹。

　　向小雨在看电影时，已经悄悄地把收到的密码电文交给了王家瑞。

　　看完电影后，本来不必去向小雨那里，但是王家瑞今天有自己的电文发给组织，所以，他陪着向小雨回家。

　　到向小雨家后，王家瑞将密码电文交给向小雨，让她发出去。向小雨按照规矩，也没有多问，立刻将电文发出。

第二十七章　爱　恋

向小雨发完电文后，王家瑞告诉她不必等上级回电。

两人收好电台之后，王家瑞握住向小雨的手，告诉她刚才发出去的密电是他向组织报告他们的恋爱关系，请求组织批准。

向小雨听后非常激动，她也希望组织能够批准他们的恋爱关系。

王家瑞临走前，紧紧地拥抱了向小雨，并且吻了她的脸颊。过了片刻，他才依依不舍地放开向小雨。

王家瑞回到电器行时，店堂大门已经关了。

王家瑞开门进去，穿过店堂上了二楼。他在二楼走廊里大声对着雷明亮和于连浩的房间打了个招呼。听到于连浩和雷明亮的回应后，他才开门进自己的房间，拿出密码本开始译电。

第二十八章　酷　刑

一

　　胡永春开始观察他的牢房，他发现这间牢房四周墙壁都没有窗口，只有一扇铁门。铁门上有一个带铁栏杆的小窗口。牢房左边靠墙有一个用砖垒起的床，床上铺着一张草席。

　　胡永春半躺在床上，眼睛盯着天花板，天花板上有一盏电灯，照亮着没有窗口的牢房。

　　酷刑是免不了的，胡永春想。他不知道自己能否熬过酷刑，只能尽量地熬吧，他告诉自己。

　　大概一个小时后，胡永春听到有人走到牢房的门口。紧接着牢房的铁门打开了，两个宪兵走进来将胡永春双手铐上，然后将他押出牢房，带他来到地下室尽头的一个房间。

　　这里是审讯室，日本人要连夜审讯胡永春。

　　审讯室里有一张长桌子，当作审讯桌，审讯桌后面有几把椅子。审讯桌前面大概三米远的地方，放着一张椅子，这是给犯人坐的。审讯室的天花板上吊着几盏电灯，将没有窗户的审讯室照得通亮。审讯室旁边有一个门，从这个门往里面看，可以看到各种刑具，这是一间刑讯室。

第二十八章 酷 刑

胡永春被押进审讯室后，两个宪兵让他坐在那张犯人的椅子上。两名宪兵则一左一右持枪站在审讯桌两边，看着胡永春。

过了一会儿，审讯室进来几个人。其中一个穿便衣的人就是黄顺。另外两个军装的人，胡永春今晚见过，他们是伍岛茂和重藤宪文，他们现在换上了军装。

伍岛茂、重藤宪文和另外一个穿便装的人在审讯桌后面坐下。这个穿便衣的人将手里拿着的审讯记录纸和笔放在桌子上。这人是一个翻译官，担任审讯的翻译和记录。

伍岛茂和重藤宪文嘀咕了几句之后，就示意翻译官说话。

翻译官指着伍岛茂和重藤宪文对胡永春介绍了他们的身份，然后自我介绍说姓刘，是日语翻译。接着他例行地问了胡永春的姓名、年龄、住址和其他一些个人以及家庭情况，并记录下来。记录完之后，他看着伍岛茂和重藤宪文，请他们发问。

伍岛茂指着黄顺，通过刘翻译问胡永春认不认识这个人。

胡永春回答说不认识。胡永春以前确实没见过黄顺。

重藤宪文向黄顺示意了一下，黄顺明白他的意思，立刻大声问胡永春：

"你不认识我，可我认识你。你就是在梁子湖营救飞行员的人之一，难道你忘了？"

"我不明白你在说什么。"

"记得五婶吗？"

"五婶？谁的五婶？"胡永春假装困惑地反问黄顺。

"别装糊涂，你就是除夕那天下午在五婶门外望风的人！我记得你的样子和你的声音。"

胡永春现在终于明白他为什么会被抓，他知道这次很难过关。

"我看你是认错人了。"胡永春继续装糊涂。

"你就是烧成灰我也认识。招了吧，免得皮肉受苦。"

胡永春继续否认。

伍岛茂和重藤宪文相互交换了一下眼神，重藤宪文转头对站在旁边的宪兵说了几句，意思是对胡永春用刑。

两个宪兵立刻架着胡永春进了旁边的刑讯室，他们把他吊在一根柱子上，开始对他用刑。

四个施刑的宪兵开始轮流用鞭子狠狠地抽打胡永春。尽管胡永春强忍着疼痛，但仍然忍不住发出低沉的叫声。见胡永春拒绝交代，四名宪兵继续用鞭子

武汉谍战

抽打胡永春。

可直到四个宪兵都打累了，胡永春还是拒绝招供。

一个宪兵见鞭打不起作用，就从旁边的炉子上拿起一个烧红的烙铁，对着胡永春的胸口狠狠地烙下去。

噗哧一声，胡永春胸口的皮肉被炽热的烙铁烧得焦煳，痛得胡永春发出一阵惨叫。

胡永春虽然疼痛难忍，但坚持黄顺认错人。

施刑的宪兵继续用烙铁烙胡永春，剧烈的疼痛让胡永春痛得昏过去。

施刑宪兵用凉水浇醒胡永春，逼他招供，可他仍然拒绝。

伍岛茂和重藤宪文见胡永春继续抵赖，便命令四个宪兵继续对胡永春用刑，然后带着翻译官和黄顺离开了审讯室。

四个宪兵接着对胡永春用老虎凳和电刑。胡永春虽然痛苦难当，但他都艰难地熬过去。

最后，四个宪兵实在太累了，只好停止用刑。他们将陷入昏迷的胡永春拖回牢房。

胡永春迷迷糊糊地感觉自己回到牢房，他明白自己熬过了第一关。

二

小何脚步轻快，不久就来到文昌门胡永春家的杂货店。

经过杂货店的时候，小何没有直接进去，而是若无其事地继续朝前走。他一边走，一边暗中观察周围的情况，没有发现异常。他继续向前走了大约五六十米远，才漫不经心在一个水果摊前停下来，假装挑选水果。他再次仔细地观察胡永春家杂货店周围的情况，确认没有异常，这才离开水果摊，向杂货店走去。

小何走进杂货店，看到胡永春的父母都在里面，便与他们打了个招呼。

胡永春的父母认识小何，知道他是胡永春的朋友，名叫小何，但不知道他是做什么的。

见是小何，胡永春的父母不禁着急地问他知不知道胡永春去了哪里。他们告诉小何胡永春已经四天没回家了，可胡永春失踪的那天晚上出门时只是说到茶馆去听戏。

胡永春父母的话让小何马上意识到问题的严重性。他赶紧给胡永春父母使

第二十八章 酷 刑

了一个眼色，示意他们不要再多说，然后掏出钱来买了一包香烟，趁机对胡永春父母说了一句，当心！接着就装着若无其事的样子离开杂货店。

从杂货店出来之后，小何更加留意身后有没有人跟踪。

很不幸，小何很快就发现一个穿短袖白衬衣和米色西装短裤，戴着遮阳草帽的人在跟踪他；另外一个穿汗衫和长裤，手拿一把折扇的人好像也在跟踪他。

可能还不止两个，小何想，不能让他们察觉到我已经发现他们在跟踪我。

小何需要时间想办法去应对当前的危急局面。

他沿着长街慢慢朝司门口方向走去，一边走一边逛路边的店铺，尽量拖延让自己有时间思考对策。

十多分钟后，小何来到张之洞路路口。他现在不仅担心自己的安危，更担心照相馆的安危。如果照相馆被日本人发现，那么赵云清和何慧娴就很危险。特别是何慧娴现在有身孕，如果落到日本人手里，将成为日本人要挟赵云清的一张王牌。

根据目前的情况判断，小何怀疑胡永春已经被捕，但还没有招供。不过，胡永春能够支撑多久呢？按照特工原则，被捕的人只能被视为招供者，这让他心急如焚。

小何现在必须摆脱跟踪，回去给赵云清报信。

于是，他沿着张之洞路朝江边走去。

几分钟后，小何来到离江边不远的花堤街路口，他迅速拐进花堤街。

花堤街里小巷纵横交错，错综复杂，小何决定利用花堤街的复杂巷子摆脱跟踪。

跟踪小何的日军特工见小何拐进花堤街，马上意识到小何已经发现被人跟踪，想借花堤街的复杂巷子逃脱。

小何沿着花堤街朝前走了大约一百多米远，然后拐进右边的一条小巷。

穿短袖白衬衣的便衣特工见小何拐进小巷，立刻加快脚步跟过去。他身后的其他几名特工见状，也加紧脚步跟上。

这些特工已经发现小何的意图，准备对小何实施逮捕，否则小何很可能利用纵横交错的巷子摆脱跟踪。

小何沿着巷子朝前走，来到一个交汇处，这里分别通向另外三条巷子。小何立刻拐进左边的巷子。

穿短袖白衬衣的特工离小何不远。他见小何拐进左边的另一条巷子，担心

武汉谍战

小何逃掉，因此不等后面的同伴赶到，立刻跟着拐进左边的巷子，同时拔出腰间的手枪，准备强行逮捕小何。

小何沿着巷子走了十多米远，然后向右拐，进入另外一条巷子。这条巷子里有一棵大树，小何立刻爬上这棵树。

穿短袖白衬衣的特工跟着小何拐进巷子，可没有发现小何的踪影。这名日军特工手里握着枪，小心翼翼地朝前搜索，结果发现这是一条死巷子。

正当这名特工感到诧异时，小何从树上跃下，双腿分别朝这名特工的头部和胸部踢去。

这名特工还没反应过来，就被小何踢晕过去，倒在地上。

接着，小何快步来到巷子左边的一堵墙前，双腿一用力高高跃起，双手抓住墙头迅速攀上墙顶，然后从墙顶纵身跳下，落到墙的另一边。

后面的几名特工来到巷子交汇处，不见小何和同伴的身影，一时不知道该朝哪条巷子追踪。因此他们只好分开来，分别朝三条巷子追去。

等他们发现被打晕的同伴时，小何早已逃走。

小何摆脱跟踪他的日军特工，回到照相馆。

一进照相馆大门，小何马上将打烊的牌子挂在门外。

正在给客人照相的赵云清见小何匆匆回来，并且表情严肃，便知道出了事。

小何走到赵云清身边，悄悄地向他耳语。

赵云清听完之后，面色凝重，他赶紧打发完最后一名客人。

客人离开后，小何立刻将刚才发生的事情详细地告诉赵云清。

赵云清听罢，断定胡永春被捕，但还没有招供。

情况紧急，赵云清决定立刻通知武昌组所有人员撤离。

小何已经被几名日军特工认出，非常危险，因此赵云清让小何脱掉身上穿的衣服，拿出照相馆化妆间的一件道具衣服让小何穿上，并让小何戴上八字胡和一副眼镜，然后命令小何马上撤离武昌。他自己会去通知武昌组其他人。

小何离去后，赵云清将照相馆橱窗里面最大一幅年轻女子的样板照拿出来，对外发出警报，然后锁上店门离开。

他急匆匆地赶回家，对何慧娴说了一句"出事了"，然后从一个柜子里取出几份重要文件，用火柴点燃烧掉。

销毁文件后，赵云清才简短地告诉何慧娴刚才发生的事情。

接着赵云清带着何慧娴离开家，来到阅马场附近的一个小巷子，在一间青砖瓦房门前停下。他从口袋里面掏出钥匙，打开门，让何慧娴先进去，自己在门外观察了一会儿，确定没有人跟踪后才进屋，然后将门从里面闩上。

这是赵云清安排的一个应急落脚点，只有赵云清和李国盛知道。这个应急落脚点是赵云清在组织决定让他潜伏武汉之后，为应付可能发生的紧急情况而准备的，没想到今天派上用场。

第二十九章　紧急撤离

一

进屋后，赵云清告诉何慧娴他马上要出去，这个地方很安全，让何慧娴在屋里等他，千万不要出门。

何慧娴知道赵云清要去给其他人报信，因此没有阻拦他。

赵云清在附近的一个五金店里找到一台公用电话，他拿起电话，打给汉口总部。

电话很快就通了。

接电话的是唐新。

赵云清用暗语向唐新发出紧急警报。他告诉唐新出事了，在电话里面不好说，希望派人来听取他的详细汇报，并告诉唐新自己现在的地址。

挂断电话后，赵云清从五金店出来，立刻赶去复兴路通知关松撤离。

赵云清走得很快，他希望尽快通知关松后，赶回家等总部的人。不到二十分钟，赵云清就来到复兴路关松的茗芳茶叶铺。他观察了一下周围的情况，觉得正常，才走进茶叶铺。

关松看到赵云清进来，知道有事，立刻迎上去和赵云清打招呼。赵云清见店里没有其他人，就告诉关松出了问题，让他立刻去通知小曲、老钟和杨林，

第二十九章　紧急撤离

武昌组所有人立刻撤离。说完,赵云清递给关松一张纸条,上面有小曲、老钟和杨林的地址。交代清楚后,赵云清就离开了。

关松不敢耽误,立刻简单地收拾了一下,锁上店门就匆匆赶去给其他人报信。

唐新接到赵云清的电话后,马上到李国盛的办公室向他报告。

唐新告诉李国盛,赵云清刚刚打来紧急联络电话,发出警报,通知他出事了。唐新建议立刻派人去和赵云清联系,了解到底发生了什么事情。

李国盛和唐新判断了一下目前的局面。他们认为目前总部这边是安全的,因为整个武昌组只有赵云清和汉口总部有单线联系,并且知道总部的地址和紧急联络电话,如果赵云清出了问题,根本不用多此一举发出紧急警报。

李国盛同意唐新的建议,让唐新和方仁先立刻出发去武昌和赵云清见面,详细了解情况,以便采取对策。

唐新和方仁先出发后,李国盛叫来宋岳,向他简单地通报了发生的事,并让他通知总部所有人立刻进入戒备状态。

唐新和方仁先由梁问天开车送到汉口六码头。

唐新和方仁先下车后,乘轮渡过江。

不到半小时,唐新和方仁先就到达武昌的大堤口码头。

从轮渡码头起坡后,唐新和方仁先分开来,一前一后相隔五十米远,朝阅马场方向走去。

大约半小时后,他们来到赵云清的紧急落脚点门前,这时天已经快黑了。

唐新对身后的方仁先点头示意,让方仁先警戒,自己走到门前,敲了敲门。

里面的赵云清听到敲门声,便问,是谁?

唐新回答说是小唐。

赵云清听出是唐新,立刻打开门。唐新也不说话,马上闪进门去,后面的方仁先也跟着进了门。赵云清朝巷子两边看了看,然后从里面将门关上。

唐新和方仁先跟何慧娴打了个招呼,然后迫不及待地问赵云清发生了什么事。

赵云清将当天发生的事情原原本本地告诉唐新和方仁先。说完之后,他作出自己的判断:第一,胡永春应该已经暴露并被秘密逮捕,具体是什么时候被捕的,目前尚不清楚。第二,胡永春还没有招供,不然他的照相馆也会受到监视,他和小何可能已经被逮捕。第三,胡永春家的杂货店已经被日本人监视,

武汉谍战

所以当小何按照他的指示，去通知胡永春提防黄顺时，就被日本人盯上。

听完赵云清的分析，唐新表情严肃地问赵云清如果胡永春招供，那么以他掌握的情况，会给组织造成多大的损失？

赵云清认为，首先，武昌组其他成员必须撤离；其次，由于胡永春去过豹澥联络站，因此豹澥联络站也必须撤离；另外胡永春认识方仁先和小鲁，这可能是个潜在的隐患。

唐新认为赵云清分析得有道理。不过他认为方仁先和小鲁的良民证用的是化名，因此，从宪兵队登记的名册上面，查不到方仁先和小鲁，应该没什么危险。

大家认为，目前的情况还不是很糟糕，至少损失可以控制在武昌组范围内，不会给全局带来重大破坏。

当务之急，就是马上通知豹澥联络站撤离；其次，是要想办法弄清楚胡永春现在的情况，并尽快安排赵云清夫妇撤离武汉，到乡下去隐蔽一段时间，但不能回纸坊的老家。等风头过了之后，再做打算。

唐新看了看手表，时间不早了。他和方仁先必须马上走，不然轮渡停运后，只能等到第二天早上才能赶回汉口。他嘱咐赵云清，除非十分必要，尽量不要出门，等待组织的安排。

二

武昌宪兵队长龟田正在向大家报告事情的经过。

出席会议的有美座时成、伍岛茂、重藤宪文和汉阳宪兵队队长武宫。

听完武昌宪兵队长龟田的报告后，美座时成气得脸色发青。

花了这么多时间和人力监视文昌门杂货店，好不容易有一个联络人出现，却让这帮笨蛋给弄丢了。这简直是宪兵队的耻辱！他早就告诉过他们，一旦联络人出现，必须严密控制。如果怀疑联络人发现我们的人在跟踪他，应当立刻实施逮捕，不能犹豫。

美座时成强压住怒火，问大家对这件事有什么建议。

伍岛茂认为，现在对方已经知道杂货店暴露，不会再派人去联络，建议撤回监视小组。大家都表示同意。

重藤宪文告诉大家，他已经对胡永春用遍所有的酷刑，但胡永春还是拒绝招供。他建议立刻逮捕胡永春的父母，利用胡永春的父母给他施加压力，看看能不能有所突破。

对于重藤宪文的建议，美座时成不置可否。虽然他不屑于这种下三滥的手段，但如果重藤宪文愿意承担骂名的话，他并不介意。

其他人见美座时成没有表态，也不好说什么。

重藤宪文见状，便接着说，既然大家都不反对，那就请龟田先生负责逮捕胡永春的父母。

龟田知道由于自己的无能，导致几乎到手的线索又断了。现在唯一的希望，就是让胡永春开口，这样才能减轻因为他的过失造成的损失。因此，他完全赞同重藤宪文的建议。

当天下午，监视胡永春家杂货店的小组接到武昌宪兵队长龟田的命令，逮捕了胡永春的父母，并撤出监视点。

三

晚上，唐新和方仁先从武昌回到汉口军统武汉区总部，立刻来到李国盛的办公室。

李国盛和宋岳正坐在办公室的沙发上焦急地等着他们。

唐新和方仁先在沙发上坐下后，马上向李国盛报告武昌组发生的情况。

李国盛听完唐新的报告后，让梁问天立刻去汉正街找报务员安守文，马上给豹澥联络站发报，通知他们紧急撤离，并向重庆总部报告这里发生的事情。接着，李国盛把韦裕国叫到办公室，交给韦裕国一张小纸条，让韦裕国第二天早上去找赵云清，请赵云清按照纸条上指示的线路撤离。

最后，李国盛打电话给法租界特别组组长尉迟钜卿，两人约定第二天早上见面。

事情安排妥当后，李国盛觉得现在有必要探讨一下武昌组出事的原因。他想了一下，然后向大家提出一个问题，胡永春家的杂货店为什么会暴露？会不会与黄顺有关？

方仁先认为时间上非常巧合，其他的就不好说。

唐新强调，根据赵云清的判断，除黄顺外，其他方面还没有发现漏洞。

大家讨论了一阵，还是没有一个结果。

时间已经很晚，李国盛让大家回去休息。

第二天早上九点，李国盛来到巴黎街郎次咖啡厅。

武汉谍战

咖啡厅的门外，有几把很大的遮阳伞，遮阳伞下面摆着白色的咖啡桌和帆布椅，客人可以坐在这里一边喝咖啡，一边欣赏街景。

李国盛走进咖啡厅。他选了一个临街窗户边的桌子坐下，这里可以看到街上的情景。

侍者过来服务，李国盛要了一杯咖啡。

郎次咖啡厅是法国人让·郎次1928年在汉口巴黎街开的一间小咖啡厅，刚开始主要是为汉口的法国人和欧美人提供一个交流和休闲的场所。这间咖啡厅的装饰具有法国浪漫主义风格。咖啡厅四面的墙壁上，贴着法国原产的浅奶酪色印花墙布，墙壁上挂着欧洲文艺复兴时期和近代绘画大师的名画赝品，也有当代不出名印象派画家的作品。咖啡厅天花板是白色的，天花板和墙壁之间由具有立体感的白色浮雕装饰作为过渡，让整个咖啡厅里面的色调显得自然、协调。咖啡厅的中央天花板下是一盏法国宫廷风格的吊灯，显得高贵典雅。墙面四周有几盏欧洲古典风格造型的壁灯。咖啡厅最里面是一个调制咖啡的柜台，法国人郎次每天都在柜台里面，为客人调制咖啡。柜台的左边有一架钢琴，一位钢琴师正在给客人演奏肖邦的曲子。咖啡厅里的咖啡桌和椅子是浅褐色的，地板上铺着红色的地毯。这个咖啡厅可以让人感受到法国人的浪漫气息。

李国盛一边欣赏着咖啡厅的浪漫情调，一边品着原味的法国咖啡，等着尉迟钜卿。

过了一会儿，尉迟钜卿走进咖啡厅。他今天穿着便服，硕大的身体走起路来，不停地左右摇晃。他用目光扫了一眼整个咖啡厅，看到李国盛正坐在一张咖啡桌前，于是走过去在李国盛对面坐下。

尉迟钜卿那硕大的身形堆在椅子里，让不大的咖啡桌显得很不协调。

尉迟钜卿也要了一杯咖啡。

李国盛向尉迟钜卿简单地通报了发生的事情。尉迟钜卿听了之后，露出惊讶的神色。

李国盛接着说，根据目前的情况推测，胡永春已经被日本人秘密逮捕。他要求尉迟钜卿利用关系，打听清楚胡永春目前的情况，并弄清楚是谁出卖的胡永春。

尉迟钜卿表示，只要人是被日本人抓的，他就有办法弄清楚是被什么人抓的，为什么被抓，关在什么地方。

李国盛告诉尉迟钜卿，一旦有胡永春的任何消息，立刻打电话通知他。

李国盛向尉迟钜卿交代完后，起身离开咖啡厅。

第三十章 招 供

一

第五战区司令部在随枣会战战局最不利的时候,为了安全起见,被迫将司令部向西转移到老河口。

自从来到老河口之后,吴应天再次与三浦太郎失去联系。

由于被日军俘虏过,先遣小组的五个人都受到训导处的审查。不过他们被俘的时间很短,审查只是例行公事,很快就结束了。

审查解除后,吴应天从收音机里收到三浦太郎通过密语广播发给他的指示。

三浦指示吴应天将他现在的驻地用密信通知总部,以便总部重新安排和他的联络方式。

吴应天在发出密信之前,故意单独出去了两次,试探有没有军统的特工跟踪。

结果,他发现这两次都没有被人跟踪。这让他感到不解。

在樊城的时候,吴应天每次单独出去,都会发现军统特工跟踪自己。

吴应天猜测,可能是因为樊城和襄阳的军统人员还没有来得及撤到老河口的缘故,因此在老河口还没有特工监视他。

因此,吴应天决定向总部发出密信。

武汉谍战

这天下午，吴应天来到老河口城区。他在城里逛了一圈，没有发现被人跟踪，于是，他将写好的密信投进一个路边邮筒。

吴应天离开后不久，一个负责收集邮筒信件的邮局工人，骑着一辆挂着邮袋的脚踏车，来这个邮筒收集邮件。他打开邮筒，取出里面所有的信件，放进邮袋里面，然后骑车离去。

一个星期之后，三浦太郎通过死信箱收到吴应天的密信。

三浦指示他的特工赶往老河口安排好落脚点，然后命令联络员携带电台从樊城出发前往老河口的落脚点。不久之后，三浦就恢复了和吴应天之间的无线电通讯联系。

二

由于游击队对平汉铁路的袭击非常具有针对性，给日军铁路交通造成巨大的破坏，日军开始怀疑有人将他们的军列编组情报泄露给中国军队。因此，华中派遣军责令汉口宪兵队和特务部对此展开联合调查。

经过初步调查后，宪兵队和特务部基本上确定军列编组情报是由江岸车站泄露出去的，于是他们将调查的重点放在江岸车站调度室和其他几个要害部门。

经过几个星期的暗中调查，他们已经将嫌疑人范围缩小到车站调度室的五名中国调度协理员和站长室翻译总共六个人的范围内。

汉口宪兵队和汉口特务部决定以江岸车站作为突破口，找出武汉的地下抗日组织。

因此，宪兵队和特务部挑选出一些经验丰富的特工，负责监视、跟踪这六个嫌疑人。

除此之外，他们还安排几个懂中文的日军特工，装扮成新来的员工，到江岸车站调度室和站长室工作，近距离监视嫌疑人。这几个假扮成新员工的日军特工，每天在办公室和工作场所观察嫌疑人上班时的一举一动，看看他们有没有可疑行为。

郭子贤偷偷记录日军军列编组表的时候，总是有一双眼睛在暗中窥视着他。虽然郭子贤做得非常隐蔽，但还是引起日军特工的怀疑。日军特工已经将郭子贤的可疑行为报告给汉口宪兵队特高课和汉口特务部第二课。

汉口宪兵队特高课和特务部第二课对郭子贤的疑点非常重视。按照伍岛茂的说法，他们张开的网已经网到鱼了。

郭子贤并没有意识到危险正在向他逼近。他还是像往常一样收集江岸车站日军军列编组情报，然后按照约定每个星期将这些情报传递给军统武汉区总部。

三

美座时成在四月份刚当上汉口宪兵队长之后不久，就向华中派遣军司令部提出请求，希望引进无线电侦测车到汉口，帮助他们侦破中国情报机关在武汉的无线电台，并希望借此为突破口，彻底摧毁中国军队在武汉地区的情报网。

华中派遣军司令部同意美座时成的请求，并已上报军部批准。

军部已经着手通过相关渠道从欧洲进口先进的无线电侦测车，配备给各大城市的日军宪兵队使用。

刚才，美座时成接到华中派遣军司令部的电话。司令部通知他，有关部门已经从德国订购十多台最先进的无线电侦测车。这些无线电侦测车近期将从德国经陆路运往意大利南部港口塔兰托，然后从塔兰托装船，经地中海、苏伊士运河、印度洋、马六甲海峡和南中国海到达上海。估计整个行程需要两个月。

这对美座时成来说是一个令人鼓舞的消息：只要有了无线电侦测车，中国抵抗组织的秘密无线电台就无处遁形。到时候他就可以通过破获的无线电台顺藤摸瓜，将武汉地区的抵抗组织彻底铲除。

四

自从抓了胡永春的父母后，重藤宪文开始利用胡永春的父母威胁胡永春。

重藤宪文下令当着胡永春的面给他的父母施刑，胡永春是个孝子，不忍心看着年迈的父母遭受酷刑折磨，终于承受不了内心的煎熬，同意招供。

胡永春提出的条件是放了他的父母，以后不再找他父母的麻烦，他就全部招供。

重藤宪文当然答应胡永春的条件，他承诺只要胡永春招供，马上就放了胡永春的父母。

于是，胡永春将他知道的军统武汉区的所有情况，都向宪兵队交代了。

可是，当日军武昌宪兵队和豹澥宪兵队根据胡永春提供的名单去抓人时，

武汉谍战

结果全都扑了空。

由于没有抓到任何一个军统特工,重藤宪文非常失望,因此迁怒于胡永春。

他认为胡永春故意拖延招供,让军统武昌组和豹澥联络站人员有时间撤离。恼羞成怒的重藤宪文下令继续关押胡永春,并且违背他对胡永春的承诺,拒绝释放胡永春的父母。

第三十一章　张开渔网

一

郭子贤下班了。

从江岸车站出来后，郭子贤朝头道酒馆走去。今天是他传递情报的日子。

郭子贤走进酒馆，用眼睛扫了一下里面的人。他看到接头人老姜坐在一张桌子前，正和另外两个人一起喝酒。

老姜是江岸机务段火车司机，他每隔一天都要去一趟大智门车站，接送上下班的铁路员工。

老姜每次收到郭子贤的情报后，会在第二天将情报带到大智门车站，秘密转交给大智门车站外面玛领事街上（注：现在的车站路）的亨达眼镜店老板。军统武汉区总部会在规定的时间派人到亨达眼镜店取回情报。

郭子贤没有马上过去和老姜接头。他站在门边，假装在找熟人，暗中观察周围的情况。见没有人在注意自己，郭子贤这才走到老姜的桌子旁，像见到老朋友一样，热情地和老姜握手，乘机将写有情报的纸条偷偷塞进老姜的手里。

两人聊了几句后，郭子贤冲老姜和他的两位朋友挥了挥手，离开他们来到另外一张桌子。

这一桌熟人多，比较热闹。

武汉谍战

　　头道酒馆的客人越来越多，很快就坐满里面的十几张桌子。

　　老姜喝完酒杯里的酒后，起身和他的两位朋友告辞。他明天早上还要上早班接送工人，不能继续陪他们。

　　老姜独自一人走出酒馆。

　　宪兵队特高课特工河野按照伍岛茂的指示，提前在酒馆埋伏了特工。

　　当郭子贤和老姜交接情报的时候，酒馆里面埋伏的特工看出破绽，马上盯上老姜。

　　老姜走出酒馆后，酒馆里面埋伏的特工跟了出去，并对酒馆外面的同伙发出暗号，让外面的特工继续跟踪老姜，而他自己则朝相反的方向走去。

　　酒馆外的其他日本特工看到同伴的暗号后，立刻接手跟踪老姜。

　　老姜回到家，完全没有察觉到被人跟踪。

　　第二天早上四点半钟，老姜从家里出来，前往机务段。

　　老姜到达机务段时，机务段已经将列车准备好了。老姜和其他两个司机爬上火车头，准备发车。

　　不一会儿，发车的信号出现了，老姜和他的同事驾驶着火车离开江岸机务段，去接送沿途的铁路员工上下班。

　　这列火车先去孝感，然后从孝感返回汉口大智门车站，沿途接送上下班的员工。这是铁路行业一直就有的福利。

　　火车到达大智门的时间是早上八点。到达大智门车站后，老姜他们将火车停在火车站。下午四点，老姜他们再驾驶这列火车从大智门车站出发，送下班的员工，晚上八点火车返回江岸机务段。因此，早上八点到下午四点之间，老姜和他的同事可以自由活动。

　　早上八点，老姜的火车准时到达大智门车站。

　　老姜和他的两个同事从停好的火车头上下来，走出大智门车站。

　　到了街上后，三个人就各自分开走了。

　　老姜对这一带很熟，他先到玛领事街上的一家早点铺过早。过完早后，他就沿着玛领事路闲逛。他一家挨着一家地逛商店，打发时间。

　　老姜逛进亨达眼镜店，他在店里东看看，西瞧瞧。然后他指着柜台中的一副眼镜，请柜台里面的眼镜店老板拿给他看。

　　老板拿出眼镜交给老姜，老姜仔细地看了看眼镜，问老板价钱是多少。老板回答说3块。

　　老姜嫌太贵，将眼镜还给老板，然后转身走出眼镜店，继续逛街。

第三十一章　张开渔网

刚才，老姜趁着将眼镜还给眼镜店老板的时候，偷偷将情报交给眼镜店老板。

老姜在看眼镜的时候，有两个顾客先后进了眼镜店。老姜离开后，其中一个顾客看中一副眼镜，买了下来，另外一个顾客看了一下之后，就走了。

老姜向眼镜店老板传递情报的过程，虽然短暂、隐蔽，但还是被跟踪的特工察觉到。这个特工立刻将他的发现报告给河野。

河野认为眼镜店很可能是抵抗组织的一个联络站，于是赶紧到大智门车站办公室打电话，向伍岛茂报告此事。

伍岛茂听了河野的报告后心中大喜，他命令河野不要采取任何行动，他马上赶到大智门车站，与河野汇合。

十五分钟后，伍岛茂的汽车停在大智门车站外面。他在汽车里面等着河野，没有下车。另外，他给河野调来一辆汽车，方便河野的工作。

河野上了伍岛茂的汽车。他向伍岛茂详细汇报了跟踪老姜，以及发现老姜向眼镜店老板传递情报的经过。

伍岛茂断定宪兵队已经十分接近抵抗组织的核心部分，越是这个时候，越是要有耐心。他相信就在这一两天里，情报肯定会被送出去。要么有人来取，要么是眼镜店老板送出去。因此，伍岛茂要求所有人必须打起精神来，盯着这个眼镜店和眼镜店老板。一旦发现来取情报的人，马上跟踪。跟踪的时候一定要小心，千万不要让取情报的人发现。

伍岛茂提醒河野，这个眼镜店应该是情报传递的最后一两个环节，因此一定要加倍小心，不要功亏一篑。

最后，伍岛茂问河野需不需要增加人手。河野告诉伍岛茂，现在有五个日本特工和两个中国特工负责监视眼镜店。如果设立监视点的话，还需要两三个人。伍岛茂答应回去后马上给他增派人手。

交代完毕之后，伍岛茂让河野下车，自己开车离去。

伍岛茂离开后，河野立刻上了伍岛茂调给他的汽车，然后驱车前往汉口宪兵队。

河野找到重藤宪文队长，请他派人配合特高课在亨达眼镜店对面找一间房子作为秘密监视点。他特别强调不能惊动周围的居民，一定要保密。

重藤宪文满口答应河野的要求，马上委派一个小队长带着几个便衣宪兵和宪佐跟着河野去办这件事。

河野一行在大智门车站附近警察局的配合下，很快就在亨达眼镜店对面找到一所两层楼房子。

这所房子里面住的是一个中年租户，警察以这个人没有合法证件为理由，将他扣起来。

房客被警察带走后，河野在这所房子设置了监视点，并且在二楼窗口配备了望远镜和照相机等器材。河野还让警察在眼镜店的后面找了一所房子，安排两个特工在这所房子里负责监视眼镜店的后门。如果眼镜店老板从后门出去，也逃不出宪兵队特工的监视。

不到中午，亨达眼镜店就已经被宪兵队特高课特工严密监视起来，只等抵抗组织人员来取情报。

特高课特工严密监视光顾眼镜店的每一个顾客。监视人员给每一个进出眼镜店的人都拍了照片，用来辨认此人是否以后再来眼镜店。

眼镜店老板除了中午去附近的一家凉面馆吃午饭外，其他时间没有离开过眼镜店。晚上七点多，眼镜店老板关了店门，去对面的小餐馆吃晚饭。

一整天下来，负责监视的特工没有发现形迹可疑的人去和眼镜店老板联系。

吃完晚饭后，眼镜店老板回到眼镜店，他在屋后面的水池边洗了一个澡。

洗完澡后，眼镜店老板从店堂后面搬出一张竹躺椅和一个凳子，放在眼镜店门前的人行道上，接着他回店里拿出一个茶壶和一把芭蕉扇以及一叠报纸。他将茶壶放在小凳子上，然后舒适地在躺椅上躺下，一边摇着芭蕉扇，一边借着路灯看报纸。

眼镜店老板看起来有40多岁，个子不高。他的皮肤很白，身材微微发福，戴着一副近视眼镜，有些秃顶。

邻居们也陆陆续续将竹床、躺椅搬出来，放在人行道上，或者干脆放在马路边，坐着或者躺着在外面乘凉。他们有的在看书报，有的躺在那里小憩，有的在聊天。眼镜店老板和邻居们聊了一会儿，然后闭上眼睛慢慢地睡着了。

夜里十二点多，眼镜店老板醒了。他大概是觉得够凉爽了，就起身将躺椅和凳子等所有东西搬进店里，然后关上店门。

过了一会儿，在街对面监视眼镜店的特工看到眼镜店二楼的灯亮了。二楼的窗户是开着的，街对面的特工透过开着的窗户，看到眼镜店老板走进二楼的房间，在床上躺下，然后伸手拉了一下床边的电灯开关线，关掉电灯睡了。

第二天早上六点多钟，眼镜店老板就起了床。他走到窗前，看着外面的街道，伸了伸懒腰，这才下楼去。

第三十一章　张开渔网

洗漱之后，他来到马路斜对面的早点铺，要了一碗凉面和一碗清酒，开始过早。

过完早后，他回到眼镜店，开门营业。

大约早上十点钟，韦裕国出现在亨达眼镜店附近。他的样子看起来是在漫不经心地逛街，慢慢地朝亨达眼镜店走过来。

韦裕国是按规定的时间来眼镜店取情报的。

韦裕国停下来在一家报摊上浏览着报纸，观察眼镜店周围的情况。

确信没有任何异常之后，韦裕国这才走进眼镜店。

韦裕国走到柜台前，欣赏着柜台里面各种款式的眼镜，然后让老板拿几副墨镜给他试试。老板照韦裕国的话拿出几副墨镜放在柜台上让他试。

韦裕国试了几副墨镜之后，挑选其中一副墨镜买下。付钱以后，他戴着这副墨镜离开眼镜店，继续逛街。

整个过程看起来相当自然，街对面用望远镜监视眼镜店的特高课特工没有发现什么破绽，但是他们还是按规定拍下韦裕国的照片。

韦裕国这次在特高课特工的眼皮底下取回情报，实属侥幸。日本人这一次虽然没有发现韦裕国，但下一次他可能就没这么幸运了。因为，不论是眼镜店老板还是韦裕国，都浑然不知眼镜店已经受到特高课特工的严密监视。

二

第五战区司令部情报处王处长甄别日本间谍的计划获得成功，军统终于查出第五战区司令部里隐藏的日本间谍就是吴应天。

随枣会战之前，王处长甄别日本间谍的计划得到戴笠的批准。戴笠通过军事委员会与李宗仁联系，告诉李宗仁第五战区司令部里面隐藏着日军间谍，请李宗仁配合甄别日军间谍的行动。虽然李宗仁不太相信他的司令部有日军间谍，但他答应配合行动。

五月份，在随枣会战最危急的时候，第五战区司令部需要尽快从樊城撤退到老河口。这是实施王处长计划的一个绝好时机。因此，王处长立刻启动甄别日军间谍的计划。

李宗仁按行动计划派出由王处长、吴应天、文达士、鲁生荣和卢晓东五人组成的先遣小组，为第五战区司令部撤退老河口做准备。

王处长带领四个重点嫌疑人开车从樊城出发后，故意迷路。当王处长在张

武汉谍战

楼停车认路时，提前埋伏在张楼，由军统人员装扮的日军特战队冲出来俘虏了先遣小组五人。

装扮成日军特战队的军统人员，故意在吴应天等人面前用日语透露他们要去执行偷袭第五战区司令部的任务，带着五个俘虏太不方便。因此，为了保住他们的秘密，决定枪毙吴应天等四人，只留下王处长给他们带路。

果然，当装扮成日军特战队的军统人员假装对吴应天等四人执行枪毙的最危急时刻，面对死亡的威胁，吴应天终于支撑不住，犯下致命错误。吴应天在最后一刻再也无法忍受被自己人枪杀的冤屈和对死亡的恐惧，终于向假扮成日军特战队员的军统人员透露了自己的真实身份。

当吴应天暴露自己的身份之后，隐蔽在刑场周围，同样是军统人员装扮的国军及时出现。他们和假扮的日军特战队发生战斗，让吴应天他们四人乘机逃走。

本来吴应天当时是有些疑虑的，可是当他在返回村子去找王处长的路上，看到准备枪毙他们的五个日军特战队员全都被打死时，他仅有的一点疑虑就消除了。这是他犯的第二个致命错误，如果他当时仔细地去查看一下被打死的五个日军特战队员，他会发现他们是在装死。

第五战区司令部撤退到老河口之后，王处长根据戴笠的命令，为了故意麻痹吴应天，表面上放松了对他的跟踪和监视。

吴应天很快就发现老河口没有人跟踪他。刚开始时他觉得有些奇怪，后来，他判断这是因为军统的人还没有撤到老河口，因此没有人手像在樊城的时候那样日夜跟踪监视他。一向谨慎的他，这次有点过于乐观。

经过几次试探之后，吴应天仍然没有发现有人跟踪他，于是他更加肯定他的判断是对的。因此，他发出了那封密信通知三浦太郎他的新地址。

吴应天发出的密信很快就落到军统在老河口的邮检部门，军统邮检部门检查了他的信。虽然他们当时不知道密信的内容，但是通过对收信人地址的查证，很快查明这封信是寄往一个死信箱。凭这一点，军统进一步认定吴应天是日本间谍。

王处长将吴应天的密信内容通过电台发给军统总部，同时将吴应天拥有的物品和书籍清单发给总部做参考，请求总部协助破译吴应天的密信内容。

由于有了吴应天的物品和书籍清单，军统总部的密码破译人员没用多久就破译了吴应天密信的内容，同时破译了他和日本情报机关之间的通信密码——吴应天拥有的一本小说。军统总部由此进一步推断出日本情报机关是通过密语

第三十一章　张开渔网

广播节目和吴应天联系。军统密码破译人员利用破译的密码，监听日军广播电台的汉语密语广播节目，从而掌握了日军情报机关和吴应天之间后来所有的通讯内容。更重要的是，军统根据日军情报机构对吴应天的密语广播，发现了日军情报机关为了方便和吴应天之间的通讯联系而刚刚设立的老河口联络站——逸文书店。

戴笠对查出隐藏在第五战区司令部里的日军间谍非常高兴。他嘉奖了王处长。同时，他命令军统老河口特别小组随时听候王处长的调遣，配合王处长的行动。

王处长指示老河口特别小组的特工人员在五州旅社二楼长期包租一个房间，这个房间临街的窗口正对着街对面新开张不久的逸文书店，也就是日军老河口联络站。王处长还让军统老河口特别小组专门设置一架电台，负责监听逸文书店与汉口总部之间的无线电通讯。

逸文书店看起来与别的书店没什么两样，出售各种书刊杂志。

不过，逸文书店特别提供了一项方便顾客的服务——他们在书店的墙壁上挂了一个书籍建议箱，顾客可以将自己想要买的书籍以及自己的姓名和地址写在纸条上，投进这个箱子里面。书店会根据收到的字条，尽量为顾客购进他们想要的书籍。

吴应天如果有情报需要传递出去，就会将密写的情报投进书店的书籍建议箱里面，这样，他就不必和书店的联络员接头，相对来说比较安全。书店的日军特工收到吴应天投进书籍建议箱的情报后，会在当天用电台将情报发回总部。

发现吴应天是日军间谍之后，王处长曾经建议立刻逮捕吴应天和联络站的两个日军特工，但是戴笠不同意。

戴笠现在还不想收网，他在想如何最大限度地利用吴应天这个日军间谍。戴笠相信，一个间谍暴露身份后，这个间谍以后可能造成的危害就基本上能够得到控制。因此直接逮捕这个间谍是一种浪费，没有做到物尽其用。戴笠认为，军统目前还没有必要逮捕吴应天，他认为军统至少可以利用吴应天给日军送出假情报，迷惑日军，让日军指挥官作出错误判断，从而给国军创造出打击日军的机会。如果有合适的机会，戴笠希望军统还可以利用吴应天这个日军信赖的间谍，对日军大本营和日本政府实施战略欺骗，让日本政府和军队犯战略性错误。

第三十二章 视死如归

一

宁静的夏夜晴空万里，繁星闪烁。白天被炙热的太阳烤得灼热的空气和大地，此时热量已经散尽，让人感觉到一丝凉意。旷野里，四周漆黑一片，万籁俱寂。只有从黑暗的草丛中传来的蟋蟀声、从池塘里传来的蛙鸣声和从远处传来的狗叫声，偶尔打破午夜的宁静。

河头杜村的大部分人已经就着夜晚的一丝凉意，进入梦乡。

村南头的一间农舍里面，赵云清和何慧娴躺在蚊帐里面，轻声地说着话。

赵云清和何慧娴到河头杜村已经有一个多月了。河头杜是王家河镇北大约一里地远的一个小村子，村子里只有二十多户人家。这里是李国盛给赵云清安排的隐蔽地点，这个隐蔽地点是军统王家河联络站老喻推荐给李国盛的。赵云清和何慧娴以老喻亲戚的名义在村里住了下来。

自从赵云清和何慧娴住下来后，村里的人都对这对城里来的夫妇很友好。特别是村里的大姑娘小嫂子们，没事就到何慧娴这里串门，听她讲城里的新鲜事。遇到赵云清何慧娴夫妻需要帮忙时，村里人都很乐意出手相助。

赵云清和何慧娴来到河头杜村之后，不像以前那样生活在情报工作的巨大压力下，生活虽然简陋一些，吃的也是粗茶淡饭，但日子倒是过得安宁祥和，

第三十二章　视死如归

他们的心情一直都很轻松愉快。

在武汉时，虽然何慧娴没有说，但是由于担心赵云清和小何出事，她的精神一直处于紧绷的状态。现在，她紧绷的神经暂时可以松弛下来，因此，她比原来显得更加悠闲自在。

肚子里的孩子现在还没有出怀，她就迫不及待地要给还没出世的孩子缝制新衣服。她特意到王家河镇扯了一些棉布，空闲下来就给肚子里的孩子缝制衣服。每当她给孩子缝制衣服的时候，她的脸上都带着一个母亲的慈祥和甜美的笑容，看得一旁的赵云清心里直乐呵。

王家河属于日本人的占领区，但由于日本人兵力有限，没有在王家河驻兵，而且很少来这里。

王家河以北地区，一直到仙台寺，是胡季荪的鄂东游击总队第七支队的实际控制区。因此，这里应该是一个很安全的藏身地。

赵云清和何慧娴商量，他想去请示组织，看看能不能回武汉一趟，了解一下武汉的情况。何慧娴认为这样也好，就同意了。只是赵云清有点担心何慧娴一个人在这里没人照顾。何慧娴说她会照顾好自己，让他放心地去。

第二天早上，赵云清起了一个大早。吃完早饭后，他告诉何慧娴他要去王家河镇上办事。何慧娴知道他是去联系组织，便没多问，只是嘱咐他路上多加小心。

赵云清来到王家河镇，找到军统王家河镇交通站老喻。他请老喻发报给李国盛，报告李国盛他希望回武汉一趟，请求批准。老喻告诉他晚上固定的时间才能和武汉总部联系，让他第二天早上来听回信。

赵云清在王家河镇买了些日用品和一些何慧娴喜欢吃的食品，带回去给何慧娴。如果李国盛批准他回武汉，他不知道他出门之后多久才能回来，因此他希望多给何慧娴准备一些需要的日用品和食品。

何慧娴见赵云清买了这么多的东西回来，知道赵云清关心体贴她，心里自然高兴。虽然她不知道赵云清什么时候回武汉，但她希望赵云清能够早点回来，她怕赵云清出事。

第二天早上，赵云清早早来到老喻的鞋帽店。老喻见赵云清这么早，笑他是不是因为在乡里过不惯，才急着想回汉口。赵云清不置可否地笑了笑。

李国盛收到赵云清回武汉的请求之后，回电同意赵云清回武汉一趟。他认为胡永春对赵云清小组不再是一个危险因素，武昌小组的危机已经过去。

李国盛从尉迟钜卿那里得知，胡永春已经招供；但由于重藤宪文拒绝兑现释放胡永春父母的承诺，现在胡永春拒绝再与重藤宪文合作。

赵云清高兴地回到河头杜村，他告诉何慧娴说老板同意他回去一趟。他还分析说，老板这次批准他回去，肯定还有别的事情。他不知道会在武汉呆多久，他向何慧娴保证会尽快赶回来。他说，如果危险消除，他会马上回来接何慧娴回武汉。他再三嘱咐何慧娴照顾好自己的身体和肚子里的孩子。何慧娴温柔地答应他，她会照顾好自己和肚子里的孩子，让他放心出门，早去早回。

第二天早上，何慧娴起得很早。她弄了赵云清爱吃的早点给赵云清过早。吃完早饭之后，赵云清要出门了。何慧娴一边叮嘱赵云清做事要小心，不要鲁莽，一边送他出门，一直送到村口。

二

自从王家瑞收到组织的答复后，已经有一个星期没有见到向小雨。

组织上不仅反对他和向小雨的恋爱关系，而且还严厉批评他严重违反情报人员守则，利用工作关系，擅自与下属发生感情，给组织造成潜在的危险。组织上提醒他，情报战线的斗争是残酷的，希望他头脑保持冷静。组织上命令他立刻斩断这种儿女私情，恢复到以前的状态。组织上最后警告说，如果他做不到，组织上随时会将向小雨调离。

组织上的答复，让王家瑞心里充满了失望与沮丧，甚至还有几分愤怒。

本来两人约好，接到组织的答复后，王家瑞第二天就应该给向小雨打电话。可由于组织上反对他们的恋爱关系，王家瑞不敢打电话给向小雨，怕她问起这事儿。他不敢将组织的答复告诉向小雨，怕伤了她的心。

因此，王家瑞收到组织的答复后，就一直没有和向小雨联系。

这一段时间王家瑞的心情糟糕透了。他做事情无精打采，吃饭也没有胃口，晚上有时还失眠。

他想念向小雨，想去找她。他想陪她逛街，陪她吃饭。他渴望听她说话时的甜美声音，看她微笑时的迷人笑容。他期盼和她在日落后的江边散步，看夜空中的星星。可是，组织的严厉态度，让他不敢再去想向小雨，更不敢进一步发展他和向小雨的感情。他担心组织上一怒之下会将向小雨调离，这样他可能就再也见不到向小雨了。他陷入极度的痛苦与彷徨中，可他不知道该怎么办。

王家瑞的心情变得沮丧而且脾气暴躁，炎热的天气更是火上浇油。他开始莫名其妙地发脾气，有时为一点小事就冲着雷明亮和于连浩发火，这是以前从

第三十二章 视死如归

来没有过的事情。

刚才，雷明亮见王家瑞近来食欲不佳，便到他的办公室关心地问他中午饭想吃点什么，他好去准备。没想到此刻王家瑞正在生闷气，见雷明亮来烦他，便没好气地劈头盖脸就给了雷明亮一顿骂。他骂雷明亮每天只知道吃，像猪一样！

雷明亮莫名其妙地被王家瑞责骂，觉得王家瑞肯定遇到麻烦事，更加为他担心。于是，雷明亮将自己的担忧告诉于连浩。

于连浩也觉得王家瑞近来有些不对劲，早就想弄清楚到底发生了什么事。

于是，雷明亮和于连浩来到王家瑞的办公室，以组织的名义郑重其事地问王家瑞到底是怎么回事。王家瑞当然不能告诉他们实情，他只是支支吾吾地搪塞说，可能是因为天气太热，晚上没睡好，造成情绪不佳，所以无端地对他们发脾气。他希望他们俩原谅他，别往心里去。雷明亮和于连浩听了之后，并不相信王家瑞说的话。可他们对王家瑞无可奈何，只能由他去了。

理智告诉王家瑞，组织上是对的。情报人员的感情生活必须受到严格的限制，甚至禁止。情报人员一旦陷入感情的漩涡，可能会失去应有的理智和冷静，导致判断力严重下降，最后给自己和组织带来损失。这是他接受特工训练时，他的老师多次强调过的。他的老师举出好几个这样的惨痛例子，警告他的学生，希望他的学生在以后的情报生涯中引以为戒。这些道理王家瑞都明白，可是他认为他和向小雨的感情不能简单地一概而论。

桌上的电话铃声打断了王家瑞的思路，他接起电话。

王家瑞听出是向小雨的声音。

向小雨用密语通知他收到上级的密电，让他去取。

按照约定，王家瑞将在下午五点半去向小雨的学校门口等她。如果是以前，他会非常高兴去见向小雨。可是现在，由于上级反对他和向小雨的私人感情，他害怕面对向小雨。他害怕向小雨问他组织上对他们俩恋爱关系的答复。

可是，王家瑞必须去见向小雨，这是组织的任务。因此，他决定暂时不要告诉她组织上的决定。如果向小雨问起此事，他会告诉她，组织上还没有正式的答复。

下午五点半，王家瑞来到圣约瑟女中门口等着向小雨。

不一会儿，向小雨就从学校大门口走出来。她今天穿着白底浅黄色花连衣裙和银色高跟鞋，在连衣裙的衬托下，她的胸部显得更加挺拔丰满，她那纤细的腰肢和丰润的臀部形成的曲线显得更加窈窕诱人；刚刚剪过的短发，整齐地

武汉谍战

垂在两颊，衬托着漂亮的五官，让她的五官显得更加富有立体感。王家瑞觉得向小雨今天看起来比平时更加美丽动人。

王家瑞看着走近的向小雨，内心里赞叹着造物主的伟大与慷慨。一瞬间，他对她的美产生了一种可望不可即的感觉。他的心此刻在隐隐作痛。

向小雨走到王家瑞身边，好奇地微笑着问他：

"为什么今天用这种眼神看着我？"

王家瑞回过神来，赶忙说："太美了！"接着又加了一句，"我说你实在太美了！"

向小雨很高兴王家瑞称赞她美，她略带娇羞地说："真的吗？"

"真的！太美了。"王家瑞发自内心地赞叹。

向小雨甜甜地笑了。这就是王家瑞想看到的笑容，这种笑容可以融化王家瑞所有的烦恼和忧愁。

他们沿着马路边的树荫逛街，向小雨乘机将密电交给王家瑞。

"组织上对我们的事有回音了吗？"不出王家瑞所料，这是向小雨最关心的事。

"喔，还没有。"

"这么久了还没有给一个答复。"向小雨像是自言自语地说。

"可能组织上认为个人的事情不是那么重要，所以不急着答复。我是这样想的，你看有没有道理？"

王家瑞说出自己早已想好的理由。

"哦，是这样。嗯，有点道理。怪不得上次你收到密电后，第二天没有给我打电话呢。害得人家胡思乱想了好些天。"向小雨嘟着嘴，样子有点委屈。

"因为组织上没有答复，所以我不能在没有任务的情况下和你联系，对吧，呵呵。"王家瑞说得很有道理，他自己都几乎要相信自己的善意谎言了。

"明白了，老板。我不再胡思乱想了。"向小雨相信了王家瑞的美丽谎言。她的心情一下子轻松了，开始调皮起来。

王家瑞不想让向小雨起疑心，因此像平时一样，陪着她逛街、吃饭。

吃完饭后，王家瑞告诉向小雨，今天不能陪她太久，他要回去译电，而且，他还有其他的事情要做。向小雨表示理解，让王家瑞直接送她回家。

王家瑞送向小雨到她家门口后，像平时一样，拉着她的手和她道别。

向小雨今天很开心，看起来她一点都没有起疑心。

第三十二章　视死如归

三

早上十点，韦裕国按时来到大智门车站玛领事街的眼镜店取情报。他像以前一样，很谨慎地观察眼镜店周围的情况，确认没有异常之后，才走进眼镜店。

当韦裕国走进眼镜店的时候，对面监视点的一名特工正用望远镜观察着他，河野和另外一个特工也在注视着他。几乎在同一时刻，用望远镜观察的特工和旁边的河野都认出韦裕国是第二次出现在眼镜店。

"果然不出伍岛课长所料！"河野兴奋地对身边的特工说。

头天早上，河野在监视点再次发现老姜去眼镜店传递情报。按照伍岛茂的命令，河野他们没有去惊动老姜，让老姜顺利地将情报交给眼镜店老板。

老姜离开眼镜店之后，河野打电话向伍岛茂报告此事。伍岛茂判断一两天内肯定会有人来取情报，命令河野更加严密地监视眼镜店。他认为上一次取情报的人肯定来过，只是由于这个人与眼镜店老板传递情报的手法非常隐蔽，因此河野他们没有发现。如果这一次取情报的是同一个人，那么河野他们一定会认出他来，而且有照片可以查对。

"取情报的一定是这个人！"河野对身边的特工说。

这是他们监视亨达眼镜店的两个多星期以来，最重要的发现。

河野让一名特工用望远镜严密监视眼镜店里的韦裕国和眼镜店老板，然后命令身边的三个特工，立刻下楼，分散开来，准备跟踪韦裕国。

这一次，负责观察韦裕国的特工通过望远镜非常仔细地观察眼镜店里韦裕国和眼镜店老板，丝毫不敢怠慢。

韦裕国在眼镜店的柜台前看了一下里面陈列的眼镜，然后让眼镜店老板拿几副眼镜套给他看看。眼镜店老板拿出几种不同颜色和款式的眼镜套让韦裕国挑选。韦裕国用很隐蔽的手法从一个眼镜套里面取出情报，放进自己的口袋。然后，他假装将所有的眼镜套看了一遍，似乎不太满意，于是将所有眼镜套还给眼镜店老板，转身走出眼镜店。

街对面二楼窗口负责监视的特高课特工通过望远镜，将情报交接的过程看得清清楚楚。于是，河野发出信号，通知楼下街道上待命的特工秘密跟踪韦裕国。

韦裕国走出眼镜店，沿着玛领事街不紧不慢地朝法租界走去。这里离立兴洋行大楼的总部不远，穿过法租界之后，很快就可以回到立兴洋行大楼的总部。

三名特高课特工分散开来跟在韦裕国后面。韦裕国没有发现有人在跟踪他。

武汉谍战

　　眼镜店老板看着韦裕国出门后往右走了。本来，他只是无意识地看着离去的韦裕国。可是他马上就感觉到似乎有什么地方不大对劲儿，他不是很肯定。

　　于是，眼镜店老板从柜台出来，走到店门外，朝正在走远的韦裕国看去。他发现刚才在附近街上闲逛的两三个人，现在全都跟在韦裕国后面，朝同一个方向走去。他的心里顿时一惊，马上明白自己和韦裕国目前的处境，不禁吓得冷汗直冒。他迟疑了片刻，转身回到柜台里面，从柜台下面拿出一支手枪。他检查了弹夹里的子弹，然后将手枪插在腰间，快步走出眼镜店，朝韦裕国离去的方向追赶。

　　河野在街对面的二楼窗口发现眼镜店老板的异常举动，他的反应非常敏捷，马上感觉到要出事。于是他对身边两个待命的特工命令道，"快，这家伙发现了我们跟踪的人！快去阻止他！"

　　说完，河野立刻带着两个特工冲下楼，想要去阻止眼镜店老板。

　　韦裕国已经走到离法租界玛领事街的出入口处不远了。

　　跟踪韦裕国的三名特高课特工，正分散开来以不同的距离跟在他的后面。

　　眼镜店老板很快就发现身后有人在追赶他，离他越来越近。他觉得不能再等，不然就来不及了。于是，他从腰间拔出手枪，对着前面跟踪韦裕国的一名特工开了两枪。

　　砰，砰。

　　由于距离比较远，子弹没有打中这个特工。

　　韦裕国听到枪声，立刻回过头查看。他看到离他一百多米远的地方，眼镜店老板手里握着手枪，一边朝他这边追过来，一边向前面的人开枪。

　　与此同时，眼镜店老板身后不远处也有三个握着手枪的人一边追赶眼镜店老板，一边朝他开枪射击。

　　街上的行人突然听到枪声，立刻吓得乱作一团，争相四处逃散。

　　法租界玛领事街出入口的安南巡捕听到枪声，立刻封锁出入口，禁止任何人出入。

　　混乱中，韦裕国看到眼镜店老板中弹倒下。

　　韦裕国明白，眼镜店老板是在向他发出警报。

　　跟踪韦裕国的宪兵队特高课特工见已经暴露，便指着韦裕国大声地喊叫，"抓住他！抓住他！"

　　韦裕国本能地混在人群中向法租界跑去。可他没跑几步，就发现法租界的巡捕已经封锁法租界出入口，禁止任何人通行。

第三十二章 视死如归

不仅如此，正在法租界出入口外面执勤的几个日军宪兵和宪佐队员听到枪声和叫喊声之后，已经向他这边冲过来。

现在进入法租界的路已经堵死，因此韦裕国只能朝别的地方跑。他来不及细想，便向左边的长安里跑去。特高课特工在他后面穷追不舍。

河野见状，大声命令前面正在追赶韦裕国的特工不要开枪，要抓活的！河野知道，这个人一定是接近抵抗组织核心的成员，如果死了，他们将会前功尽弃。

韦裕国跑进长安里，掏出手枪对着后面追过来的特工开了一枪，然后继续往前跑。

后面追赶的特工听到河野的叫喊声后，不敢瞄准韦裕国开枪，担心将他打死。他们只是朝韦裕国头顶上方开枪，引诱韦裕国还击，消耗他的子弹。

街上的警察和巡逻的宪兵听到枪声后，都朝这个方向靠拢过来，一时间警笛声四起，街上的行人纷纷躲避。

韦裕国穿过长安里，来到铁路街（注：现天声街）。没想到他刚到铁路街，便看到一群宪兵和警察从他的左边沿着铁路街向他这边围堵过来，让他陷入困境。现在，他的左手边是沿铁路街围堵过来的日军宪兵和警察，右手边是法租界铁丝网，前面没有路，后面有追兵。他只好退回巷子，思考对策。

后面追赶他的宪兵队特工离韦裕国只有二十几米远，他们借着门洞的掩护，慢慢地逼近韦裕国，并大声劝他投降。

韦裕国知道，今天肯定逃不出去了。他不想被他们抓住。他知道被他们抓去之后，要么招供当叛徒，要么受尽各种酷刑折磨，生不如死。

于是，韦裕国下定必死决心。他深深地呼吸了口气，嘴里含糊不清地念叨着什么，然后，突然从藏身的墙后面冲到铁路街上，对着向他这边围堵过来的日军宪兵和警察开枪。

砰，砰，砰……

两名日军宪兵应声中弹倒下。其他日军宪兵和警察马上朝韦裕国开枪还击。

刚刚赶到的河野见韦裕国再次冲出巷子朝对面围堵过来的宪兵和警察开枪射击，立刻明白韦裕国是在进行自杀攻击。他急忙向对面围堵过来的宪兵和警察大声喊叫，让他们不要开枪，要抓活的！

可河野还是晚了一点。对面日军宪兵和警察的齐射，已经将韦裕国击倒。韦裕国身中五弹，当场殉国。

赵云清刚从大智门车站下火车，正走出车站，不料街上突然传来枪声。

武汉谍战

赵云清不知道发生什么事情，立刻循着枪声跟过去查看。当他来到铁路街街口时，刚好远远地看到韦裕国被日军宪兵和警察打死的这一幕。

韦裕国有时去武昌和赵云清联络，因此他们很熟。

大智门车站附近的枪声，传到不远处的立兴洋行大楼军统武汉区总部。枪声让李国盛和唐新意识到可能是韦裕国出了事。李国盛立刻派宋岳去大智门车站附近打听情况。

接着，他将唐新叫到他的办公室，问唐新：

"如果江岸车站的郭子贤这条线出了问题，他们有没有可能顺着这条线找到你？"

"不可能。这条线只有郭子贤见过我，他不知道我的姓名和地址，很难查到我这里。"唐新很肯定地回答。

李国盛听了之后，略微放心了一些。他想了一下，接着对唐新说："现在我担心韦裕国这边出问题。万一他被捕，总部就很危险。立刻通知大家准备撤离！"

正在这时，李国盛桌上的电话响了，他接起电话。

电话是赵云清打来的。

赵云清在电话里告诉李国盛，他看到玛领事街和铁路街发生的枪战，有两名抵抗分子被打死，听说其中一个是眼镜店老板。

李国盛立刻明白了赵云清的意思，他知道另外一个被打死的人肯定是韦裕国，只是赵云清不能在电话上提到韦裕国的名字。

李国盛让赵云清在法租界外的一元路汉口同仁医院门口等着，方仁先马上去接他。

挂断电话后，李国盛告诉唐新，是赵云清打来的电话，赵云清看到韦裕国和眼镜店老板被日本人打死了。

李国盛断定江岸车站的人已经暴露。于是他指示唐新，立刻到外面找一部电话，紧急通知郭子贤和老姜撤离，看是否能够抢在日本人的前面。

根据目前的情况看，军统武汉区总部暂时还没有危险，因此李国盛取消了总部人员准备撤离的命令。

唐新从立兴大楼出来后，来到附近的一个五金店，这个五金店有一部公用电话。他拿起电话，拨通郭子贤办公室的电话号码。接电话的人正好是郭子贤。唐新立刻用暗语告诉郭子贤，他和老姜都已经暴露，必须马上撤离。说完，唐新立刻挂上电话，离开五金商店。

第三十三章　惩办告密者

一

赵云清站在同仁医院门口等着方仁先。

刚才韦裕国被打死的一幕一直浮现在他脑海里，久久不能散去。

赵云清在武汉沦陷前就认识韦裕国，沦陷后也和他接过头，知道他是武汉区总部的外勤。

武汉沦陷还不到一年，赵云清认识的军统武汉区人员中，牺牲的就有八个。加上胡永春被捕，以及他的整个武昌组被摧毁，这一切都显示出斗争的残酷性。

自从何慧娴怀孕以后，赵云清重新思考了人生的意义。他认为他现在所做的一切不仅仅是他这一代人的事，而且还会影响到下一代或者几代人的生活。他明白自己从事这种危险工作不仅是为国家尽一份责任，而且是在为自己的孩子争取一个和平成长的环境。想到这些，赵云清不禁感慨万分，他希望战争快点结束，让每个人都能过上太平的日子，不再生活在恐惧中。

方仁先在同仁医院门口和赵云清碰面，他将尉迟钜卿帮忙弄的法租界通行证交给赵云清。有了这个通行证，赵云清就可以自由出入法租界。

赵云清随方仁先来到立兴洋行大楼军统武汉区总部，这是赵云清第三次来

武汉谍战

总部。上一次来总部已经是去年九月武汉沦陷之前的事了。

总部的人都认识赵云清。见他来了，都高兴地过去围着他和他打招呼。

大家寒暄一阵子之后，李国盛把赵云清、唐新和方仁先叫到自己的办公室开会。他有事情和他们商量。

李国盛首先对韦裕国和眼镜店老板的死表示哀悼，并提醒大家注意对敌斗争的残酷性。

接着，李国盛告诉赵云清，武昌小组被日军宪兵队破获，是由于黄顺认出胡永春。他向大家详细说明了胡永春被捕后发生的事情，然后用略带宽慰的口气说，由于武昌组的其他成员和豹澥联络站的成员撤退及时，因此胡永春的叛变，并没有造成很大的损失。

他还告诉赵云清，汉口宪兵队长重藤宪文由于没有抓到任何其他的军统成员，迁怒于胡永春。据可靠消息透露，汉口宪兵队认为胡永春失去了利用价值，已经将他列入下一批处决人员名单，理由是他参与过的行动给日军造成巨大损失，罪不可赦，必须严惩。

赵云清听了之后，不禁摇头叹息：他了解胡永春是一个孝子。如果不是日本人用他的父母要挟他，胡永春可能不会叛变。

接着，李国盛开始和赵云清商量下一步的工作。

李国盛强调，目前有两件事急需要去做。

第一件需要做的事情，就是除掉黄顺。

李国盛给赵云清和方仁先下达命令，要求他们尽快除掉黄顺，消除这个祸患，同时警告那些为日本人卖命的汉奸特务。

李国盛告诉赵云清和方仁先，根据可靠情报，黄顺已经回到武昌宪佐队，并且被提升为宪佐队分队长。他要求赵云清立刻做一个行动计划，交给他批准。所有需要调派的人手，由唐新负责安排。

第二件事，就是要赵云清立刻着手恢复武昌小组。赵云清必须尽快联系上所有撤离的武昌小组成员，让他们用新的身份，重新潜回武昌。

李国盛让赵云清这一段时间暂时住在总部，等新的武昌组联络站安排好之后再搬走。

散会后，赵云清和方仁先立刻着手制订制裁黄顺的计划。

二

河野看到眼镜店老板和取情报的联络人都被打死，失望到了极点。现在的这个结果就是伍岛茂课长多次强调过的最坏结果，这个结果让宪兵队前功尽弃，他无法向伍岛茂课长和美座时成队长交代。想到这里，他胸中的怒火一下子就爆发出来。他挥起手狠狠地抽了打死韦裕国的宪兵巡逻队班长和警察分队长几个耳光，嘴里不停地骂他们混蛋。

发完火之后，河野稍微冷静了一点。他让手下封锁现场，自己立刻去给伍岛茂打电话，报告刚才发生的事情。

电话接通后，河野充满自责地向伍岛茂报告刚才发生的事。伍岛茂听了河野的报告后非常生气：最坏的结果又出现了，为什么总是这样？他大声地训斥河野，骂他是废物。河野只能连声称是。

伍岛茂痛骂河野一顿之后，问河野下一步有什么打算。河野赶紧请求伍岛茂课长下令，立刻逮捕郭子贤和老姜，免得再让他们逃走。伍岛茂想了一下，也没有其他的办法，就同意了。

和伍岛茂通完电话后，河野立刻打电话给江岸车站日军宪兵队，命令他们立刻逮捕郭子贤和老姜。

郭子贤接到唐新让他紧急撤离的电话后，悄悄地从抽屉里拿出一把手枪，偷偷地插在腰间。

郭子贤站起身来，正准备离开办公室去通知老姜时，办公室的门被推开了。

只见三名持枪的日军宪兵走进办公室，然后直接朝郭子贤这边走过来。

郭子贤马上明白日本人是来逮捕他的。于是他迅速从腰间拔出手枪，举枪向三名日军宪兵射击，可是手枪居然没有响。郭子贤见状，立刻拉动枪机，退出哑弹，将另一颗子弹推上膛，然后再次举枪射击，可是枪仍然没有响。满脸惊讶的郭子贤还没有弄清楚手枪为什么不响，三个宪兵已经冲到他的身边，用枪指着他，然后将他按在桌子上，用手铐将他双手铐住。

这时，办公室里负责监视郭子贤的一个日军特工走到郭子贤面前，从口袋里掏出几颗子弹，得意地对郭子贤说："郭君，对不起，我将你手枪里的子弹换掉了。这样对大家都好，不然会弄出人命来的。"说完，这个日军特工和另外几个人哈哈大笑起来。

三名宪兵将郭子贤押出办公室。办公室里其他的中国员工和普通日本员工

武汉谍战

都被刚才的情形吓得目瞪口呆，大家看着郭子贤被宪兵抓走，不敢吭声。

老姜是在家里被捕的。

接到命令后，负责监视老姜的宪兵队特工领着几个刚刚赶来的宪兵，摸到老姜家门口，突然撞开老姜家的门，冲进老姜的家。

老姜见日本宪兵闯进来，情急之下想从屋子后面的窗户逃走。他迅速跑到窗前，顺势腾空而起，跃出开着的窗口，从二楼跳下，落向地面。可是，当他刚刚落地还没来得及站稳时，就被等在那里的几个便衣特工候个正着。他们一拥而上，将老姜按在地上，用手铐将他双手反手铐住，押上等在外面的汽车。

郭子贤和老姜是被同一辆汽车送到大孚银行汉口宪兵队的。

郭子贤和老姜被送到宪兵队之后，立刻被带进审讯室。

审讯他们两人的是重藤宪文队长和特高课伍岛茂课长，还有一个翻译。

伍岛茂是特意赶来参加审讯的。他只能寄希望于这两个人招供，并希望他们知道军统在武汉的核心组织秘密。

审讯进行得很顺利，郭子贤对他收集日军军列情报的事供认不讳，并且告诉重藤宪文和伍岛茂，他平时的联络人就是老姜。总部有紧急事情的时候，会给他打电话约他见面。和他见面的是一个年轻人，他只见过两次。最近一次是在四月份。

老姜交代的都是伍岛茂已经掌握的情况，没什么有价值的东西。

审讯不到一个小时就结束了。伍岛茂对这个结果非常失望：这两个人知道的情况比他预料的还要少。

重藤宪文下令将郭子贤和老姜押回牢房，分别关押。

审讯结束后，重藤宪文带着伍岛茂回到自己的办公室。

伍岛茂和重藤宪文认为郭子贤和老姜交代的都是实情。结合胡永春交代的内容，他们现在掌握的所有军统武汉区的情报，只有两个不太清楚的线索，一个是名叫方仁先的人，另一个是和郭子贤联络过的那个年轻人，目前还不知道姓名。这两个人都是军统武汉区的核心成员。遗憾的是，线索到这里就完全断了。

不过，伍岛茂并不认为这次行动完全失败。他认为宪兵队这次至少铲除了江岸车站的军统组织，堵住了军列编组情报泄露的漏洞，从而在某种程度上消除了游击队袭击日军军列的隐患；同时，破获江岸车站的军统组织，对军统武汉区也是一个不小的打击。

伍岛茂突然想起胡永春。他问重藤宪文，胡永春现在的态度怎么样？重藤宪文回答说，胡永春已经没有什么利用价值，而且他坚持不再配合，因此决定对他执行枪决。

伍岛茂听了重藤宪文的话之后，对重藤宪文说："将胡永春的父母放了吧，留在这里也没什么用。"

重藤宪文耸了耸肩，不置可否。

几天以后的一个早上，一辆囚车押着胡永春和十几个抵抗组织的被捕人员，来到汉口郊区黄陂县滠口道贯泉附近的一块叫做坦湖的凹地。

这里是日本人选择的杀人场，很多被捕的抵抗组织成员和战俘，都是在这里被杀害的。胡永春等十几个人被押到这里后，全部被枪毙。他们的尸体被埋在挖好的坑里。

李国盛收到胡永春被宪兵队处决的消息后，心里倍感惆怅。他不知道胡永春应该算是烈士还是算叛徒。从表面上看，胡永春出卖了组织，毫无疑问是叛徒；可是，他最终还是被敌人枪毙，也应该算是烈士吧。

李国盛将胡永春被日本人处死的消息告诉总部全体人员，希望大家以后有机会一定要帮忙照顾胡永春的父母，如果他们还活着的话。

赵云清听说胡永春被日本宪兵队处决的消息之后，心里一阵悲伤。他从来没有认为胡永春是叛徒，他认为胡永春是抗日烈士，是一个好兄弟。

赵云清认为，一个好的情报组织会有严密的组织结构和灵活的紧急应变计划，绝不会因为组织的某一个人变节或者招供而受到沉重打击。

三

赵云清、方仁先和华相成分头来到赵云清在阅马场的秘密落脚点。他们按照李国盛的命令，开始执行制裁黄顺的行动计划。

几天后，他们在粮道街宪佐队附近租了一间房子，方便监视黄顺。

连续跟踪监视黄顺一个星期后，赵云清掌握了黄顺的生活习惯和活动规律。

黄顺下班后喜欢和宪佐队的同事去奥略楼附近的品江茶楼喝茶、聊天、听戏。每个星期至少去两次，每次都要玩到晚上十点多才离开茶楼回宪佐队。

黄顺在茶楼里的座位不固定，有时在二楼喝茶、聊天，有时在三楼听戏，有时在四楼打牌，都是在大庭广众之下活动，因此想要在茶楼里面秘密干掉他而不被人发现几乎是不可能的，即使能够干掉他，也难以脱身。唯一的机会就是趁着黄顺上厕所的时候干掉他。

品江茶楼的厕所不像其他多数茶楼那样用的是旧式的茅房，而是有抽水马桶的厕所，这是品江茶楼相对其他茶楼的优势之一。黄顺在茶楼至少要待上两三个小时，其间肯定会去上厕所。赵云清他们决定，趁黄顺上厕所的时候干掉他，这样不仅不容易被人发现，而且他们还会有充分的时间撤离。

这天傍晚六点多钟，黄顺和三个同事从宪佐队出来。

赵云清今天在宪佐队大门口斜对面的大树下摆了一个转糖的摊子，暗中监视宪佐队大门的出入人员。

见黄顺从大门出来，赵云清立刻给藏在不远处租的房子里面待命的方仁先和华相成发出暗号。黄顺走过去后，赵云清赶忙收好转糖的家什，回到租的房子里。此时华相成已经出门跟着黄顺，屋里只剩下方仁先在等着赵云清。

赵云清放下转糖的家什，立刻和方仁先出门，跟着前面几十米远的华相成。

华相成远远看到黄顺和三个同事走进长街和胡林翼街交叉路口旁的一家餐馆，看来黄顺他们要在这间餐馆吃晚饭。这时，赵云清和方仁先也赶上来了。

见黄顺他们在吃晚饭，赵云清他们决定到离黄顺吃饭的餐馆不远处的一个凉面馆里吃晚饭，顺便等黄顺他们出来。

来到凉面馆后，赵云清他们一人要了一碗凉面，一边吃一边透过窗户盯着黄顺他们吃晚饭的餐馆。

半个小时之后，黄顺和他的三个同事吃完晚饭从餐馆里出来。他们沿着胡林翼街朝江边走去，看来是要去品江茶楼。

见黄顺出来，赵云清立刻示意大家跟上去。赵云清、方仁先和华相成三个人分散开来，若无其事地远远跟在黄顺他们后面。

黄顺和他的三个同事很快就来到品江茶楼。

进茶楼后，黄顺和他的三个同事直接上了三楼。

三楼正在唱戏，已经坐了不少看戏的茶客。黄顺他们选了一张空桌子坐下，叫来茶楼伙计泡了茶，然后一边品茶一边听戏。

今天茶楼唱的是楚剧《打金枝》，台上生旦的表演和唱腔赢得茶客戏迷们的阵阵喝彩。

黄顺也是一个戏迷，听到得意处，禁不住在那里摇头晃脑地随着台上小生和花旦的唱腔，轻声哼着戏中的唱段，完全陶醉在戏里的唱段和故事情节中。

赵云清坐在黄顺后面不远处的一张桌子旁，盯着黄顺。方仁先坐在离厕所不远的一张桌子旁喝着茶，这是上厕所的人必须经过的地方。方仁先坐那里等着黄顺过来。

第三十三章 惩办告密者

华相成在三楼楼梯口旁边的一张桌子旁坐着喝茶，负责警戒。

大约过了一个小时，黄顺站起身来。他和旁边的同事打了个招呼，就朝厕所走去。

方仁先看到黄顺向他这边走来，便起身朝厕所走去，他要赶在黄顺之前进厕所。

方仁先进厕所之后，藏在一个抽水马桶隔间里面等着黄顺进来。

黄顺进厕所后，赵云清跟在他后面朝厕所走去。华相成走到厕所门外担任警戒。

黄顺走到小便池前，开始小便。方仁先立刻从隔间里面出来，毫无声息地朝黄顺背后走去，他的双手挽着细细的钢丝绳。此时，赵云清正好推门进了厕所。

方仁先双手挽着细钢丝绳，摸到黄顺身后。黄顺正畅快地小便，根本没注意到方仁先已经摸到他身后。

黄顺背后的方仁先突然挥起双手，用细钢丝绳套住黄顺的脖子，然后迅速勒紧钢丝绳并转身将黄顺背在背上，钢丝绳顿时紧紧地勒住黄顺的脖子。这一招在武汉叫背死猪。早年，武汉的帮派势力袭击租界里的巡捕，常用这一招。

黄顺受到突然袭击，本能地用双手去拉扯勒在脖子上的钢丝绳，可无济于事，细细的钢丝绳已经深深地勒进他脖子上的皮肉里面。他的双脚已经腾空，在空气中不停地蹬踏，痛苦地做着垂死挣扎。

赵云清站在一旁看着。他看到黄顺的眼睛开始往外爆出，他的舌头也从嘴里吐出来，样子非常恐怖。赵云清的手里握着一把锋利的短刀，如果需要，他会随时帮助方仁先一刀结果了黄顺。

只是一会儿的工夫，就听见"咔嚓"一声，黄顺的脖子给勒断了，他马上停止了挣扎。

方仁先将黄顺放下，黄顺的尸体立刻瘫倒在地。

赵云清从口袋里面拿出一张写着"汉奸的下场！"几个字的纸条放到黄顺的尸体上，就和方仁先离开厕所。

从厕所出来之后，赵云清对担任警戒的华相成使了一个眼色，告诉他已经完事。

赵云清、方仁先和华相成三个人迅速下楼，离开品江茶楼。他们必须在黄顺的尸体被人发现之前，走得越远越好。

武汉谍战

出了品江茶楼的大门，赵云清、方仁先和华相成便分散开来，三人相距不远，朝阅马场的落脚点走去。

不久之后，赵云清、方仁先和华相成三人顺利地回到阅马场的落脚点，路上没有发生任何意外。

第二天，武汉的各家报纸都刊登了黄顺被杀的新闻。

新闻报道说，昨天晚上品江茶楼发生一起谋杀案。死者是武昌宪佐队分队长黄顺，被人用绳子勒死在厕所里。目前尚不知道黄顺被杀的原因，宪佐队也不愿意透露任何情况。据目击者说，死者面容狰狞，让人恐怖，看来死之前经受过难以承受的痛苦。目击者还说，他们看到死者尸体上有一张纸条，纸条上写着"汉奸的下场！"几个字。坊间猜测，谋杀与抵抗组织有关。

黄顺这个隐患除掉后，李国盛指示赵云清尽快恢复武昌组。

赵云清很快就在彭刘杨路西段靠近长街的地方，租下一间名叫瑞士钟表的钟表店，作为新的武昌组联络点。这里离他在阅马场的秘密落脚点不远。他想好了，等他把何慧娴接回来后，他们以后就住在阅马场的秘密落脚点，不用去另外找房子。

新的联络点还有一个好处，就是这里有一部公用电话。以后总部可以用电话和他联络，不需要每次都派人从汉口到武昌来接头，既方便，又安全。

新的联络点建好之后，赵云清就在几家武汉的报纸上刊登广告，并且连登三天。一个礼拜后，再连登三天。

广告的内容是：

鄙人刚从瑞士回国，带回钟表若干，现住彭刘杨路群易旅社。有意购买钟表者，请与鄙人联系，价格从优。

赵万

武昌组的人看到赵万落款的广告后，就会到武昌彭刘杨路的瑞士钟表与他接头。因为彭刘杨路上根本就没有群易旅社。

四

晚上九点，冈本矢一来到汉口天津路十六号甲。他要将刚刚获得的日军第

第三十三章 惩办告密者

十一军湘赣会战——中国称之为第一次长沙会战——作战计划通过电台发送给组织。

日军湘赣作战的战役目的是力图歼灭第九战区主力于湘赣北部平江及修水一线。

这是一份非常详细的作战计划。第十一军司令冈村宁次决心集中第6师团、第33师团、第106师团、奈良支队、上村支队以及第101师团一部共十万人，于九月中旬开始从赣北、鄂南、湘北三个方向发起攻击，进攻长沙。具体的部署是，第106师团于九月十四日率先由赣北奉新向会埠发起进攻，以101师团一部，向高安作牵制性进攻；以第6师团加奈良支队和上村支队，于九月十八日向湘北新墙河一线发起攻击；以第33师团于九月二十二日由鄂南通城向南进攻，至湖南平江与日军湘北主力夹击第九战区部署在新墙河和汨罗江防线的国军第十五集团军。

由于夏文远这一次没有要求冈本矢一提供日军第十一军的作战计划，因此，冈本矢一只能直接将日军湘赣作战计划发给组织。

这是冈本矢一第一次用夏文远提供的电台，使用组织规定的频率和密码，直接向组织发送情报。

电文很长，加上冈本矢一发报的手法不娴熟，因此他花了一小时才将电文发完。

发完电报后，冈本矢一等待组织回电。五分钟后，组织回电确认收到冈本矢一的密电。

冈本矢一收到组织回复后，立刻收起电台，离开这所房子，赶回军官宿舍。

回去的路上，冈本矢一心里非常高兴。他现在可以通过电台直接给组织发送情报，既方便又快捷，而且安全性也不会降低。本来，组织上考虑到冈本矢一的安全，要求他尽量不要使用这部电台发送情报；除非是非常重要的情报，否则还是用密信的方式寄出。今天的情报就是非常重要的，因此冈本矢一使用电台直接向组织发送情报。

第三十四章　王家河惨案

一

九月初的一个夜晚，长空如洗，皓月千里。

初秋的午夜，凉爽怡人。经过整个盛夏炎热煎熬、难以入眠的人们，此时正享受着大自然赐予的秋凉，酣酣地入眠。

柑子树刘塆的人们，此刻都已进入梦乡。

只有村口站岗的哨兵身影，在浩瀚的月光下时隐时现。

在夜色的掩护下，一个大队加一个中队的日军在汉奸密探的带领下，分东、南、西、北四路向柑子树刘塆包抄过来。

日军指挥官料定游击队肯定会从北面突围，因此，命令日军一个中队直插北面的何家塆，准备拦截向北逃窜的游击队。

随枣会战时，鄂东游击总队胡季荪第七游击支队对李集日军据点发动攻击，打死打伤日军一百多人。

此战对武汉日军造成很大震动，日军对胡季荪第七游击支队恨之入骨。

随枣会战之后，华中派遣军制订了对武汉周围地区抗日游击队的清剿计划。

日军第3师团驻守黄陂的部队获得情报，袭击李集的胡季荪第七游击支队一部，驻扎在王家河附近的柑子树刘塆。日军第3师团立刻决定抽调黄陂境内的一

第三十四章　王家河惨案

个大队加一个中队，对驻扎在柑子树刘塆的胡季荪游击队发动突然袭击。

各路日军乘着夜色，到达各自指定的位置，将柑子树刘塆团团包围起来。日军占领村子周围的各个要点，防止游击队突围。

日军指挥官门协少佐决定在拂晓之前发起进攻。这个时间发起进攻有两个好处，其一，游击队此时正在睡觉，可以打他们一个措手不及；其二，发起进攻之后不久天就亮了，使游击队无法乘着黑暗突围。

进攻之前，日军的侦察兵已经悄悄地摸掉南北村口的两个游击队哨兵。大队日军随后跟进，隐蔽在村子的各个路口，等待进攻的命令。

东方的天空渐渐地亮了。

日军指挥官门协少佐下达了进攻的命令。

霎时，日军的迫击炮和掷弹筒开始向村子里的目标开火。

轰，轰轰……

迫击炮弹和掷弹筒发射的榴弹，纷纷击中目标，接二连三地爆炸。爆炸声顿时打破了黎明前的寂静。

由于汉奸密探的指引，日军对游击队的宿营地点了如指掌。因此，日军炮击的目标，全是游击队员集中宿营的几间大房屋。

密集的炮弹准确地落进游击队宿营的几间房屋里爆炸，很多游击队员在睡梦中被炸死炸伤。

那些没有受伤的游击队员，慌乱地往外跑，结果被埋伏在周围的日军开枪射杀。

炮击之后，日军开始向游击队进攻。

胡季荪和他的第一、第二和第三个大队驻扎在村子里。

日军的突然袭击让游击队措手不及。大部分游击队员以前都是农民，没有受过军事训练，也没有多少作战经验。遇到这样的袭击，顿时陷入慌乱之中。

游击队第一大队长和第二大队长在日军的炮击中身亡，只有胡季荪和第三大队彭队长在日军炮击中没有受伤。

胡季荪和彭大队长经过短暂的惊慌失措之后，马上恢复了镇定。

面对慌乱的游击队员，胡季荪和彭大队长大声地喊叫着，让他们不要惊慌，听从指挥，拿起武器就地进行抵抗。惊慌失措的游击队员在胡季荪和彭大队长的指挥下，逐渐镇定下来，开始对日军进行还击。

胡季荪乘机将幸存的游击队员收拢起来，以房屋的残垣断壁为依托，组织起有效的防御，逐屋进行抵抗，顽强阻挡日军进攻。

武汉谍战

日军的进攻遇到胡季荪游击队的顽强抵抗，攻势顿时受挫，双方陷入胶着状态。

夏司令的第五大队驻扎在柑子树刘垮南面的下凹杨。清晨，柑子树刘垮方向传来密集的枪炮声，将夏司令从睡梦中惊醒。夏司令马上意识到一定是驻扎那里的第一、第二和第三大队受到日军袭击。因此，他立刻集合队伍，赶往柑子树刘垮增援。

驻扎在柑子树刘垮北面龚家大垮的第四大队听到枪炮声后，也立刻集合部队向柑子树刘垮增援。

第四大队邢大队长和胡季荪是结拜兄弟。在麻城境内打游击时，胡季荪曾经两次将他从日军手里救出，对他有救命之恩。他知道胡季荪住在柑子树刘垮，马上赶去救胡季荪。

此刻天已经大亮。失去黑夜的掩护，胡季荪的游击队想要突围已经变得非常困难。

胡季荪明白当前的处境：虽然暂时抵挡住日军的进攻，可是敌我力量悬殊，他的部队支撑不了多久。与其坐以待毙，不如拼死突围，能冲出去多少算多少。

此刻，胡季荪的心里期盼着北面的第四大队和南面的第五大队赶来增援，帮助他的游击队冲出包围圈。

胡季荪让彭大队长清点人数——没受伤和只受轻伤可以参加突围的游击队员只剩下一百三十多人。胡季荪和彭队长商量了一下，决定率领全体队员向北突围！

胡季荪一声令下，所有队员同时向北面的日军投掷手榴弹，轻重机枪同时向北面的日军猛烈射击，北面的日军顿时被游击队猛烈的火力暂时给压制住。

胡季荪见状，命令队员们冲出去。所有的队员听到胡季荪的命令后，立刻从残垣断壁后面冲出来，向北面的日军冲过去。

北面的日军见游击队拼死突围，立刻组织轻重火力猛烈扫射冲过来的游击队员，游击队员们纷纷中弹倒下。第三大队彭队长被日军的机枪子弹击中，当场阵亡。

日军的火力太猛，胡季荪的周围不断有人倒下。见日军火力猛烈，根本无法冲出去，胡季荪只好命令队员们就地卧倒，躲避日军的火力。

游击队的突围被日军阻挡住，情况十分危急。胡季荪眼看就要全军覆没。

正当胡季荪陷入绝望的时候，北面日军背后突然响起激烈的枪声。

在这危急时刻，第四大队及时赶到。

第四大队的队员们在邢大队长的指挥下，向北面日军背后发起突然袭击。北面日军遭到来自背后的突然袭击，立刻陷入混乱，前后不能相顾，很快就被第四大队冲垮。第四大队趁势在日军包围圈撕开一个口子，掩护胡季荪突围。

陷入绝望的胡季荪见此情景，立刻率领残存的游击队员乘势夹击北面的日军，顺利冲出包围圈，和赶来增援的第四大队汇合。

冲出包围圈的胡季荪，率领游击队边打边向北撤退。

与此同时，西南面也响起激烈的枪声。夏司令的游击队也赶到了，他们向南面日军背后发起进攻。

夏司令的游击队过年后被收编为胡季荪第七游击支队第五大队。

本来夏司令他们离柑子树刘塆比较近，但是部队渡河耽误了一些时间，所以比第四大队晚到了几分钟。

日军受到南北两路游击队援兵的夹击，刚开始时因为情况不明，有些慌乱，陷入被动局面。

不过日军很快判明援军只是小股游击队，马上镇定下来，并对增援的游击队展开反击。可是，被包围的游击队此时趁机从北面突围出去。

日军指挥官门协少佐见游击队居然从他的包围圈里突围出去，顿时恼羞成怒。他立刻将部队分成南北两路，分别向南北两个方向的游击队进行追击。

二

夏司令的第五大队刚开始从南面日军背后发起攻击时，由于日军猝不及防，占了一些便宜。

日军稳住阵脚后，转过头来向夏司令的游击队发起进攻。

夏司令的游击队不论是兵力还是武器装备都处于劣势，在日军优势兵力和火力的攻击下，他的第五大队很快就顶不住了。夏司令见状，只好下令边打边撤，不然第五大队可能会被日军包围。

日军跟在向南撤退的第五大队后面穷追不舍。不久，夏司令的第五大队就被日军给冲散。很多队员在溃散时被追击的日军打死，活着的队员们纷纷寻找藏身的地方躲避日军。

夏司令见状，知道不能继续朝南边撤退，否则摆脱不了日军的追击。因此，他带着身边的几个队员向东撤。

武汉谍战

果然,在向东撤的路上,夏司令他们只遇到几个日本兵。他们打死这几个日本兵之后,很快就摆脱日军的追击。接着,夏司令带着大家朝北撤退,他认为这样最安全。

追击夏司令第五大队的日军残忍之极,他们由北向南追击游击队员。在他们经过的村子,沿路见人就杀,不管这些人是游击队员还是平民百姓。

日军追到王家河镇之后,立刻将王家河镇包围起来,并且封锁了王家河镇周围各个村子的路口。日军士兵冲进各个村子,在村子里杀人放火,奸淫妇女。

包围王家河镇的日军将镇上来不及跑掉的百姓,不分男女老幼全部抓起来,用绳子捆上,逼迫他们交出混在他们当中的游击队员。

日军指挥官门协少佐见老百姓交不出游击队员,便恼羞成怒。他下令将老百姓押到镇东面低凹处的"石丘"田里,威胁说如果不交出游击队员,就将他们统统杀光。

可老百姓实在交不出游击队员来。

气急败坏的门协少佐下令将老百姓按几人一批,一批批的轮流用军刀砍杀,将老百姓的人头砍下,逼迫老百姓交出游击队员。

即便如此,老百姓仍然交不出游击队员,穷凶极恶的鬼子兵便继续砍杀无辜的老百姓。

日寇的屠杀进行一个小时之后,觉得用刀砍杀累了。于是,门协少佐干脆下令用机枪向群众扫射。

顿时,日军的几挺机枪哒哒哒朝被捆绑在一起的老百姓疯狂扫射,老百姓纷纷中弹,一排排地倒下。

日军的这次屠杀,杀死无辜老百姓四百八十多人。他们当中包括老人,妇女和孩子。日寇在王家河制造了惨绝人寰的王家河"石丘"惨案。

胡季荪在第四大队的接应下,率残部突围,与第四大队汇合,向北边打边撤。

就在他们快要到达何家塆时,迎面遭遇事先埋伏在那里的日军伏击。游击队顿时陷入日军的前后夹击中。

刚刚从死神手里逃出来的游击队员,再次陷入日军的包围之中。

胡季荪见状,立刻命令全体游击队员向东突围。

战斗在旷野中展开。游击队员们在胡季荪的指挥下,拼死朝东面冲去。

日军见游击队向东面突围,立刻向东面靠拢,阻击游击队。

游击队拼死冲向日军,与日军展开惨烈的战斗。他们用枪,用刺刀,用

第三十四章 王家河惨案

手榴弹，甚至用拳头和牙齿与日军进行殊死的搏斗。一时之间，旷野中杀声四起，血光四溅。

胡季荪手持上刺刀的步枪，率领游击队员们左冲右突，反复冲杀。无奈敌强我弱，大势已去。

大部分游击队员不是战死就是负伤被俘，只有少数队员冲出日军包围圈。

胡季荪已经连续刺杀四名鬼子，当他挺枪冲向一名日军军官时，旁边的一个鬼子兵抱着轻机枪慌忙朝他射击，胡季荪中弹倒下了。

第四大队邢队长手握大刀，护在胡季荪前后，奋力冲杀。此刻，他的大刀片正砍下第五个鬼子的头颅。

正在这时，邢大队长听到身后响起哒哒哒的机枪射击声，赶忙回过头去看，只见胡季荪中弹倒地。

见胡季荪被打死，愤怒的邢大队长大吼一声，一个箭步冲到鬼子机枪手面前，挥刀朝鬼子的头上砍去。鬼子机枪手被冲过来的邢大队长吓得不知所措，眼睁睁地看着大刀朝着自己的脖子落下。

咔嚓一声，鬼子兵的头颅飞了出去，滚落在地上。

几乎与此同时，另一个鬼子的刺刀从背后刺进邢大队长的心脏，他倒下了。

据后来掩埋尸体的老百姓说，胡季荪身中七弹，死的时候仍然怒目圆睁。

至此，鄂东游击总队第七支队全军覆没。

第三十五章　W基地

一

小何是第一个与赵云清联系上的武昌组成员。

自那天从照相馆撤离后，小何逃到武昌东面的葛店镇。镇上有一间房子，是武昌组的临时落脚点，小何以前执行任务时来过这里。

小何改名换姓在这间房子住下来，等待组织的指示。

一天上午，小何像平常一样买了一份报纸，仔细浏览广告栏。突然，一条广告映入他的双眼！署名赵万的广告就是赵云清发出的指令。他日夜盼望的上级指示终于出现。

小何看到这则广告后，不禁欣喜若狂。根据广告的内容，他很快就明白赵云清在彭刘杨路的瑞士钟表店。

第二天，小何一大早就出发，赶往武昌。

当天下午，小何回到武昌。他来到彭刘杨路，很快就找到瑞士钟表店。

瑞士钟表店是一间不大的门面，门的左边有一个玻璃橱窗，里面展示着一些钟表。门上面的招牌上写着"瑞士钟表"四个黄色字。

进门后，小何一眼就看到柜台里面的赵云清，赵云清也看见了小何。

由于店里有其他顾客，小何只好对赵云清说：

第三十五章　W基地

"老板，我回来了。"

"喔，回来就好。先进去洗洗脸吧。"

赵云清见小何回来报到，心里自然高兴，他指着柜台后面的门让小何进去。

小何心领神会，穿过柜台，走进后面的屋子。

当晚打烊后，赵云清将这几个月发生的事情详细地讲给小何听。他告诉小何，何慧娴在王家河，他准备这两天就去王家河把何慧娴接回来。

又可以见到大嫂了，小何非常高兴。

赵云清让小何在钟表店当伙计，作为身份掩护。由于赵云清现在的房子很小，小何以后就住在钟表店里。

几天后，赵云清去黄陂将何慧娴接回武昌。

小何看到何慧娴，高兴地直叫大姐。

何慧娴见到小何，也高兴得直落泪。

二

李国盛收到戴笠的密电。

密电向李国盛通报日军将要发起湘赣会战，中国称之为第一次长沙会战。戴笠希望李国盛的军统武汉区对武汉的日军机场进行破坏，特别是汉口的王家墩机场。以此削弱日军在长沙会战中的空中支援，减轻国军的压力。

李国盛回电说，日军在武汉的机场戒备森严，难以靠近。特别是王家墩机场，以武汉区的现有力量，没有能力突袭日军王家墩机场；而市郊游击队又远离武汉，更没有可能长途奔袭日军机场。因此，他建议还是以空军空袭为主，武汉区做地面配合。

戴笠回电说，武汉日军机场在日军纵深，空军已经尝试过几次，结果每次都还没接近武汉，就被日本空军拦截，被迫放弃行动。最近的一次是在八月十五日，苏联航空志愿队的轰炸机奉命袭击武汉的王家墩机场，结果遭到日军多架战机拦截，未能突破日军防线。苏联航空志愿队的三架轰炸机受伤，只能放弃任务返航。

戴笠的回电清楚地表明，袭击武汉的日军机场不仅仅是他个人的意见，更是最高军事当局的命令。戴笠希望李国盛能够克服困难，尽量对日军在武汉的机场实施突袭。因此，就算是有困难，李国盛也必须想办法完成戴笠下达的任务。

李国盛将唐新和宋岳叫到他的办公室，向他们传达了戴笠的命令。李国盛要求各情报组尽快提供日军汉口王家墩机场和武昌南湖机场的情报，以便武汉区制订袭击机场的计划。他命令唐新和宋岳，立刻组织突击队，随时准备对日军机场实施突然袭击，完成总部下达的任务。

唐新和宋岳听了之后，感觉更像是要他们组织一支敢死队去袭击日军机场，但他们毫不犹豫地表示坚决执行命令。

三

日军106师团在空军支援下，于九月十四日从赣北奉新率先向会埠第九战区守军发起进攻；接着，日军第6师团和奈良支队及上村支队在湘北向新墙河一线发起进攻；日军第33师团于二十二日从通城向南发起进攻。

第一次长沙会战全面打响。

日军凭借其空中优势，对第九战区各守军阵地进行轮番狂轰滥炸，给中国军队造成巨大伤亡；而中国空军在武汉会战中几乎消耗殆尽，只能眼睁睁地看着日本空军在天空耀武扬威，无力对其发动反击。

日军前线的作战飞机几乎全部是从汉口王家墩机场起飞的。

戴笠再次致电李国盛，敦促他尽快想办法对汉口王家墩机场发动袭击，摧毁机场的日军战机，减轻第九战区前线部队的伤亡和压力。

根据军统武汉区收集到的情报，日军在王家墩机场集结了海军第一、第二联合航空队和陆军航空队第三飞行团的二百多架飞机，对日军的湘赣会战进行空中支援。这份情报还提到一个容易被忽略的消息，十月三日，日军汉口王家墩机场将要接收一批新式轰炸机补充前线损毁的飞机。

李国盛正在绞尽脑汁地思考着如何对日军王家墩机场发动袭击。

汉口王家墩机场四周都是开阔地，没有任何可以隐蔽的地方。机场四周有两层铁丝网，铁丝网上挂着绊雷。两层铁丝网之间和外层铁丝网外侧，都布满地雷。机场里面四周都布置有警戒部队，每隔一段距离设有一个警戒哨。警戒哨的探照灯在夜间不停地来回照射，一旦发现任何可疑情况，立刻开枪扫射。机场外还有日军机动巡逻队配合警戒。这些因素都对地面突袭非常不利。

袭击日军汉口王家墩机场一直是一件让李国盛头痛的事。

武汉沦陷后，日军将原来国军的王家墩机场作为日军的前进机场，代号为"W基地"。日本空军和海军航空兵对中国内地发动攻击的所有飞机，几乎都是

第三十五章　W基地

从这个机场起飞的。因此，李国盛从一开始就将其视为重要攻击目标。

在此之前，李国盛已经组织过两次夜间突袭行动，试图对王家墩机场进行破坏，结果两次都失败了。

在第一次长沙会战打响前，遵照戴笠的指示，李国盛再次派出突击队在夜间对王家墩机场发动奇袭。

一个黑漆漆的夜晚，汉口王家墩机场北面的田野中，十几条黑影在夜色中忽隐忽现，朝机场方向疾进。

唐新和方仁先带领十几名突击队员，准备趁黑夜袭击王家墩机场。

唐新和队员们摸到机场北面的铁丝网附近后，全都趴在地面上，隐蔽在地面的草丛中。

两名突击队员带着探雷器，小心翼翼地匍匐前进，开始探雷、排雷，试图扫清一条通往机场的通道。

可是，狡猾的日军在地雷下面布下饵雷。当两名突击队员排雷时，不幸触发饵雷。

轰的一声，饵雷爆炸，两名排雷的突击队员当场被炸死。

爆炸声马上惊动了机场里的日军。顿时，机场里面的警报响起，几架探照灯一齐朝爆炸地点照射过来，附近的日军警戒哨开始朝这一区域盲目扫射。王家墩机场外面的日军机动巡逻队也立刻出动，朝这里赶来。

唐新见状，不得不放弃行动下令撤退。

在撤退过程中，两名负责断后的突击队员被追踪而至的日军机动巡逻队打死。唐新和其余队员侥幸逃脱。

从地面对机场发动攻击，目前看来没有成功的可能。从空中发动的袭击，又多次被日本空军拦截导致失败。到底用怎样的方法才能对王家墩机场发起有效的攻击呢？李国盛一点头绪也没有。

戴笠催促的电报让李国盛感到心烦意乱。他从办公桌的椅子上站起身来，走到窗前，想呼吸一点新鲜空气，清醒一下头脑。

武汉的九月和十月，是气候的黄金季节。这个时候的武汉，天高云淡，气候宜人。白天，天空碧蓝，万里无云；晚上，星空灿烂，皎月如明。

李国盛看着窗外蓝蓝的天空，顿时感到一阵惬意。

蓝天下，一群大雁在头雁的带领下，呈"人"字形向南方的栖息地飞去。天空中的人字形大雁群，让李国盛感到兴趣盎然。

李国盛从幼年开始，就一直有一个疑问，为什么南飞的大雁群，总是呈

武汉谍战

"人"字形？有什么具体的涵义吗？他问过很多人，长大后也查过很多自然科学方面书籍，可到现在为止，没有人解答他心中的疑问。

大雁渐渐地远去，终于消失在视野的尽头。李国盛摇摇头笑了。

李国盛回到他的办公桌前坐下，打开桌上的收音机，想听一下新闻。他将收音机调到重庆中央电台，可能是由于干扰，杂音很大，根本听不清楚。他随手将收音机转到汉口日军放送局的广播电台，干扰就没有了，声音很清楚。新闻说日军发动的湘赣会战，到目前为止，势如破竹，中国军队呈溃败之势，日军胜利指日可待。

李国盛关掉收音机，他重新开始思考怎样袭击汉口王家墩机场。

他的脑子开始罗列出袭击王家墩机场相关的信息。

王家墩机场，突击队夜袭，空军轰炸，日本空军拦截，接受新的轰炸机。这些信息一个接一个在他的脑海中闪现。

想着想着，他的注意力开始有些难以集中。刚才大雁南飞时的"人"字形和电台噪音不时地闪现在他的脑海中，似乎要岔开他的思路。

这该死的电台噪音！李国盛心里骂了一句。电台噪音跟袭击机场有什么关系吗？大雁南飞时的"人"字形，又与袭击机场有什么关系呢？根本就没有任何关系！

李国盛好像集中不了注意力。他试着重新开始在脑海里罗列出与机场相关的信息，但他的脑海里还是挥不去大雁南飞时的"人"字形和电台噪音。

看来，因为这些天老是想着如何袭击王家墩机场，导致自己的大脑产生了疲劳，李国盛想。

等等！

李国盛忽然敏锐地意识到大雁南飞时的"人"字形和电台噪音与袭击王家墩机场似乎有着某些关联。他突然产生了一点灵感，但具体是什么一时还说不清楚。

李国盛再次打开收音机，调到中央电台，杂音依然很大，听不清楚。他又将收音机调到日军放送局电台，电台正播放音乐，没有任何干扰，听得很清楚。

李国盛关掉收音机，继续思考着。他在捕捉自己的灵感。

对呀！突然，他的脑海中灵光闪现！

天上的人！噪音干扰天上的人与机场的联系！然后，我们的飞机冒充他们的飞机。对，就是这样！想到这里，李国盛脑子里立刻产生了一个袭击日军汉口王家墩机场的方案雏形。

第三十五章　W基地

李国盛几乎是从椅子上跳起来的。他快步走到办公室门口，对着走廊对面的办公室大声地叫道："唐新、宋岳，你们俩来我办公室一下。"

唐新和宋岳来到李国盛的办公室，李国盛指着沙发让他们坐下。

唐新和宋岳刚坐下，李国盛就迫不及待地对他们说：

"我有一个想法，说给你们听听，看看可不可行。"

"什么想法，老板？"唐新好奇地问。

"是关于袭击王家墩机场的事。"李国盛尽量克制住自己的激动，但仍然掩饰不住内心的兴奋。

唐新和宋岳用探询的目光看着李国盛，对他点了点头。

"我的想法是利用空军空袭，我们地面配合。"李国盛简短地说。

"可是，不等空军的飞机接近武汉，就会受到日军战机的拦截。"宋岳很直接地说出反对的理由。

"是的，没错。可是，如果空军的飞机能够顺利地飞到武汉上空，问题就解决了，对吧？"李国盛笑眯眯地说，他看起来胸有成竹。

"是的。如果飞机能够顺利地飞到武汉，那么轰炸王家墩机场就是轻而易举的事。不过怎样才能让空军的飞机顺利飞到武汉上空呢？"宋岳仍然有疑问。

"日军没有防空雷达设备，防空预警仍然依靠地面防空哨与机场塔台以及机场塔台与空中飞行员联络，确认他们的方位和航向，进行敌我识别。如果地面防空哨和机场塔台发现来历不明的飞机接近，他们就会通知空军和防空高炮部队进行拦截。这样的防空系统存在漏洞，我们可以加以利用。当我们的飞机接近武汉上空时，日军的地面防空哨就会发现我们的飞机。此时如果我们的飞机能够让汉口王家墩机场塔台的航空管制人员误认为是日军的飞机，就不会受到拦截，可以安全地飞到武汉对王家墩机场实施轰炸！"李国盛说完，带着一点得意的神情看着唐新和宋岳。

"好主意！不过冒充日本人的飞机而不被他们识破可不容易。有什么方法让日本人相信呢？"唐新进一步问李国盛。

李国盛也不直接回答，他从沙发上站起身来，走到办公桌边，打开收音机。收音机里杂音很大，听不清楚。他又将收音机调到日军武汉放送局的电台，声音马上变得很清楚。他关掉收音机，回到沙发边坐下。

"听清楚了吗？"李国盛问唐新和宋岳。

"第一个电台噪音很大，完全听不清楚，第二个电台听得很清楚。"宋岳回答。他的表情都略带困惑。

"对！第一个电台是中央电台，受噪音干扰，听不清楚。我想用噪音干扰通讯，让日军弄不清楚天上飞的到底是谁的飞机。我们的飞机就可以乘机冒充他们的飞机。"

"确实是个不错的主意！"唐新似乎明白了李国盛的想法。

"你们看，根据情报显示，十月三日，日军汉口王家墩机场将会接收一批新式轰炸机。到时候我们的飞机就冒充这批飞机。在这批日军飞机到达汉口之前，飞临机场，实施轰炸。我的意思是，当这批日军新式轰炸机从上海起飞后，我们利用电台发射噪音对日军的航空通讯频率实施无线电干扰，让这批飞机的日军飞行员与王家墩机场塔台暂时无法通讯。当我们的飞机接近武汉上空时，由我们接管与王家墩机场塔台人员的通讯联络，冒充这批日军飞机的飞行员与机场塔台通话，从而让王家墩机场塔台和日军的防空警戒哨误认为我们的飞机是他们新到的飞机。"李国盛向唐新和宋岳说明了他的想法。

"太妙了！"，"天才的计划！"唐新和宋岳由衷地赞叹。

"唐新、宋岳。请你们按照这个思路，拟定一个详细的计划，完成后发给总部定夺；另外，再次确认日军这批飞机的数量、起飞地点和时间以及到达时间，带队军官的姓名、军衔；再次确认王家墩机场所有通讯频率。"李国盛果断地下达了任务。

第三十六章 侦测电台

一

美座时成向华中派遣军要求的无线电侦测车已经到达汉口港，总共有四辆。这已经是华中派遣军能争取到的最好结果。

这种无线电侦测车是德军的战场无线电侦测车，适用于城市和战场无线电侦测。

无线电侦测车车厢顶部配置有一部旋转无线电测向天线，车里面配备有两台全波段无线电接收设备和两台无线电定向仪。除了司机和副驾驶外，车厢里面的各种设备需要配置至少四名操作人员。

汉口宪兵队收到无线电侦测车之后，立刻成立了无线电侦测队。侦测队的所有人员全部是从宪兵队以及华中派遣军其他部门中抽调出来的无线电通讯方面的专业人员。这些人员经过一个星期的培训后，基本掌握了无线电侦测技术，并且能熟练地操作侦测车上的各种设备。这四辆侦测车主要用在汉口和武昌。汉口和武昌各配备两辆。如果需要，四辆侦测车可以集中使用。汉阳需要时，可以调用武昌或者汉口的侦测车。

经过在市区里实际侦测训练后，美座时成的无线电侦测队已经正式开始对汉口和武昌的秘密电台展开侦测。

武汉谍战

这四辆军绿色，车顶上装有旋转接收天线，外观看起来像救护车一样的无线电侦测车，每天在汉口和武昌的大街小巷里穿梭，侦测武汉市区内的所有不明电台的无线电信号，并对这些可疑电台进行定位。

虽然从德国引进的无线电侦测车非常先进，但也存在着致命弱点。它对于信号持续时间少于10分钟、信号出现的时间、频率和位置不固定以及信号出现不频繁的秘密电台，基本上无法测定其准确的位置。

无线电侦测车引进之后，由于是新技术，除了相关单位和人员之外，很少有人知道这些汽车的真正用途。

二

周秉炎收到潜伏在日军汉口特务部的情报员传来的情报。情报显示，日军准备对应城、安陆、孝感一带的抗日游击队进行清剿。这个情报十分重要，必须立刻交给王家瑞。

周秉炎来到上海路天主教堂，将情报藏进告解室的座位下面。从教堂出来后，周秉炎在附近的一家杂货店打电话给王家瑞，密语通知王家瑞去教堂取情报。

王家瑞到上海路天主教堂取到情报后，回到他的电器行。他在办公室打电话给向小雨，约她当天下午见面。

打完电话后，王家瑞上楼回到自己房间，将情报译成密码电文。

自从王家瑞告诉向小雨，上级组织还没有对他们俩的恋爱关系给予答复之后，他的心情很矛盾。一方面他渴望每天都能见到向小雨，另一方面他又害怕与向小雨见面，担心她问起此事。

后来，因为有情报要发出，王家瑞又和向小雨见过两次面。两次见面时向小雨都追问组织上有没有答复，王家瑞都回答说还没有。可他不知道还可以搪塞多久。向小雨是个聪明的女人，要不了多久她就会明白王家瑞没有告诉她实情。

今天又要和向小雨见面，王家瑞的心情更加矛盾。他多次告诫自己，必须服从组织的决定，斩断自己和向小雨之间的情丝，这样对工作，对组织的安全都有好处。不过，他希望有机会向组织解释他和向小雨的关系，希望组织理解他们，同意他俩继续他们的恋爱关系。可是，什么时候才有机会解释呢？他自己也不知道。他本来拟好一封电文，准备向组织详细说明他和向小雨的感情发展过程，可后来他还是没有将这封电文交给向小雨发出去。他担心组织收到这封电文后，马上将向小雨调离。

第三十六章 侦测电台

王家瑞为了减轻见到向小雨时内心的痛苦，已经将见面的时间从下午五点半推迟到晚上八点半，地点也改在向小雨的住处。这样一来，他和向小雨见面后，大部分时间都是在工作，避免谈及他们之间的事情。这样做虽然对王家瑞来说是痛苦的，但他觉得至少暂时不会伤害到向小雨的感情。

晚上八点半，王家瑞来到向小雨家门前。他观察了一下四周，没有发现异常情况，这才敲了敲向小雨家的门。不一会门开了，向小雨站在门口，笑容满面地把王家瑞让进屋，然后关上门。

向小雨走到王家瑞身边，拉住他的手，动情地说："来了？想死人家了。"说完，害羞地低下头。

"我也想你，小雨。几天不见，你越来越漂亮了。"

王家瑞温柔地看着向小雨，情不自禁地将她拥在怀里，紧紧地搂着她。这一抱，将王家瑞这些天来对向小雨的爱恋和愁思全部表达出来。

向小雨在他的怀抱里陶醉了。

过了一会儿，王家瑞终于冷静下。他松开向小雨，笑着对她说："时间快到了。"

王家瑞和向小雨来到二楼向小雨的卧室。他们迅速架好电台，准备发报。王家瑞将密码电文交给向小雨，请她立刻发出去。

向小雨开始发电报，王家瑞在旁边陪着她。

她确实很漂亮。

她发报时那种神情专注的样子，让她看起来像是一座雕塑。王家瑞欣赏着她的美丽，心里不禁感到隐隐作痛。他赶忙站起身来，走出房间，轻轻地带上房门。

房门外是二楼的走廊。王家瑞走到走廊尽头的窗户边，想呼吸一点新鲜空气，将自己的情绪从烦恼中摆脱出来。

从走廊的窗口，可以看到大约五十米开外、通向大智路的巷子口。平时的这个时间，巷子口的大街上会有来来往往的行人。今天，巷子口好像停了一辆汽车，昏暗的路灯下，看不清楚是一辆什么车。

王家瑞没有太在意这辆车。他站在窗户前，整理自己的思绪。十多分钟后，他回到房间。

向小雨刚刚发完电报，正等着接收回电。

过了大约五分钟，向小雨收到回电。

武汉谍战

接收完回电后,王家瑞帮助向小雨收好电台,然后就和向小雨告辞,准备离去。

王家瑞现在的心情,让他觉得越快离开越好。他认为他现在对向小雨表现出任何亲昵的语言和行为,都是对她纯真感情的玷污。刚才在楼下拥抱她的时候,他产生了一丝罪恶感,即使他明白他对她的感情是纯真的,但他还是不能从他的内心里排解掉这种感觉。

向小雨送王家瑞下楼。经过走廊窗口的时候,王家瑞无意识地看了一眼巷子口,那辆车还在那里。

突然间,王家瑞心里产生了一种不祥的感觉,他不知道是什么,但他就是觉得不安。

难道是因为和向小雨的感情折磨让他产生了这种焦虑情绪?

答案是否定的。

这完全是另外一种不安的感觉,是一种莫名的危险正在逼近时产生的不安。

王家瑞停住脚步:天生的谨慎让他要弄清楚是什么让他不安。

向小雨见王家瑞停下来看着窗外,便好奇地顺着王家瑞的视线朝窗外看去,她看到巷子口停着的那辆车。

王家瑞问向小雨:"以前有没有看到过这辆车?"

向小雨回答说:"没有。"

王家瑞没有多说什么。他拉着向小雨回到二楼的房间,他必须将他心中的不安告诉她。

"小雨,你听我说。刚才你发报的时候,我到走廊的窗口透气,看到巷子口的那辆车。到现在为止,这辆车停在巷子口至少有半个小时了。我的直觉告诉我,这辆车可能有问题。虽然我的怀疑没有任何根据,但是,我相信我的直觉,我们今后一定要谨慎。你以后必须更加小心一些,不要出什么事。"

"好的,我听你的。我以后会更加小心谨慎。你也要小心!"向小雨听了王家瑞的话之后,开始有点担心。

"我走之后,你不要出门。我从巷子的另外一端出去,然后绕到街上,看看那辆车是干什么的。我走了!你一定要小心!"

出门之前,向小雨扑到王家瑞怀里,紧紧地抱着他。很明显,她心里有些害怕,同时也在为他担心。

王家瑞伸出双臂,紧紧地拥抱向小雨,然后放开她,转身出门。

王家瑞出门后,朝巷子的另外一端走去。另一端的巷子口通向五族街,离

第三十六章 侦测电台

向小雨的房子大概有一百多米远。这条巷子与巷子口之间有一个拐弯处，过了拐弯处之后，才能看到巷子口。

王家瑞刚转过巷子的拐弯处，便惊奇地发现这个巷子口也停着一辆同样的汽车。在这一刻，他虽然不知道这两辆相同的汽车到底是干什么的，但他几乎可以断定，这两辆汽车对向小雨和他是一个危险。

王家瑞若无其事地走出巷子，来到五族街。经过停在巷子口的这辆汽车的时，他仔细地观察了这辆车。他发现这辆车的车顶有一个旋转的东西，像是天线。

王家瑞决定再去看看另外一辆相同的汽车。他沿着五族街走到大智路口，然后沿着大智路走到不远处的公新里巷子口。他看到另外一辆相同的汽车还停在那里，车顶上也有旋转着的像天线一样的东西。

王家瑞离开以后，向小雨一个人回到二楼的房间，她脸上的笑容已经完全没有了。

其实，向小雨已经感觉到王家瑞不易察觉的变化。她今天没有问起组织上对他们俩的事是否有答复。

她是一个敏感的女人，她从王家瑞的微妙变化中，几乎明白组织上对她和王家瑞的感情，给出了否定的答复。

她故意在王家瑞面前装做不知道，还和以前一样，在王家瑞面前表现出热情。她明白他内心的矛盾和痛苦，她不想因为自己的情绪给他施加更大的压力。现在王家瑞走了，她再也抑制不住内心的伤感，轻轻地哭了出来。

王家瑞怀着忐忑不安的心情回到电器行。

他上二楼回到自己房间，立刻开始译电。这份密电的内容是组织通告武汉特委，国民党军队和共产党游击队之间的摩擦又开始了。

密电说，最近发生两次冲突。

第一次冲突是八月下旬，梁湖大队在湖泗区一带受到方步舟第九战区鄂南游击第八纵队的攻击。方步舟的鄂南游击第八纵队将梁湖大队包围在湖泗区，责令梁湖大队放下武器接受改编。梁湖大队当然不能接受，因此双方爆发战斗。梁湖大队寡不敌众，最后大部分人员被方步舟的鄂南第八游击纵队收编，王粟等少数党员骨干牺牲。梁湖大队现在已经不存在了。

第二次冲突发生在九月初。由程汝怀的鄂东游击总队代管的新四军张体学第五独立游击大队，受到国民党桂系第七军一七一师、一七二师及驻黄冈的第十八游击纵队、保安第八团的突然袭击。这些国民党部队对驻扎在麻城夏家山的张体学部独立第五大队进行"围剿"。张体学部来不及突围的后勤人员有

武汉谍战

几百人被捕，后惨遭杀害。不过第五大队大部分人员在张体学的带领下冲出包围，回到新四军鄂北根据地。

组织上提醒王家瑞斗争的复杂性，同时命令武汉特委在今后的工作中多加注意国民党方面的动向。如果收集到这方面的情报，必须立刻发送给组织。

入侵的外敌正在蹂躏我们的国家，可自己的兄弟却自相残杀，这是何等的愚蠢！王家瑞心里无比愤怒。

三

姚明春是从每天来往于汉口和黄陂之间的菜贩子嘴里听说王家河惨案的。

得知王家河发生惨案之后，姚明春非常担心父母和兄弟的安全。征得王家瑞的同意之后，姚明春立刻赶回王家河。

他的老家在王家河的李塆。这是一个有三十多户人家的小村子，姚明春的父母和兄弟一直生活在这里。

到了村口，映入姚明春眼帘的是一片凄凉的景象。村外增加了好多座新坟，村里大部分的房屋被烧毁，只剩下残垣断壁。老鸦停在被火烧得几乎光秃秃的树枝上，哇、哇地叫着，那凄厉的叫声，对姚明春来说，仿佛是一个不祥之兆，让姚明春觉得心惊肉跳。

在姚明春的记忆里，每当夕阳西下的时候，村里每家每户的屋顶，都会冒着袅袅的炊烟，召唤着田间劳作的人们，回家享受香喷喷的晚餐。可是今天，也是夕阳西下的时候，天空那惨淡的云彩，映衬着地上这凄凉的村子，却让姚明春感到世界快要到了尽头。

他怀着一丝恐惧，走近新增的坟头，想看看坟头上有没有用来识别的墓碑或者墓牌，结果他没有看到。他的心里既有些害怕，又存有几分侥幸。至少这些坟墓还不能证明他的父母兄弟已死。

他迈着沉重的步子朝村里走去。原来三十多户人家的村子，现在几乎看不到一个人。

姚明春看见村里只剩下四五间房子没有被烧毁，便朝其中的一间房子走去。远远地，他听到这间房子里传出凿石板的声音。他知道这是石匠老李的房子。

李石匠今年有六十多岁，他的老婆已经去世多年。他的独生儿子是国军军官，前年在山西与日本人打仗时战死，听说尸体是用红木棺材送回来的。儿媳妇在办完丈夫的丧事之后，就带着两个年幼的孙子回了湖南娘家。从那以后，

270

第三十六章　侦测电台

李石匠就一个人过日子。

姚明春走进李石匠家，看到李石匠正在墓碑上凿着字。李石匠正专心地凿字，没有注意到姚明春进屋。

姚明春现在明白了为什么新坟上没有墓碑，这是因为墓碑还没有做好。他的心开始往下沉。他只是呆呆地站在那儿，竟然不敢开口叫李石匠，他害怕李石匠告诉他可怕的事情。

过了一会儿，李石匠才感觉到有人来。他抬起头，看到姚明春。他停下手里的活，慢慢地站起身来，走到姚明春身边，抬手拍了拍姚明春的肩膀，什么都没有说。接着，他从怀里掏出一张纸，递给姚明春。

姚明春惶恐地接过这张纸看了一眼，就什么都明白了。他无力地瘫坐在地上，两眼发直。过了一下子，他像是不相信似的，抬起手，将这张纸拿到眼前，又仔细地看了一遍，他的眼神已经变得绝望。他的眼睛盯着前面发呆，那张纸从他的手里飘落到地上。

姚明春整个人一动不动。眼泪从他的眼睛里一串串地掉落下来。突然，他大吼一声："日本鬼子，我日你先人！"

接着，他放声哀嚎起来。那哀嚎声不像是在哭，而像是野兽发起攻击前的嘶吼。

李石匠默默地从地上捡起那张纸。

他没有去劝姚明春。他知道此刻任何语言都无法减轻姚明春内心的痛苦和悲伤。他儿子牺牲的时候，他经历过这种悲痛。他要让姚明春好好地哭出来。

这张纸上标出了坟头的名字和位置。

第三十七章　空袭王家墩机场

重庆军统总部与有关方面研究了李国盛空袭汉口王家墩机场的计划，对此计划非常满意。总部除了对与空军协调方面的细节加以完善之外，几乎完整地批准了李国盛的计划。

李国盛找到尉迟钜卿，要求借用靠近江边的小洋楼。尉迟钜卿不敢怠慢，立刻将小洋楼的钥匙交给李国盛。

李国盛回来后将小洋楼的钥匙交给唐新，让唐新去小洋楼等他。

唐新离开后，李国盛立刻开车来到法租界里的比格洋行，找到洋行经理比格亚。

李国盛告诉比格亚，他要调用八部备用电台。比格亚听了李国盛的话之后不禁瞪大眼睛，但他什么也没问，立刻照吩咐亲自从仓库里取出八部藏匿的备用电台装进李国盛的汽车。

电台交给李国盛之后，比格亚才忍不住好奇地问李国盛：

"老板，什么任务要一次动用八部电台，你该不是在组织攻打武汉的战役吧？"

李国盛带着神秘的笑容回答说："比格亚，等着瞧吧。有好戏看！"

李国盛开车将八部电台送到小洋楼。

两天后，八部电台对固定频率的干扰测试工作便由汪鸿翔和安守文完成，其他的准备工作也全部就绪，只等行动开始。

第三十七章　空袭王家墩机场

十月三日早上八点，汉口法租界靠近江边的小洋楼里，军统武汉区总部的李国盛、唐新、梁问天，汉口组成员、法租界巡捕厅日语翻译张春蕙、军统武汉区报务员安守文以及队员汪鸿翔集中在三楼的房间里，准备开始行动。

八部电台摆在长桌上，全部开机。

其中六部电台由安守文负责。他将六部电台的工作频率分别调到日军王家墩机场塔台与日军空中飞行员进行明码通话的六个不同工作频率，监听王家墩机场与空中日军飞机之间的通话内容。

李国盛、梁问天、张春蕙三个精通日语的人，每人负责监听两部电台。第七部电台作为全程监听电台，第八部电台由汪鸿翔负责，保持与军统总部的联络。

上午九点，苏联航空志愿队轰炸机队的九架新式DB-3型远程轰炸机满载炸弹，从成都太平寺机场起飞，以楔形编队飞往武汉袭击日军汉口王家墩机场。根据计划，他们必须在整个航程中保持无线电静默。

上午十点整。上海虹口机场，九架日军新式96式陆攻轰炸机起飞前往武汉，准备交付给汉口王家墩机场的日本海军航空联队。

九架日军飞机起飞后，在机场上空完成编队，然后朝西飞去。

机队的带队长官，木更津航空队的石川少佐立刻与汉口王家墩机场控制塔台进行无线电通话联系。

"W基地，W基地，收到请回答，收到请回答。"

六部监听电台中的其中一部电台立刻收到石川少佐和汉口王家墩机场塔台之间的通话：

"这里是W基地。收到！收到！完毕！"

负责监听这部电台的张春蕙听到上海虹桥机场起飞的日本机队与汉口王家墩机场塔台的对话，立刻竖起拇指，然后将这部电台的声音转到扩音器，让其他人都能听到。

"W基地，我是木更津航空队的石川少佐，我正率领九架96式轰炸机，从上海虹口机场起飞，前往W基地，航向180，完毕！"

"收到。石川少佐！我们正等着接收这批飞机呢。完毕！"

"W基地，请保持联络，完毕！"

"收到！石川少佐，请报告你们预计到达的时间，完毕！"

"W基地，我们预计到达的时间是十二点四十五分，完毕！"

"石川少佐，请每隔三十分钟报告一次你们的位置和航向，我们需要通知沿线的防空部队和防空监视哨，完毕！"

武汉谍战

"明白！每隔三十分钟报告我们的位置和航向。W基地，请保持联络。通话结束！"

一切都在按计划进行。大家不禁舒了一口气，发出欢快的笑声。

李国盛高兴地对大家说，"现在顺利地捕捉到日军的无线电通讯信号，是成功的第一步。"接着，他命令安守文，"等日本人下一次通话开始之后，实施间歇干扰，让他们的通话断断续续，含混不清。"

李国盛让汪鸿翔给总部发报，通知总部日军飞机从上海虹口机场按时起飞，预计到达汉口王家墩机场时间是十二点四十五分左右。

此时，九架苏联航空志愿队的DB-3轰炸机，正在九千米的高空，向汉口飞来。他们也收到了汪鸿翔的密电，一切都在按计划进行。

李国盛见大家都有些紧张，便安慰大家说：

"请各位放轻松，好好地享受这次行动的快乐。以我对日本人的了解，他们很死板，不可能识破我们的计谋。"

接着，李国盛还特意讲了一个笑话，证明日本人的死板。

"我在日本士官学校读书的时候，学校专门设计了一个科目，用来测试学员的应变能力。测试的时候，学员必须在规定时间内通过一个宽大约五米，高三四米的大铁栅门。铁栅门的一边有一个小铁栅门。测试时，大铁栅门和小铁门都是关着的，学员必须在四秒钟内通过铁栅门，否则不及格。"

说到这里，李国盛微笑看着大家，然后问道，"你们当中谁可以在四秒钟之内，翻过三四米高的铁栅门？"

"很难！不过顶尖学员还是能做到的。"汪鸿翔回答。

"是的，只有顶尖学员能够做到。"李国盛带着狡黠的笑容看着汪鸿翔，"测试的结果是，我们这一队二十二人只有我和另外一个中国学员通过，其他的二十个日本学员全都不及格。"

"真厉害，老板！四秒钟翻过三四米高的铁栅门，你肯定是全队身体最强健、身手最敏捷的学员！真为我们中国人长脸！"张春蕙由衷地赞叹道。

"我哪有你说的那么强壮敏捷，我可没说我四秒钟之内能够翻过铁栅门。"

李国盛一脸坏笑地看着张春蕙。正当大家觉得迷惑不解的时候，他才接着说："我是从旁边的小铁栅门走过去的，只用了一秒钟。小铁栅门没锁，一推就开了。可那些死板的日本学员不知道变通，都拼命地去爬铁栅门，想在规定的时间内翻过去，结果可想而知。"

说完，李国盛开怀大笑。大家恍然大悟，也跟着李国盛哈哈大笑起来。

第三十七章　空袭王家墩机场

听完李国盛讲的笑话，大家一扫刚才的紧张气氛，变得轻松起来。他们开始聊天，等待日本人的下一次联络。

三十分钟后，石川又开始与王家墩机场联络。

"W基地，W基地，这是石川少佐，收到请回答。"

"这是W基地，请报告你们的位置！完毕！"

听到石川再次与王家墩机场联络，李国盛马上对安守文下令："间歇干扰！"

安守文立刻合上发射开关，然后又打开，来来回回地操作发射开关，干扰石川少佐和汉口王家墩机场的通话。

石川少佐与汉口王家墩机场的通讯立刻受到干扰。负责全程监听的电台监听到的信号受到严重的干扰，发出断续而尖利的啸声，石川少佐和王家墩机场的通话变得断断续续，模糊不清。

"W基地，吱……刚飞越，吱……空，吱……县空域，吱……"

"石川，吱……音太，吱……不清楚，吱……重复！"

听到这里，李国盛示意停止干扰。

"W基地，我们刚刚飞越太湖上空，现在进入长兴县空域，航向180，完毕！"

全程监听电台的声音马上变得清晰。大家相互笑了笑，表示满意。

"收到，石川少佐，刚才天电噪音影响了通讯，请保持联络。"

"W基地，明白！请保持联系，通话结束！"

日本人第二次通话结束。下一次通话是在三十分钟后。

李国盛对安守文下令："对这个通讯频率开始实施全程连续干扰！"

"是！"

安守文立刻将这部电台转换到发射状态，开始释放干扰信号。

十一点整，石川少佐再次与汉口王家墩机场通话，

"W基地，我是石原少佐，我们到达宣城空域，航向183，完毕！"说话时，石川的耳机里传来尖利的干扰声，他赶紧将耳机的声音调低。

由于李国盛的电台释放连续干扰，石川与汉口王家墩机场塔台人员之间的通话根本听不清楚，双方不断要求重复。

"石川少佐，干扰太大，听不清楚，请重复，请重复！"塔台值班军官对着话筒大声地说。

"W基地，干扰太大，我切换通讯频率试试。"石川少佐将无线电台切换

武汉谍战

到另一个通讯频率，然后开始讲话。

"W基地，W基地，我是石川少佐，听到请回答。"

六部监听电台中的另一部监听电台的耳机立刻收到石川发出的呼叫，负责监听的梁问天听到石川的呼叫后，立刻对大家说："日本人转到了这个频率！"然后他将电台的声音转到扩音机，让其他人能够听到日本人的无线电通话。

"W基地，W基地，听到请回答，听到请回答！"石川再次呼叫。

过了一会儿，W基地有了回应：

"这里是W基地，这里是W基地！"

"W基地，这是石川少佐在说话，刚才的通讯频率干扰太大，因此切换到这个频率联络，完毕！"

"W基地明白，W基地明白。请报告你们的位置和航向。完毕！"

"开始干扰！"

李国盛对安守文下令，石川少佐和汉口王家墩机场的通话立刻受到干扰，变得模糊不清。

石川少佐无奈，只能将无线电台调到下一个通讯频率，干扰同样很严重。

"见鬼！什么破电台！"石川骂了一句，然后转换到另外一个通讯频率试着与汉口王家墩机场联络，可是干扰还是很严重，噪音很大，听不清楚对方讲话。

石川试遍了六个规定的通讯频率，干扰都很严重。

石川心情烦躁起来，他不停地切换通讯频率，试图和汉口王家墩机场保持通话，可是干扰依然严重，无法和王家墩机场联系。

石川渐渐失去耐心。他顾不得噪音的干扰，大声地重复说：

"W基地，W基地，由于干扰严重，我到达武汉上空后再与你联系，我到达武汉上空后再与你联系，听到请回答，听到请回答！"

他的耳机里传来汉口王家墩机场塔台的声音，但是噪音很大，听不清楚。

石川不得不再次重复：

"W基地，W基地，由于干扰严重，我到达武汉上空后再与你联系，我到达武汉上空后再与你联系，听到请回答，听到请回答！"

他的耳机里又传来对方的声音，仍然听不清楚。

"间歇干扰！"

李国盛再次下达命令。

石川又重复了一遍，希望对方能够明白他的意思。

这一次，石川艰难地听清楚了对方讲话的大意：

第三十七章 空袭王家墩机场

"明白，吱……到达，吱……再联系，吱……到达武汉，吱……联系，吱……"

"通话结束！"石川烦躁地大声说了一句，然后急不可耐地关掉无线电，因为耳机里的噪音让他实在难以忍受。

计划的第一步目的到达了！李国盛他们相互之间竖起大拇指表示庆贺。

六部电台现在分别工作在六个不同的频率，连续释放着干扰，彻底阻断了汉口王家墩机场塔台与石川空中机队的通话。

十二点整，苏联航空志愿队的九架DB-3轰炸机已经在九千米高空越过大别山到达武汉东北面一百多公里远的麻城空域。按照计划，轰炸机队在这里掉头，朝西南方向的武汉飞去。一直保持无线电静默的轰炸机编队，此时按照计划，通过电台发出了一个看似噪音、毫无意义的简单信号，然后再次恢复到无线电静默状态。

汪鸿翔收到轰炸机队发出的信号，立刻报告李国盛。

李国盛下令，"立刻实施第二步行动计划。"

安守文立刻将第七部电台调到与第一部电台相同的通讯频率，将功能开关拨到发送—接收的双向通讯位置，并将一个话筒插进这部电台的麦克风插座，然后将话筒交给张春蕙。

李国盛发出保持安静的指令。

紧接着，李国盛对安守文打了一个手势，让他停止第一部电台的干扰，安守文立刻将这部电台的开关拨到接收的位置，停止干扰，然后示意张春蕙开始讲话。

张春蕙立刻模仿石川的口音，对着话筒开始呼叫：

"W基地，W基地，收到请回答。"

不一会儿，对方就有了回应，"这里是W基地，这里是W基地，请说话，完毕！"

"W基地，我是石川少佐，我们已经越过大别山，进入罗田空域，航向185，完毕！"张春蕙的口气模仿得很像石川。

"收到，收到。石川少佐。请保持联络。完毕！"汉口王家墩机场塔台确认收到。

"W基地，请保持联络。通话结束！"

张春蕙说完后，李国盛立刻示意安守文发射干扰，继续阻断王家墩机场的对空联络。

武汉谍战

日军地面防空监视网和防空高炮部队不久就收到汉口王家墩机场塔台航空管制人员的报告，说九架日军轰炸机已经进入罗田空域，正朝向汉口飞来。因此日军的防空监视网和防空高炮部队发现苏联航空志愿队的轰炸机群时，误认为是己方的飞机，没有发出防空警报。

就这样，苏联航空志愿队的九架DB-3轰炸机在日军防空网和日军防空部队的眼皮底下飞向汉口。

十二点三十分，苏联航空志愿队的九架DB-3轰炸机大摇大摆地接近汉口王家墩机场，并且调整好飞行姿态，五分钟后就可以发起攻击。因此，他们再次发出信号，通知李国盛开始第三步行动。

收到苏联航空志愿队轰炸机队发出的信号后，李国盛立刻下令，执行第三步计划。

安守文立刻停止无线电干扰。

张春蕙开始呼叫：

"W基地，W基地，收到请回答，收到请回答。"

"收到，收到。完毕！"

"这里是石川少佐，我们已经看到W基地，请求通场后降落。"张春蕙模仿着石川。

"石川少佐，我看到你们了，通场之后按次序降落。完毕！"王家墩机场塔台人员，已经可以清楚地看到正在接近的轰炸机队。

此刻，汉口王家墩机场塔台前面的停机坪上，摆着一长排桌子和椅子，桌子上铺了红布。桌子后面坐满了日军军官和伪政府官员。新飞机到达后，他们将要举行一个新飞机的交接仪式。

出席交接仪式的贵宾有日本海军第一联合航空队司令塚原二四三少将，鹿屋航空队和其他航空队的军官，还有汉口伪政府的代表。军乐队正演奏着日本帝国海军进行曲，迎接新轰炸机的到来。

机场控制塔台收到张春蕙通场和降落的请求后，立刻通过广播通知出席交接仪式的贵宾，渲染气氛：

"各位长官，木更津航空队的石川少佐正带领帝国的勇士们驾驶着九架新式飞机朝我们机场飞来，目前已经接近机场。帝国英勇的飞行员将会驾驶这些战鹰翱翔在支那广阔的天空，随时准备消灭任何敢于抵抗的敌人。看啦！他们的机群已经降低了高度，他们将低空飞越机场上空，向各位长官致意。让我们欢呼吧！"

第三十七章　空袭王家墩机场

日本海军第一联合航空队司令塚原二四三少将和其他嘉宾听到广播之后，立刻站起来，翘首对着飞过来的九架轰炸机发出一阵阵欢呼声。

"W基地，这是石川少佐，请问基地为我们准备了红地毯吗？我们可是为你们带来了意想不到的见面礼呢！完毕。"

李国盛从张春蕙手里接过话筒，对着话筒调侃说。

"石川少佐，基地当然为你们准备了红地毯，还有一个隆重的交接仪式呢！完毕。"

"太好了。谢谢你们。我们一定不会辜负你们的一片好意。请接受我们从天而降的礼物吧！哈哈哈……"

李国盛的话音刚落，只见九架轰炸机已经俯冲到机场上空，高度只有三百米左右。

参加交接仪式的所有贵宾此刻都已经站起身来，对着俯冲下来的轰炸机振臂高声欢呼。

突然，贵宾们脸上的表情凝固了，他们被眼前的情形惊呆了。只见编队通场的九架轰炸机打开机腹下的炸弹舱门，投下一串串航空炸弹。

正在欢呼的日军官兵见此情景，一个个被惊得目瞪口呆，不知所措。很快，他们便意识到这是敌机的空袭，顿时吓得惊慌失措。他们一边拼命地叫喊，一边向四周逃散，想要躲避落下来的炸弹。

由于飞机飞得很低，炸弹很快就落到地面，轰，轰，轰……一连串的爆炸声立刻响成一片，震耳欲聋。

九架苏联航空志愿队的DB-3轰炸机对正在欢迎他们的汉口王家墩机场投下了飞机挂载的所有高爆弹、杀伤弹和燃烧弹，然后沉着地拉起机头，顺利地飞走。整个空袭过程没有遇到任何日军飞机和高炮的拦截。

汉口王家墩机场停机坪上停放着一百多架战机，排成四排。九架DB-3轰炸机投下的大部分炸弹沿着纵列在停机坪的机群中依次爆炸，顿时爆炸声响成一片，此起彼伏。机场停机坪上停放的飞机在爆炸声中被炸得粉碎，飞机残骸四处横飞，机场陷入一片火海。

有几颗炸弹在四散逃命的日军官兵中爆炸，顿时炸得这些日军官兵血肉横飞，一片鬼哭狼嚎。

这次空袭炸毁日军战机64架，炸死日军官兵120多人，炸伤300多人。机场燃料库也被炸弹爆炸引燃，足足燃烧了十几个小时。

日本海军第一联合航空队司令塚原少将被炸断手臂，鹿屋航空队司令大林

武汉谍战

大佐受伤,另外七名佐级军官被炸死。

日军机场指挥官因为渎职罪被军事法庭判处死刑。

十一天后,苏联航空志愿队乘日军重新调整防空预警系统的混乱时期,再次空袭了汉口王家墩机场,炸毁敌机40多架,给日军以沉重打击。

中国空军在抗战最艰苦、国人士气最低落的时期,袭击了汉口王家墩机场,并取得辉煌战果。这次袭击大大地鼓舞了国人的士气,增强了国人坚持抗战的信心。

第三十八章　发出警报

一

汉口宪兵队的无线电侦测车在李国盛他们开始发射无线电干扰信号之后不久，就侦测到法租界内多部电台发出的奇怪无线电信号。两辆无线电侦测车跟踪信号源到达法租界吕钦使街南端的出入口后，被法租界巡捕拦住，不让进入法租界。

美座时成接到报告后，立刻派伍岛茂与法租界工部局交涉，要求进入法租界搜索秘密电台。

尉迟钜卿和温安久两人一直以来都很受法租界巡捕厅厅长普鲁苏信任。接到汉口宪兵队的要求后，普鲁苏立刻派巡捕厅华籍督察长尉迟钜卿和巡捕厅头目温安久前去处理日军宪兵队的交涉，这正合尉迟钜卿和温安久的心意。

尉迟钜卿和温安久来到吕钦使街南端的法租界进出口处，看见宪兵队特高课长伍岛茂正在出入口外面等着他们。

伍岛茂与尉迟钜卿和温安久打过招呼后，马上转入正题。他告诉尉迟钜卿他们的无线电侦测车发现法租界里面出现多部秘密无线电台，正在发送神秘的无线电信号。因此，宪兵队要求巡捕厅同意他们进入法租界进一步侦测、搜查。

尉迟钜卿和温安久知道李国盛正在执行一项重要任务，神秘无线电波肯定

武汉谍战

与李国盛有关。因此，他们绝不能允许日军进入法租界搜查，以免给李国盛造成危险。于是，尉迟钜卿和温安久断然拒绝了日本人的要求。

伍岛茂遭到拒绝后非常恼火，可又奈何不了法租界当局，只好悻悻离开。

在与伍岛茂交涉的过程中，尉迟钜卿和温安久意外获得武汉日军已经配备无线电侦测车的情报。这个情报非同小可，因此尉迟钜卿当天就将这个情报报告给李国盛，提醒李国盛采取相应对策。

李国盛收到尉迟钜卿的报告后，马上让梁问天通知报务员安守文暂时停止使用电台。他让梁问天在法租界找一间合适的房子，作为新的无线电通讯站。

梁问天离开后，李国盛意识到王家瑞的电台同样面临着危险。因此，他决定将这个情报透露给王家瑞，让王家瑞赶快采取预防措施。否则，王家瑞的电台迟早会被日军宪兵队破获，进而可能会影响到整个组织。这样的结果，不论李国盛站在恢复自己真实身份的私人角度，还是维护党的利益的组织角度，都是他不愿意看到的。

但是，具体通过什么方式将此情报透露给王家瑞，是有讲究的。

如果贸然直接通过电话或者信件通知王家瑞本人，王家瑞肯定会受到惊吓并引起他的高度警惕。李国盛担心王家瑞会因此误认为他的组织暴露，进而采取紧急措施，撤退所有人员。到时候李国盛不仅没有帮到王家瑞，反而可能会在无意中破坏他的情报组织，给党造成损失。

不过，这点事情难不倒李国盛。

李国盛拨通特二区警察局高级警长周秉炎办公室的电话。

周秉炎正好在办公室，他接起电话。

"喂？"

"你好，是周警长吗？"李国盛在电话那头问道。

"是的。你是谁？"

"我是特二区的居民，我听说日本人刚刚弄来了什么无线电侦测车，专门用来侦测无线电。是这样吗？"李国盛问道。

"无线电侦测车？没听说过，你听谁说的？你为什么关心这个事情呢？"周秉炎立刻警觉起来。

"我听说日本人的无线电侦测车可以侦测到所有的无线电。我家有一台无线电收音机，因此我担心被他们侦测到后将我的电台没收。"李国盛故意显得很无知。

"喔，是这样。你别担心，日本人侦测不到无线电收音机，更不会没收收音机，你放心好了。对了，是谁告诉你日本人有无线电侦测车？"周秉炎觉得对方傻得有趣，但一个情报人员的职业敏感让他对无线电侦测车产生了高度警惕。

"我是听一个朋友说的，我的朋友今天早上在法租界出入口看到两辆日本人的无线电侦测车。宁信其有吧，对不对，周警长。好了，不打扰你了。谢谢你，周警长。再见！"说完，李国盛挂断电话。

周秉炎放下电话，想了一下，然后笑着摇了摇头。他认为自己遇到了一个白痴。无线电收音机不发出信号，只接收信号，无线电侦测车怎么可能侦察到无线电收音机呢？不过，这个白痴无意中透露出日本人有无线电侦测车这个重要情报，这是一个意外收获。

周秉炎必须尽快证实日本人到底有没有无线电侦测车，这关系到组织的安全。因此他决定先弄清楚，再报告王家瑞。

二

自从那天晚上在向小雨住处的巷子口看到两辆奇怪的汽车后，王家瑞就开始怀疑日本人盯上了向小雨。可他一时又弄不明白日本人是怎样盯上她的，因此非常着急。

为了向小雨的安全，王家瑞在暗中跟踪保护过向小雨几次，观察是否有人跟踪她。可奇怪的是并没有发现任何人跟踪向小雨，这让他感到迷惑不解。不过，他心里的担忧总是挥之不去。

今晚有情报需要发给上级，因此王家瑞打电话到学校找向小雨，约她晚上八点半在她家见面。

晚上八点半，王家瑞来到向小雨的住处门前。他比以前更加谨慎地观察了周围的情况，确认没有问题之后，他才敲了敲向小雨的家门。

向小雨在屋里问道：

"是谁呀？"

"是我。"

听到门外是王家瑞，向小雨马上打开门，将王家瑞让进屋，然后从里面将门闩上。

向小雨还和以前一样，拉着王家瑞的手，和他说话。她问他自己今天漂不漂亮。王家瑞装着很高兴的样子回答说，很漂亮！

向小雨拉着王家瑞的手上楼来到自己的房间。他俩架好电台，准备发报。

武汉谍战

王家瑞将密码电文稿交给向小雨，然后对向小雨说：

"你将这份电文发出去，然后等着组织回复。我去巷子口盯着，你还记得巷子口的神秘汽车吗？我一直有一种不祥的预感。"

"不会有事吧。"向小雨安慰王家瑞，其实，自从上次看到巷子口的无线电侦测车之后，她的心里一直紧张不安。

"但愿没事。我出去看看，你把楼下大门的钥匙给我。"

向小雨将大门的钥匙交给王家瑞。

"记住，我出去五分钟之后，你再开始发报，我要走远一点观察。"王家瑞严肃地嘱咐向小雨。

"好的。"

王家瑞握了握向小雨的手，转身下楼出门，并将门从外面锁上。

王家瑞出了公新里的巷子口来到大智路，然后沿着大智路走到五族街的交汇处。他站在路口边的黑暗中，从这里可以看到五族街两边过往的车辆。如果发现有情况，他可以从这里很快赶回去通知向小雨。

果然不出王家瑞所料，按照王家瑞刚才和向小雨约定的时间来判断，向小雨开始发报后大约十五分钟，那天出现在巷子口的两辆神秘汽车，就分别从五族街的南北两个方向，向公新里向小雨家这边慢慢地开过来。

王家瑞马上意识到这两辆汽车的危险，他立刻快步往回走。不一会儿，王家瑞就回到向小雨家门前。他用钥匙开门进屋后从里面闩上门，然后快步跑上二楼，推门冲进向小雨的房间，来到正在发报、被他紧张的样子惊呆的向小雨身旁，二话不说伸手关掉电台的电源。

向小雨见王家瑞如此紧张，意识到发生了紧急情况。她担心地问王家瑞，"发生什么事情？"

"你开始发报后不到二十分钟，那两辆车又开过来了。"说完，他拉着向小雨的手，带她来到走廊的窗口前。果然，他们看到那辆神秘的汽车又停在巷子口。

他们不敢在窗前多停留，怕引起神秘汽车的注意，因此转身回到房间。他们将电台收好后藏在原来的地方，然后将电文稿点燃烧掉。

向小雨很紧张，她不由自主地靠在王家瑞身上，握住王家瑞的手。王家瑞感觉到她的手从来没有像现在这样冰凉，她的身体在微微发抖。

王家瑞赶紧安慰她说："小雨，别害怕，他们还没有发现电台的具体位置，不然他们早就破门而入开始搜查了。"

第三十八章　发出警报

王家瑞说得有道理。宪兵队无线电侦测车两次都是在快要锁定具体区域的时候，信号就中断了，让他们功亏一篑。要是再有十分钟，无线电侦测车就可以将向小雨的电台锁定在50米方圆或者更小的范围内。因为巷子口离向小雨的房子只有50多米远，无线电侦测车能够更加精确地测定电台的位置。到时候，日军宪兵队就算搜不到电台，也会将这个范围里面的人全部抓回去审问。

王家瑞回到电器行时已经是晚上十点多了。

刚才，他一直陪着向小雨呆在她的房子里面。直到日本人的无线电侦测车离开之后，他才离开向小雨的住处。

当时，王家瑞看着因为害怕而脸色苍白的向小雨，忍不住心疼，不停地安慰她。他坐在她的身边，握住她冰凉的手，让她不要害怕。他告诉她，日本人还没有发现他们，因此，只要现在不露出破绽，日本人不会采取任何行动。他断定，日本人不会挨家挨户地搜查，因为那样做会惊动他们要抓的人。慢慢地，向小雨从恐惧中恢复了平静，不像刚才那么害怕了。

他离开向小雨之前，再三嘱咐向小雨停止使用电台，等他的消息。

王家瑞坐在房间的窗前，脑子里想着刚才发生的事情。虽然他不知道那两辆汽车到底是做什么的，但是他感觉得到，那两辆车可能与电台有关。当初他在接受特工训练时，他的老师讲解过无线电的基本知识。他也听老师说过无线电侦测技术，不过，那时候还只是停留在理论上，在实际运用中还不成熟。

那两辆汽车会不会是做无线电侦测的呢？车顶上的旋转物体是什么呢？天线！旋转天线！想到这里，他不禁跳了起来。好险！幸亏他灵敏的直觉感受到危险，救了自己和向小雨。

现在，他几乎肯定那两辆车就是无线电侦测车。不然，为什么向小雨开始发电报之后，两辆车就马上跟踪过来？

不过，这只是王家瑞的判断，他需要证实这个判断，然后才能向组织报告。

三

第二天，王家瑞就接到周秉炎的密语电话，通知他去上海路天主教堂取情报。

王家瑞从天主教堂告解室的凳子下取回情报。

周秉炎的情报说日军宪兵队已经配备无线电侦测车，正在市区侦测秘密电台。日军已经在汉口法租界以外的区域和武昌破获了好几部抗日组织的秘密电

武汉谍战

台，希望王家瑞赶快采取预防措施。周秉炎的情报证实了王家瑞的判断。

王家瑞必须将这个情报报告给组织，听取组织的指示。

当天晚上，王家瑞启用很久没有用过的备用电台，向组织报告日军无线电侦测车侦测到向小雨电台的详细经过以及目前的处境。并且强调，整个武汉市区内，目前只有在法租界使用电台比较安全，请求组织指示。

另外，王家瑞将上一次在紧急情况下向小雨没有来得及发完的电报重新发给组织，请示组织将印刷纸张运往什么地方。

过了大约四十五分钟，组织才回电。

组织命令王家瑞立刻停止使用向小雨的电台，让向小雨暂停一切秘密活动。至于向小雨以后的工作，组织上会尽快做决定。在此期间，由王家瑞使用备用电台与总部联系。组织上在回电中还指示王家瑞将印刷纸尽快运到黄陂长轩岭镇的文具用品店。

收到组织的回电后，王家瑞再次给组织发报，请求组织批准将向小雨和电台转移到法租界。组织回电说考虑后再行答复。

第二天，王家瑞经过冷静的思考，作出了关系到他和向小雨爱情命运的决定。

当晚，他给组织发出一份密电，将他和向小雨的感情发展过程向组织做了详细汇报。他报告组织他们如何克制个人的情感，用组织纪律约束自己，在没有获得组织的批准之前，绝不敢越雷池半步。他希望组织理解他们的感情，恳求组织批准他们的关系。他在电文的最后强调，他和向小雨的关系不仅不会影响到组织的安全，还会提高工作效率。

组织的回电很简明。

组织上提醒王家瑞，向小雨只是一个刚加入情报工作不久，没有经验，也没有受到过真正考验的新人。组织上当初的安排，就是尽量不让她接触到王家瑞武汉特委的核心，这是出于对她本人以及武汉特委的安全考虑作出的决定。不过，这一次组织上没有把话说绝，组织上在回电中最后说，鉴于王家瑞向组织坦诚地汇报他和向小雨的关系，组织上会重新考虑王家瑞的请求。

组织回电的最后一句话让王家瑞激动万分！以他对组织行文习惯的了解，重新考虑意味着组织上已经初步同意了他和向小雨之间的恋爱关系。

通讯联络结束后，王家瑞迅速收好电台，销毁电文稿。

王家瑞兴奋地来到于连浩和雷明亮的房间，将已经躺在床上准备睡觉的雷明亮和于连浩硬从床上拉起来，要他们俩陪他到外面去吃夜宵，顺便喝点酒。

这是以前很少有的事情。王家瑞平时几乎不喝酒，今天主动提出要去喝酒，让雷明亮和于连浩觉得很奇怪。不过，他们俩不想扫王家瑞的兴，还是陪着王家瑞到附近的夜市去喝酒。

喝酒的时候，王家瑞的话特别多，东扯西拉地说个没完，又没有个主题，让于连浩和雷明亮云里雾里摸不着头脑，只是用疑惑的眼神看着他。

王家瑞心里的高兴事不能说出来，但他实在抑制不住内心的激动，所以变得语无伦次。

到末了，王家瑞就喝得有些头晕，说话时舌头也开始不听使唤。于连浩和雷明亮见状，觉得他不能再喝，于是赶紧付了账，扶着他回到店里，送他回房间睡觉。

几天后，王家瑞通过周秉炎在日军汉口特务部的内线弄到准运证，交给秦晋南。

秦晋南通过关系租借了一辆汉口合利运输公司的卡车运送这批印刷纸张去长轩岭。

汉口合利运输贸易公司是在日军汉口特务部的支持下，由汉奸组织组建的一个公司。这间公司主要负责运输日军的军用物资以及将日军在各地掠夺到的战略物资运回武汉。

有了汉口特务部的准运证和汉口合利运输贸易公司这块招牌，秦晋南在日本人的眼皮底下，很顺利地将一批印刷纸张运到黄陂长轩岭镇，交给负责接收的长轩岭镇新四军交通站——文具用品店。

四

日军大本营为了统一指挥中国关内的日本军队，于九月初在南京成立以西尾寿造大将为总司令、板垣征四郎中将为参谋长的中国派遣军，并于九月下旬撤销华中派遣军番号。

华中派遣军撤销之后，人事方面作出相应的调整。原华中派遣军司令部大部分人员直接转到新成立的中国派遣军司令部，另一部分人员则调往第十一军司令部任职。汉口陆军特务部长森冈皋调华北特务部担任部长，柴山兼四郎少将接任汉口特务部长职务。

柴山兼四郎的竹机关和上海影佐祯昭的梅机关、天津和知鹰二的兰机关，以及杭州山田募的菊机关并称四大特务机关。

华中派遣军撤销后，日军第十一军司令部接管原华中派遣军在武汉周围地

武汉谍战

区的作战指挥权。

没想到刚接管华中派遣军武汉地区作战指挥权不久，日军汉口王家墩机场就受到被认为是几乎消耗殆尽的中国空军袭击，这让正在指挥湘赣会战的第十一军司令官冈村宁次非常恼火。

在不到两个星期时间内，王家墩机场接连两次受到中国空军的致命打击，损失几百名空、地勤人员和一百多架作战飞机，使正在进行的湘赣作战（第一次长沙会战）所需要的空中支援大打折扣，影响了整个湘赣作战的战局。

中国空军对日军汉口王家墩机场的袭击，有力地支援了第九战区的作战。刚被正式任命为第九战区司令的薛岳将军下令所属各部于十月初开始对冈村宁次的第十一军进行反攻。

在第九战区各部的顽强反攻下，冈村宁次的第十一军各部不得不全线退却。到十月十四日，第十一军各部回到会战开始时的攻击出发阵地。至此，冈村宁次的第十一军发起的湘赣会战结束，日军没有达成歼灭第九战区主力的战役目标。

在获悉军统武汉情报组织直接参与了中国空军轰炸汉口王家墩机场的行动之后，冈村宁次命令新上任的第十一军情报课长岩田正隆加强对武汉地区抵抗组织的情报收集，与汉口宪兵队特高课和汉口特务部密切合作，肃清潜伏在武汉地区的中国情报组织。

由于岩田正隆一直负责日军在武汉地区的情报工作，因此在华中派遣军司令部撤销后，他被调到第十一军担任第十一军情报课长，接替调往日军汉口特务部担任第二课课长的山下内二。

由于武汉的抵抗组织活动越来越频繁，岩田正隆开始考虑是不是应该启用日军参谋部在武汉的情报机关协助侦察武汉的中国情报组织。他认为宪兵队和特务部第二课招募的密探，不足以对付中国的情报组织。

岩田正隆知道，打击的重点应该是在法租界。这次武汉军统特工就是在法租界内释放无线电干扰，阻断王家墩机场塔台与空勤人员的通讯，配合中国空军的袭击。根据汉口宪兵队的报告，无线电侦测车当时已经侦测到法租界内的奇怪无线电信号，但是法租界当局拒绝让宪兵队进入法租界去搜查秘密电台。

法租界是治安的盲区和毒瘤！岩田正隆心里恨恨地说。

第三十九章　汪伪特工

一

吴应天收到总部指令。总部命令他提供第五战区下属各部最新的人员及武器配备和布防情报，并随时提供第五战区部队最新的调动情报。

这个任务对吴应天来说很简单。第五战区下属各部现有的人员及武器配备和布防区域图就在吴应天的抽屉里，这是他和他的同事们编制出来的。在部队需要调动之前，吴应天所在的作战处会首先得到参谋长指示，制订出相应的计划，并下达执行。因此，吴应天需要做的事就是将他手上的情报整理后投进逸文书店的书籍建议箱。

星期天的早上，吴应天没有值班任务，因此他决定去老河口市区逛街。

吴应天身上带着第五战区下属各部的人员及武器配备和布防情报，他会在逛街的时候，找机会将情报送到逸文书店。

吴应天一边逛街，一边暗中观察着是否有人在跟踪他。自从去年来到老河口后，虽然他一直没有发现有人跟踪，但他还是很谨慎。

确认没有人跟踪之后，吴应天才走进逸文书店。

书店里面有不少顾客，大多数顾客在翻看着书架上的书籍。

吴应天走到书架边，漫不经心地翻看着书架上的书籍。他一边翻看着书，

武汉谍战

一边慢慢地挪到顾客书籍建议箱旁边。他朝四周仔细地观察了一下，没发现有人在注意他。于是，他从口袋里掏出几张折叠好的纸，很随意地投进书籍建议箱。他确信在他将情报投进书籍建议箱的时候，周围没有人在注意他。他在书架旁边继续翻看了一下书籍，才离开书店，沿街闲逛。

一切都很顺利！吴应天想。

第二天，吴应天从广播节目里收听到总部给他的密语广播。总部通知吴应天已经收到他的情报。

二

随着华中派遣军司令部的撤销，冈本矢一被派往在南京新成立的中国派遣军作战部担任第二课课长。

接到新的任命后，冈本矢一将他的电台装在行李中带回南京。他希望关键时刻用这部电台与组织联系。

到达南京后，冈本矢一租了一间房子，将电台藏在房间里面。他通过电台通知组织他调回南京中国派遣军司令部任职。他也打电话给夏文远，告诉夏文远他已经回到南京。

冈本矢一所在的中国派遣军作战部正在研究第十一军制订的一个新的作战计划，他们称为"宜昌作战"计划。

这个作战计划是冈村宁次司令官三月份调离第十一军之前就制订好的。接任第十一军司令官职务的是园部和一郎中将，他之前是关东军第七师团师团长。

园部和一郎对冈村宁次制订的宜昌作战计划做了少许修改和完善后，将作战计划呈交给中国派遣军司令部和大本营批复。

中国派遣军司令官西尾寿造大将和大本营很快就批准了宜昌作战计划。

日军宜昌作战（中国称之为"枣宜会战"）的目的是为了打击第五战区主力，改善中国军队对武汉及其周边地区的威胁态势。

自从去年冬季以来，中国军队在武汉周边地区展开"冬季攻势"，对武汉外围的日军据点采取有限度的攻击，给武汉的安全造成威胁，因此日军第十一军决心在五月初对第五战区实施第二次打击。

日军第十一军将整个作战分为两个阶段。首先将汉水东岸第五战区主力歼灭于随县、襄阳以北地区；然后渡过汉水，将汉水以西的中国军队向宜昌附近压缩并彻底消灭。

第三十九章 汪伪特工

　　日军第十一军的兵力部署和进攻方向，是以第3师团主力为右翼，加强来自第40师团的石本支队以及两个战车联队和一个工兵联队，由信阳经明港至唐河左旋，进攻新野南白河地区，在樊城附近与第13师团会合，切断第五战区主力向北的退路。以第13师团配属第15师团的4个步兵大队，第22师团的3个步兵大队、1个山炮兵大队沿大洪山以西汉水东岸北进，迂回包围樊城一带第五战区主力，与第3师团协同作战。以第39师团配属第6师团的3个步兵大队、1个山炮兵大队于随县正面展开，当两翼师团形成包围后，从中路向枣阳进攻，与第3、第13师团协同，歼灭包围圈内第五战区的第十一集团军，完成第一阶段作战。然后展开第二阶段作战，主力渡过汉水，向汉水西岸的中国第五战区右翼集团和江防军发起进攻，伺机攻占宜昌。但是否长期占领宜昌，则在作战计划中没有作决定。作战计划专门规定，此次作战以一个月为期限，以第一阶段作战为主。第二阶段作战是否实施，要依第一阶段作战完成的情况和时间而定。

　　第五战区司令部收到日军第十一军频繁调动的情报，遂密电夏文远，指示他尽快提供日军第十一军近期的作战情报。

　　夏文远收到第五战区密电后的第二天早上，在办公室打电话给南京的冈本矢一。

　　冈本矢一当时正好在办公室，他接听了电话。

　　"喂？"

　　"是冈本先生吗？我是夏文远。"

　　"我是冈本矢一。你好，夏先生。"

　　"你好！冈本先生。我想请你帮个忙。"

　　"什么事情？"

　　"我想了解第十一军最近有没有新的作战计划？"

　　"有，最新的作战计划是宜昌作战计划。"

　　"我想了解宜昌作战计划的具体内容，作为参考，不知道可不可以？"

　　"喔，这没问题。怎样交给你？用普邮还是军邮？"

　　"用军邮吧。这样比较快，也比较安全。"

　　"好吧，我今天就给你发军邮。"

　　"谢谢你，冈本先生。"

　　"不客气，再见！"

　　普邮就是用邮件的方式寄，军邮就是使用电台发送，这是冈本矢一和夏文远之间约定的简单暗语。

武汉谍战

冈本矢一挂断电话，心里忍不住偷偷地笑了。夏文远的电话来得正是时候，这样就更简单了！只需要发一次电报，夏文远和组织都可以收到情报。

当天晚上的固定联络时间，冈本矢一在南京一座房子里面，将第十一军的宜昌作战计划用电台发给夏文远。当然，组织上也同时收到这份情报。

军委会收到日军第十一军的宜昌作战计划后，立刻将情报转发给第五战区。同时，军委会要求李宗仁以开会的名义将吴应天派往重庆。

戴笠等了一年，终于等到一个利用吴应天的机会。

现在第五战区根据日军第十一军宜昌作战计划作出的相应作战部署，就不会被吴应天掌握并发回日军情报机关。李宗仁很满意军统这样的安排，他认为第五战区现在处在暗处，日军第十一军处在明处，第五战区取胜的机会自然要大一些。

三

在汪伪政府与日军中国派遣军空前合作的形势推动下，第十一军情报课长岩田正隆、汉口宪兵队长美座时成以及汉口特务部情报课课长山下内二与汪伪政府密切配合，于1940年4月在汉口设立汪伪76号特工总部武汉区。特工总部武汉区的任务是配合武汉日军情报机关和汉口宪兵队打击武汉的中国军统、中统以及中共情报组织。

76号特工总部的大部分骨干分子，原来都是国民党军统和中统成员，他们知道怎么去对付原来的同事。因此岩田正隆、美座时成和山下内二希望能够借重特工总部的经验与资源来打击武汉的抗日组织。

特工总部武汉区机关设在汉口阜昌街（注：现南京路）原汉口特三区巡捕厅的旧址里面，区长是姚筠伯。

姚筠伯原来是中统苏沪区特工，于1939年9月被捕后投靠76号特工总部头子李士群。

特工总部武汉区成立以后，姚筠伯对武汉所有抗日组织的活动进行了仔细的研究，并从汉口宪兵队详细了解到武汉目前的治安状况。

和岩田正隆、美座时成以及山下内二一样，姚筠伯认为武汉抗日组织的总部机关全都潜藏在法租界里面，法租界成了名副其实的抵抗组织庇护所。由于法租界里面的抵抗组织受到法租界当局有意无意的庇护，加上日军方面碍于国际间的外交与政治影响，不敢强行进入法租界打击抵抗组织，才造成武汉的抵抗组织活动如此猖狂。

因此，姚筠伯要求他的特工总部武汉区立刻开始着手研究如何对付隐藏在法租界里面的抵抗组织。

姚筠伯和他的手下毕竟是从中统和军统出来的人，更何况姚筠伯在上海的公共租界当过翻译，知道租界工部局和巡捕厅是如何管理和运作的。他们很快就摸清楚法租界的大概情况，基本上掌握了法租界巡捕厅才是真正拒绝配合日本人进入租界调查和打击抵抗组织的关键部门。而巡捕厅的两个华人头目尉迟钜卿和温安久更是有故意庇护抵抗组织的嫌疑。因此，姚筠伯决定对尉迟钜卿和温安久的身份背景作进一步调查，他怀疑他们两人与抵抗组织有关系。

四

组织上经过慎重的考虑，最后批准了王家瑞和向小雨的恋爱关系，并同意他们结婚。组织将这个决定通过密电发给王家瑞。

收到这封密电后，王家瑞激动万分，兴奋得整个晚上都没有合眼。第二天早上，他就急不可耐地打电话给向小雨，让她下班后直接回家等他。

晚上六点半钟，王家瑞左手提着他特意从德华酒楼打包的菜肴，右手拿着一个装着一瓶红葡萄酒的纸袋，来到向小雨的住处。

向小雨正在等王家瑞。听到他的敲门声，向小雨立刻开门将他迎进屋。

王家瑞进屋后，走过去将手上的东西放在客厅的餐桌上。等向小雨关上大门转过身来，他就迫不及待地扑上去紧紧地拥抱向小雨，激动地在她耳边说：

"小雨，组织上批准我们结婚了！"

"什么？批准了？真的批准了？太好了！"向小雨有点不敢相信自己的耳朵，她从王家瑞的怀抱里抬起头来，激动地看着王家瑞。

"是啊！太好了，太好了！我爱你，亲爱的！我爱你！"王家瑞动情地对向小雨说。

"我也爱你，亲爱的！我等这一天等了好久！"

向小雨此刻已经激动得热泪盈眶。

"小雨，这么大的喜讯，照理是要在外面好好地庆祝一下的，可是，你明白，我们不能在公共场所庆祝，所以只好委屈你，就我们俩在家里庆祝。"王家瑞有点愧疚地对向小雨说。

"我明白，亲爱的！只要有你在，我不在乎其他的！"

向小雨深情地看着王家瑞，脸上挂着喜悦的泪珠。

"谢谢你，小雨，谢谢你的理解！"

说到这里，王家瑞想起他带来的菜肴。

"饿了吧？你看我打包了什么菜？"说着，他打开桌上他带来的菜笼子。

向小雨帮着王家瑞将菜笼子里面的菜一盘盘地拿出来，全部都是她喜欢吃的菜，有红烧武昌鱼、沔阳三蒸、黄陂鱼丸和珍珠丸子等等；最让向小雨嘴馋的是，居然还有一罐冒着热气的"月湖藕"藕煨排骨汤。

让向小雨最感动的是，王家瑞还学会了浪漫。他从装酒的纸袋里拿出了一支玫瑰花，模仿着西洋电影里男主人公求婚的样子，单膝跪地，手持玫瑰花，神情极为诚挚地向向小雨求婚：

"愿意嫁给我吗，向小雨小姐？"

"我愿意！"向小雨被王家瑞的求婚感动得热泪盈眶，她深情地回答。

她接过他送给她的玫瑰花，将他扶起。他顺势将她搂住，两人深情地接吻。

接着，王家瑞又从装葡萄酒的纸袋里拿出两根红蜡烛，点燃之后放在餐桌的两个角落；然后，他像变魔术一样，又从纸袋里拿出两个用餐巾包着的高脚玻璃杯。他打开酒瓶的瓶塞，往两只玻璃杯中倒上葡萄酒，一杯递给向小雨，自己端起另一杯。他举起手中的酒杯，深情地对向小雨说：

"亲爱的，此时此刻，就是我们的婚礼，我会爱你一辈子！"

"我也爱你一辈子，亲爱的！"向小雨也动情地说，语气中充满了温柔与甜蜜。

他们两人干了杯子里的酒，然后开始享用他们冷清而又充满幸福的婚礼烛光晚餐。

晚餐之后，王家瑞和向小雨收拾好餐桌，然后两人手拉着手上楼来到向小雨的房间。

他们俩紧挨着坐在向小雨的床边，依偎在一起说着甜蜜的话，憧憬着他们未来的幸福生活。

可能是酒精的作用，王家瑞觉得特别的兴奋。他看着向小雨因为酒精的刺激变得白里透红的美丽面孔和她那挺拔的胸部和苗条的腰身，再也控制不住自己的激情，突然将向小雨紧紧地搂在怀里，开始深情地吻她，她似乎在等着这一刻，立刻报以热烈的回应。

两人尽情地缠绵在一起……

按照组织的指示，王家瑞和向小雨很快就在教堂举行了简单的婚礼。参加他们婚礼的人，除了主持婚礼的神父以外，只有雷明亮和于连浩两个人。

结婚之后，王家瑞和向小雨在法租界公德里租了一间二层楼的房子作为新房。房子还算大，空间很高，冬暖夏凉。

这里住的全都是租户，邻居彼此之间很少相互打听情况，也很少来往。加上里弄特别幽静，非常适合作为秘密无线电通讯站。

搬进新家后，王家瑞将向小雨的电台藏在电器行的进口货物里面，顺利地带进法租界。

按照组织的要求，向小雨在结婚之前就辞去了圣约瑟女中的工作，以免结婚时必须邀请她的同事，引起不必要的麻烦。

为了家人的安全，王家瑞没有将他和向小雨结婚的事通知家乡的父母和兄弟姐妹。

确切地说，自从按照组织的指示买下昌淇电器行，将其设为秘密联络站之后，王家瑞根据组织的要求，写了一封信给父母，告诉他们他要离开汉口去上海做生意。从此以后就再也没有和家里联系过。

王家瑞失去音讯后，他的父母让他的大哥和二哥到他原来的杂货店找过他，可他早就不在那里。从那以后，他们家里就真的以为他失踪了。

结婚之后，王家瑞和向小雨住在公德里的新家里，王家瑞觉得新家比电器行楼上住得舒适多了。

向小雨恢复了报务员的工作，并且经组织同意，掌握了通讯密码。王家瑞仍然保留着他在电器行二楼的房间，因为那里藏着他的备用电台和通讯密码。

五

李国盛收集到的情报也证实日军即将对第五战区展开宜昌作战，他将这些情报汇总后，发给重庆总部。重庆总部和以前一样，命令武汉区收集日军各种情报，配合武汉周围地区的游击队，袭扰日军后方，破坏日军交通线。

接到戴笠的密电后，李国盛开始思考怎样才能有效地配合第五战区的作战。

自从去年十月袭击汉口王家墩机场之后，日军加强了防空预警系统，并且采取定期更换机场塔台与空勤人员无线电通话频率的措施，消除敌方无线电干扰的隐患，堵住了日军防空预警系统的漏洞。

因此，李国盛不可能再像上次那样，让空军轰炸机冒充日军飞机袭击汉口王家墩机场。派小股突击队袭击王家墩机场也被证明是行不通的。

武汉谍战

看来袭击日军机场是不现实的,李国盛只能将目标转向日军铁路运输。

可是,自从军统武汉区江岸车站情报小组被日军破坏,李国盛失去了日军平汉铁路运输系统的情报来源。因此,目前军统只能对徐宽的平汉铁路破坏队第三大队下达指导性的命令,让徐宽的第三大队相机行事,破坏日军平汉铁路运输。

怎样才能弄到平汉线日军军列的情报呢?李国盛马上就想到王家瑞。他认为王家瑞的组织肯定有人员潜伏在江岸车站这样重要的铁路运行部门。

李国盛密电向总部建议,请求在重庆的中共八路军办事处,利用中共的情报系统想办法提供平汉线日军军列运输情报。

几天后,王家瑞收到组织的密电。组织要求他立刻激活潜伏在江岸车站的情报员,收集江岸车站日军军列编组情报。

这显然是李国盛的建议起了作用。

王家瑞立刻按照程序激活潜伏在江岸车站的情报员,并通知他有人会跟他接头。

下班后,朱和汉来到头道酒馆。

走进酒馆后,他扫了一眼酒馆里的人,马上注意到左手拿着一份《大楚报》的周秉炎。

周秉炎坐在右边靠窗的一张桌子边,正看着报纸。他的桌上摆着两盘菜,还有两个酒杯和一瓶酒,看起来是在等人。

朱和汉走到周秉炎的桌子边,问周秉炎:

"请问你是在等人吗?"

"是的。我在等一个从没见过面的表哥。"

"从未见过面,你凭什么认出他?"

"能。他的左掌心有一个痣(字)。"

"是这个字吗?"

说着,朱和汉伸出左手,只见掌心写着一个"汉"字。

接头暗号对上了。

"我是朱和汉。"

"我是周秉炎。请坐!朱先生。"

朱和汉坐下后,周秉炎给朱和汉和自己的酒杯倒满酒,二人边喝酒边说话。

周秉炎的眼睛不停地观察着四周情况,同时压低嗓门轻声地对朱和汉说:

第三十九章 汪伪特工

"组织上需要你提供江岸车站日军军列的编组情报,你能弄到吗?"

"能,我的手中总是有一份未来三四天到两个星期之内的日军军列编组表。弄到后交给谁呢?"朱和汉满有把握地说。

"看到对面的水果店吗?交给水果店的老板就可以了。老板姓刘。"

"明白了!"朱和汉冲着周秉炎笑了笑,让周秉炎感到他渴望战斗并且信心十足。

"请尽快弄到汉口到信阳之间的日军军列时间表,越快越好!"

"明白了,明天就可以送出一份。"朱和汉冲着周秉炎点点头。

第四十章　复　仇

　　姚明春从黄陂回来之后，一直沉默寡言，完全变了一个人似的。没几天工夫，整个人就瘦了一圈。

　　张景午、钟有田和夏帮贵三个人看到姚明春这个样子，心里着急。他们知道姚明春是因为发生王家河惨案，担心家人出事才回王家河老家查看情况的。因此，当他们看到姚明春回来后的样子时，基本上能猜到发生了什么事。他们试着问过姚明春几次，但他每次都将话岔开。

　　直到有一天，张景午直接问姚明春，是不是他家里人在王家河惨案中出事了？

　　听了张景午的话，姚明春的表情变得非常痛苦，进而由痛苦转为愤怒，眼里充满了怒火。他对张景午点了点头，然后说了一句，他们都死了。

　　张景午、钟有田和夏帮贵担心的事真的发生了。他们为姚明春家人的死感到悲痛。他们劝姚明春，请他不要太悲伤以免伤害自己的身体，并发誓为他的父母和兄弟报仇。

　　姚明春开始暗暗着手准备他的复仇行动。他复仇的对象是王家河惨案的元凶日军少佐门协和日军士兵。他准备了武器，手枪和手榴弹是现成的。另外，他还特意在市场上买了一把锋利的双刃匕首。他要用刀为自己的亲人报仇，因为日本人用刀杀死了他的父母和兄弟。

　　虽然张景午他们答应为姚明春的父母报仇，但是姚明春不想让张景午他们牵扯进来，他认为这是他自己的家仇，不想连累组织。

第四十章　复　仇

　　一天，姚明春对张景午、钟有田和夏帮贵说，他想一个人去黄陂收购蔬菜。张景午他们知道姚明春心里难受，去黄陂收购蔬菜正好可以让他分散一下注意力，从失去亲人的悲痛中摆脱出来，因此就没有阻拦他。不过，张景午坚决要求和姚明春一起去，姚明春无奈，只好答应他。

　　其实，姚明春这次去黄陂，是要找王家河惨案的元凶门协少佐报仇。

　　姚明春已经弄清楚，门协的部队驻扎在黄陂横店镇。

　　前不久，日军在报纸大肆宣传围剿黄陂县境内胡季荪游击队的战斗。

　　报纸专门刊登了记者采访门协少佐的新闻。新闻将门协描述成为一个围剿游击队的英雄。记者在这篇报道中配发了门协少佐的照片，并在无意中透露出门协的部队驻扎在黄陂横店。

　　姚明春从报纸上剪下门协少佐的照片收起来，一个人的时候偷偷拿出来看。门协的这张脸已经深深地印在姚明春的脑海里。从那时起，他就开始着手准备刺杀门协少佐的行动。

　　第二天早上，姚明春和张景午各自拉着一辆板车，从蔬果行出发，前往黄陂横店。

　　经过岱家山日军检查站时，执勤的日本兵和宪佐检查了姚明春和张景午的安居证后，就放他们过去了。

　　一路上很顺利。

　　当天下午，姚明春和张景午就到达横店。

　　两人进镇后来到八方旅店。

　　苏掌柜见是姚明春和张景午，马上热情地和他们打招呼，并给他们安排了一个房间。

　　姚明春和张景午先将两辆板车停在旅店的院子里，然后到房间里拿了脸盆和毛巾，去后面的盥洗池洗了脸，才回到房间休息。

　　"老板，明天出去收菜吗？"

　　张景午问姚明春。

　　"不用这么急，先休息一两天再说吧。"

　　"也好，先休息休息。"

　　过了一会儿，姚明春说他想一个人趁天黑之前在镇上转转。

　　张景午想要和姚明春一起去，姚明春没答应，他让张景午在旅店休息，等他回来。张景午只好一个人留在房间里休息。

　　姚明春从八方旅店出来，沿着直街朝镇上的日军警备队走去。报纸上刊登的照片，就是门协站在警备队门前拍的。

姚明春沿着直街慢慢地朝前逛，不一会儿就来到日军警备队的大门前。他在日军警备队街对面的店铺闲逛，暗中观察日军警备队里面的情况。

日军警备队是原来的铁路仓库大院，大院的四周是两米多高的院墙。大院里面有一栋青砖瓦平房，作为铁路仓库。

日军占领横店后，将铁路仓库改为横店警备队。警备队大门口挂着一个木牌，木牌上写着"横店日军警备队"几个字，门前有两个日本兵在站岗。

大院里面的青砖瓦平房现在改成警备队的办公室和兵营。院子里停着几辆军用卡车和三轮摩托车。

姚明春出来之前，就已经打听清楚，横店日军警备队里驻扎着日军一个中队。

姚明春在日军警备队大门前暗中观察了一阵子后，决定绕到警备队大院的两侧和后面观察一下。警备队大院两侧的院墙外，各有一条小巷子，通向大院的后面。大院后面的院墙外是一个池塘，池塘的另一边是一片田野。

姚明春经过仔细观察，心里有了打算。于是他离开日军警备队往回走，不一会儿就回到八方旅店。

回到房间后，姚明春看见张景午正躺在床上睡觉。他叫醒张景午，两人一起去旅店的饭堂吃晚饭。

吃完晚饭后，天已经黑了。两人出去在街上闲逛了一会儿，才回到房间躺下休息。

大约晚上九点多钟，姚明春听到张景午在打呼噜，便悄悄地从床上爬起来，溜出房间，朝停放板车的院子走去。

院子里面黑漆漆的。

姚明春在暗中观察了一下，院子里静悄悄的没有人。

于是，姚明春走到自己的板车旁边，将板车从车轮轴上掀起来，底部朝上地放在地面上。然后，他从口袋里掏出指甲钳，当作螺丝刀，将板车底部一块铁皮盖板的螺丝一颗颗拧下。

所有的螺丝都拧下来后，他移开铁皮盖板，从里面拿出一个布袋。布袋里面有五颗日制手榴弹、一支手枪和几个弹夹，还有那把锋利的匕首。

他从布袋里拿出手枪和匕首插进腰间，将几个弹夹放进自己衣服的口袋，然后将铁皮盖板装回去，拧上螺丝。

螺丝拧好后，他将板车放回轮轴上，恢复原样。他朝四周看了看，然后提着装手榴弹的布袋，趁着黑夜溜出八方旅店。

第四十章 复 仇

姚明春绕到镇外,穿过田野和池塘边的小路,来到日军警备队后面的院墙外。

姚明春将装着手榴弹的布袋系在腰间,然后助跑几步,飞身向上一跃,两手便牢牢抓住墙头。接着,他双手一用力,双脚乘势在墙面上一蹬踏,整个身体便攀上墙头。

姚明春趴在院墙上,观察院子里的情况。

只见日军营房大部分房间的窗口都是黑漆漆的,只有三个房间的窗口透出灯光。看来日军警备队兵营已经熄灯了。

见院子里面没有日军岗哨,姚明春从墙头纵身跳下,落进院里。他从腰间拔出手枪和匕首,左手握枪,右手握刀,借着黑暗的掩护,轻手轻脚地溜到营房的墙根下,然后顺着墙根朝其中一个亮着灯光的窗口摸去。

到窗边之后,姚明春侧着身体,伸头偷偷地朝窗户里面看。只见屋子里面有一个日本兵,正背对着窗口坐在一张桌子前,好像是在值夜班。

姚明春俯下身,从窗户底下溜过去,来到第二个亮着灯光的窗户边。他侧身偷偷地朝里面看,发现一个鬼子军官侧面对着窗口,坐在一张桌子前,好像是在写信。从鬼子军官的领章上看,这是一个日军中尉。

姚明春俯身溜过这个窗口,来到第三个亮着灯光的窗口边。

他偷偷地伸头朝窗户里面看,只见一个鬼子军官坐在一张桌子前,正埋头读着桌上的文件。这个鬼子军官的侧面,正对着窗口。这间屋子的门是关着的。

当姚明春看清这个鬼子军官的脸时,眼里立刻喷出仇恨的火焰——这个鬼子军官就是门协少佐!没错,就是他!

此刻,如果姚明春朝门协开枪的话,门协必死无疑。

可是,姚明春并不想用枪杀死门协,他要用其人之道还治其人之身。他要用刀杀死门协,割下他的头颅,为自己的父母兄弟以及死去的乡亲们报仇。

门协坐的地方离窗口大概有二三米远。姚明春算计着,如果自己从窗口跳进去,冲到门协身边用刀刺杀他,门协是否有时间作出反抗?

姚明春这次来找门协报仇,已经抱着必死的决心,没有想过活着回去。因此,他关心的只是能否杀死门协,而不管之后的事情。

管不了那么多了!从窗口跳进去杀了他,即使门协有反应,我手里还有枪,实在不行就用枪毙了他,然后用刀割下他的头!

姚明春下定决心后,马上闪到窗前,一个箭步跃上窗口,跳进屋里。落地后,姚明春迅速朝门协冲过去。

此刻,门协已经发现有人从窗口跳进来,马上转头去看。他发现姚明春正朝他冲过来，本能地想站起身躲避；同时，他一边大声叫喊，一边伸手去拿挂在墙上的军刀。

姚明春不顾一切冲到门协身边。此刻门协已经站起身来，正握住军刀的手柄，从刀鞘中往外抽军刀。姚明春见状，大吼一声，挥起手中的匕首，朝门协背后猛地刺去。

门协来不及躲闪，被姚明春的匕首刺中后背，痛得他"啊"的发出一声惨叫。门协忍痛抽出军刀，一边转身，一边举起军刀，准备砍向姚明春。

此刻，姚明春已经从门协的背部拔出匕首，再次刺向正转过身来的门协，嘴里大叫一声："去死吧！"

噗哧一声，锋利的匕首正好刺进门协的心脏。

门协高高举起的军刀停在半空中，他瞪大双眼惊恐地看着杀死自己的人。接着，他手中的军刀跌落到地上，他的身体开始慢慢地倒下。

姚明春还不解恨，他手中的匕首对着的门协身体一刀接一刀地刺去，嘴里还恨恨地大叫，叫你杀老百姓！叫你砍老百姓的头！

接着，姚明春用锋利的匕首，割下门协的头。然后掏出一张纸放在门协的尸体上，纸上写着几个血红的字：

为王家河惨案复仇！

此刻，值班的日本兵和正在写信的日军中尉听到门协房间发出的惨叫声后，已经拿着枪冲到门协的房门外，一边大声叫喊着，一边撞门。营房里面已经上床睡觉的日本兵也被叫喊声惊醒，一些日本兵顾不得穿好衣服，便拿起枪朝这边赶来。

姚明春将匕首插进腰间，左手抓起门协的头发，提着门协的头翻出窗口，然后从窗外对着门协房间的门连开三枪。

砰砰砰，随着枪响，门外传来了惨叫声。正在撞门的日军中尉中弹倒下。

门外的日本兵见状，立刻隔着门朝屋里开枪还击。

砰，砰砰，砰砰砰。

子弹射穿房门，有的打在房间的墙壁上，有的从窗口飞出，姚明春赶紧蹲下身子，躲在窗户下。

日本兵一阵乱枪之后，见屋里没有还击，便乘机撞开房门，冲进屋里。可屋里除了门协的无头尸之外，并没有其他人。

第四十章 复 仇

几个日本兵朝开着的窗户冲过去。可没等他们冲到窗口,躲在窗户下面的姚明春突然伸手朝屋里扔出两颗手榴弹,然后顺着墙根溜走。

轰,轰!两颗手榴弹在屋里爆炸。冲进来的日本兵来不及躲闪,死伤一片。

此时,日军警备队兵营里的灯全都亮了。姚明春顺着墙根溜到日军警备队兵营的窗口下,将剩下的三颗手榴弹分别扔进兵营的三个窗口。

轰,轰,轰!随着三声爆炸,兵营里传来一片鬼哭狼嚎般的惨叫声。

姚明春趁着手榴弹爆炸的当口,提着门协的头朝警备队后面的院墙跑去。

此时,兵营里的日本兵已经从窗口发现了姚明春。他们有的趴在窗口朝姚明春开枪射击,有的跳出窗口追赶姚明春。

好在院墙边很暗,日本兵一下子看不清姚明春的位置,只是盲目地射击。

如果姚明春在日本兵发现他之前,来不及翻过院墙逃出去的话,很有可能被日本兵活捉。

姚明春跑到院墙边,将门协的头扔出院墙,然后加速助跑几步,准备翻墙逃出去。可是,追过来的几名日本兵已经发现姚明春。他们一边朝姚明春开枪,一边朝他冲过来。

正准备跃起翻墙的姚明春只好收住脚步,赶紧趴在地上躲避日本兵的子弹,同时开枪朝追过来的日本兵还击。

只要再这样耽误一两分钟,等其他的日本兵赶过来之后,姚明春肯定逃不掉了。

在这危急时刻,墙头上突然有人朝冲过来的日本兵开枪射击,并朝日本兵扔出一颗手榴弹。几名冲过来的日本兵猝不及防,死的死,伤的伤。

"快,这边!"

墙头上的人朝姚明春大声喊叫。

姚明春听出是张景午。

姚明春立刻从地上爬起来,朝院墙冲过去。快到墙边时,姚明春猛地跃起,伸手抓住墙头。

此刻,其他的日本兵已经赶过来。他们一边叫喊着,一边朝院墙这边冲过来。如果正在攀墙的姚明春被他们发现,就非常危险。

正当张景午替姚明春着急的时候,院墙的另一端突然响起冲锋枪的射击声。

哒哒哒,哒哒哒,好像有两支冲锋枪在射击。

正朝这边冲过来的日本兵被斜刺里射出的冲锋枪子弹打倒一大片。其余的

武汉谍战

日本兵立刻被枪声吸引过去，转身朝枪响的方向开枪还击。

姚明春趁此机会，双手用力爬上墙头。他看到张景午正趴在离他二三米远的墙头上，冲他招手。

"你怎么来了？"

"我来帮你。"

"那边掩护我们的人是谁？"

"不知道。现在怎么办，要过去帮他们吗？"

"我看不需要。我们先走吧，他们能照顾自己。"

说完，姚明春和张景午从墙头跳下，落到墙外。

姚明春落地后，立刻开始寻找门协的头颅，可是天太黑，一下子找不到。

此时，掩护姚明春的人还在继续与日本兵交火。为了不耽误掩护他们的人撤离，姚明春只好放弃寻找门协的头颅。他对着另一端墙头上掩护他们的人大声喊道："谢了！朋友！"

说罢，姚明春和张景午一起朝池塘另一边的田野跑去。

不到半个小时，姚明春和张景午就回到八方旅店后面的墙外。他们顺着墙根悄悄地摸到自己房间的窗口下，然后停下来侧耳听了一下里面的动静。

房间里面没有动静。于是，姚明春将虚掩的窗户打开，两人从窗口翻进屋里。

姚明春出门之前，特意将窗户虚掩起来，就是为了回来时可以从窗口进屋，以免被旅店里的其他人看到。

他们不敢点灯，只能呆在黑暗的屋子里，听着外面的动静。

此时，日军警备队那边的枪声已经停止，旅店的走廊上传来嘈杂的说话声，看来，客人们全都被警备队那边的枪声惊醒了。

过了一会儿，姚明春才意识到自己衣服上可能有血迹。

日本人很可能马上就会挨家挨户地搜查，如果他们看到姚明春的衣服上有血迹，麻烦就大了。

姚明春只好点上油灯，检查身上的衣服，果然衣服上有血迹。不得已，姚明春只好脱下衣服，将衣服藏在床下。可是，他没有衣服穿，到时候仍然会有麻烦。

正在此时，有人敲他们的房门。

姚明春问了一句，是谁？

门外的人说是苏掌柜，有事找他。

姚明春只好让张景午开门。

第四十章 复 仇

苏掌柜进屋后，对姚明春说：

"刚才外面传来枪声，不知道出了什么事。日本人马上会来搜查，请你们做好准备。"

"苏掌柜，能否借我一套衣服穿？"

"喔，可以。不过，你身上原来穿的衣服呢？"

"嗯，不小心弄脏了。"

"喔。弄脏了就扔掉吧！后面的池塘是专门扔垃圾的。你等等，我去给你拿一套干净衣服。"说完，苏掌柜转身出了房间，去给姚明春拿衣服。

姚明春见苏掌柜离去，立刻从床下拿出带血迹的衣服，翻出窗口，来到池塘边。他找了一个石块包在衣服里面，将衣服扔进池塘，沉入水底。

张景午也不闲着，他将他们的两支手枪和一把匕首藏在窗外的草丛中。

姚明春和张景午刚从窗外跳进房间里，苏掌柜就拿着一套衣服进来。他让姚明春赶快穿上，然后关心地问姚明春：

"脏衣服扔掉了吗？"

"扔掉了。"

苏掌柜冲他们点了点头，就离开了。

果然，过了大约十五分钟，日本人就来到八方旅店搜查。

苏掌柜带着日本兵来到姚明春和张景午的房间。日本兵检查了他们的证件，问了几个问题，没发现可疑的地方。接着日本兵搜查了他们的房间，没有发现任何可疑物品，于是就去下一间房搜查。

最后，日本兵从八方旅店带走了几个没有安居证的人。

日本兵离开后，姚明春和张景午偷偷来到停板车的地方，将他们的手枪和匕首藏回板车下面的暗格里。

第二天早上，姚明春推着板车到附近的村里去收购蔬菜，当天下午就收了满满两板车。由于当天已经不可能赶回汉口，因此他们俩拉着装满蔬菜的板车，回到八方旅店。

姚明春和张景午将装满蔬菜的板车停到八方旅店的院子里，然后到店堂找苏掌柜。

店堂的柜台前正围着一圈人。

这些人大多是附近的街坊邻居，也有几个住店的客人，他们正在议论昨天晚上日军警备队发生的事情。苏掌柜站在柜台里面，和这些人闲聊。

姚明春和张景午走过去。

武汉谍战

只听一个中年男人说道，昨天晚上，国军特战队乘飞机空降到横店，潜入警备队，将日军警备队长门协的头割下来，插到警备队院墙的旗杆上。另外还打死29个日本兵，打伤22个。国军特战队大闹日军警备队之后，大摇大摆地离开横店。日本人折腾了一整晚，也不知道国军特战队的去向。中年男人还说，国军特战队这次是专门来为王家河惨案中死去的老百姓报仇的。

姚明春和张景午听了之后，心里暗暗地发笑。

不过，姚明春和张景午非常想知道昨晚是什么人掩护他们撤离，这些人后来是否安全撤退。

想到这里，姚明春不禁问这个中年男人：

"大哥，你怎么知道日军警备队长的人头插在墙头旗杆上呢？"

"昨天夜里，我从我家窗口亲眼看到的。门协的头就插在院墙拐角处的旗杆上。日本兵发现后，才爬上去将门协的头取下来。"

"是的，我的小舅子昨天晚上也看到了，听他说很恐怖。"一个二十多岁的年轻人也在一旁证实道。

"日本人连一个国军特战队员都没抓到？"

"没有，不然今天我们早知道了。"

听到这话，姚明春和张景午终于放心了。掩护他们的人不仅没有被抓住，还趁机将门协的头插在旗杆上，给日本兵造成心理恐慌。

姚明春朝苏掌柜微笑着点了点头，然后和张景午一道朝自己房间走去。

姚明春和张景午都认为昨晚苏掌柜好像是在暗中帮他们，本来想当面向他道谢，见这么多人围在柜台前，只好对他点头表示谢意。

第二天清晨，姚明春和张景午早早起床。吃完早饭后他们就拉着板车离开八方旅店，赶回汉口。

回到汉口后，张景午没有跟任何人提起姚明春在横店杀门协报仇的事。他知道姚明春这样做违反了组织纪律，但他理解姚明春所做的事情。他希望姚明春杀死门协之后，会慢慢从悲痛和仇恨中摆脱出来。

第四十一章　巧炸军列

一

早上十点多钟，徐宽、宋岳以及周文仪三人，穿着铁路制服，带着弄来的铁路员工工作证，背着帆布工具包，向广水火车站旁边的员工出入口走去。

员工出入口有一个日本兵和一个宪佐站岗。

日本兵和宪佐拦住徐宽三人，检查他们的证件和工具包后，就放他们进去了。

徐宽、周文仪原来都是铁路员工，混进火车站对他们来说易如反掌。

进火车站之后，徐宽他们三人来到车站的月台上。

月台的南北两端各有一个日本兵在站岗。从这里朝月台的两端看过去，只见月台外南北两边都有待发的货车停在备用轨道上。

徐宽他们三人沿着月台向南走。

经过月台南端站岗的日本兵面前时，徐宽朝站岗的日本兵点头笑了笑，指着前面备用轨道上停着的一列火车说，去那边干活。站岗的日本兵虽然听不懂中国话，但明白徐宽的意思，他对徐宽点点头，挥挥手让徐宽他们三人过去了。

徐宽、宋岳和周文仪三人走下月台，沿着铁轨朝停在备用轨道上的一列货车走去。

这是一列准备向南行驶的货车。

根据广水车站内线老罗报告，这列货车将在上午11点40发车，前往汉口。

徐宽老远就看到内线老罗。老罗此刻正在检修这列火车。看见徐宽他们走过来，老罗悄悄地给徐宽使了一个眼色，然后向另外一列火车走去。

徐宽他们明白老罗的意思。三人立刻分散开来，从各自的工具包里拿出检修用的小锤子，这里敲敲，那里看看，假装检修列车。

徐宽一边检修列车，一边观察着附近的情况。他在等待这列火车的牵引机车。

二

鲁子郁和方仁先身穿铁路制服，背着工具包，戴着草帽，装扮成养路工，沿着铁路检查铁轨、枕木和路钉。他们的目的地是广水站南面的扳道岔。

扳道岔的工作就是根据车站调度员的指令，负责控制进出车站列车的运行轨道。扳道岔的铁路边上有一个扳道房，是扳道工值班和休息的小房子。扳道房里面有值班电话。车站调度员可以通过电话，也可以通过扳道房里的信号灯，指示扳道工将进出车站的列车引向哪一条轨道。这个工作虽然简单但很重要，出不得半点差错，不然会酿成列车相撞的重大事故。

鲁子郁老远就看到扳道房的外面有一个日本兵在站岗。他和方仁先的任务就是要在不被人发现的情况下，完全控制这个扳道房，等徐宽他们的火车开过来的时候，将火车引向北行列车的轨道。

见鲁子郁和方仁先走近扳道房，站岗的日本兵立刻警觉起来，他迅速从肩上取下步枪端在手上，枪口对着鲁子郁和方仁先，喝令他们停下。

鲁子郁见状，赶忙指着手里的水壶，赔笑着用蹩脚的日语对日本兵说，打水，打水。

可是这个日本兵听不懂他在说什么。

听到日本兵的呵斥声，一个中年扳道工从扳道房里走出来。

鲁子郁赶忙对扳道工说，

"老哥，不好意思打搅了。我和这个兄弟是养路工，经过这里，口渴得很，想到你的扳道房打点水。"

"好吧，我跟皇军说说。"扳道工见鲁子郁和方仁先都穿着铁路制服，是养路工，便对他们比较热情。

扳道工对端着步枪，正警惕地盯着鲁子郁和方仁先的日本兵用不太流利的

第四十一章　巧炸军列

日本话说了几句，日本兵脸上的紧张神情立刻松弛下来。日本兵收起手中的步枪，把枪重新背回肩上，嘴里跟扳道工咕噜了几句。

扳道工转过头来对鲁子郁说："皇军同意了，进来打水吧。"

"谢谢，谢谢！"鲁子郁赶忙赔笑着对日本兵和扳道工点头道谢，然后跟着扳道工进了扳道房。方仁先和日本兵留在外面。

鲁子郁跟着扳道工走进扳道房后，并不去打水，而是突然掏出手枪，对着扳道工，并打着手势，命令扳道工不要吭声。

扳道工见鲁子郁突然拔出手枪对着自己，吓得张开嘴巴，本能地就要叫出声来。不过当他看到鲁子郁的手势时，便将嗓子里快要发出的叫喊声硬生生地给吞回去。

"我们是游击队，大家都是中国人，日本侵略者是我们共同的敌人。你不要太紧张，我们不会伤害你。放松点，明白吗？"鲁子郁用缓和的语气对扳道工说。

"明白！明白！"扳道工还没有从惊吓中回过神来，只是不住地点头。

"你把门外站岗的日本兵叫进来，不要紧张，要用很正常的语气把他叫进来，可以吗？"

"可以。"扳道工现在基本上明白鲁子郁他们是什么人。

鲁子郁小声地告诉扳道工怎么做。

扳道工想了一下，然后对着门外用日语叫道："太君，你进来帮我一下好吗？"

门外站岗的日本兵应了一声，然后朝扳道房走去。

走进扳道房之后，日本兵看到扳道工和鲁子郁两人正抬着床板，可他不明白他们在做什么。

扳道工见日本兵进来，便赶紧对他说，

"太君，请你帮我把床下的箱子拿出来，谢谢！"

这个床沿四周是用砖砌的，只有将床板拿起来，才能放进或者拿出东西。

日本兵马上明白了扳道工的意思，他咕噜了一句，大概是埋怨扳道工给他添麻烦。不过，日本兵还是放下肩膀上背着的步枪，将枪靠在墙上，准备帮忙搬箱子。

跟在日本兵身后进来的方仁先猛地用右手臂从后面箍住日本兵的脖子，左手扳住日本兵的头，然后用力一扭。

只听咔嚓一声，日本兵的脖子给扭断。方仁先松开双臂，日本兵立刻倒在

武汉谍战

床沿上。

鲁子郁赶紧脱掉这个日本兵的军服和鞋子，穿在自己身上，系上武装带，戴上军帽。

鲁子郁换好衣服后，与方仁先一起抬起日本兵的尸体扔进砖砌的床沿里，再将床板盖在床沿上。

扳道工见方仁先杀死日本兵，吓得脸色苍白，身子不由自主地开始哆嗦起来。

鲁子郁拿起日本兵靠在墙上的步枪背在肩上，走出扳道房，站在扳道房外面假装站岗。

方仁先留在房子里面看着扳道工。他们现在还不能让扳道工离开，他们需要留住扳道工接车站调度员的电话。

鲁子郁在门外站岗，还忘不了安慰扳道房里面的扳道工。

"别害怕，老哥，等一下办完事，我们就放你走，你逃得越远越好。"

"真的吗？"扳道工似乎不敢相信。

"是真的，老哥，我们不会骗你。"方仁先指着外面的鲁子郁对扳道工说："你知道外面的那位是谁吗？他原来是江岸机务段的大官呢！"

听方仁先这样说，扳道工开始相信鲁子郁他们真的会放了自己，因此答应好好地配合。

扳道工名叫黄茂，干扳道工有十几年了。

三

火车头终于开过来。

不一会儿，火车头连上车厢。

一个火车司机从火车头驾驶室下来，检查火车头和车厢之间的连接器，并连接好火车头与车厢的压缩空气管。然后，他走到一边点燃一支香烟，站在火车旁抽了起来。

这时，一名日军军官沿着站台朝这边走过来。

这名日军军官是李国盛化装的。

这个行动计划是李国盛亲自制订的。因为这次行动需要一个会说日语的人化装成日军军官，所以李国盛决定亲自参加。

李国盛经过站台上站岗的日本兵时，日本兵立刻立正行礼。

李国盛手拿一个文件夹，走到一节车厢前，让徐宽和周文仪帮忙打开车厢

第四十一章　巧炸军列

的门，然后爬上车厢，假装检查车厢里的货物。

徐宽对宋岳和周文仪使了一个眼色，宋岳和周文仪立刻跟着李国盛爬进车厢。

徐宽掏出香烟，朝抽烟的火车司机走过去。

"大哥，借个火。"

火车司机将香烟头递给徐宽，徐宽接过来香烟头引燃自己的香烟，然后将香烟头递还给火车司机，客气地对火车司机说："谢谢！大哥。"

"不客气。"

这时，李国盛从车厢的门探出头来，对火车司机说道："喂，你的，过来一下。"

"你是在叫我吗？"火车司机问。

"对，就是你，过来帮帮忙。"

司机见日本军官叫自己，哪里敢怠慢，马上来到车厢门前。

"你的上来！"

火车司机只好照李国盛的吩咐，开始往车厢上爬。

李国盛伸手拉住火车司机的手，用力将他拽进车厢。

还没等火车司机站稳，他就被宋岳手里的枪顶住脑袋。火车司机见状，吓得连声求饶。

李国盛警告火车司机，想要活命就照他的吩咐去做。

火车司机连连称是。

李国盛从火车司机嘴里了解到，火车头上还有两名司机，一个是日本人，另一个是满洲人。

李国盛从车厢上下来，朝火车头走去，来到火车头驾驶室下面。

"你们两个，下来帮我一下！"李国盛用日语冲驾驶室里面的两人说道。

"什么事，长官？"

"哪来的那么多问题？我在检查货物，需要你们帮忙搬箱子，时间不多了，快点！"

李国盛不耐烦地命令道。

两名司机心里虽然不痛快，但却不敢违抗日本军官的命令。于是两人从驾驶室下来，跟着李国盛来到那节车厢门前。

李国盛伸手让车厢上的徐宽将自己拽上车厢，然后对两名司机说道：

"上来吧。"

车厢上的宋岳和周文仪伸手用力将两名司机拽进车厢。

武汉谍战

两名司机进车厢后，还没弄明白怎么回事，就被徐宽和宋岳用枪柄击昏。

宋岳和周文仪用布将他们的嘴堵上，然后将他们抬到车厢前面，和刚才那名司机捆在一起。

四

鲁子郁站在扳道房门前站岗。他最担心的就是日军的护路巡逻队这个时候经过扳道岔。

鲁子郁装扮成日本兵，可是他的日本话不行。就他那几句三脚猫的日本话，如果日军护路巡逻队经过时和他打声招呼，保不准就会露馅。因此，他在心里不停地祈祷，希望火车开过来之前，日军护路巡逻队不要经过这里。

鲁子郁心里没底，便问扳道工黄茂："日本人的巡逻队通常几点经过这里？"

"大概十一点多吧，我平时没太注意。"

"巡逻队认识站岗的日本兵吗？"鲁子郁紧张地问黄茂。

"这可说不准，怎么啦？"

"我担心日本人的巡逻队经过这里时，我会被他们识破。"鲁子郁说出自己的担心。

"你会说日本话吗？"黄茂问鲁子郁。

"只会几句，多说几句就变成黄陂话。"鲁子郁自我解嘲地说。

"那可能真会有麻烦。"

不知道黄茂是替鲁子郁担心还是替自己担心。

越担心越有事！偏偏在这个时候，鲁子郁发现日军的护路巡逻队沿着铁路远远地朝扳道房这边走过来。

"日本人的护路巡逻队过来了！"鲁子郁慌忙通知扳道房里的方仁先和黄茂。

"麻烦大了！"方仁先神情紧张地说。

"现在几点钟？"鲁子郁焦急地问。

黄茂看了看桌上的钟，"11点20分。"

"怎么办？如果他们经过时和我说话，马上就会露馅。"鲁子郁焦急地说。

眼看日军巡逻队越来越近，鲁子郁紧张得直冒冷汗。

黄茂见状，赶紧对鲁子郁说："等一下如果日本人问你话，让我来应付，你千万不要说话。"

第四十一章　巧炸军列

没有别的办法，鲁子郁只好答应按黄茂说的做。

日军护路巡逻队越来越近，不一会儿就走到扳道房。当他们从鲁子郁身前经过时，其中几个士兵冲鲁子郁礼貌地打招呼。鲁子郁虽然很紧张，却依然强作笑脸和日本兵点头打招呼。

眼看着日军巡逻队就要全部从自己面前走过，鲁子郁内心感到一阵侥幸。

可没想到走在最后面的日军军曹经过鲁子郁面前时，突然停下来问鲁子郁：

"有什么情况吗？"

鲁子郁担心的事发生了。他刚刚略微放下的心一下子又提到嗓子眼。他听不懂军曹说什么，因此照黄茂的吩咐不说话。

"没什么情况。"

一旁的黄茂见状，赶紧替鲁子郁回答。

"八嘎！谁让你插嘴。滚开！"日军军曹大声斥责黄茂，然后冲着鲁子郁问道，"这人是谁？让他滚开！"

"哈伊！"鲁子郁听不懂对方说什么，只好说了一句他会说的日本话，然后直愣愣地看着日军军曹。

见鲁子郁没有反应，日军军曹感到奇怪："我要你让这人滚开，明白吗？"

"哈伊！"鲁子郁虽然嘴上说"哈伊"，可他不明白日军军曹的意思，因此还是没有反应。

军曹见状，不禁起了疑心。

"你叫什么名字，是哪支部队的？"

已经走过去的日军巡逻队听见军曹发火，不知道发生什么事，便停下来回头看着军曹和鲁子郁。

鲁子郁见军曹发火，不敢再回答"哈伊"，只好不吭声。

见鲁子郁不说话，军曹开始怀疑鲁子郁的身份，于是他从肩上取下步枪。

扳道房里面的方仁先见情况危急，正要冲出来与日军拼命。

在这千钧一发之际，突然听到有人说话："喂，军曹，发生什么事？"

说话的是李国盛，他已经走到鲁子郁和军曹身旁。

军曹见是一名军官，立刻向李国盛敬礼。

"长官，这名士兵是你的部下吗？"

"是的，怎么啦？"

"我怀疑他的身份，因为他不懂日语！"

武汉谍战

"喔，他是朝鲜人，不太懂日语，刚刚补充到我的中队。"

"长官，请问您是哪个部队的？"

啪！李国盛挥掌扇了军曹一个耳光。

"八嘎！难道你也怀疑我的身份吗？我是松本大队第三中队的桥本大尉！"

"哈伊！长官。对不起，长官。"

军曹让李国盛给镇住了。他一边道歉，一边朝李国盛鞠躬。

"好了，军曹，带你的人继续巡逻吧！"

听到李国盛的命令，军曹立刻带着他的巡逻队走了。

见日军巡逻队走远，鲁子郁这才长长地吁了一口气。

正在这时，扳道房的电话响了，黄茂赶忙接听电话。

"喂？我是。明白！备用第三轨道驶向南行轨道，明白，信号灯显示正确。好的，再见！"黄茂挂上电话。

"备用第三轨道，11点40准时发车，开往汉口。是这一列火车吗？长官。"

"应该是的！"李国盛回答。

"等一下你们需要我干什么事？"黄茂试探地问鲁子郁。

"等这列火车发出之后，你必须按我的命令扳动岔道，让这列火车驶上北行轨道。"鲁子郁表情严肃地回答黄茂。

黄茂听了之后，不禁倒抽了一口冷气，"我的天啦！"

他知道，此时正有一列日军军列沿着北行轨道朝广水方向行驶过来。

李国盛、鲁子郁和方仁先看着黄茂受到惊吓的样子，忍不住哈哈大笑起来。

"等等，你们打算怎么脱身？"黄茂突然关心地问道。

"你看，这列将从广水车站发出的列车是由我的兄弟驾驶的。在火车经过这里的时候，他们会放慢车速，让我们扒上火车头。接着火车加速沿着北行线继续逆向行驶。等我们的火车快要和迎面驶过来的军火列车相撞时，我们会跳车逃走，这样又快又稳当。"鲁子郁奇怪黄茂为什么突然关心起这件事来，他调侃黄茂说："你别替我们操心，还是考虑考虑到时候你自己怎么逃命吧。"

"是的！是的！"黄茂脸上露出怪怪的笑容。

"你为什么关心起这事儿呢？"方仁先也觉得好奇。

"嘿嘿，你以为我是傻瓜啊？把日本人的军火列车给炸了，日本人抓住我还不得扒了我的皮呀！我跟你们一起走！"黄茂说最后一句话时的语气非常坚定。

"你不要再考虑考虑？"方仁先故意挖苦黄茂。

第四十一章　巧炸军列

大家哈哈大笑起来。

五

终于等到发车信号。这条轨道的绿色信号灯亮了。

与此同时，站台上站长的绿色小旗也朝着徐宽他们挥动起来，号志工也举起绿色的号志灯朝徐宽这边晃动。

徐宽拉响汽笛，表示收到信号。他松开车闸，推动加速柄，列车慢慢地开动起来。

列车从车站出发之后，只需一两分钟时间就能到达黄茂的扳道岔。

黄茂按照李国盛的吩咐，已经用扳道器将徐宽火车运行的轨道扳向北行轨道。此时鲁子郁和黄茂站在轨道的右边，李国盛和方仁先站在轨道的左边，等着火车开过来。

火车速度不快，慢慢驶近李国盛等人。徐宽在火车驾驶室的窗口朝他们招招手，然后鸣了一声笛。

当火车快到李国盛他们身边时，李国盛等人开始助跑，然后分别从火车的两侧跃上火车头。

徐宽将李国盛拉进驾驶室，其他人则挂在车外的扶梯上。

驾驶室里只有徐宽和周文仪二人。宋岳在后面的货车厢里负责看押三名司机。

徐宽抬手看了看手表，然后告诉李国盛，按照时间推算，列车将在十五分钟后相撞。

"长官，等下我会放慢车速让你和其他人先下车，路边有我的队员们接应。"

"好的，你们也要小心。"

"是，长官！"

火车离开广水车站已经有七八公里了，徐宽放慢速度。

李国盛等人先后跳下火车头。后面车厢里的宋岳带着三名火车司机也跳下火车，火车头上只留下他和周文仪。

隐蔽在山坡树林里面的游击队员见鲁子郁等人跳下火车，马上出来接应。鲁子郁下令放了三名火车司机，然后带领大家钻进山坡上的树林。

徐宽向前推动加速柄，火车又开始加速。

远远地看到迎面驶过来一列火车，那应该就是运送军火的日军军列。徐宽想。

武汉谍战

两列火车飞快地在接近。不一会儿，对面的火车似乎察觉到情况不妙，立刻朝迎面而来的列车鸣笛示警。徐宽根本不理睬对面列车的示警，继续加速。

周文仪已经将锅炉的火烧到最旺。徐宽将加速柄推到底，让加速器开到最大，火车以最快的速度加速。

"准备跳车！"徐宽下达命令。

二人分别扒在驾驶室外左右两边的扶梯上，做好跳车的准备。

等两列火车相距差不多500米时，徐宽大喊一声："跳！"

二人分别从火车头驾驶室的两边先后跳下火车。

徐宽和周文仪都是老铁路，在跃下火车接近地面时的一瞬间，熟练地顺势在地上一滚，避免摔伤。

还没等徐宽和周文仪站起身来，火车已经飞驰而去。

徐宽和周文仪从地上爬起来，注视着两列相向急驶，正快速接近的列车。

他们发现对面军火列车的司机正跳车逃命。

不一会儿，两列飞速行驶的火车迎面相撞。

轰的一声巨响，两列相撞的列车发出巨大的撞击声。

在相撞的一瞬间，由于列车飞快的速度和巨大的惯性，将两列火车的车头和前面几节车厢向上顶起，快速地向上攀升，形成一个"人"字形。两列火车后面的车厢由于巨大的惯性，冲进"人"字下面的空档，撞到一起，然后翻滚着摔下路基，向四周滚落。抛向空中的火车头和车厢，到了最高点之后，开始向下跌落，重重地砸在下面的车厢上。

接着，运送军火的列车发生一连串剧烈的爆炸，爆炸声惊天动地。

最先发生爆炸的是几节装满烈性炸药的车厢。

这些烈性炸药爆炸时，发出剧烈的爆炸声和火光。

顷刻间，爆炸声响彻云霄，地动山摇。几节装满烈性炸药的车厢顿时被炸得粉碎，残骸落到一里地开外。剧烈的爆炸声在几十里以外的地方都能听到，在山谷里面回响，经久不绝。随后，其他车厢里面的武器弹药开始接连不断地发生爆炸。炸毁的列车开始起火燃烧，冒出火焰和浓浓的黑烟。黑烟缓缓地向空中升起，形成一个个由细而粗的烟柱，在天空飘散，遮天蔽日。远远看去，就像是天空的乌云在翻腾。

日军的一千多吨军火，顷刻间灰飞烟灭。

"成功了！"

隐蔽在山坡树林里面的李国盛等人和游击队员们见日军军火列车发生爆

炸，立刻欢呼起来。

"撤吧！我们去和鲁子郁他们汇合。"徐宽的声音充满了成功后的兴奋。